徳間文庫

黒豹キルガン

特命武装検事・黒木豹介

門田泰明

目次

第一章　公爵家の悲劇　5

第二章　ソ連軍参謀本部諜報総局《GRU》　46

第三章　地獄のテロリスト　84

第四章　S&W《スミス・アンド・ウエッソン》・M66・357コンバット・マグナム　126

第五章　消えた沙霧　167

第六章　ベレッタ〇・三五秒の反撃　229

第七章　日本政府崩壊す　257

第八章　ロシアより愛をこめて　290

第九章　霧のロンドン銃撃戦　324

第十章　壮絶黒豹逆撃ち！　374

第十一章　さらば慕情よ　422

第一章　公爵家の悲劇

1

三百年の伝統を持つ京都の名亭『小鈴《こすず》』は、降りしきる綿雪を浴びて、ひっそりと息を殺していた。

およそ五百坪の日本庭園は、眩《まぶ》しいほどの紅梅で埋まり、ひたひたと降る純白の綿雪が、薄紅《うすべに》色の花をいっそう引き立たせている。

料亭旅館として中央の政財界にも知られる『小鈴』は、三百年の伝統を頑《かたく》なに守り続けるため、一見《いちげん》客の利用は断わり続けてきた。

利用する客といえば、政財界の要人や、著名な芸術家に限られている。客相手の商売でありながら、傲慢《ごうまん》ともとれるその姿勢がこの老舗《しにせ》の歴史の一つでもあった。

一見客は徹底して断わるという営業方針を「思い上がっている」などと、批判する同業者も少なくないのであったが、三百年の間かわらぬ『小鈴』の一徹な姿勢は、純血の風雅《ふうが》を守り続けてきた。

苔《こけ》むした枯山水《かれさんすい》の庭や、銅板を張り詰めた屋根を持つ数寄屋《すきや》造りには、風雪の重みがあった。

午後の空は、低く垂れ込めた雪雲に覆《おお》われ、梅の枝に積もった綿雪が、薄紅色の花を道連れにして、ポタリと落ちた。

その音が、息を殺したような静けさを破るたびに、なぜか、そう遠くない春の訪れを感じさせた。

けれども気温は朝方から人肌を刺すほど低く、石灯籠《いしどうろう》や紅梅の枝々があまりの寒さのためか、ときおり弾《はじ》けたような音を立てた。

小枝に皹《ひび》が入ったのか、それとも石灯籠の割れる音なのか。

『小鈴』は、総檜《ひのき》造りの四脚門《しきゃくもん》を銀閣寺《ぎんかくじ》の方角に向け、すべての客室の窓や濡《ぬ》れ縁《えん》を、標高四六六メートルの大文字山《だいもんじやま》に向けていた。

この名亭の貴賓《きひん》室は『無想庵《むそうあん》』と名付けられ、十五畳の和室に十畳の次の間、それと十二畳相当の洋風応接間から成っていた。濡れ縁は枯山水の庭に向かって、ゆったりとした広さで造られ、充分に張り出した軒《のき》が、雨や雪から濡れ縁を守っている。

いま、その濡れ縁で、ダークグレーのスーツを着た男が、背すじを伸ばし目を閉じて正座をしていた。肩の力を抜き、軽く握りしめた両手を、膝の上に置いている。年は三十六、七あたりというところか。

ときおり舞い込む綿雪が、男の額《ひたい》や頬に触れるが、男の表情に変化はなかった。冷《ひ》ややかで、無表情である。

男はこの姿勢のまま、すでに二時間近く、厳しい寒気の中で、不動であった。眉《まゆ》ひとつ動かさず、身じろぎ一つしない。やや吊《つ》り上がり気味の濃い眉と、真一文字《まいちもんじ》に閉じた口許《くちもと》に、なみなみならぬ意志の強さを漲《みなぎ》らせている。そればかりか、彫《ほ》りの深い精悍《せいかん》なマスクには、豊かな知性が感じられた。

だが、近づき難《がた》いほど冷たい表情である。おそらくこの男に見つめられるだけで、初対面の者は圧倒されるに違いない。

それにしても、氷点下の気温の中で、二時間近くも不動の姿勢でいるとは。

十五畳の和室の中央には、重厚な座卓が置かれ、その上に数紙の新聞が、きちんと二つに折りたたまれて、載っていた。

一陣の風が庭を吹き抜けて、綿雪が小さな渦を巻き、男の髪が乱れて額にかかったとき、彼はようやく目を見開いた。

瞳の奥に鋭い輝きのある、鷹《たか》を思わせるような目であった。

並みの男の目ではない。

彼は肩に降りかかった綿雪を、手で払い落とすと、ゆっくりと立ち上がった。

長身である。一八四、五センチをこえるだろうか。

男は座卓の前にすわると、二つ折りの新聞の束をひろげ、その中《うち》の一紙を手に取って、社会面を開いた。

左の下のほうに『ロンドン暗黒街の帝王、ハイム・ダンカン来日』の見出しが、小さく載っていた。

男が、その記事に目を通すのは、これで二度目である。

一度目は、客席係によって朝刊が部屋へ配られた直後のことであった。

記事は、ハイム・ダンカンが英国航空を使って来日したことを報じ、同行する屈強の側近三名の名前も挙げていた。いずれもロンドンの暗黒街で、その名を知られたボスたちであった。

だが記事は、彼らがいったい何の目的で来日したかについては、触れていなかった。

男は記事の見出しを、指先でパシッと弾くと、庭に視線を移した。

ハイム・ダンカンは、イギリス、フランス、イタリアなどの銀行を数行乗っ取り、経営権を武器にして巨額の金を私物化したあげく、二行を計画的に倒産させたことで、一躍、世界じゅうに名を知られるようになった。

ロンドン警視庁は、彼の逮捕に躍起になったが、二行倒産にハイム・ダンカンが関与した証拠をいまだ摑《つか》めず、今日に至っている。

ダンカンは、ケンブリッジ大学の大学院を優秀な成績で出て、経済学の博士号を取得したほどのインテリで、来日に同行した三名の側近もそれぞれイギリスの名門大学を出ている。

倒産に追いやられた二行の頭取と副頭取四人は、長いこと行方《ゆくえ》が知れなかったが、一カ月ほど前、揃って白骨死体で発見されていた。

発見された場所は、四人ともローマ市内にある寺院の古井戸の中であった。

四人の頭蓋骨《ずがいこつ》に、貫通弾の跡があったことから、凶器はスターリング・リボルバーと断定された。強力な・357マグナム弾を使う六発装塡《そうてん》のダブルアクション・リボルバーである。もっとも、こういった細かいことまでは、日本の新聞にはいちいち載らない。極東の一国家からみれば、あくまで何千キロも彼方《かなた》の、異国の出来事でしかなかった。

対岸の火事ではある。

だが、その火事を起こしたと思われる張本人が、こともあろうに来日したのだ。

新聞を座卓に戻した男が、腕時計を眺めたとき、『無想庵』の外で人の気配がした。

まず格子戸《こうしど》のあく音がしたあと玄関の間の障子《しょうじ》が、静かに開いた。

部屋に入って来たのは、見事な銀髪の老人である。人品卑《じんぴんいや》しからぬ、どことなく威厳のある人物であった。

老人を迎えた男は、威儀を正し、黙って頭を下げた。老人に対して敬意を表してはいるが、へりくだり過ぎたところはない。

老人は床の間を背にし、座卓を隔てて男と向かい合うと、庭に目を向けて「いい雪だ」と呟《つぶや》いた。聞く者を思わずたじろがせるような、重々しい声である。

「お風邪を召《め》されるといけませんから、閉めましょう」

男が立ち上がろうとすると、老人は軽く手を上げて「よい……」と言った。しゃべり方にも、ちょっとした動きにも、風格がある。

だが若い男のほうには、それを跳ね返す控えめなドスのようなものがあった。声は男らしく太く、さり気《げ》なく雪の庭を眺める目には、隙《すき》がない。それにもまして驚くべきことは、巌《いわお》のような男の拳《こぶし》であった。

それはまるで、瓦《かわら》三、四十枚を一撃のもとに叩き割るのではないか、と思われるほど、厚く固そうな筋肉に包まれていた。

「いかがでした?」

男が訊《たず》ねると、老人は眉をひそめて、首を横に振った。

「駄目だ。自宅へは、なんの連絡もなく、手掛かり一つないらしい」

「ハイム・ダンカンは、すでに昨夕、来日しているのです。いまのうちに、京都府警に捜査を依頼したほうがよろしいのではありませんか」

「それは、五条信高《ごじょうのぶたか》が決めることであって、私が口出しすべきことではない。五条家の名誉を考えれば、あまり表沙汰《ざた》にはできないしね」

「放置しておくと、五条家はダンカンの好きなように、振り回されます」

「かと言って、君が乗り出すべき事件じゃないしな。これはあくまで、五条家という一家庭のゴタゴタに過ぎないのだから」

「ですが華族の代表的存在であった五条家は、日本史の中に位置づけされているほどの名家であり、単に一家庭の問題で済まされない部分があるように思います。ことは日本政府の威信にかかわることだという気がしますが」

「それは言える……」

老人は、苦渋の表情を見せて頷《うなず》いた。

この老人の名を倉脇早善《くらわきそうぜん》といった。わが国政界の大実力者であり、長年にわたって法務大臣の座に就いている。現総理・伊達《だて》平三郎《へいざぶろう》と共に、最大派閥『伊倉《いくら》会』を率い、次期首相を確実視されている人格者であった。

伊倉会とは、伊達と倉脇の頭文字を取って名付けられたものである。

「やはり閉めましょう」

風に煽《あお》られて座卓の上に流れ込んできた綿雪を見て、男は立ち上がり、障子を閉めようとした。

その拍子に、スーツの裾《すそ》が風で乱れて、彼が肩から下げている黒革のショルダー・ホルスターが覗《のぞ》いた。

ホルスターの中に入っているのは、かなり大型の、自動拳銃のようである。

「ことが日本政府の威信にかかわるようなことにでもなれば、黒木《くろき》君に動いてもらうことになるかもしれない」

「五条信高は、京都府警に捜査を依頼するつもりは、ないのですね」

「たぶん五条家の名誉を優先するだろうと思う」

障子を閉めた男は、元の位置に正座をして、倉脇法相の顔を見つめた。この男こそ、世界中の情報機関や巨悪の組織から〝黒豹《くろひょう》〟の異名《いみょう》で恐れられている、超法規の秘密捜査官・黒木豹介《ひょうすけ》であった。

政府からたったひとり、殺しのライセンスを与えられている彼の任務は、国家的事件の捜査・解決を極秘裏《り》に遂行《すいこう》することにある。したがって警察が扱う一般的な事件には、原則としてタッチしない。

黒木に任務を与えるかどうかは、内閣総理大臣の秘密諮問《しもん》機関である国家安全委員会で協議・決定され、倉脇法相が黒木を直接指揮することになっていた。

もっとも、いったん黒木が行動を開始すると、捜査上の判断の多くは黒木の裁量に任され、倉脇はあまり細かいことには口出しをしない。

それほど黒木を信頼しているということであろう。

国家安全委員会を構成するのは、首相・伊達平三郎、法相・倉脇早善、内閣官房長官・

国枝正樹《くにえだまさき》、最高検察庁検事総長・兵堂礼太郎《ひょうどうれいたろう》、そして警察庁長官・杉波哲《すぎなみてつ》と防衛庁長官・宅間俊造《たくましゅんぞう》の六名である。

「友人として、五条の力になってやりたいのだが、彼は私が京都へやって来たことで、もう怯《おび》えていたよ。五条家の騒ぎが世間に漏れるのではないかとね」

「倉脇先生の動きは、ともすればマスコミに注目されがちですから、五条家の恐れはわかるような気がします」

「ともかく、明朝の列車で、いったん帰京するか」

「やむを得ませんね」

倉脇と黒木が京都へ着いたのは、昨日の午後二時であった。それも急な京都入りであったから、法務大臣としての倉脇のスケジュールの変更が大変であった。秘書にやらせると目立ち過ぎるため、倉脇自ら、来客予定や会議予定を、取り消したり調整したりしたのである。

倉脇が黒木に同行を命じたのは、出発の三時間前であった。

むろん黒木の役割は、単身京都入りする倉脇の身辺を目立たぬよう警護することである。

東京を発《た》とうとする時点では、二人はすでにハイム・ダンカンの来日予定がわかっていた。

旧公爵《こうしゃく》で華族の筆頭的存在であった五条家の頼子《よりこ》から、倉脇に電話が入ったのは、昨日の午前七時であった。電話の内容は「父が今日明日にも力ずくで理恵子《りえこ》と英行《ひでゆき》を奪いに来るので、三人で逃げます」というものであった。

頼子は、話し終えると一方的に電話を切り、驚いた倉脇が折り返し五条家に電話を入れると、頼子と二人の子供、理恵子、英行はすでに五条家を出たあとであった。

五条家では、倉脇から電話があるまで、母子の早朝の家出に気づかなかったのである。

「三人は、いったいどこへ姿を隠したんだ。自宅へ連絡ぐらいすればいいものを」

「よほど父親を恐れているのですよ。心底《しんそこ》から五条家や日本を愛するようになったのかもしれません。頼子になりきった、ということでしょうか」

「うむ……」

倉脇が煙草《たばこ》をくわえ、黒木は座卓ごしにライターの火を差し出した。倉脇がライターの火に顔を近づけ、ゆらゆらと紫煙《しえん》が立ちのぼった。

「君が言うように、エミリイは、確かに頼子になりきっていた。私のことを実の叔父のように慕《した》ってくれ、可愛《かわい》くて仕方がなかった。イギリス人でありながら、日本の女性よりも、はるかに日本的なところがあったりしてね」

「同感です」

「君は彼女に何度会った？」

「二度です。一度は先生の私邸で、もう一度は伊豆《いず》の別邸で先生の内輪の誕生会があったときです」

「するとずいぶん以前だな」

五条家の当主、信高は、倉脇の東大法学部時代の同期生で、二人は刎頸《ふんけい》の間柄であった。

信高のひとり息子である忠芳《ただよし》は東大経済学部を出たあとケンブリッジ大学に留学し、そこでエミリイを知り、愛し愛されるようになったのである。

ケンブリッジで三年間学び、学位を取得した忠芳は、エミリイをともなって帰国した。このとき現在四歳になる理恵子が、すでにエミリイのおなかの中にいた。

忠芳とエミリイの結婚に、信高は猛反対したが、それをなだめたのが倉脇であった。

だがエミリイの両親も、二人の結婚に反対し、娘を直《ただ》ちにイギリスへ帰すよう信高宛に、厳しい抗議の手紙が届いた。この手紙によって、エミリイが両親の承諾を得ずに、日本へ来たことがわかったのである。

エミリイのおなかは、四カ月半を過ぎていた。

そこで信高は、彼女に頼子という日本名を付けて、息子との結婚を許した。エミリイの両親との、トラブルは覚悟のうえであった。

だが信高は知らなかったのである。エミリイの父親、ハイム・ダンカンが〝ロンドン暗黒街の帝王〟であったことを。

それがわかったのは、日本の新聞が、イタリアとフランスの銀行倒産を報じ、倒産劇の黒幕としてハイム・ダンカンの名を挙げたときであった。

しかし、このときにはもう、頼子は二人目の子供、英行を生んでいた。

忠芳とエミリイとの結婚を許す前、信高は親族の者を使って、エミリイの実家の経済状態だけを密《ひそ》かに調べさせた。

その結果、ダンカン家はロンドン郊外に敷地一万坪に及ぶ宮殿のような屋敷を構えていることがわかり、調査に当たった親族の者は、安心して帰国したのである。

その時点で、もう少し突っ込んで調べておけば、ハイム・ダンカンの恐るべき素顔がわかり、あるいは何らかの対策をたてられたかもしれない。

信高は二人の結婚については、一応の礼儀として、エミリイの両親に丁重に通知した。もちろん五条家の家柄について述べることも忘れなかった。

けれども、それに対するエミリイの両親からの反応はなかった。

信高のもとに、エミリイの両親から、戦慄《せんりつ》するような手紙が届いたのは、二人目の子供、英行が生まれた直後である。

それには「理恵子が四歳、英行が二歳になったときに、二人の子供をダンカン家の後継者として迎えに行く」と書かれていた。

そして、その時期が、今年、とうとうやって来たのだ。

「なんとかしなければ……」

倉脇が短くなった煙草を、灰皿で揉《も》み潰《つぶ》した。

結婚に反対する信高をいさめて、エミリイを五条家に迎え入れさせただけに、倉脇としては責任を感じているのである。

黒木も、なんとかしてやりたい、という気持ちは、倉脇と同じであった。

エミリイ、いや頼子の優しい人柄が、そういう気持ちにさせるのだ。

国家的事件ではないが、倉脇のゴーサインが出れば、黒木は〝ロンドン暗黒街の帝王〟に対して、行動を開始するつもりでいる。

要するに、ダンカンとその側近を、五条家に近づけなければいいわけだ。

黒木は、倉脇家の本邸と伊豆の別邸へ遊びに来ていた頼子と、二度顔を合わせてはいるが、話を交《か》わした時間は、ほんの十五、六分であった。

この短い会話だけで、黒木には彼女の人柄の素晴らしさがわかった。

自分の意見は、はっきりと言うが、礼儀正しく控えめで、話し方は実にソフトであった。

社会的地位の高い者や、年上の者と接する時に忘れてはならない『平等ではあっても対等ではない』という作法を、きちんと心得た、ブロンドのなかなかの美人である。

二本目の煙草をくわえた倉脇に、黒木はまたライターの火を差し出した。

「先生、こう致しませんか。私は、もう暫《しばら》く京都に残って、五条家の様子を見ることにします。先生は公務がおありでしょうから、いったん東京へお戻りになっては？」

「そうするか。ダンカンたちの東京での動きも気になるしね」

「連中は、あるいはすでに、京都に来ているかもしれません」

「となると、やはり君に京都に居残ってもらったほうがいいな。ただし私がゴーサインを出すまでは、けっして行動を起こさないでくれよ」

「心得ています」

「万が一、頼子と接触できても、君の身分は明かさないようにしたまえ」

「むろんです。それに、ひとの身分素姓《すじょう》をあれこれ知りたがるような、彼女ではありませんから」

「そうだったな」

「ともかく、今日じゅうに高浜《たかはま》君を京都へ来させましょう。ひとりで帰京というわけにはいきませんから」

「ひとりで大丈夫だ。新幹線でわずか三時間の距離じゃないか」

「駄目です」

黒木は、苦笑する倉脇の横をすり抜けて、背後の床の間にある電話機に手を伸ばした。

黒木が口にした高浜とは、彼の秘書、高浜沙霧《さぎり》のことであった。警察庁刑事局から出向の、歴《れっき》とした警部補であり、国立関東医科大学で法医学を専攻した異色のエリートである。

黒木が、ダイヤルボタンをプッシュすると、発信音が鳴ってすぐに先方の受話器が上がり、沙霧の澄んだ声が、伝わってきた。

2

倉脇法相を乗せた、黒塗りのハイヤーが京都駅前に着いたのは、翌日の午後三時すこし前であった。

運転手が、車外に出るより先に、後部座席のドアが開いて、真紅《しんく》のジョーゼット・スーツを着た女性が降り立った。

傍《そば》を通りかかった男たちが、思わず息を呑《の》むほど、西洋的な美しい顔立ちの女性であった。スラリと伸びた肢体《したい》は、一七三、四センチはあるだろうか。優しいカーブを描いて張りつめた妖《あや》しい胸の線が、圧倒的である。

彼女は、ごくさり気なく、しかし油断のない目つきであたりを見まわしたあと、車内に残っていた倉脇を「どうぞ……」と目で促《うなが》した。

肩から下げたショルダーバッグの口金《くちがね》にかかっている、白い指先も極《きわ》めてさり気ない。

倉脇が降りると、女性は運転手に向かって「ご苦労さま」と言葉短く声をかけ、倉脇から半歩遅れて歩き出した。

この女性が、黒木の秘書、高浜沙霧であった。世界最強と言われる男のもとで任務に就くようになった彼女は、黒木から厳しい訓練を受け、数々の事件を経験して今日に至っている。

歩きながら倉脇をガードする位置、まわりに対する目配り、ショルダーバッグの口金にかけた右手の自然さなど、まさに完璧であった。彼女のショルダーバッグの中には、九連発の小型自動拳銃モーゼルM１９１０が入っている。

彼女の右の耳には小さなイヤホーンが差し込まれ、そのイヤホーンから伸びた細い線が、ショルダーバッグの中へ吸い込まれていた。

二人が新幹線の改札口を抜けたとき、前方から二人の男が足早にやって来た。

二人ともサングラスをかけて、ジャンパーを着ている。

倉脇の歩みがやや遅くなり、沙霧が倉脇と肩を並べた。

並みの者には気づかないが、黒木が見たなら、沙霧が瞬発事態に備えて戦闘態勢をとっているのが、わかったことだろう。

だが、沙霧の美しい表情に、変わりはなかった。

サングラスをかけた二人連れが、沙霧の脇を通り過ぎた。

沙霧が、倉脇からまた半歩遅れる。

二人が上り線のホームに立って一、二分すると、十五時七分発の『ひかり６号』が滑《すべ》り込んで来た。

沙霧が、すうッと手を伸ばして、半歩後ろから倉脇の腕を摑んだ。突然の暴漢に突き飛ばされた場合のことを、想定してのガードであった。

二人の間柄を知らぬ者が見たなら、優しい娘が父親の体を支えてやっているように見える。

それにしても、沙霧は、あまりにも美しすぎた。その美しさゆえに、目立たぬよう、ひっそりと法務大臣をガードするというわけにはいかない。

ホームにいる男たちの視線が、チラチラと沙霧に注《そそ》がれた。幸いだったのは、沙霧が美しすぎるあまり、政界大実力者の存在が、かえって乗客に気づかれなかったことである。

倉脇と沙霧は、グリーン車の個室に入って、ゆったりとした座席に腰を下ろすと、顔を見合わせて、どちらからともなく微笑《ほほえ》みあった。

「君の警護の仕方は、黒木君の呼吸そのままだね。一緒に歩いていても安心できるよ」

「でも黒木検事からは、よくお叱《しか》りを受けました。覚えが悪いって」

「彼は自分に対して厳しいだけに、他人に対しても厳しいんだ。私ですらよく注意されることがある」

倉脇は、そう言って破顔した。

『ひかり6号』が、ゆっくりと動き始めた。

沙霧は、右の耳に差し込んでいたイヤホーンを取ろうとして、体の動きを止めた。

このイヤホーンは、ショルダーバッグの中に入っている、マッチ箱ほどの高性能ラジオにつながっていた。国内放送も聞けるが、むしろ外国放送を受信するためにつくられたもので、開発したのは、防衛庁技術研究本部である。

沙霧はさきほどから、ソビエトが流しているアメリカ向けの放送を聞いていたのであった。日々の世界情勢を把握し、それを黒木に報告するのは、彼女の重要な役割のうちの一つである。

「何か、いい放送でも流れているのかね」

倉脇が、ゆったりと脚を組んで、スーツのポケットから禁煙ガムを取り出した。このところ倉脇は、医学者である沙霧に注意されて、喫煙量を減らしている。

「ソビエトがアメリカ向け放送で、これから臨時ニュースを流します。しかも日本に関するニュースです」

「ほう……」

禁煙ガムの包みを開きかけた倉脇が、それを再びスーツのポケットにしまった。

明瞭なアクセントの英語による、臨時ニュースが始まった。

『レニングラード放送東京特派員から、ただいま届いた情報によりますと、いまから五十分ほど前、東京・港区にある超高層ホテルの一室で、レニングラード放送東京支局長ラスーロフ・マフムードが何者かに射殺されました。わが国政府は、間もなく日本政府に対して厳重に抗議することになっています。繰り返します……』

沙霧は、素早くイヤホーンをはずして、倉脇に差し出し、ショルダーバッグを、センターテーブルの上に置いた。

イヤホーンを耳に差し込んだ倉脇は、自分の膝頭《ひざがしら》に視線を落としながら聞き入った。

その表情が、しだいに暗く沈んでいく。

沙霧は、腕時計に付いている白い小さなボタンを押して、口に近づけた。この腕時計はマイクロ送受信装置を内蔵しており、半径五十キロ以内なら送受信が可能で、黒木も同じ物を持っている。

送受信の場合の地勢は問わないが、新幹線のように高速で走る鋼鉄製の車両の中からだと、多少の雑音が入る。

『ひかり6号』は、京都駅を出発して、すでに十分が過ぎていた。

動き始めて、すぐに時速二百キロ近くに達しているから、間もなく送受信が困難になる恐れがあった。

「黒木検事、応答ねがいます……」

「黒木だ。すこし雑音がひどいな」

「間もなく送受信可能圏を出ると思われますので、用件だけをお伝えします。たったいまソビエトが、アメリカ向けの放送で、大変な臨時ニュースを流しました」

「ひょっとするとラスーロフ・マフムード射殺事件ではないのか。その件なら、たったいま杉波警察庁長官から連絡が入ったよ」

「そうでしたか」

「帰京次第、君なりに動いて、事件の前後の状況などを調べてみてくれ」

「わかりました」

黒木の声が急速に遠ざかり、やがて聞こえなくなった。列車が送受信可能圏の外へ出たのである。

倉脇が耳からイヤホーンをはずし、センターテーブルの上に載っている沙霧のショルダーバッグの中へしまった。

「事件が発覚して、五十分後に国際放送で流すとは、ソビエトにしては異例の早さだな。かつてないことだ」

「ラスーロフ・マフムード東京支局長は、黒木検事が常日頃《つねひごろ》から、KGBかGRU要員ではないかと睨《にら》んでいた人物です」

「知っている。防衛庁の情報関係者や警視庁筋も同じ見方だよ。こいつは、日ソ間の厄介《やっかい》な問題に発展しそうだな」

「ラスーロフ・マフムードほどの大物が射殺された場合は、もっと速《すみ》やかに倉脇先生に連絡が入るようにすべきです。東京からの連絡より、ソビエトのニュースのほうが先になるようでは困りますもの」

「まったくだ。しかしいろいろな面からの確認に手間どったんだろう。なにしろ被害者はソビエト最大と言われている放送機関の東京支局長だからね」

「誰が何の目的で殺したのでしょうか。そうやすやすと殺されるような人物ではないと思いますのに」

「彼ほどの人物なら、小型ピストルぐらいは常に携行《けいこう》していただろうにね」

「現場を見ないと、はっきりしたことは言えませんが、無抵抗で射殺されていたとしたら、顔見知りの者による犯行とも考えられます」

「帰京したらすぐに、国家安全委員会を招集して、対策を練《ね》ってみることにしよう。場合によっては、黒木君に動いてもらうことになるかもしれないから、君もそのつもりでいたまえ」

「はい」

沙霧が頷いたとき、個室のドアがノックされて細めにあき、専務車掌が笑顔を覗かせた。

「乗車券を拝見に参りましたが、よろしゅうございますか」

国鉄時代とは比較にならぬ言葉遣いであり、笑顔であった。

沙霧が「どうぞ……」と答えて、油断なく立ち上がった。

せまい部屋で見知らぬ者を相手に、すわったまま応対してはならない、というのは黒木の教えである。『静』から『動』へ一瞬のうちに変化即応できる黒木の凄《すご》さが、その教えの中に生きていた。

「ありがとうございました」

専務車掌が、乗車券をチェックして出て行くと、沙霧はドアを閉めてロックした。

3

そのころ黒木は、料亭旅館『小鈴』を出て、タクシーで五条家に向かっていた。

五条家は、東・西本願寺まで歩いて数分の下京区《しもぎょう》旧花屋町通《はなやちようどおり》の閑静な一郭《いっかく》にあった。かつては二条城の近くに豪壮な屋敷を構えていたが、昭和三十三年に屋敷を売り払い、旧花屋町通に移り住んだのである。

敷地こそ、かつての屋敷の半分にも満たないが、書院《しょいん》造りの母屋《おもや》と茶室は、五条家のかつての栄華を物語るには充分であった。

タクシーは、かなりのスピードで走っていた。

黒木は、窓の外を流れ過ぎる古都の町並みを眺めながら、脳裏にラスーロフ・マフムードの顔を思い浮かべた。

この有能な東京支局長を、黒木はこれまでに二度見かけている。

一度は昨年秋、伊達首相が、帝国ホテルで外国特派員との懇親パーティを開いたとき、もう一度は国枝内閣官房長官が今年の一月に出した句集の出版記念パーティにおいてである。ただし黒木はラスーロフ・マフムードの名は、それ以前から知っていた。NATOの情報筋から〝マフムードはソビエト諜報機関の大物らしい〟という不確実情報を、得ていたのだ。

黒木はマフムードはKGBではなくGRUに所属しているのではないか、と想像していた。

これには、根拠があった。

一昨年、ある事件の捜査でスウェーデンに渡ったとき、捜査に協力的であったスウェーデン陸軍の情報機関員から「欧州に展開していた多数のGRU要員が昨年あたりから極東に流れているらしい」と、聞いたのである。

マフムードが、それまでの東京支局長と交代して着任したのは、三年前の十二月であった。GRU要員が極東に流れている、という時期と一致するのだ。

GRUは、KGBと並ぶ強力な秘密機関である。KGBはあまりにも有名になり過ぎたせいか、その実体が西側の手でしだいに明らかにされつつあるが、GRUは現在も厚い秘密のベールに包まれ、その素顔を知ることは困難であった。

GRUの正確な呼称は『ソ連軍参謀本部諜報総局』で、俗にソ連軍情報本部と呼ばれている。

まるで目に見えぬ影のような組織であるだけに、西側の情報機関員の中には「KGBよりはるかに恐ろしい」と断言する者もいるほどだ。

その恐怖機関の大物が、こともあろうに日本の首都で射殺されたというのであるから、ことは穏やかではない。

黒木も日本政府も知らなかったが、マフムード射殺さる、の情報をいち早くキャッチした在日米軍は、ソビエトの軍事的報復を警戒し、戦闘態勢に突入していた。ということは、在日米軍も、マフムードをGRUの大物と認めていたことになる。

タクシーは東大路《ひがしおおじ》通を東山七条《ひがしやましちじょう》で右折し、七条通に入ってスピードを落とした。

黒木は、マフムードの死は、下手《へた》をすると日ソの軍事衝突になるのでは、と心配した。

超大国の面子《メンツ》を重んじるソビエトが、おとなしく黙っているとは思えない。

全面戦争にならないまでも、北方領土の基地から北海道へ、長距離砲を撃ち込むぐらいのことは、やる恐れがある。

「このあたりでよろしいですか」

運転手が、バックミラーを覗き込みながら、車を路肩に寄せて止めた。

「ありがとう、結構です」

黒木は、運転手に料金を支払って、車から降りた。ちょうど東本願寺と西本願寺の中間あたりで、五条家へ行くには、七条通を横断する必要があった。

黒木が、信号が青に変わるのを待っている間、彼の左右に立って信号待ちする若い女性たちの視線が、彼に注がれた。

沙霧にしろ黒木にしろ、大勢の人の中に立つと、その容姿はひときわ目立つ。

とくに黒木の精悍《せいかん》なマスクは、彼の強烈な個性をそのまま表わしていた。バランスのとれた長身は、スーツがよく似合う。

そのスーツの下に隠されているのは、爆発的なパワーを秘めている、鋼《はがね》のような筋肉の束であった。鍛え抜かれたそれらの一本一本が怒りの炎を噴き上げたとき、この男は黒豹と化して咆哮《ほうこう》する。

信号が青に変わった。

黒木は、スーツの内ポケットからサングラスを取り出してかけると、人の流れに流されるようして、横断歩道を渡った。

このとき彼は、西の方から黒塗りの外車がスピードを落としてやって来るのに気づいた。助手席に三十半《なか》ばの白人が乗っており、後部座席にも三人の白人が乗っているのがわかった。

外車は横断歩道の手前で、静かに路肩に寄って止まった。

初老の運転手が敏捷《びんしょう》に車から降りて、うやうやしく後部座席のドアをあけた。ドアにはⓉの金色のマークが、小さく刷り込まれていた。倉脇と沙霧が利用したハイヤーと同じ会社のものである。

黒木は、横断歩道を渡りきると、建物の陰に立ってさり気なく様子をうかがった。

助手席に乗っていた白人が、車道側のドアをあけて降り、車の後ろを迂回《うかい》して歩道に立った。

後部座席からりゅうとした身なりの白人が次々に降り、最後に降りた五十七、八の男が、運転手にチップを握らせた。

小柄な運転手は、警察官に注意されている交通違反者のように、やたらペコペコと頭を下げた。

四人は、あたりを見まわして、何やら話し合っていたが、やがて旧花屋町通の方角に向かって歩き出した。

四人とも髪は栗色で、うち一人はやや明るいブラウンであった。

背丈は、揃って黒木くらいである。

黒木は、三、四十メートルの距離をあけて、彼らを尾行した。

どうみても、ただの観光客とは思えない四人であった。

一昨日の夕方来日したダンカン一行も、四人連れである。

四人は、間違いなく五条家へ足を向けているようであった。

黒木は、ハイヤーの運転手にチップを手渡した五十七、八の男が、ダンカンではないか、と思った。ほかの三人の白人のうち、最初に助手席から降りた男の動きに、並みの男にはないものがあった。彼だけが、半歩遅れた位置にあって、ときおり周囲に、それとなく視線を走らせている。

肩から力を抜き、とくに右腕はリラックスさせているように見えた。

それらは、熟練のボディガードに見られるものであった。右腕から力を抜いてリラックスさせているのは、背広の内側に拳銃ホルスターを下げている証拠だ。

しかも相当できる、と黒木は睨んだ。

黒木が幾つめかの辻《つじ》にさしかかったとき、不意に「キャッ」という女性の悲鳴が聞こえた。

見ると、せまい辻の奥まったところでヤクザ風の二人の男が二十六、七歳と思われる、髪を茶色く染めた女を、古い二階屋の玄関から引きずり出そうとしていた。

女が、玄関の柱にしがみついて、しゃがみ込もうとすると、背の高いほうの男が力まかせに女の顔を殴った。

女が、また悲鳴を上げて、ポタポタと鼻血を出した。せまい辻の両側に建ち並んでいるのは、似たような古い二階屋ばかりである。

だが、どの家からも誰も姿を見せず、辻は妙にひっそりと静まりかえっていた。

黒木は、軽く舌打ちをして、しだいに遠ざかって行く四人の白人と、殴られている女とを見くらべた。

結局、彼は顔を血まみれにしている女に向かって、ゆっくりと近づいて行った。

サングラスをかけた、背の低いほうの男が、女を玄関の柱から引き離し、胸倉《むなぐら》を摑んで黒木の方へ引きずって来た。

二人の男は、黒木に背を向けているため、まだ彼に気づかない。

女が、黒木の方へ片手を差し伸べるようにして「助けて……」と叫んだ。

弱々しい叫びであった。

二人の男が、ようやく振り向いて、わざとらしい威嚇《いかく》的な表情をつくった。

「なんだ、てめえは」

背の高いほうの男が、嗄《しゃが》れ声をしぼり出したが、黒木はまったく二人を無視して、女の傍に腰を下ろした。

サングラスの男は、まだ女の胸倉を掴んでいた。手の甲に、鬼の刺青《いれずみ》をしている。

黒木は、サングラスの男の手首を、指先でつまむようにして圧迫した。

男がヒイッと喉《のど》を鳴らして飛び退《さ》がり、苦痛のあまり路上に横たわってのたうちまわった。一瞬のうちに、手首の筋肉を断ち切られたのである。

背の高いほうの男は、何がなんだか訳《わけ》がわからず、薄気味悪そうにあとずさった。

黒木はハンカチで、血に染まった女の顔を拭《ふ》いてやると、立たせた。

女が「どうもすみません」と言って、両手で顔を覆い、嗚咽《おえつ》を洩《も》らした。着ているものは貧しく、まだ若いというのに手はひどく荒れていた。よほど苛酷な労働を続けてきたのだろう。

乳房の豊かな膨《ふく》らみだけが、かろうじて彼女の若さを証明している。

「野郎ッ、どういうつもりだ」

黒木の背後で、背の高い男が殺気を漲《みなぎ》らせたが、挑《いど》みかかるだけの勇気はなさそうであった。

黒木は、女を促して、彼女が引きずり出された家の方へ歩き出した。

サングラスの男は、まだのたうちまわっている。

二階屋の表札は『室澤《むろさわ》』になっており、玄関を入ると、上がり框《がまち》に二歳ぐらいの幼女が、腰を下ろしていた。頭に赤いリボンを付けて、目がパッチリとした可愛い子である。

女は、子供を抱きしめると、涙を流しながら、頬ずりをした。

子供の着ているものも、ひどく貧しい。

「主人が白血病で急死したあと、生活が苦しくて、暴力団系のサラ金とは知らずに、お金を借りてしまいました」

女は、子供の頭を撫《な》でながら、小さな声で話し出した。

「子供がまだ小さいので、昼間は思うように働けず、夜、子供が眠ったあと近くのスナックで深夜まで働いていました。それでも借金の利息が増えるスピードのほうが速くて……」

「連中は、あなたをどこへ連れて行こうとしたのですか」

「借金を返せないなら、体で返済する場所を教えてやる、と言って連れ出そうとしたのです」

「借金の額は？」

「元利合わせて百八十万円です。三日後に年老いた父が、猫の額ほどの畑を売ったお金を持って来てくれることになっています。あのひとたちにそう言ったのですが、聞き入れてもらえなくて」

「お父さんが持って来てくれるお金で、元利とも完済できるのですね」

「はい、なんとか」

「サラ金には、二度と手を出さないことです。世の中には、黒い罠《わな》が無数に仕掛けられていますから、注意なさってください」

黒木は、子供の頬に優しく手を触れると、黙って玄関を出た。

二人連れが恐ろしいのか、母と子は玄関から出ようとしなかった。

ありがとうございました、という声だけが黒木の後を追った。

二人連れは、辻の入口あたりに、まだいた。そこに古井戸の跡が残っていて、サングラスをかけた男は、痛そうに顔をしかめながら、その上にすわっていた。

背の高いほうの男が、心配そうに、サングラスの男の顔を覗き込んでいる。

黒木がやって来るのに気づくと、背の高いほうの男が、スーツのポケットからナイフを取り出して身構えた。

黒木は、ナイフを見ようともしないで、二人の前で立ち止まると、ズボンの後ろポケットから財布を取り出し、一万円札十枚を抜き取った。

「借金の取立ては、三日待ってやれ。これは三日分の利息と、そこの男の治療費だ」

黒木は、二つに折った紙幣を、ナイフを手にした男の足元に投げた。

「あの女性には二度と手を出すなよ。殴られるというのは、痛いもんだからな」

ナイフを手にした男が、鼻先で「へッ……」と、せせら笑った。

その鼻の下に、黒木の拳が、ひねり込むように炸裂《さくれつ》した。

男が、バッと鼻血を撒《ま》き散らして、数メートル吹き飛び、背中から電柱に激突した。

ボキッと背骨の折れる不気味な音がして、男は白目を剝《む》き、朽《く》ち木のごとく前に倒れた。

古井戸の跡に腰を下ろしていたサングラスの男が、恐怖で顔を引き攣《つ》らせ、唇をわななと震わせた。

「取っておけ」

黒木は、風に流されそうになった紙幣を拾い上げると、サングラスの男の膝の上に落とした。

黒木が辻を出ると、四人の白人は見えなくなっていた。

嫌な予感が、ふッと黒木を襲った。

黒木は、五条家めざして急いだ。旧花屋町通まで、そう遠くはない。

貧しい母と子を救ったがために生じた、不吉な予感は、五条家に近づくに従って、大きく膨らんだ。母と子を救うために要した時間は、わずかに六、七分である。

その六、七分が、黒木は、決定的な後悔に結びつくような気がした。

彼は、旧花屋町通を右に折れた。
四、五十メートル先に、どっしりとした四脚門を構えた、白い土塀の屋敷があった。
近在の人々が『五条御殿』と呼んでいる屋敷である。

昨日降り続いた雪はすっかり溶けて、路上には小さな根雪の固まり一つなかったが、五条御殿の土塀から覗いている寒椿《かんつばき》の枝々は、シャーベットのようになった雪を、まだうっすらと載せていた。

4

黒木が五条家の門前まで来てみると、表門は固く閉じられていたが、潜《くぐ》り戸が細めにあいていた。

黒木の顔が曇った。

五条家の右隣りは小さな寺で、左隣りには間口の広い、いかにも老舗風の呉服屋があった。くすんだ色の町家《ちょうか》風の二階屋がいかにも京都らしく、従業員が忙しそうに出入りしている。

五条家と寺、呉服屋との間には、ひと二人が並んで通れるほどの路地があり、日当たりが悪いせいもあって、そこには昨日の雪がすこし残っていた。

黒木は呉服屋側の湿った路地に入って行った。

彼よりも先に歩いた者の足跡が、幾つも入り乱れて奥に向かって続いている。

四人の白人の足跡なのか、それとも呉服屋の従業員の足跡なのか？

路地は突き当たりで右へ折れて、五条家の裏側を抜け、寺側の路地に続いていた。つまり五条家は、表通りに面したほかは、路地に接していたのである。もっとも表通りとはいっても、旧花屋町通は、それほど広くはなく、かくべつ賑《にぎ》やかな通りでもない。

黒木は、五条家の真裏まで来て、聴覚を研《と》ぎ澄ました。

屋敷の中から聞こえてくるのは、鬱蒼《うっそう》とした庭木から庭木へ飛び移る小鳥の鳴き声ぐらいのものであった。冬枯れの木がほとんど見られないことから、主にカシ、シイなどの常緑樹を植えているものと思われた。

黒木は、かけていたサングラスを取って、スーツのポケットから羊の薄皮でつくられた手袋を取り出すと両手に嵌《は》め、足元を眺めた。

入り乱れて続いていた足跡は、ここで消えていた。しかも白い土塀に、靴の跡が、かすかに残っている。

何者かが、この塀を越えて、屋敷内に侵入したことは明らかであった。

塀の高さは、およそ二メートル。

長身の黒木が手を伸ばすと、塀の上に軽く届いた。

彼は、靴の先で塀を汚すこともなく、身軽に飛び越えて、ふわりと庭に着地した。

よく手入れされた庭で、樹木のほかは一本の雑草もなく、冬でも美しい緑を失わない西洋芝が、びっしりと張られていた。

この芝生のために、先に侵入したと思われる者の足跡は、まったく痕跡《こんせき》をとどめていない。

芝生の上の雪は、ほとんど溶けてなくなっている。

黒木は、木立ちの陰から、旧華族の屋敷を観察した。

二条城近くにあった、本来の五条家よりもはるかに小さいとはいえ、庶民には手の届かぬ豪邸であった。

屋敷の維持費だけでも毎月かなりの出費があるのだろうが、〝旧華族は落ちぶれるもの〟という通説は、五条家には当て嵌まらなかった。

当主の五条信高は、大阪に本社を構える中堅の輸入専門商社のオーナーであり、息子の忠芳は、これもやはり大阪に本社を置く総合電機メーカーの経営開発室次長の職にあった。

資本金九百億円、従業員数四万三千名のビッグビジネスである。

経済的には、ひじょうに富裕な、旧華族であるわけだ。

黒木は、木立ち伝いに離れの茶室に近づいた。

茶室と書院造りの母屋とは、十五、六メートルはある渡り廊下で結ばれている。古風に細工された欄干《らんかん》は、牛若丸《うしわかまる》と弁慶《べんけい》が対峙《たいじ》した、古き時代の五条大橋を髣髴《ほうふつ》させた。

黒木は、渡り廊下に沿って母屋に近づき、靴のまま濡れ縁に上がった。

濡れ縁の内側に広い縁側があり、双方の間はガラス戸で仕切られている。

黒木は、ガラス戸に手をかけて、引いてみた。

鍵は掛かっておらず、ガラス戸は音もなく、滑るようにあいて、黒木の目がギラリと光った。

幾多の死線をかい潜ってきた黒木の嗅覚《きゅうかく》は、血の臭いを鋭く嗅《か》ぎ取っていた。それも大量の血の臭いだ。

彼は、スーツの内側に手を入れて、ショルダー・ホルスターから大型の自動拳銃を、静かに引き抜いた。

イタリアのベレッタ社が開発した、十五連発のダブルアクション・ピストルM92Fである。世界でもっとも優れた自動拳銃、と評されている銃で、一九八五年一月十五日にアメリカ軍の制式拳銃として採用され、一九八七年から納入が開始されている。

黒木は、縁側を玄関と思われる方へ、歩いて行った。靴の裏には特殊な消音ゴムが張ってあるため、足音はしない。

心配なのは縁側の軋《きし》みであったが、厚い板でがっしりとつくられた縁側は、小さな音ひとつ立てなかった。

最初に、二十畳ほどの広間があり、続いて座卓を置いた八畳の居間が二つ続いていた。

その次が食堂兼キッチンで、ここは二十畳以上はあろうと思われる板の間であった。食卓や椅子《いす》や食器棚などの調度品は、どれも重厚なものばかりである。

黒木は、この屋敷には、旧華族のきらびやかさが、まぎれもなく生きている、と思った。

そのきらびやかな屋敷に、いま血の臭いが漂っていた。ほんのかすかだが、オーデコロンの匂いもする。

食堂兼キッチンの前を通り過ぎると、十畳の玄関の間があった。龍を描いた金屏風《びょうぶ》が置かれている。

江戸時代の高名な日本画家の描いたもので、おそらく二千万円以上はするだろう。

玄関の間をはさむようにして、両側にドアがあった。洋室と思われるドアがあるのは、一階ではここだけである。

黒木は、まず右手のドアに近づき、いきなり足で蹴り開いた。

室内で飽和状態になっていた血の臭いが、黒木に襲いかかった。

そこは十五畳ほどの書斎で、男女の死体が血の海の中に横たわっていた。

死者は共に六十歳過ぎである。

男のほうは首を、女のほうは心臓を一発で撃ち抜かれていた。

死体からは、まだ血が流れ出ているため、射殺されてから、それほど時間は経っていないように思われた。

老人は五条信高で、老女のほうは妻滝乃《たきの》に違いなかった。

二人とも目を見開いて、無念の表情である。

黒木は、鋭い目で書斎を見まわした。

老夫婦を貫通した弾丸は、窓際の壁と机に当たっており、信高は、書棚に手を伸ばすかたちで、そして滝乃は夫の上に倒れかかっていた。

死体の傍に湯呑みと茶托《ちゃたく》がころがっていることから、書斎で調べものをしている夫のところへ、滝乃が茶を差し入れようとして書斎へやって来た直後の惨劇と思われた。

机の上には大学ノートと書類らしきものが、ひろげられていた。

黒木は、血の海を踏まぬよう気をつけながら、窓際の机に近づいた。

机の上に載っていた書類は、信高が経営している輸入専門商社の決算書であった。

オーナー自ら経営分析を行なっていたとみえて、幾つかの勘定《かんじょう》科目の下に赤線やら青線が引かれていた。大学ノートには、決算書から弾き出された、さまざまな関係比率分析、趨勢《すうせい》比率分析、構成比率分析などの数値が、びっしりと書かれており、それらの数値に対するオーナーとしての所見も述べられている。

旧華族出身の経営者でありながら、信高の経営姿勢は極めて科学的かつシビアであった。

決算書の数字を見る限り、輸入専門商社の経営は、極めて順調のようである。

黒木は、非業《ひごう》の死を遂《と》げた老夫婦を、しばらくの間、辛《つら》そうに見つめていたが、やがてグッと口許《くちもと》を引きしめて書斎を出た。

彼は、ベレッタをホルスターにしまうと、もう一つのドアをあけた。

この部屋は、十五畳ほどの応接室で、老家政婦が帚《ほうき》を手にしたまま、顔の中央を撃ち抜かれて、仰向《あおむ》けに血の海の中に沈んでいた。

この死体も、カッと目を見開いている。

侵入者は、問答無用で銃を撃ったようであった。つまり最初から殺しの目的で、屋敷へ侵入したということである。

四脚門の潜り戸が細めにあいていたのは、塀を乗り越えて侵入した犯人が、潜り戸をあけて出て行ったためであろう。

「むごいな……」

黒木は呟いて、見開かれた老家政婦の目を閉じてやった。帚をしっかりと握って離そうとしない最期が、哀れである。

黒木は、部屋の隅にある電話台の前に立って、腕時計を見た。

倉脇と沙霧が東京へ着くまでに、まだ二時間あまりあった。

黒木は、ちょっと考え込んだあと、受話器を手にとった。

指先が、総理大臣官邸の首相執務室の電話番号をプッシュした。

発信音が三度鳴って、聞き馴《な》れた伊達首相の声が電話口に出た。

「黒木ですが、いま電話で話して、さしつかえありませんか」

「結構だ。君はいま倉脇君と京都だったね」

「その件なのですが、首相は倉脇先生から、五条家のことを聞いておられますか」

「うん、簡単にだが……」

黒木は、倉脇を『小鈴』から送り出してからのことを、首相に報告した。

彼の話に受け答えする伊達の声は、しだいに暗く沈んでいった。

「倉脇君が聞けば、ショックを受けるだろう。とにかく君はすぐに五条家を出たまえ。ここにいま杉波警察庁長官がいるので、死体処理の手を打ってもらうことにする」

「この事件は、新聞に？」

「一応、通常の殺人事件ということで、載せることにはするが、場合によっては君に動いてもらうことになるかもしれないから、そのつもりでいたまえ」

「わかりました。あくまで流しの物盗りによる犯行、ということで新聞に載せてください」

「わかっている。いずれにしろ五条忠芳が無事だったのは、何よりだ。彼の身辺は京都府警にガードさせるから、君は気にしなくていい。もう暫く京都にとどまるか、帰京するかは、君の判断に任せるよ」

「杉波長官から連絡がありました、ラスーロフ・マフムード射殺事件も気になっているのですが」

「その事件への対応で目下、頭を痛めているんだ。事と次第によっては、この事件も君に動いてもらうことになるかもしれないぞ」

「心得ています」

「じゃあ、帰京したときにでも会おう」

ガチャリと音がして、伊達が電話を切った。

黒木は受話器を置くと、応接ソファーの後ろの壁にかかっている風景画の方へ歩いて行った。

その絵のすぐ下に、老家政婦の体を貫通した弾丸が、三分の二ほど食い込んでいた。

黒木は、腰の後ろに下げている、長さ十センチほどの、牛革製のナイフケースから、折り畳み式のハンターナイフを抜き取り、板壁に食い込んでいる弾丸を抉《えぐ》り取った。

黒木の冷ややかなマスクが、弾頭を見て、わずかに変化した。

弾頭はほとんどひしゃげておらず、特徴を残していた。
・357マグナム弾である。ダンカン一味が、倒産した二つの銀行の頭取と副頭取を殺《や》ったとされている、あの弾丸だ。

だが黒木は、首をひねった。

頼子ことエミリイは、ダンカンの実の娘である。いくらロンドン暗黒街のボスとはいっても、実の娘が可愛くないはずがない。

頼子が、五条家で幸せな生活を送っていることは、ダンカンも知っているはずだ。気立ての優しい頼子のことだから、ロンドンの両親へは機会あるごとに、手紙を出しているだろう。

銀行を乗っ取り、黒い秘密を知った頭取と副頭取を殺害したダンカンだとしても、幸せな娘を不幸のドン底に突き落とすような行動を採《と》るだろうか？

黒木は、一抹《いちまつ》の疑問を抱きながら、玄関を出た。

玄関から表門に向かって、石畳が続いていた。

潜り戸のところまで来た黒木は、振り向いて母屋と茶室を眺めた。彼の表情は、冴《さ》えて静かであったが、体を流れる血は怒りで沸騰《ふっとう》していた。無抵抗な一般市民に対して銃口を向ける者に対しては、黒木は容赦《ようしゃ》しない。いかなる理由があろうと、素手《すで》の者に対して銃の引き金を引くなど、もってのほかと思っている。

黒木は屋敷を出て潜り戸を閉めると、両手に嵌めた革手袋を取って、晴れた冬の空を仰《あお》いだ。

ちぎれ雲が一つ、西から東へと流れていた。

第二章　ソ連軍参謀本部諜報総局《GRU》

1

それから十五分後、黒木は上京《かみぎょう》区今出川通《いまでがわどおり》にあるⓉハイヤーの本社前でタクシーを降りた。

三階建ての本社ビルに向かって左側に車庫があり、黒塗りの高級車がズラリと並んでいる。

何人かの運転手が、出庫の時間が迫っているのか、せわし気《げ》に車を洗っていた。

黒木が車庫へ入って行くと、ひとりの運転手が、ちょっと怪訝《けげん》そうな顔をしたが、すぐにまた車を洗い始めた。

車庫の左側に国産車が、右側に外車が並んでいた。

四人の白人が乗っていた外車は、すぐに見つかった。デイムラー・ダブルシックスである。イギリス製の車だ。

車庫の奥に配車係の小さな事務室があり、どこかに電話をかけたり、事務をとったりしている三、四人の従業員の背中が、ガラス戸ごしに見えた。

黒木が事務室に入って行くと、右手の奥にいた中年の女子従業員が、いぶかし気に立ち上がった。

黒木は事務室の入口を背にして立ったまま、穏やかな口調で切り出した。

「お訊《たず》ねしたいことがあって、参ったのですが……」

「どのようなことでしょうか」

「一時間ほど前、デイムラー・ダブルシックスに白人の四人連れをお乗せになったと思いますが、そのひとたちの宿泊先を教えていただけませんか」

「ハイヤー会社は、お客様の行き先などの秘密を守ることも仕事の一つになっておりますので、お答えできかねますが」

「ごもっともです」

黒木は頷《うなず》いてみせてから、鎌《かま》をかけてみた。

「じつは、四人連れがハイム・ダンカン氏の一行であるということは、わかっているのです。彼と仕事のことで、ある場所で会う予定になっていたのですが、私が三十分近く遅れて着いたものですから、お帰りになってしまったのです。宿舎を訪ねて、どうしてもお詫《わ》びしたいのですが」

ハイム・ダンカンの名を聞いて、やや警戒気味だった女子従業員の表情が緩《ゆる》んだ。

ということは、四人連れは、やはりダンカン一行だったのだ。

「そういうことでしたら、宿泊先をお訪ねになったほうが、よろしいですね。でもハイヤー会社から教えてもらったと言われては困ります」

「ええ、それは言いません」

「ハイム・ダンカン様は、清水坂下《きよみずざか》にある京都パークサイドホテルにお泊まりです。くれぐれも、ハイヤー会社から聞いたとは、おっしゃらないでくださいね」

「約束します。どうもありがとう」

黒木は、車庫を出ると、ちょうど通りかかった個人タクシーに、手を上げた。

それまで晴れていた空が急に暗くなり、白いものが、ちらつき始めた。

黒木が、タクシーの後部シートに体を沈めて、車庫の事務室の方を見ると、女子従業員がガラス戸ごしに、心配そうにこちらを眺めていた。

「清水坂下の、京都パークサイドホテルへ……」

黒木は、女子従業員の方を見たまま、運転手に告げた。

タクシーが、急発進で乱暴に走り始めた。

粉雪が、ウインドーガラスに当たっては、吹き飛ばされていく。

どういうわけか、このタクシーは暖房をしておらず、どこからともなく冷たい風が吹き込んできた。かなり古い車体のようである。

だが、充分な耐寒訓練を積んできた黒木には、真冬の寒さはほとんどこたえない。

どれほど気温が下がっても、彼は滅多に防寒コートは着なかった。寒さが気にならないというより、防寒コートを着ると体の動きがどうしても鈍《にぶ》くなるからである。それに、スーツの内側に下げているショルダー・ホルスターから、ベレッタを素早く引き抜くことにも支障が生じる。

タクシーは、粉雪の中をかなりのスピードで突っ走り、十分ほどで京都パークサイドホテルの正面玄関前に滑《すべ》り込んで急停止した。

「客商売だろう。もう少し上品に運転するんだな」

黒木は、苦笑まじりに言って料金を支払うと、タクシーから降りた。

京都パークサイドホテルは、昨年十一月にオープンしたばかりの、国際ホテルであった。東京の電鉄資本による経営で、古都の景観を損《そこ》なわぬよう、高さを五階に押えた、寺院建築風の豪華ホテルである。高さを思い切り低く押えているところに、ホテル経営者の京都に対する優しさが、滲《にじ》み出ている。

玄関を入ると、真紅の厚い絨毯《じゅうたん》を敷きつめたロビーがひろがっていた。

ダンカンの動きを探るには、彼が何号室に泊まっているかを、まず知る必要があった。しかし一流ホテルのフロントは、そうやすやすとは宿泊客の部屋番号を教えてはくれない。

黒木は、巨億の富を手にしているほどのダンカンだから、おそらくスイートルームに泊まっているに違いないと睨《にら》んだ。

ロビーの左手に、電話コーナーがあり、公衆電話が十台並んでいた。

黒木は、電話コーナーの方へ、ゆっくりと歩いて行った。

ロビーのソファーにすわって談笑している、白人の女たちが、好色そうな目で黒木の動きを追った。

電話コーナーではビジネスマンらしい三人の男性が、どこかと電話で話していた。

手帳を見ながら「その価格では、とても無理です」と、声高《こわだか》にしゃべっている者もいる。必死なしゃべり方だ。

黒木は、彼らから離れて、一番端の電話の前に立った。

このホテルの代表電話番号を印刷したシールが、ご丁寧《ていねい》なことに電話機に貼ってあった。

このホテルに泊まっていながら、このホテルに電話を掛ける者がいるのだろうか。あるいは、外来者がフロントを通さずに、ホテルの交換台へ電話を入れて、客室へつないでもらうことが多いのかもしれない。

一流ホテルになると、内線電話が、ロビーや廊下の何カ所かに必ず備え付けられているはずなのだが。

受話器を手に取って、コインを投入した黒木は、ホテルの代表電話番号をプッシュした。

発信音が鳴るか鳴らないうちに、交換台が出た。

黒木はまわりに注意を払いながら、低い声で訊ねた。

「いま旅行計画を立てておりまして、ぜひ京都パークサイドホテルのスイートルームを利用したいと思っています。私は見晴らしのよい、高い階にある部屋が好きなのですが、そちらのスイートルームは何階にあるのですか」

「あいにく私どものホテルは、高さを五階に押えています。これは古都の景観を損なわぬための配慮なのですが、高台に建っておりますし、スイートルームは最上階の五階にありますから、眺望は最高ですけれど」

「そうですか。じゃあ検討して、またお電話をさせて頂きます」

「よろしくお願い致します」

洗練された、感じのよい交換台の応対であった。単に電話を取り継ぐだけではなく、外部からの問い合わせに、きちんと答えられるよう教育されている。

黒木は、エレベーターで五階へ上がった。

このホテルは、廊下の幅を広く取っていた。通常の国際級ホテルの二倍以上の幅があり、そのゆったりとした空間が、宿泊客に安らぎを与えていた。いわゆる窒息感を与えないのである。

黒木は、廊下を歩いて客室のドアを一つ一つ見ていった。部屋面積が広いスイートルームは、ドアとドアの間隔があいているから、見当がつく。

廊下の南詰めまで来て、黒木は「ここだな」と呟《つぶや》いた。

五〇一号室の前である。しかも部屋番号の下には、金文字で『IMPERIAL SUITE』の表示があった。

黒木は、両手に手袋を嵌《は》めると、ドアのノブにそっと手を触れた。

当然、自動ロック式の鍵が掛かっているだろうとは思ったが、念のためにノブを回してみるつもりであった。

だが黒木の予想は、はずれた。意外なことに、この最高級の客室は、ドアに鍵が掛かっていなかった。

そのこと自体が、極めて不自然である。一流ホテルでは、たとえ宿泊客に利用されていない部屋であっても、清掃のとき以外は自動ロック式の鍵が掛かっている。インペリアル・スイートなら、なおさらのことだ。

黒木は、音を立てぬよう、慎重にノブを回して、ドアを静かに押した。そのとたん、五条家に漂っていたのと、同じ臭気が、黒木の顔にかかった。

血の臭いだ。

彼は、ベレッタを引き抜いて室内に入ると後ろ手にドアを閉めた。

窓のカーテンが閉じられているため、室内は暗かった。

彼は、人の気配がないとわかると、拳銃をしまい、明かりを点《つ》けた。

入口を入ってすぐ左に化粧室のドアがあり、右手はバスルームであった。

化粧室とバスルームの前を抜けると、広いリビングルームがあり、牛革張りの応接セットのほかに、十人が会食できる食卓と椅子が備え付けられていた。

ホテルの外見は寺院風だが、客室は完全に洋風である。

リビングルームには、奥の部屋に通じる大きめのドアがあり、血の臭いは、そのドアの向こうから漂ってきた。

黒木は、ドアをあけて明かりを点けた。

そこはセミダブルのベッドを二つ並べた、リビングルームの倍ほどもある寝室で、ここには金華山《きんかざん》張りの応接セットが置かれていた。

けれども、贅《ぜい》を尽くしたこの寝室は、飛び散る血しぶきで、ベッドも壁も天井も、赤黒く染まっていた。

三人の白人が、ソファーの上で撃ち殺され、うち二人は、スーツの内側に下げたホルスターから、拳銃を引き抜こうとする姿勢のまま、息絶えている。

五条家では、三人が三発の弾丸によって殺されていたが、白人たちの殺され方は、むごたらしかった。犯人は、あえてそうしたのか、白人たちの顔はそれぞれ数発の弾丸を撃ち込まれて、誰であるか判別できないほど顔が潰《つぶ》されていた。

まるで処刑が目的のような殺し方だ。

しかし黒木には、三つの死体の中に、ハイム・ダンカンがいないことが、すぐにわかった。七条通で㋣ハイヤーから降りた四人の白人のうち、ダンカンと思われる五十七、八歳の人物は、ひときわ肩幅が広く、がっしりとした体格をしていた。太ってはいたが、いわゆる肥満体ではなく、レスラーのような体つきだ。

寝室には、専用のバスルームと化粧室が付いていた。

黒木は、その中でダンカンも殺されているのではないか、と思ってドアをあけたが、ダンカンの死体はなかった。

「拉致《らち》されたか……」

黒木は呟いて、三人の白人の命を奪った弾丸を探したが、犯人によって回収されたらしく一発も発見できなかった。弾丸がそのまま残っていた五条家の状況と、対照的なほど異なっている。

それにこの部屋での殺し方には、裏切り者に対するような非情さが滲み出ていた。多数の弾丸を発射していることから高性能サイレンサーを装着した拳銃を用いたと考えられる。

黒木は、死体が肩から下げている拳銃を調べてみた。

三丁とも、イギリス製のスターリング・リボルバーであった。使い馴《な》れた拳銃を持参して日本へやって来たとすれば、よほど巧《たく》みな方法で税関のチェックを潜り抜けたのだろう。

もっともダンカンの権勢は、イギリス政財界の奥の院まで及んでいるというから、彼がその気になれば外交官特権のルートで銃を持ち込むことも不可能ではないかもしれない。

だが黒木にとっては、スターリング・リボルバーがどのようなルートで持ち込まれたかは、たいした問題ではなかった。

彼が事件捜査の過程でいつも最重要視するのは、直面する〝事実〟なり〝現象〟なりである。それに食いつくことから、彼の動きは始まるのであって、枝葉末節《しようまっせつ》についてはほとんど気に留《と》めない。

それが黒木のやり方なのだが、一方の沙霧は枝葉末節には注意深く目を光らせている。

黒木は、三丁のリボルバーを手にして寝室を出ると、それを食卓の上に置いて、鍵が掛かっていなかったドアの方へ歩いて行った。

ドアチェーンは、ぶら下がった状態になっているから、おそらくセットしていなかったのだろう。屈強の大男たちが室内にいたわけだから、ドアチェーンをしていなくとも、不思議はない。

黒木は、スーツの内ポケットから万年筆のようなものを取り出すと、キャップをはずし、その頭の部分を左へねじった。

頭の部分が取れて、直径三ミリ、長さ二センチほどのガラスの棒が現われた。

黒木はドアをあけると、鍵穴にガラス棒を差し込んで、キャップを覗《のぞ》き込んだ。

彼がキャップに付いている小さなボタンを押すと、ガラス棒が発光し、キャップ内のレンズが鍵穴の中の状態をクローズアップして捉《とら》えた。

「やはりな……」

黒木は、鍵穴からガラス棒を引き抜き、キャップを元通りにして、スーツの内ポケットにしまうと、ドアを閉めた。

鍵穴の中は、何か強力な薬品を流し込まれたらしく、金属がかなり溶けていた。これによって、オート・ロック機構が破壊されてしまったのである。

薬品特有の臭気が残っていないところをみると、無臭性の劇薬を注入したのだろう。

黒木が知る限り、このような劇薬を、こういう方法で用いるのは主として秘密情報機関の者である。しかしいまのところ、ダンカンと秘密情報機関とを結びつけるものは何もない。

犯人が秘密情報機関の者だとしても、ではいったい、どこの国の秘密情報機関員なのか？

黒木の脳裏《のうり》に、ラスーロフ・マフムードの顔が、浮かんで消えた。

今日一日で、見逃すことのできない三つの殺人事件が生じたのである。GRUの大物とみられていたマフムード射撃事件、旧華族である五条家の惨劇、そしてダンカンの側近中の側近と見られる白人三人の射殺事件。

何かとてつもなく巨大なものが、それぞれの事件の背後で蠢《うごめ》いている、と黒木は思った。

彼は、リビングルームの窓際にある、電話台の方へ歩いて行った。

受話器に手を伸ばそうとした黒木は、ふと体の動きを止めた。

幾多の事件で、あらゆる事態を経験してきた彼の本能が、何かを捉えたのである。いや、それは捉えたというより、触れたと形容したほうがいいかもしれない。それも、かすかにコツンと触れる程度のものであった。

黒木は、腰を折って、電話台の下を覗き込んだ。

電話機が載っている台の裏側に、マッチ箱の半分ぐらいの大きさのものが、粘着テープで張り付けられていた。

金属製である。

黒木は緊張した。盗聴器でなければ、爆発物の可能性がある。

いずれにしろ、これが取り付けられているということは、この部屋へ侵入した者が、何者かの来訪を予測していたことになる。

それは黒木なのか、それとも別の誰かなのか。倉脇と黒木が京都入りしたことを知っているのは、国家安全委員会のメンバーだけであり、このメンバーから秘密が漏れるということは、まずあり得ない。

黒木は、粘着テープを、そろそろと剝《は》がした。

掌《てのひら》に、それを載せて、二、三分眺めていた彼は、それをバスルームに持って行き、水洗トイレにポトンと落とした。

水を流すと、その小さな金属物体は、爆発することなく流されていった。盗聴器だったのだ。

黒木は、何事もなかったような顔つきで、電話台の前に戻ると、首相官邸に電話を入れた。

発信音が二度鳴って電話口に出たのは、伊達ではなく、最高検察庁検事総長・兵堂礼太郎であった。

伊達が倉脇の次に右腕として信頼し、多くの秘密を打ち明けている人物である。長身、白髪で眼光鋭く、その風貌はどことなく倉脇に似ている。

「黒木ですが、いま首相執務室に、国家安全委員会のメンバーがお集まりなのですか」

「倉脇法務大臣を除いては、全員揃っているよ。マフムード射殺事件への対応策を話し合っていたところだ。五条家の災難については、さきほど首相からメンバー全員に話があった。法務大臣と五条信高氏とは仲がよかっただけに、倉脇大臣が受けるショックは大きいぞ」

「五条家の射殺事件を公表する段取りは？」

「まだだ。法務大臣の帰京を待って、結論を出そうと思っている。ただし、死体はすでに片付けているはずだ。京都府警に現場検証も検死もさせないで、事件だけを公表するのはどうか、と私は思っているのだが、君の考えはどうなんだ」

「私が五条家の死体処理を急ぎお願いしたのは、事件の背後に何やら大きな影の蠢きを感じたからです。どうやら、この予感は当たったようですから、この事件は公表しないでください」

「どういうことなのか、具体的に言ってみたまえ」

「五条家のひとり息子である忠芳の妻エミリイの父親が、ロンドン暗黒街のボスと言われているハイム・ダンカンであることは、ご存じですね」

「うむ、知っている。いま日本に来ているようだが」

「そのダンカンの側近三名が、京都パークサイドホテルのインペリアル・スイートで射殺されました」

「なんだって……」

「インペリアル・スイートへ侵入した犯人の手口から考えて、どこかの秘密情報機関が動いたのではないかと考えられます。ダンカンは犯人に拉致されたのか、見当たりませんでした」

黒木は、五条家を出てからのことを簡潔に検事総長に報告した。

「すると君は、まだ現場にいるんだね」

「はい」

「このまま、ちょっと待っていたまえ」

カチャッと受話器を置く音がして、オルゴールが鳴り始めた。

黒木は、窓のカーテンを引いてみた。

彼の腕時計がピピッと発信して、午後五時を知らせた。

ガラス窓の向こうにひろがる真冬の空は、すでに暗く、細雪《ささめゆき》が風に煽《あお》られながら降っていた。

オルゴールが鳴り止《や》んで、受話器から伊達首相の声が伝わってきた。

「黒木君、三つの射殺事件は、どうやらただの事件ではなさそうだな。君が本格的に捜査を開始したまえ。午後五時一分、国家安全委員会は君に対して、ゴー指令を決議した」

「了解」

「インペリアル・スイートの死体は、十五分以内に片付けさせる。君はそれまで現場に待機して、誰も部屋へ入れさせないようにしたまえ」

伊達首相が電話を切ると、黒木は煙草をくわえて火を点け、リビングルームのソファーに腰を下ろした。

気になるのは、盗聴器が誰の来訪を予想して、備え付けられたかである。

黒木は、立ちのぼる紫煙を目で追いながら、この部屋へ侵入したのは、KGBか、CIAか、それともGRUか、と考えた。

射殺された三人は、寝室のソファーにすわって、ダンカンと何事かの打合わせをしていたに違いない。そこを高性能サイレンサーを装着した拳銃で、奇襲されたのだろう。音ひとつ立てることなく、忍者のように侵入したことを考えると、犯人は並みの者ではない。しかも射殺された三人のうち二人は、拳銃を引き抜こうとしており、そこを正確に撃ち倒している。

十四、五分が過ぎたとき、誰かがドアをノックした。

黒木が「どうぞ……」と答えると、ドアがあいて、大きな麻袋《あさ》を手にした三人のボーイが入って来た。

三人ともがっしりとした体格で、どう見ても一流ホテルのボーイの面相ではない。

ひとりが「片付けに参りました」と言ったので、黒木は黙って寝室の方を顎でしゃくった。寝室のドアは、あいたままである。

三人は黒木に一礼すると、寝室に入って行った。

黒木は、彼らと一面識もなかった。彼らが何者かについては知りたいとも思わなかったし、知る必要もなかった。おそらく防衛庁の情報機関員か、内閣情報調査室の工作班なのだろう。

三人の男は、両手にゴム手袋を嵌めると、潰された死体の顔に厚く繃帯《ほうたい》を巻いて止血し、手際《てぎわ》よく麻袋に死体を詰め込んだ。

死体から血が垂れる場合のことを考えて、麻袋はたぶん防水になっているのだろう。

ひとりが、スプレーのようなものを取り出して、ベッドや壁や天井に飛び散った血に吹き付けた。

すると、血痕《けっこん》がブクブクと白い泡《あわ》と化し、その泡が鎮《しず》まると、血痕は綺麗《きれい》に消失していた。

三人のうちの一人が黒木の傍にやって来た。

「スプレーを吹き付けた跡が、すこし湿《しめ》っていますが、およそ五、六分で乾燥いたします。グアヤックやルミノールを用いた検査法によっても、ヘモクロモーゲン結晶検査法によっても、血液反応は出ませんのでご安心ください」

「わかった。ありがとう。ついでに食卓の上にある三丁のリボルバーも、持って行ってくれたまえ」

「承知しました。われわれは非常階段を利用して、いったんホテルの外へ出ます。ドアの自動ロックは、のちほど新しいのと交換しておきます。それではこれで……」

三人の男は、大柄な白人の死体を詰めた麻袋を軽々とかついで、インペリアル・スイートを出て行った。

黒木は、寝室へ入って行き感心した。一滴の血痕も残さず、見事に元通りになっていた。

だが、死体を貫通した弾丸によって、ソファーの背中や、壁は傷ついている。

ソファーの傷《いた》みは、射入孔《しゃにゅうこう》よりも射出孔がひどかった。しかし死体も血痕も弾頭もなければ、この部屋で惨劇があったことは、誰も証明できない。

黒木は「ま、いいか」と呟いて、インペリアル・スイートを出ると、エレベーターホールの方へ歩いて行った。白人四人の宿泊客が忽然《こつぜん》と姿を消したのだから、ホテル側は不審に思うだろう。

黒木は、ダンカンになりすまして、ホテルの外からフロントへ電話を入れ「急用で帰国する」とでも告げるつもりであった。ダンカン一行の宿泊代を銀行に振り込まなければなるまい、とも考えている。

彼は、エレベーターの呼びボタンを押した。

ドアの上部にある各階表示のランプが点滅し、エレベーターが一階からノンストップで上がって来た。

ドアが、左右に開いた。

そのとたん、バスバスッと鈍い銃声が二発、黒木に襲いかかった。

サイレンサーによって、消音された銃声だ。

ほとんど反射的に黒木が横へ飛びざま、上体をひねった。

右手が電撃的な速さで、ショルダー・ホルスターに伸びる。

〇・三五秒の驚くべきスピードで引き抜かれたベレッタが、閃光《せんこう》のような反撃を見せた。

ドンドンドンッと轟然《ごうぜん》たる銃声が廊下を圧倒し、遊底《ゆうてい》がスライドして薬莢《やっきょう》が弾け飛ぶ。

エレベーターの中で、眉間《みけん》を撃ち抜かれた白人が、鮮血を撒《ま》き散らして、転倒した。

黒木が態勢を立て直そうとしたとき、彼の後方、五つめのドアがあいて、二つの影が飛び出した。

オレンジ色の銃火が走り、消音された鈍い銃声が黒木に集中する。

二弾が左右の大腿部《だいたいぶ》を擦過《さっか》し、焼け火箸《ひばし》を押し当てられたような衝撃で、黒木がガクンと両膝を折った。

そのまま仰向けに倒れた黒木が、背後の敵に対する必殺技〝仰臥《ぎょうが》逆撃ち〟の離れ業《わざ》を見せた。

トリガーに掛かった人指し指が、目にも留まらぬ速さで動き、ベレッタの銃口が、ドンドンドンドンッと鳴る。

銃身が激しく跳ね、重低音衝撃波が彼の肩胛骨《けんこうこつ》を連打した。機関部から高速で吐き出される金色の薬莢が、壁に当たって乾いた音を立てる。

二つの影が、眉間と心臓を射抜かれて一瞬のうちに沈んだ。

エレベーターの中で最初の銃声が生じてから、五秒と経たぬうちに勝負のついた、猛烈な銃撃戦であった。

立ち上がった黒木が、人指し指を軸にしてベレッタをくるりと一回転させ、ホルスターにしまった。

　廊下に倒れた白人の死体から、おびただしい血が流れ、厚い絨毯がそれを吸い込んでいく。

　エレベーターのドアが、眉間を撃《う》ち抜かれた死者を中へ閉じ込めたまま、思い出したように閉まった。つまり、それほど早く勝負がついたということである。

　エレベーターが降下を始めた。銃声に恐れおののいたのであろう、どの客室からも誰も出て来ない。

　黒木は、落ち着いた足取りで非常階段の方へ歩いて行った。

　三人の刺客が、黒木を黒木と知って襲いかかったことは、もはや明らかである。インペリアル・スイートの電話台に取り付けられていた盗聴器は、やはり黒木が現われるのを予測したものだったのだ。

　重い防火扉をあけて、非常階段へ入った黒木の口許《くちもと》に、不敵な笑《え》みが浮かんだ。

2

　黒木が東京駅に着いたのは、翌日の午後五時五十九分で、その二時間後には、総理大臣官邸の首相執務室に、国家安全委員会のメンバー六人に、黒木と沙霧を加えた八人が集まっていた。

黒木の簡潔で明快な報告を聞き終えた委員たちの表情は深刻であった。

倉脇が、葉巻をくゆらせながら、やや俯《うつむ》き加減にゆっくりとしゃべった。この大実力者の話し方は、いつの場合も聞く者を魅《ひ》きつけ、威厳に満ちている。

「黒木君が京都のホテルで計画的に襲われたということは、東京を発《た》って京都入りした私と黒木君の行動が、刺客に完全に摑まれていたということになる。しかも相手は、黒木君の動き方まで正確に読み取って、待ち構えていたわけだ。どう考えても尋常《じんじよう》の相手ではなさそうだね」

倉脇は応接テーブルの上の朝刊を手に取って、社会面を開いた。

『一流ホテルで銃撃戦』の大見出しを指先で突つきながら、倉脇は話を続けた。視線は、まっすぐに黒木を見据《みす》えている。

「君に襲いかかった三人の白人の身元が、まったくわからなかったのと、君が現場で誰にも目撃されなかったのが幸いして、マスコミに対しては、不良外人同士の争い、で片付けることができた。しかし都心部での撃ち合いは、下手《へた》をすると一般市民を傷つける恐れがあるうえ、君自身の身分素姓《すじよう》が、白日下に晒《さら》される危険がある。充分に慎重であってくれ」

「でも……」

黒木を弁護しようとして、沙霧が口を開こうとするのを、伊達首相が軽く手を上げて制した。沙霧が何を言おうとしたか、彼女の表情でわかったのだろう。

「高浜君、国家安全委員会のメンバーは皆、黒木君がよほどのことがない限り銃を撃たないことを、よく知っているよ。倉脇大臣は念押しを言ったまでだ」

沙霧は、頷いて小さな声で「申し訳ありません」と言った。

倉脇がチラリと微笑《ほほえ》んだが、その顔は、すぐに暗さを取り戻した。

テーブルの上には、インペリアル・スイートの死体を片付けた三人が持ち帰ったスターリング・リボルバー三丁と、弾丸二発が載っていた。

一発は、黒木が五条家で回収したもの、もう一発は警視庁がラスーロフ・マフムードの射殺現場から回収したものである。

黒木が回収した弾丸は、・357マグナム弾で、警視庁が回収した弾丸は、・375H&Hマグナム弾であった。大口径ライフル用の強力弾だ。

「ところで……」

兵堂検事総長が、・357H&Hマグナム弾を指さして、黒木に訊ねた。

「その弾丸を使うライフルは、数多いのかね」

「かなりあると思いますが、代表的なものとしては、四発装塡《そうてん》のステアー・マンリッヒャー・モデルSと、三発装塡のウィンチェスター・モデル70XTRスーパー・エクスプレス・マグナムの二種類でしょうか」

「ここにある三丁のスターリング・リボルバーは、すくなくともマフムード射殺事件には直接関係していないわけだ」

「ええ、もし関係があるとすれば、五条家の事件のほうでしょう。あとで高浜君に、リボルバーを試験発射させて、弾丸を調べさせますが、マフムードの致命傷は？」

黒木に問われて、兵堂検事総長は、杉波警察庁長官の方を見た。

杉波長官が、固い表情で話し始めた。

「弾丸は右耳の約二センチほど左、つまり乳頭《にゅうとう》突起部から頭蓋骨《ずがいこつ》内に入り、ほぼ水平状態に脳の中を貫通して、反対側に出ていた」

「距離は？」

「およそ三メートルの至近距離から撃たれたようだね。君にゴー指令が出るまでの間に、警視庁で調べがついた点は、書面にして高浜君に手渡してあるから、あとで読んでみたまえ」

「ところで倉脇君……」

伊達首相が、横合いから、倉脇に話しかけた。

「五条家のほうへは、もう行かないのか。妻子の行方《ゆくえ》がわからず、両親や家政婦が殺されたとあっては、ひとり残された五条忠芳は心細いだろうと思うが」

「昨夜、彼とは電話で充分に話し合いましたし、ある捜査機関が極秘のうちに動き始めたことも彼に伝えました。私は忠芳を幼い頃から知っています。彼は悲しみに耐えられる男ですし、秘密を守ることについても信頼のできる人物です」

「倉脇君がそう言うなら、忠芳のほうは、まず心配ないな。内閣情報調査室の工作班に、彼の身辺を警護させているから、その点も大丈夫だろう。さてと、黒木君、どのように動くつもりなのかね」

「敵は、私を殺すことに失敗しましたから、間もなく再び狙《ねら》い始めるでしょう。どのように動くかは、相手の出方次第によります」

「何者がいったい、なんの目的で君を狙うのかね。君の素姓を知っていて襲いかかって来るのだろうか」

「おそらく……」

黒木は頷いて立ち上がると、沙霧を目で促《うなが》した。

沙霧が、ショルダーバッグから羊の薄皮で出来た白い手袋を取り出して両手に嵌め、用意してきたアタッシエケースに、三丁のリボルバーと、弾丸二発をしまった。

「何かあれば、その都度《つど》、高浜君に報告させます」

黒木が、そう言ったあと一礼して、ドアの方へ歩いて行こうとしたとき、首相の執務デスクの上で、電話がけたたましく鳴った。

ドアのノブに手を触れかけた黒木が、振り向いた。

伊達がソファーから立ち上がって、デスクの方へ歩いて行き、途中で立ち止まって黒木を見た。このとき黒木と沙霧はもう、何かを予感してドアから離れ、首相の傍へ近づきつつあった。

伊達が鳴り続ける受話器を取り上げ、国家安全委員会のメンバーの視線も首相に集中した。彼らもやはり、何かを予感しているのか表情は固かった。

伊達が「や、これはどうも、お久し振りです。ちょっとお待ちください」と言ったあと、ゆっくりと振り向いて倉脇に受話器を差し出した。

「奥さんからだ。急ぎの電話らしい」

「恐縮です」

倉脇が、首相の傍へ行って受話器を受け取った。

伊達の表情も、国家安全委員会の他のメンバーと同じように、固かった。

彼は、倉脇の妻ユキノが、不用意に首相執務室へ電話を掛けてくるような女性でないことを知っている。この思いは、いま倉脇を注視するほかの者たちも同じであった。

そのため彼らの予感、あえて言うならば不吉な予感、は一層大きく膨《ふく》らみつつあった。

「どうしたのかね」

倉脇が、妻に向かって物静かに切り出した。

「法務省へ電話を入れましたら、そちらにいらっしゃると教えられたので電話をしたのですが、いま大丈夫ですか」

「すぐに終わる用件なら構わんが」

「屋敷に〝緊急〟の表示がある速達郵便小包が届きました。宛先も差出人の住所氏名もワープロで打たれております。消印は〝東京中央〟となっておりますけれど」

「わかった。すぐに黒木君に行ってもらうから、その郵便物からできるだけ離れていなさい。勝手にあけたり震動を与えたりしないように」

倉脇は電話を切ると、「頼む……」というような顔つきで、黒木を見た。

黒木が頷き、沙霧の背を軽く押すようにして、首相執務室を出た。

3

沙霧の運転する一九五〇年型のマーキュリーが、文京区《ぶんきょう》千石《せんごく》にある倉脇邸の門前に滑り込んだとき、月も星も輝いている夜空から、氷雨《ひさめ》が降り始めた。

助手席に乗っていた黒木は車から降りると、張り番の警視庁警察官に『法務大臣官房特別調査官・伊倉正樹《いくらまさき》』の身分証明書を提示した。

倉脇邸へは、必要の都度出入りしている黒木と沙霧であったから、張り番の警察官とはすでに顔見知りになっている。

だが黒木は、いつもきちんと身分証明書を見せ、顔パスで門を入るようなことはしなかった。雨の日も風の日も、張り番を欠かさぬ警察官の苦労とプライドを思いやってのことである。

警察官が挙手をして「どうぞ……」と言った。

黒木が所持する身分証明書は、国内においては法務大臣官房特別調査官だが、外国へ出かけるときは、これが内閣官房特別高等外務審議官に変わる。

強力な外交官特権を手にしておく必要があるからだ。

伊倉正樹の名は、伊達・倉脇そして内閣官房長官・国枝正樹から拝借したものである。

この名前も時と場所によって、変わったりする。

黒木は、城門を思わせるような、豪壮な四脚門の前に立つと、門柱の一部を指先で押した。

すると幅五センチ縦《たて》十センチほどの部分がスライドして小窓が出来、0から9までのキイ・ボタンが現われた。

黒木は、自分のコード番号と開門に必要なシークレット番号を叩いた。

重々しい表門が、かすかに軋《きし》みながら、左右に開き、沙霧がマーキュリーを門内へ滑り込ませた。

黒木は門をくぐってから、門柱に付いている赤い小さなボタンを押した。

表門が自動的に閉まっていく。

駐車スペースへマーキュリーを止めた沙霧が、運転席から降りて、玄関の方へ歩いて行った。表門から玄関まで、およそ三十メートルの石畳が続いている。

石畳の左右には、寒椿《かんつばき》が白や赤、ピンクの花を咲かせていた。

氷雨が激しくなり、マーキュリーが叩かれてパチパチと音を立てた。

一九五〇年型と外形は古いが、防衛庁の技術陣によって徹底的な改良が加えられているマシーンである。

助手席のグローブボックスには、端末機が備え付けられ、黒木のオフィスにある小型スーパーコンピューターと電波で結ばれている。

エンジンルームの下には、二十ミリの機関銃を格納し、ワイパーの付け根には、短射程ペンシルミサイルの発射孔《こう》があった。

エンジンは、昨年夏に開発されたばかりの、ターボファン・ジェットエンジンの原理を採《と》り入れた八〇〇〇ccを搭載《とうさい》し、道路事情さえ許せば時速三百キロをマークできた。

玄関の前に立った沙霧が、インターホンのボタンを押すと、聞き馴《な》れたユキノの声がかえってきた。

「高浜ですが、例の郵便物はどちらのお部屋ですか」

「応接室のテーブルの上です。充分に気をつけてくださいね」

ユキノの声が消えると、電動式になっている玄関の大きな格子戸《こうしど》が開いた。表門もこの格子戸も、倉脇の書斎と居間、及びリビングダイニングルームと応接室の四カ所にあるスイッチで、家人が操作できるようになっている。

敷地が三千坪もある大邸宅だけに、塀の外周《まわ》りや庭内の数カ所に、目立たぬよう防犯用のテレビカメラが備え付けられていた。これらのテレビカメラが捉《とら》えた映像は、リビングダイニングルームにある小型テレビに映《うつ》し出される。

沙霧は、あとからやって来る黒木を待って「応接室のテーブルの上です」と言葉短く言った。

黒木が先に玄関を潜《くぐ》り、沙霧がその後に従った。ごくさり気ない沙霧の動きの中にも、黒木に対する敬《うやま》いの気持ちが現われていた。

応接室は、玄関を入ったすぐ右手にある。

二人が、応接室へ入って行くと、驚いたことにユキノがテーブルの脇に立って二人を待っていた。

テーブルの上には、郵便小包が載っている。

「爆発物ではない、という保証はありませんので、一番奥の部屋でお待ちになっていてください」

沙霧が、丁寧な口調で言うと、ユキノは首を横に振った。

「お二人だけを危険な目に遭《あ》わせるわけには……」

「私たちは大丈夫です」

沙霧は、ユキノの肩を抱くようにして、応接室の外へ連れ出した。

黒木は、応接テーブルの傍に片膝ついて、小包に耳を近づけてみた。

タイマー特有の音はしなかったが、安心はできない。

彼は、ワープロで打たれた宛先と差出人の住所氏名を見た。

それは普通の便箋《びんせん》に打たれ、そして小包に貼《は》られたものであった。

小包といっても、厚めの国語辞典を包装したぐらいのものだ。

消印は東京中央となっているのに、差出人の住所は山梨《やまなし》県甲府《こうふ》市となっていた。差出人の名は細田一郎《ほそだいちろう》。

沙霧が戻って来て、黒木の横にやはり片膝をついた。甘いオーデコロンの香りが、ふッと黒木の嗅覚《きゅうかく》を撫《な》でた。

小包を見つめる横顔に、近づき難《がた》いほど気高い雰囲気を漂わせている。

黒木が、ワープロの文字を指さして言った。

「ちょっと変わった字体だな。それも、どこかで見た字体だ」

「新製品のワープロだと思います。二週間ほど前に大きく新聞広告に載っていた新製品の文字見本が、確かこの字体だったような気がするのですが」

「そうか、思い出した。そういえば文字見本も大きく広告に載っていたな。で、その文字はオフィスのコンピューターに記憶させてあるね」

「はい」

「じゃあ、この文字を念のためコンピューターに読み取らせて、機種を確認してみてくれ。新製品ではないかもしれないからね」

黒木が彼女の方へ手を差し出すと、沙霧はショルダーバッグから、小型のジャックナイフを取り出して、彼の手に握らせた。

このへんの呼吸は、さすがである。黒木が多くを語らずとも、彼が何を考えているか的確に読み取っている。

黒木が、ナイフの切《き》っ先《さき》を小包に当て、慎重に便箋の部分を切り抜いた。

沙霧は、日本で発売されているワープロの文字の特徴を、ほとんど黒木のオフィスのスーパーコンピューターに記憶させていた。

黒木はナイフと便箋の切り抜きを沙霧に手渡すと、もう一度、小包に耳を当ててタイマーの音がしていないのを確認してから、包み紙を静かにあけ始めた。

包装はかなり厳重で、外側のクラフト紙を取ると黒いビニールでしっかりと包まれていた。

黒木はビニールの端を留《と》めてあるセロテープを剝《は》がし、ビニール包装を開いた。

中から出てきたのは、角形四号ぐらいの茶封筒と、厚さ六、七センチはある赤い皮表紙の本であった。

茶封筒にも本の表紙にも何も書かれていない。

黒木はまず、茶封筒をあけて、四つに折りたたまれた書類を取り出した。

それを開いた黒木の表情が思わず厳しくなり、沙霧が「まあ」と目を見張った。

横に細長いその書類は、ロシア語で印刷されたソ連軍参謀本部諜報総局（ＧＲＵ）の詳細な組織図であった。日本では、まず手に入らないソ連軍の最高機密文書が、茶封筒の中から出てきたのだ。

組織表の右上にはロシア語で『厳秘』と表示されている。

「大変なものが出てきましたわね」

「こいつはどうやら、モスクワで印刷された、正真正銘《しょうしんしょうめい》の組織図のようだな」

「二、三のセクションの機能説明が欠けていますし、〝海外エージェント〟のところに星印の付いているのが気になります」

「機能説明の欠けているセクションは、機構改革の対象になっているのかもしれない。星印は注意してよく見たまえ、あとから黒インクで付け加えられたものだ」

「そう言われてみると、どことなく印刷らしくありません。でも誰が法務大臣の自宅へ、このようなものを送ってきたのでしょう」

「ワープロの文字から、機種が特定できれば、意外に早く差出人がわかるかもしれないぞ」

「黒木検事は、ソビエトへ何度も行かれましたから、ＧＲＵについては、ある程度お詳しいのではありませんか」

「いや、ごくせまい部分の表面的なことしか知らないよ。それも極めて不確かな情報によって知ったにすぎない。正確な情報と判断できておれば、君に言ってスーパーコンピューターに、データとしてインプットしてもらっていたさ」

「この組織図によると、ＧＲＵには〝非合法工作員〟と〝海外エージェント〟という二つの機動班がいるのですね。この二つは、まったく独立しているのですか」

「ＧＲＵで言う非合法工作員《イリーガル》とは、ソ連軍の情報将校がソビエト人以外の外国人を装って他国領土内で情報活動を展開する場合に用いられる名称だよ」

「すると海外エージェントは、その逆？」

「そのとおりだ。つまりソビエト情報機関によって養成された外国人が、他国へ送り込まれると海外エージェントと呼ばれるわけだ。破壊活動や暗殺などを実行するのは、主にこのエージェントと呼ばれる連中でね」

「となると、あとから付けられた、星印がますます気になります」

「日本へエージェントが送り込まれたサインかもしれない。あるいは、すでに送り込まれていたエージェントが活動を開始したというサインかも」

黒木は、組織図を茶封筒に戻して、沙霧に手渡すと、ズシリと重い赤い皮表紙の本を手に取った。

表紙を開くと、まず薄いブルーの前見返しがあり、次にロシア語で大きく『厳秘』と刷られた扉があった。

扉を開くと、いきなりロシア語の本文が始まっていた。しかし英語、フランス語、ドイツ語に堪能な黒木と沙霧も、ロシア語はあまり得意ではない。

「かなり難解な感じの単語を連ねているな。ひょっとすると技術関係の本かもしれない」

「印刷は、タイプ印刷のようですね」

「そのうえ扉に厳秘と刷られているから、発行部数は少ないに違いない。タイプ印刷という方法そのものが、すでに今日的ではないし、せいぜい発行部数は十部か二十部というところだろう」

そういう黒木の手が、四二ページめで止まった。

そこには、三段式ロケットの外形図面が描かれていた。先端に宇宙船らしきものが取り付けられているため、大陸間弾道弾ではなく、どうやら宇宙ロケットのようであった。

次のページを繰《く》ると、第一段ロケットの図面が描かれ、各部の名称が、かなり詳しく書き込まれていた。この図面は、五ページにわたって続き、六ページめには二段ロケットの図面が描かれていた。

ソ連軍参謀本部諜報総局（ＧＲＵ）組織図

（コードネーム……ユニット44388）

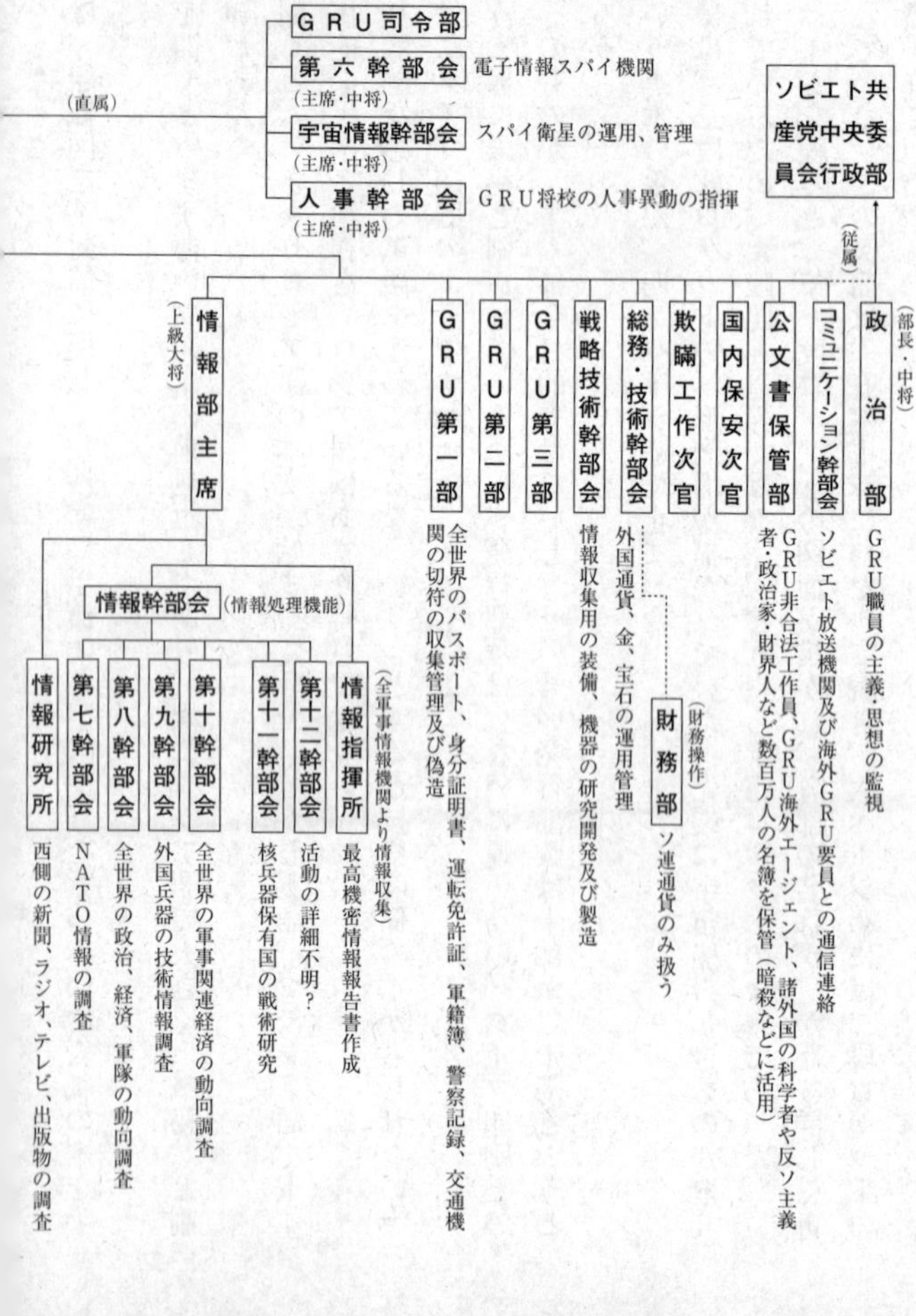

（直属）
ＧＲＵ司令部
第六幹部会
電子情報スパイ機関
（主席・中将）
宇宙情報幹部会
スパイ衛星の運用、管理
（主席・中将）
人事幹部会
ＧＲＵ将校の人事異動の指揮
（主席・中将）
ソビエト共産党中央委員会行政部
（従属）
政治部
（部長・中将）
ＧＲＵ職員の主義・思想の監視
コミュニケーション幹部会
ソビエト放送機関及び海外ＧＲＵ要員との通信連絡
公文書保管部
ＧＲＵ非合法工作員、ＧＲＵ海外エージェント、諸外国の科学者や反ソ主義者・政治家・財界人など数百万人の名簿を保管（暗殺などに活用）
国内保安次官
欺瞞工作次官
総務・技術幹部会
外国通貨、金、宝石の運用管理
（財務操作）
財務部
ソ連通貨のみ扱う
戦略技術幹部会
情報収集用の装備、機器の研究開発及び製造
ＧＲＵ第三部
ＧＲＵ第二部
ＧＲＵ第一部
全世界のパスポート、身分証明書、運転免許証、軍籍簿、警察記録、交通機関の切符の収集管理及び偽造
情報部主席
（上級大将）
情報幹部会
（情報処理機能）
情報指揮所
（全軍事情報機関より情報収集）
最高機密情報報告書作成
第十二幹部会
活動の詳細不明？
第十一幹部会
核兵器保有国の戦術研究
第十幹部会
全世界の軍事関連経済の動向調査
第九幹部会
外国兵器の技術情報調査
第八幹部会
全世界の政治、経済、軍隊の動向調査
第七幹部会
ＮＡＴＯ情報の調査
情報研究所
西側の新聞、ラジオ、テレビ、出版物の調査

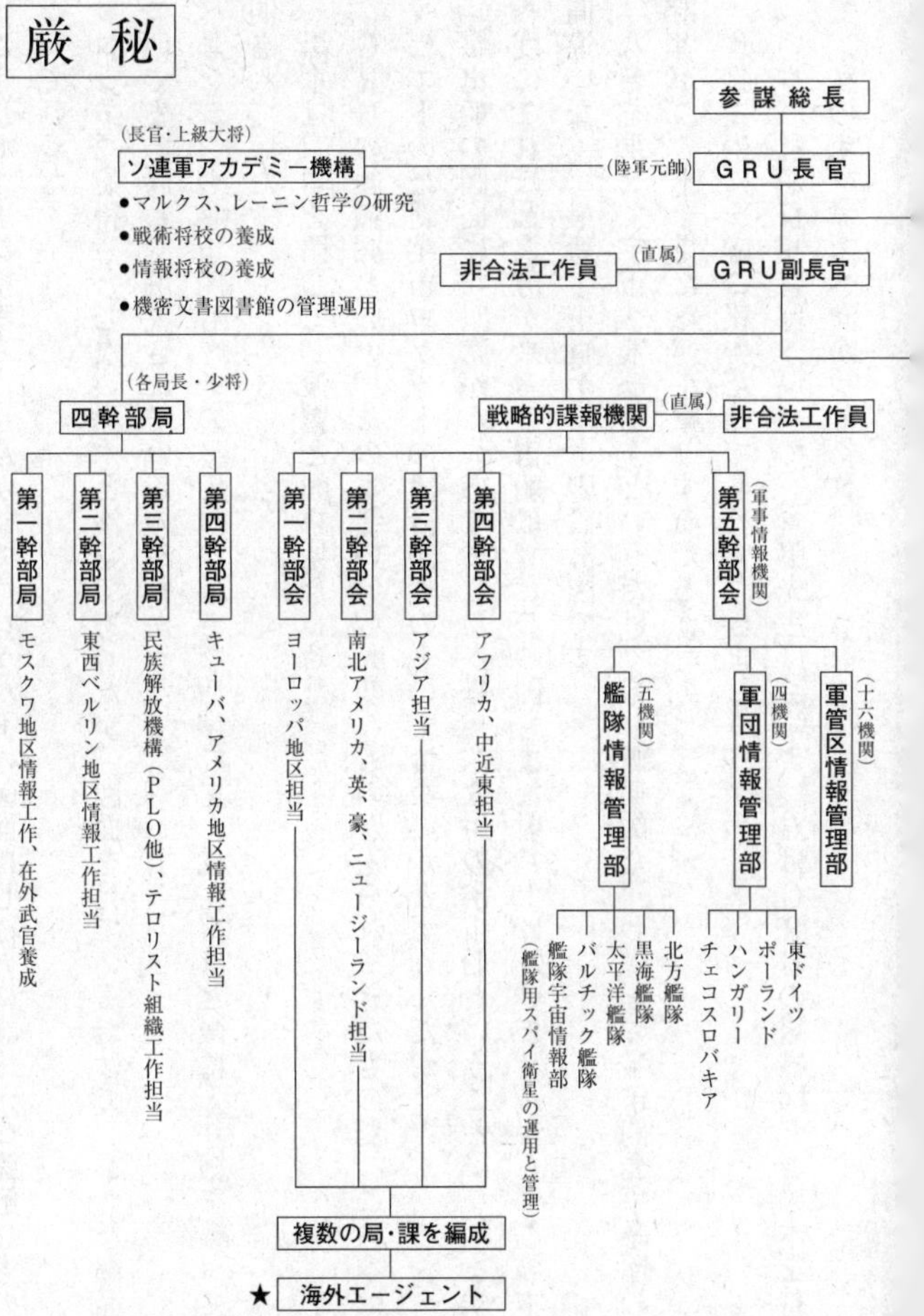

厳秘
参謀総長
(長官・上級大将)
ソ連軍アカデミー機構
●マルクス、レーニン哲学の研究
●戦術将校の養成
●情報将校の養成
●機密文書図書館の管理運用
(陸軍元帥)
GRU長官
非合法工作員
(直属)
GRU副長官
(各局長・少将)
四幹部局
戦略的諜報機関
(直属)
非合法工作員
第一幹部局
モスクワ地区情報工作、在外武官養成
第二幹部局
東西ベルリン地区情報工作担当
第三幹部局
民族解放機構(PLO他)、テロリスト組織工作担当
第四幹部局
キューバ、アメリカ地区情報工作担当
第一幹部会
ヨーロッパ地区担当
第二幹部会
南北アメリカ、英、豪、ニュージーランド担当
第三幹部会
アジア担当
第四幹部会
アフリカ、中近東担当
第五幹部会
(軍事情報機関)
艦隊情報管理部
(五機関)
北方艦隊
黒海艦隊
太平洋艦隊
バルチック艦隊
艦隊宇宙情報部
(艦隊用スパイ衛星の運用と管理)
軍団情報管理部
(四機関)
東ドイツ
ポーランド
ハンガリー
チェコスロバキア
軍管区情報管理部
(十六機関)
複数の局・課を編成
★ 海外エージェント

こうしてページを繰るにしたがって、ロケットの図面はしだいに詳細かつ難解なものになっていった。

ロシア語を得意としない黒木と沙霧であったが、図面を見ているだけで、小さな部品についてまで詳しく解説されているのがわかった。

エンジンも宇宙船も、そのページが小さな活字で黒く見えるほど微《び》に入り細《さい》を穿《うが》って説明されていた。

黒木は、本を閉じて、沙霧と顔を見合わせた。

「GRUの組織図といい、この本といい、大変なものが送られてきたものだ。この本は、ソビエトの最新宇宙ロケットの設計図そのものではないかと思うんだが」

「宇宙船の図面に、座席が八つありましたから、八人用の宇宙船ということになります。一度にこれほど大勢が乗る宇宙船は、どこの国もまだ射ち上げていませんから、この本は間違いなく、最新宇宙ロケットの設計図です」

「八名を乗せて宇宙へ飛び出すというだけでも、画期的《かっき》だ。わが国の宇宙開発事業団の技術者がこの本を見たら、小躍《こおど》りするだろう」

「倉脇先生に一応ご報告だけでもしておきましょうか」

「いや、私が首相官邸へ戻って、倉脇先生に話すよ。君はGRUの組織図とこの本を持って、私のオフィスへ向かってくれ」

「わかりました。オフィスでスターリング・リボルバーを試験発射して、弾丸の線条痕《せんじょうこん》を調べておきます」

「そうしてくれ。私は奥様に、なんでもなかった、と報告してくるよ」

黒木は、沙霧の肩をポンと叩くと、応接室から出て行った。

第三章　地獄のテロリスト

1

昨夜から降り始めた氷雨《ひさめ》は、翌朝早くには本格的な雪となって東京を一面、銀世界と化した。

黒木が、港区東麻布《ひがしあざぶ》にある高級マンションの一室で目を覚ましたのは、午前十一時すこし前であった。黒木も沙霧も、今朝の五時ごろまでそれぞれの仕事に没頭し、黒木が軽くブランデーを呑《の》んでベッドに横になったのは、雪降る冬の空が薄明るくなってからである。

沙霧がいつ自分のマンションへ帰ったか、黒木は知らない。

彼女の住まいは、黒木のオフィスから徒歩で三分ほどのところにある、女性専用の高級マンションであった。3LDKにひとり住む沙霧の家賃月額八十万円は、むろん内閣官房の機密費勘定《かんじょう》で処理されている。

黒木は、寝室から出てキッチンへ行くと、冷蔵庫をあけて一リットル入りの牛乳瓶を取り出し、グラスに満たして一気に飲み干《ほ》したあと、チーズをかじった。

彼の視線がリビングダイニングルームの応接テーブルの上に載っている、例の赤い皮表紙の本に流れた。昨夜、黒木は首相官邸から戻ってから、ロシア語の辞書を使って、本の内容の一部を調べ、この本が、最新鋭のロケットと宇宙船の仕様書《しようしょ》であることを確認していた。しかも本の奥付《おくづけ》には『宇宙情報幹部会発行』と印刷されていた。

宇宙情報幹部会とはGRU長官直属の機関であり、スパイ衛星の運用と管理という強大な権限を握っていることが、茶封筒に入っていたGRUの組織図で、明らかにされている。要するに、赤い皮表紙に描かれているロケットや宇宙船の設計図は、科学観測用ではなく軍事用だということであった。

それもソビエトで最新鋭のものだ。

黒木は、応接テーブルの傍《そば》に立つと、本を手に取って、翻訳を済ませたページをパラパラとめくった。

二〇五〇ページもある全体の、ほんの一部しか翻訳できなかったが、それでも彼は、ロケットや宇宙船に用いられている金属が、画期的強度と耐・断熱性を有していることや、メーン・エンジンが原子力エンジンであることなどを摑《つか》んでいた。地球の大気圏を飛行する間は、従来の燃料を用いるが、大気圏を抜けると原子力エンジンで加速するというシステムである。

「凄《すご》いやつを開発したものだ……」

黒木は呟《つぶや》いて、本をテーブルの上に戻すと、隣室に通じているドアをあけた。

そこには小型スーパーコンピューター、テレックス、ファクシミリ、高速写真電送装置、暗号解読装置、犯罪者指紋照合装置、長・短距離無線設備、小型レーダースクリーンなど、事件捜査に必要な最新設備が、壁に沿ってズラリと並んでいた。

この部屋が黒木と沙霧の仕事場である。二百平方メートルある部屋の半分をプライベートルームとして使用し、半分がオフィスになっている。

二つの寝室と書斎、それに広々としたリビングダイニングルームから成《な》るプライベートルームは、どの部屋も南向きで窓が大きく明るかったが、オフィスには窓が一つもなかった。

ひと部屋の広さが二百平方メートルという、この高級マンションは、じつは政府が在日外国大使館幹部職員の家族用住宅として建てたもので外務省の管理下にあった。正式の名称は『外務省特別公舎』で、居住者からはそれ相当の家賃を徴収《ちょうしゅう》している。

レンガ色の瀟洒《しょうしゃ》な二階建ては、周《まわ》りの閑静な住宅街に、ごく自然に溶け込んでいた。

高さを二階に押えたのは、一般民家への配慮からである。

入居者はすべて、米・英・独・仏・豪・伊など自由主義諸国の大使館職員で、ソビエト、東ドイツなど共産主義国の大使館職員は入居していない。政府が入居を拒否したのではなく、彼らが日常生活を〝監視〟されると誤解して拒《こば》んだのであった。

黒木は、この公舎の二階の一室を、超法規的措置で貸与《たいよ》されていた。先進主要国の大使館職員が居住するため、公舎の正面玄関には二十四時間、張り番の警察官が交替で立っている。

黒木のオフィスが、この公舎に設《もう》けられたのは、そういった用心のよさが考慮されたからだ。

黒木はオフィスに入ると、沙霧の執務デスクの上を見た。

彼女の達筆な字で書かれた、三丁のスターリング・リボルバーの弾丸鑑定書とメモが、文鎮《ぶんちん》の下にあった。

メモには『正午にはオフィスへ参ります』と走り書きされ、弾丸鑑定書には、詳細な分析報告文の最後に、結論として『……したがって三丁のスターリング・リボルバーの弾丸と五条家で回収された弾丸とは一致せず』と書かれていた。

ということは、すくなくともハイム・ダンカンの三人の側近は、五条家の殺人事件の直接的犯人ではない、ということである。

だが黒木は、五条家の外周《まわ》りの路地に残っていた足跡の中には、三人のものがあったに違いない、と思っていた。足跡に石膏《せっこう》を溶かしたものを流し込んで採取し、三人の死体の靴と照合すれば、はっきりしたことが解《わか》ったのであろうが、死体の速《すみ》やかな処理を最優先しなければならなかったから、鑑定や照合に時間を取られるわけにはいかない。死体の緊急処理——これは黒木が事件を捜査するうえでの、絶対要件となっている。死体の長時間放置によって、重大な国家機密が公《おおやけ》になる危険があるからだ。

「一致せず、か……」

黒木は、弾丸鑑定書を、鑑定書綴《つづ》りにファイルすると、リビングダイニングルームへ戻り、着ていたガウンを脱いで、応接ソファーの背にかけた。

それにしても、素晴らしい筋肉美であった。首の後ろから両肩にひろがる厚い筋肉の束は、さらに強靭《きょうじん》な筋肉塊《かい》となってV字形に背中を覆《おお》っていた。

二本の腕と肩をつなぐ上腕筋《じょうわんきん》は見事な発達を見せ、それが幾つもの小山をつくって前腕部から手首へと流れていた。幾層もの鋼線のような筋肉が横に走る胸腹部は、まるでロダンの彫刻美を思わせる。

だが、この鋼鉄のような肉体は、背中と肩に創痕《そうこん》を、そして胸、腹、肩、大腿部《だいたいぶ》のいたる所に、貫通銃創の跡《あと》を残していた。

それらは、彼が持つ旺盛《おうせい》な細胞賦活《ふかつ》能力と、巧《たく》みな外科的手術によってほとんど目立たなくなってはいるが、彼の任務が如何《いか》に苛酷《かこく》なものであるかを物語るには、充分すぎた。

黒木はバスルームに入ると、真冬であるにもかかわらず、冷たいシャワーを浴びた。彼が真冬に温かなシャワーを浴びるのは、週に一、二度しかない。厳しい耐寒訓練を積み重ねてきた肉体が、耐寒本能を失わぬよう、彼はおのれに対して非情であった。

全身を清めてバスルームを出た黒木は、寝室に入って身繕《みづくろ》いを済ませると、枕の下からホルスターに入ったベレッタを取り出して肩から下げた。

全長二一六ミリのこの大型自動拳銃も、黒木が肩から下げると小さく見える。

彼はリビングダイニングルームへ戻ると、三人がけ用のソファーに体を沈め、開いてあった赤い皮表紙の本をパタンと音をさせて閉じた。

このとき、壁に掛かった電気時計の下にある小さなランプが、ピッピッと発信して点滅した。誰かが玄関のドアをあけようとすると、このランプが点滅する仕組みになっている。

もっとも、誰か、といってもこの玄関のドアをあけられるのは、黒木と沙霧と倉脇の三人だけである。

ドアをあける方法は、倉脇邸の表門をあけるシステムと同じであった。

オフィスで人の動く気配がし、二、三分経って、リビングダイニングルームとオフィスを仕切っているドアの向こうから「お目覚めですか」と沙霧の声がした。人の心に沁《し》み込むような、澄んだ美しい声であった。

黒木が「入りたまえ」と答えると、ドアが静かにあいて、ジバンシイのブルーのスーツを着た沙霧が入って来た。昨年、彼女の誕生日に黒木がプレゼントしたフランス製のオートクチュールである。

肌の色が白く抜群のプロポーションだけに、このスーツを着たときの沙霧の高貴な美しさには、黒木も思わず息を呑む。

とくに豊かに張りつめた乳房を連想させる胸の線の美しさは眩《まぶ》しいほどであった。薄くアイシャドーを引いた切れ長な目が、このうえもなく妖《あや》しい。

黒木が「綺麗《きれい》だね」と言うと、沙霧は僅《わず》かに微笑《ほほえ》んでキッチンに立ち、コーヒーを淹《い》れる準備を始めた。

「小包の宛先の文字は、コンピューターに読み取らせたのかね」

「それが、幾度読み取らせようとしても、判読不能の答えしか返ってきませんの」

「ほう……すると新聞広告に載っていた新製品のワープロで打たれた文字ではない、というわけか」

「外国製の機種で打たれた文字は、コンピューターに記憶させていませんから、ひょっとすると国産のワープロではないのかもしれません」

「すぐに新聞広告を出していたメーカーに電話を入れて、類似文字の外国製品が国内で売られているかどうか、確認してみるんだな」

「はい」

沙霧がオフィスへ姿を消すと、黒木は応接テーブルの上の電話機に手を伸ばした。テーブルの上には、二台の電話機が載っており、一台は黒で、もう一台は白であった。

黒木が手にした受話器は白で、これは法務大臣席につながるホットラインである。NTTの回線を利用しない直通電話で、受話器を上げただけで、相手の電話機は発信する。黒電話のほうは、通常の外線直通であった。

この二台の電話は、オフィスにある黒木の執務デスクの上にも載っており、双子《ふたご》電話になっていた。

発信音が一度鳴ったあと、倉脇が電話口に出た。

「黒木です。例の本ですが、一部を翻訳したところ、やはり最新鋭のロケットと宇宙船の仕様書でした」

「やはりそうだったか。どえらいものが、郵送されてきたものだな」

「本の発行元は、GRUの宇宙情報幹部会です」

「すると、科学観測用のものではなく、軍事用ということになるね」

「そういうことになりますが、ソビエトの体制そのものが軍事国家ですから、科学用か軍事用かの区分は極《きわ》めて曖昧《あいまい》だと思います」

「それは言える。科学観測用だとしても、軍で管理するかもしれないからな」

「この本の保管セクションをどこになさいますか。この本一冊で、わが国の宇宙開発技術は飛躍的に向上しそうですから、私のオフィスの大金庫に眠らせておくのは勿体《もったい》ない気がします」

「それはもっともだが、一連の事件が片付くまで、君のオフィスで保管しておきたまえ。今回の事件に密接な関係があるかもしれないから、どこのセクションに預けるのも危険じゃないだろうか」

「わかりました。しばらくの間、私の手元に置いておきます。GRUの組織図はコピーを一部、ご自宅宛にファクシミリで送信しておきます」

「私が自宅にいるときがいい。午後八時以降にしてくれないかね」

「了解」

黒木が受話器を置いたところへ、沙霧が入って来た。

コーヒーの香りが、リビングダイニングルームに漂い始めた。

沙霧はキッチンへ行って、沸騰《ふっとう》したコーヒーを二つのカップに注ぎ、黒木の傍《そば》へやって来た。

彼女が黒木の前にコーヒーを置こうとして腰をかがめると、彼の手がごく自然に動いて、沙霧のかたちよい顎《あご》に触れた。

「こぼれます……」と言いかけた沙霧の端整な顔が、優しく引き寄せられて、二人の唇が触れ合った。

沙霧の耳が、すこし赤くなる。

美しい妖しさの中にときおり覗《のぞ》かせる、この初々《ういうい》しさは、彼女の天性のものであった。

男心を酔わせるような、ひっそりとした初々しさである。

沙霧はコトリと音をさせて、テーブルの上にコーヒーカップを二つ置くと、崩れるように黒木の横へ腰を下ろしてもたれかかった。

黒木は、彼女の肩に腕をまわして、そのやわらかな体を引き寄せた。

二人の唇が、またこすれ合うようにして触れ合う。

「で、どうだった？」

黒木は、沙霧の唇をそっと嚙《か》みながら訊《たず》ねた。

沙霧が、乳房を波打たせて吐息を洩《も》らした。

「メーカーの話では、イギリス製のパッカードM20というワープロの文字が、よく似ているということです」

「日本国内で販売は？」

「されていますが、台数は限られていると言っていました。輸入元は渋谷《しぶや》にオフィスを構える中小貿易商社だとか」

「その商社に出向いて、パッカードM20で打った文字見本をもらってきたまえ。念のためその商社の役員構成なども調べてみたらどうだ」

「はい」

沙霧は、黒木の手を取って、乳房に強く押し当てたあと、ひとりの女から有能な秘書の顔に戻って、黒木から離れた。

「一、二時間で戻ってきます」

「気をつけろよ。私は一度狙《ねら》われているんだ。敵が君に対してキバを剝《む》かないという保証はないからな」

沙霧は頷いて、リビングダイニングルームから出て行った。

黒木は、長い脚をゆったりと組むと、窓の外を眺めた。

雪はしんしんと降り続いていた。灰色の雲が低く垂《た》れ込めている。

さらなる不気味な出来事を予感させるような、雲であった。

壁に掛かった電気時計の針は、ちょうど正午を指していた。

2

午後〇時二十分の銀座七丁目。

いつもは会社員たちで賑《にぎ》わう昼休み時間の銀座も、今日は雪のせいで人通りは少なかった。路肩に停まっている乗用車やタクシーの数も、いつもの三分の一ぐらいでしかない。

雪質が固いせいか、積雪はすでに十五センチほどになっている。

いま、コートの襟《えり》を立てた夫婦らしい中年の男女が、銀座通りに面した老舗《しにせ》の宝石店『水仙堂《すいせんどう》』の本店から出て来た。結婚何周年かの記念にダイヤの指輪でも買ってもらったらしく、女性は自分の薬指を眺めながら嬉《うれ》しそうであった。男性のほうは、大企業の重役、といった感じの紳士である。

二人が路肩に停めてあった乗用車に乗って立ち去ると、その跡へ、シルバーメタリックのベンツ500SELがゆっくりと滑り込んだ。

後部ドアがまずあいて、ジバンシイのオートクチュールの上に、毛皮のコートを着た沙霧が、降り立った。

続いて運転席のドアがあき、三十五、六歳の白人が姿を見せた。茶色のオーバーコートを着て、度の強そうな眼鏡《めがね》をかけた、いかにもインテリというイメージの人物である。

二人が水仙堂へ入って行くと、静かなBGMと女店員の笑顔が出迎えた。水仙堂といえば、国内に十五店舗、ロンドン、ニューヨーク、ロサンゼルスなど海外に十三店舗を構える高級宝石店として知られている。

銀座本店ビルは、一階がダイヤモンド専門コーナーで、二階がルビーという具合に、最上階の七階まで宝石の種類別コーナーになっていた。

雪のせいか、一階のダイヤモンドコーナーには、ひとりの客もいなかった。

沙霧は店内を見まわしたあと、後ろに控えている白人に向かって目配せをしてみせた。

二人の様子を怪訝《けげん》に思ったのか、店の奥にいたひと目で警備員とわかる男が二人に近づいた。客商売だけにきちんとスーツを着て顔には柔和《にゅうわ》な笑《え》みを浮かべている。

「いらっしゃいませ。七階までございますので、どうぞごゆっくりとご覧になってください」

警備員が二人の前に立って言ったとき、白人の男がオーバーコートの前を開き、隠し持っていたショットガンを、警備員の鼻先に近づけた。

女店員のひとりが、キャッと悲鳴を上げ、非常ベルのボタンを押そうとして陳列《ちんれつ》ケースの下へ手を伸ばした。

「よしなさいッ」

沙霧が、鋭く一喝《いっかつ》するのと、毛皮のコートの中に隠し持っていた大型自動拳銃を、女店員に向けるのとが、同時であった。

ベレッタ・ダブルアクションM92Fだ。

ドンドンッと銃声が二発轟《とどろ》き、機関部から弾《はじ》き飛ばされた薬莢《やっきょう》が、警備員の頬を打った。

女店員が、額を撃ち抜かれ、二、三メートル後ろへ吹き飛ぶ。

血しぶきが、陳列ケースに降りかかり、わッと叫んで逃げ出した警備員の背中を狙って、白人がショットガンの引き金を引いた。

警備員の背中が破裂して大きな穴があく。

鮮血を噴水のように撒《ま》き散らしながら、絶望的な呻《うめ》き声を上げて、警備員が支配人らしい初老の男に倒れかかった。

ショットガンが続けざまに火を噴き、ショーウインドーのガラスがけたたましい音を発して粉微塵《こなみじん》となる。

二階に通じる階段から、何事かと駆け降りてきた数人の客に向かって、沙霧がベレッタの引き金を引いた。

銃身が反動で撥《は》ね上がり、中年の婦人が悲鳴も上げずに、階段から転落した。

二階へ駆け戻ろうとする客たちに、ショットガンの銃声が襲いかかる。

全身に幾つもの赤いバラの花を咲かせて、客たちがのけ反《ぞ》った。

「すこしでも動けば殺します」

沙霧が、よく透《す》き通る声で威嚇《いかく》した。二つの目が爛々《らんらん》と光っている。

殺しを恐れぬ者の目だ。

白人が、落ち着いた動作で、オーバーコートのポケットから布製の袋を取り出し、ショーウインドーの中のダイヤモンドを鷲摑《わしづか》みにして、袋の中へ入れた。

「よ、よしてくれ。店が潰《つぶ》れてしまう」

警備員の血を浴びて血まみれとなった支配人らしい男が、顔を引き攣《つ》らせて白人の方へ行こうとした。

沙霧が、まっすぐに腕を伸ばして、ベレッタの引き金を絞った。

轟然たる銃声が、店の空気を震《ふる》わせ、支配人らしい男が、首を撃ち抜かれてドスンと倒れる。

沙霧は、顔色ひとつ変えない。

「宝石には、盗難保険が掛けられているのでしょう。水仙堂ともあろう会社が、潰れたりするものですか。われわれは一時間後に、二階から上も襲いますからね」

沙霧は、ホホホホッと甲高《かんだか》く笑うと、白人を促《うなが》して、踵《きびす》を返した。

二人が、出口の自動ドアの前までさしかかったとき、床に伏せていた若い女店員が、ショーウインドーの下に付いている非常ベルに手を伸ばした。

不幸だったのは、その姿が、玄関脇に備え付けられているスタンド・ミラーに映ったことである。

沙霧が振り向きざま、二発撃《う》った。

一発が女店員の手首から上を潰し、もう一発が頬を貫通した。

徹底して、非情な沙霧であった。

二人はコートの内側に銃を隠すと、何事もないような顔つきで、水仙堂を出た。

雪は、さきほどより激しく横殴りに降っていた。水仙堂の玄関は、外側と内側に自動ドアがあり、自動ドアと自動ドアの間は五メートルほどあいていた。そのため防音効果があり、あれほどの銃声もまったく外へ漏れていなかった。

水仙堂の前を、傘をさして歩く人々は、誰一人として店内の惨劇に気づいている様子はない。

沙霧と白人は、慌《あわ》てた素振りも見せずに、ベンツに乗り込み、水仙堂の前を離れた。

後部シートに乗った沙霧は、スラリと伸びた脚を組み、前部シートの背中に掛かっている自動車電話に手を伸ばした。

彼女の白い指先が、受話器に付いているダイヤル・ボタンを叩いた。

発信音が鳴るか鳴らないうちに、男らしい太い声が電話口に出た。

黒木の声である。

「高浜です。第一段階、計画どおり終了しました」

「死者は出たのか」

「ええ、すこし……」

「では、第二段階へ直《ただ》ちに移れ」

「承知しました」

沙霧は受話器を置くと、左手だけでハンドルを握っている白人に「急ぎましょう」と英語で言った。

白人がアクセルを踏み込んで、ベンツのスピードを上げた。右腕をコートの中へ隠したままなのは、銃を持っているからだろう。

スノータイヤで走っているせいか、ベンツの小刻《こきざ》みな震動が沙霧の体を揺らした。

「今度はコートを脱いだほうがよさそうね」

沙霧が流暢《りゅうちょう》な英語で語りかけると、白人は「そうですね」と言葉短く答えた。丁寧な従者の答え方だ。

沙霧がコートを脱ぐと、膝の上にベレッタが載っていた。

車が道路の窪《くぼ》みに落ち込んでガタンと上下に揺れ、スーツの下で張りつめた彼女の乳房が弾《はず》んだ。

沙霧は、ベレッタをショルダーバッグの中にしまった。

「適当なところに車を停めて、あなたも銃をしまったら？」

「私はコートを着たままでは駄目ですか。そのほうが銃が人目につかなくて好都合なのですが」

「銃身とグリップを短く切ったショットガンだから、アタッシェケースに入るでしょう。何事も事前の計画どおりに進めなければ駄目よ」

「わかりました。そうします」

白人は路肩にベンツを寄せると、コートの内側に隠していたショットガンを、助手席に置いてあった茶色い大型のアタッシェケースにしまった。

彼はコートを脱ぎ、アタッシェケースの上に置いて、再びベンツを走らせた。

彼がアタッシェケースの中にしまったショットガンは、七発装塡《そうてん》のウィンチェスター・モデル・ディフェンダーであった。本来は全長九八一ミリであるが、銃身を二十センチ、銃床《グリップ》を二十二センチ、カットして大型のアタッシェケースに斜めに入るようにしてある。使用する弾丸は、No.12マグナムの名で知られる強力な76ミリ12番散弾だ。散弾ながら、弾丸の最大到達距離は七百メートル。

もっとも、白人がアタッシェケースにしまったショットガンは、銃身を二十センチも切り詰めてあるから、それほどは飛ばない。

「弾倉《だんそう》の残弾数を忘れると、命取りになるわよ」

雪降る窓の外を眺めながら、沙霧が言うと、白人は、「まだ三発残っています」と、無表情に答えた。どうやらイギリス英語のようであった。

ベンツは、有楽町《ゆうらくちょう》のガード下を抜け、晴海《はるみ》通りから内堀《うちぼり》通りへと入った。

白人が、カーラジオのスイッチを入れると、沙霧が「臨時ニュースを気にする必要はありません。消しなさい」と、命令的な口調で言った。

白人が、黙ってラジオのスイッチを切った。

右手に見える皇居は、すっかり雪で白くなっていた。

ベンツは、半蔵門《はんぞうもん》を左に折れて新宿通りに入り、数百メートル走って或《あ》る旧財閥系都市銀行の麴町《こうじまち》支店の前で停まった。

沙霧は腕時計を見た。

時刻は午後〇時四十五分。

水仙堂の惨劇が生じてから、まだ二十分しか経っていない。

「予定どおりね」

沙霧が呟いて、ショルダーバッグを肩から下げ、ドアをあけた。

白人が、トランク・オープナー・スイッチの下に付いている白い小さなボタンを押すと、車体の前と後ろに付いているカーナンバーが、くるりと回転し、ブループレートが現われた。ブループレートとは、外務省が発行している外交官用のブルーのライセンス・ナンバーである。

沙霧に続いて、白人がアタッシェケースを手にして、車の外に出た。

と、四谷《よつや》方面からやって来たパトカーが三台、サイレンをけたたましく鳴らして、半蔵門方面へ走り去った。

耳を澄ますと、ビルの向こう側から、あるいはずっと遠くから、次々にサイレンの音が聞こえてくる。

おそらく銀座の水仙堂へ向かうのだろう。管轄《かんかつ》外のパトカーまでが、銀座へ向かうよう指令されたに相違ない。

なにしろ沙霧は、「一時間後にまた襲う」と宣言しているのである。

三台のパトカーが走り去るのを見送った沙霧と白人は、顔を見合わせてかすかに笑うと、都市銀行の玄関をくぐった。かなり大型の店舗だ。

暖房のよく効《き》いた店内には、七、八人の女性客がいた。警察官あがりと思われる、目つきの鋭い中年の警備員が四人、店内の四隅にいる。

沙霧がショルダーバッグの口金《くちがね》をあけ、白人が振り込み伝票や入出金伝票などが備え付けられている筆記台の上で、アタッシェケースをあけた。

沙霧がベレッタを、白人が、ショットガンを取り出すより早く、異状を感じた四人の警備員が四方から二人に駆け寄った。

白人が筆記台を蹴り倒し、警備員が怯《ひる》む隙《すき》に、ショットガンを取り出した。

勇気ある警備員のひとりが、白人の脚にタックルした。

警備員と白人が、絡まり合うようにして倒れ、ショットガンがズダーンと暴発した。

店内に悲鳴が生じ、勢いづいた警備員二人が、顔を引き攣《つ》らせて沙霧に飛びついた。

沙霧が、正面から来た警備員の首に手刀《てがたな》を打ち込み、背後から組みついて来た警備員を背負い投げで、床に叩きつけた。

白人の顔を二、三回殴りつけた警備員が、ショットガンを奪って立ち上がった。

白人が、慌てて警備員の腰にしがみつく、

警備員がよろめき、ショットガンが立て続けに二発、暴発弾を発射した。

銃口が白人の顔のすぐ前にあったため、白人の顔がミンチ肉のようになって四方に飛び散った。

二人が店内へ入って、わずか十五、六秒の間に生じた出来事である。

予期せぬ突然の異常事態に茫然《ぼうぜん》となっていた支店長が、ハッとわれを取り戻して、机の下に付いている非常ベルに手を伸ばした。

ショルダーバッグからベレッタを取り出した沙霧が、支店長を狙ってトリガーを引いた。

支店長を殺すことを意識した狙い撃ちだ。

支店長が九ミリ弾二発を浴びて、声もなく倒れると、ベレッタの銃口は一八〇度回転して、ショットガンを手にした警備員を捉《とら》えた。

沙霧が、容赦《ようしゃ》なく引き金を絞る。

轟音と共に撃ち出された九ミリ弾が、警備員の心臓を抉《えぐ》った。

噴水のように噴き上がった鮮血が、カウンターの向こうまで飛んで、女子行員が泣き出した。

沙霧は表情ひとつ変えず、倒れている警備員の手からショットガンを奪い、アタッシェケースの中にあった予備の弾丸七発を装塡した。そしてベレッタをショルダーバッグにしまう。

彼女は、空《から》になったアタッシェケースをカウンターの上に置くと「ここに入るだけの紙幣を入れなさい」と言った。言葉も表情も冷静だ。若い男子行員が、よろめきながらやって来て、ガタガタ体を震わせながら、アタッシェケースに紙幣を詰め始めた。

床に倒れていた警備員二人が、不意に出入口めざして走り出した。

沙霧がゆっくりと振り向き、オレンジ色の閃光《せんこう》と銃声が、二人の頭部に襲いかかった。

西瓜《すいか》のように頭部が破裂し、間近にいた女性客が、血しぶきを浴びて、恐怖のあまり昏《こん》倒《とう》した。

アタッシェケースが紙幣で一杯になると、沙霧は男子行員に向かって「ありがとう」と、微笑んでみせた。ゾッとするほど、妖しい笑みである。

アタッシェケースを手にした彼女は血の海の中に沈んでいる白人の傍へ行くと「油断したわね」と呟いた。

息苦しくなるほどの静寂と血の臭いが、店内を覆っていた。

彼女はショットガンを、アタッシェケースで隠すようにして、小脇にかかえると、悠然と銀行を出た。

雪は、すっかり視界を奪うほど、激しさを増していた。

都心の、それも中心部でありながら、歩道にはほとんど人通りがなかった。

沙霧はベンツの運転席にすわると、髪にかかった雪を払い、バックミラーに顔を映《うつ》して、薄く口紅を塗り直した。

空恐ろしいほどの、落着きようである。

それもそのはずだ。いま、このベンツのカーナンバーは、ブループレートになっている。外交官ナンバーの車内は、いわゆる〝異国〟であって、治外法権地帯だ。

銀行からは、まだ誰ひとりとして、姿を見せない。容易に恐怖から抜け出せないのだろう。

沙霧は、ベンツのエンジンをかけると、急発進で道路の中央に出た。ワイパーが作動して雪を拭《ふ》き飛ばしても、前方に白いレースのカーテンが垂れているようで、視界はゼロに近かった。

それでもベンツは、雪を巻き上げてスピードを上げた。

新宿通りから二番町《にばんちょう》方面へ入ったベンツは、ベルギー大使館の前を通り過ぎた次の辻を右折した。千代田《ちよだ》区一番町《いちばんちょう》から三番町《さんばんちょう》にかけては、英国大使館、イスラエル大使館、ベルギー大使館、ローマ法王庁大使館などがあり、都心ながら閑静な一画である。

ベンツは、二番町から一番町に入ると、南法眼《みなみほうがん》坂のあたりで停まった。

沙霧が、自動車電話に手を伸ばしたとき、自動車電話のほうが先に鳴った。

沙霧が受話器を手に取って、耳に当てた。

「高浜ですが……」

「黒木だ。銀行のほうは予定どおり済んだのか」

「予定どおりです。ただし００２《ダブル・オー・ツー》が犠牲になりました。遺体はそのままにしてきましたが、身分を証明するものは何も持っていませんし、ショットガンを二発顔に浴びて首から上がほとんどなくなりましたから、素姓《すじよう》が知れる恐れはありません」

「よろしい。君の任務はここまでだ。ベンツのプレートナンバーは、ブルーにしてあるね」

「はい」

「ご苦労だった」

黒木が電話を切るのを待ってから沙霧は受話器を静かに置いた。

雪がやや小止みになって、視界が明るさを増した。

3

千代田区永田《ながた》町二丁目、午後一時五分。

キャピトル東急《とうきゆう》ホテル（旧ヒルトンホテル）の正面玄関前に滑り込んだタクシーから、グレーのスーツを着た長身の男が、降り立った。

黒木豹介である。

彼は左手にやはりグレーのオーバーコートを持っていた。

ホテルの玄関を入った彼は、ロビーを横切り、地下へ通じる階段を降りた。

地下一階には、ローストビーフがうまいことで知られる『ケヤキグリル』がある。

地下二階には、ホテルの裏通りに面した小ロビーと裏玄関があった。

段丘状《だんきゅう》の地形を利用して建っているホテルのため、正面玄関に面した通りと、裏玄関に面した通りとでは、高さが違うのである。

黒木は地下二階まで降りてから、グレーのオーバーコートを着ると、裏玄関を出た。このホテルからは、国会議事堂や首相官邸、議員会館、衆・参議院議長公邸などが近い。

黒木は、雪が乱舞する中を、無表情に歩き始めた。降り積もった雪はホテルに出入りする車に踏み固められて、氷のように固くなっている。

だが車に影響されない、道路両側の雪は、二十センチ近く積もっていた。ふんわりとした、柔らかそうな雪だ。

道路の中央を歩く黒木の後ろに、ホテルの駐車場から出て来た外車が、苛立《いらだ》ったようにクラクションを鳴らした。

黒木が、振り向きもしないで、T字路のところまで行き、左に折れると、外車はわざとエンジンをふかして急ハンドルで右折し、黒木の足元に雪を飛ばした。

黒木は、三、四分歩いたところで立ち止まった。

樹木の多い閑静な一画で、七階建ての真新しいマンションが建っていた。敷地の周囲を高さ二メートルほどのフェンスで囲み、マンションの玄関にはガードマンが二人立っている。

玄関脇のコンクリート壁には、『東欧連邦諸国公舎』と彫られた真鍮《しんちゅう》製の銘板《めいばん》が埋め込まれていた。東欧連邦というような国家は存在しないから、おそらくソビエトを中心とするワルシャワ条約機構の加盟国を指しているに違いない。つまりそられの国家によって建てられた大使館職員用の共同住宅と思われた。

警備に警察官を置かず、ガードマンを置いているのは、警察官に対して抵抗感があるからだろう。日本の民主警察を、KGBと同じ感覚で眺めているのかもしれない。

黒木がフェンスの中へ入って行くと、玄関に立っていた二人のガードマンが腰に下げた警棒を引き抜いて駆け寄って来た。

「ここは日本人の立入り禁止区域になっています。何号室のどなたに用があって来られたのですか」

「ここのゲスト・ルームに、一昨日モスクワから来日された、イワン・ロマーノヴィチ・コーネフ博士がお泊まりになっているはずです。私は、こういう者です」

黒木は『内閣官房特別高等外務審議官、伊倉正樹』の身分証明書をガードマンに提示した。

厳しい顔つきをしていたガードマンの表情が緩《ゆる》んだ。

「これは失礼いたしました。ただいま博士に確認して参りますので、暫《しばら》くお待ちください」

「私をこの雪の中に立たせておくのかね。それに一刻を争う国家的重大事なんだ。ともかくゲスト・ルームへ案内したまえ」

「はッ、ではどうぞ」

二人のガードマンは、黒木の前に立って歩き出した。

建物は、経済的にあまり豊かではない東欧諸国が建てたにしては、かなり贅沢《ぜいたく》であった。玄関の自動ドアを一歩入ると、ホテルかと見紛《みまが》う広々とした赤絨毯《じゅうたん》のロビーがあった。応接セットや書棚、リビングボードなどの調度品も、重厚なものを揃えている。

エレベーターが二基、ロビーの中央あたりにあった。

居住者が、ロビーを雑談の場に利用することは禁じられているのか、誰の姿もなかった。まるで無人のマンションのように、静まりかえっている。

「ゲスト・ルームは七階です」

ガードマンは、そう言いながら、エレベーターの呼びボタンを押した。

最上階の七階と四階に止まっていた二基のエレベーターが、同時に降下を始めた。

イワン・ロマーノヴィチ・コーネフ博士といえば、世界のロケット工学界で知らぬ者はなかった。ソビエトが射ち上げた、最初の有人宇宙船を開発し、現在もなおソビエトの宇宙開発を総指揮する立場にあった。すでに七十半《なか》ばを過ぎた高齢ではあったが『ソビエト最高栄誉国民』の称号を与えられ、なにびとといえども、博士の言動に干渉することを許されない地位を保障されていた。たとえKGB、GRUといえど、博士の研究に口出しすることはできないのである。

むろん私生活への干渉も禁じられている。

このことは、ソビエトでは異例中の異例といわねばならない。何故《なぜ》ならソビエト社会では、KGBやGRUに、公・私にわたる生活を干渉されることが、ごく当然のことだからだ。

イワン・ロマーノヴィチ・コーネフ博士の一人息子も、天才的なロケット工学者であり原子物理学者として高名であった。

エレベーターは、黒木と二人のガードマンを乗せて、ゆっくりと上昇を始めた。このエレベーターも、広くて豪華なものであった。ゆうに畳四枚半はありそうなエレベーターである。人を運ぶだけにしてはどう見ても大き過ぎた。秘密の多い東欧諸国のことだから、人以外のものも、このエレベーターで積み降ろしされるのかもしれない。たとえば、暗号解読装置とか、長距離用無線装置とか。

エレベーターが四階にさしかかったとき、黒木の手元で、ピシッと小さな音がした。

ガードマンが彼の手元を見て、さッと顔色を変えた。

いつの間《ま》に取り出したのか、黒木の手には小型のドライバーのようなものが握られていた。

だがプラスチック製の握りの部分から出ている長さ十センチほどのスチール製の部分は、針のように細かった。

いや、それは紛《まぎ》れもなく針であった。ピシッという音は、その針が柄《え》の中から飛び出した音なのだ。

「なんですか、それは」

ガードマンが、きつい顔つきをして黒木の手首を摑もうとするより速く、針がキラリと光って一閃した。

二人のガードマンが、あっという間に喉元を刺されてよろめき、エレベーターが七階で停止したときには、口から白い泡を吹いてがっくりと両膝を折っていた。

目をそむけたくなるような、凄まじい痙攣《けいれん》が、ガードマンを襲った。白い泡が、みるみる血の色に染まっていく。

エレベーターはいったんドアをあけたが、およそ十秒後には再びドアを閉じ、ガードマンがコトリと首を折って、呼吸を止めた。

黒木の手元で、またピシッと音がして、針の部分が柄の中へ吸い込まれた。よく見ると、プラスチックの柄の中に、液体のようなものが入っている。

二人のガードマンが、猛毒を注射されたことは、明らかであった。

黒木は、ドライバーのようなものをズボンの後ろポケットにしまうと、長身を利用して、エレベーターの天井にある非常用脱出口を押しあけた。

彼が、それほど大柄でもない二人のガードマンの死体を、天井裏へ押し上げるのに五、六分とかからなかった。

先に押し上げられた死体が、後から押し上げられた死体に押されて、七階から落下したが、それは黒木には見えなかった。

非常用脱出口を閉じた黒木は、エレベーターのドアをあけた。

彼を待ち構えていたのは、ロビーの豪華さに比べて意外に質素な、薄暗い廊下であった。

黒木は、廊下を奥に向かって進みながら、各部屋のドアに注意を払った。

どのドアにも姓名と国の名前及び大使館における肩書が英語で表示されていた。

廊下の突き当たりから三番めの右側のドアに、ゲスト・ルームの表示があった。隣室のドアとの間隔が相当開いていることから、かなり広いゲスト・ルームであることが想像できた。

黒木は、スーツのポケットに手を入れると、先がF字型になっている長さ五、六センチの細い金属棒を取り出して、鍵穴に差し込んだ。

音をさせないように気をつけながら、右へそっとひねると、かすかにチッという音がしてロックがはずれた。

黒木は、ドアを静かに押した。ドアチェーンが掛かっておれば、もう一度閉めてから、勢いをつけて蹴り開くつもりであったが、ドアチェーンは掛かっていなかった。

室内に入ると、強い葉巻の臭いがして、ロシア語の会話が聞こえてきた。笑い声を混じえた、なごやかな談笑であったが、その光景は、ドアを背にした場所からは見えない。

黒木は、スーツの内懐《うちぶところ》に手を入れて、ベレッタを取り出し、銃口にサイレンサーを装着した。

入口を入ってすぐ左手にバスルームがあり、その隣りに寝室らしいドアが二つ並んでいた。話し声が聞こえてくるリビングルームは、右に折れている。

黒木は、バスルームの前を通り過ぎ、二つめの寝室のドアを背にして立った。

白髪の老人が、黒木に背中を見せている二人の男と、笑顔で話し合っていた。この老人が、ロマーノヴィチ博士である。

足音も立てず、忍者のように侵入した黒木に、博士が驚いて目を見張るより早く、黒木が口を開いた。

「ゲスト・ルームというのは、七階に一室あるだけですね」

黒木が流暢《りゅうちょう》な英語で訊ねると、彼に背中を見せていた二人の男が、バネ仕掛けのように振り向いて、愕然《がくぜん》としたように背すじを反《そ》らせた。一人は明らかにロシア人で、もう一人は日本人であった。年は二人とも三十半ばであろうか。

「何者だ、貴様」

ソファーから立ち上がったロシア人に向かって、ベレッタがバスンッと鈍い銃声を放った。

ロシア人が、胸骨中央部に九ミリ弾で穴をあけられ、ぶん殴られたように後ろへ倒れて博士にぶつかった。

「黒木……黒木じゃないか」

日本人が、信じられない、というような目で黒木を見つめた。間違いなく、古くから黒木を知っている者の目であった。

「いったいどうしたんだ。私だよ、河井《かわい》だ」

河井と名乗った男が、一歩、黒木の方へ踏み出した。

黒木の表情に変化はなく、銃口が河井の胸元を狙った。

河井が、思わず博士の前に立ちふさがって、身構えた。

「黒木、理由は知らんが、お前は大変なことをしでかしてくれたな。ここにおられるのは、世界にその名を知られたイワン・ロマーノヴィチ・コーネフ博士だ。そして、お前がいま撃ち倒したひとは、レニングラード放送東京支局次長のニコライ・マレンコフ氏だぞ」

河井の言葉が終わらぬうちに、ベレッタがバスッバスッと二発、火を噴いた。

腹と胸を撃たれて河井はのけ反ったが、彼の右手は腰のホルスターから拳銃《リボルバー》を引き抜いていた。

ベレッタがまた火を噴き、下腹部を撃たれて前のめりになった河井が、リボルバーの引き金を引いた。

ズダーンと銃声がして、窓ガラスがビリビリと鳴り、弾丸は、黒木の頰を擦過《さつか》した。

黒木が「うっ」と顔をしかめてよろめき、鬼のような形相《ぎようそう》で、四発めを撃った。

心臓近くを射抜かれた河井が、シュッと鮮血をほとばしらせて、「貴様あッ」と絶叫した。

血まみれの河井が、連射しながら、頭から黒木に突っ込む。

河井の撃った一弾が、またしても黒木の頰をかすめ、熱痛の衝撃で黒木が大きくのけ反った。

河井は口から血の固まりを吐き出しながら、ロシア語で「博士、逃げてください！」と叫び、黒木にむしゃぶりついた。

黒木が、ベレッタの銃口を河井の側頭部に押し当てて引き金を引く。

銃声と共に、脳質と鮮血が射出口から凄まじい勢いで飛び出し、その直後に頭蓋骨が二つに裂《さ》けて舞い上がった。

至近距離から撃った、九ミリ弾の物凄い威力である。

それでも河井は、ベレッタを持つ黒木の右腕にしがみついていた。

河井の血を肩に浴びた黒木は、まだ手足を動かそうとしている河井を蹴り離すと、観念したようにソファーに座っている博士に向かって、三発を撃った。

博士が、ソファーにすわったままの姿勢で、ガクンと首を折り、みるまに胸と腹に血の色がひろがった。

黒木は、何事もなかったような顔つきでベレッタを手にしたままゲスト・ルームを出た。

銃声を耳にしたのか、廊下に四、五人のロシア女性が出ていたが、拳銃を手にした血まみれの黒木を見ると、小さな悲鳴を上げて、部屋に逃げ込んだ。

黒木は、ようやくベレッタをホルスターにしまうと、満足そうな笑みを口許に浮かべて、エレベーターに乗った。

4

東麻布の黒木のオフィス、午後二時。

黒木は、執務デスクの脇にあるガン・ロッカーをあけると、スリップオイルとベレッタの部品を取り出した。

彼は肘《ひじ》付き回転椅子にすわり、執務デスクの上に新聞をひろげて、手際よくベレッタの分解を始めた。馴《な》れた手つきである。

黒木の分身ともいえる銃だけに、手入れにはいつも万全を期している。

彼は、小さな部品については、高倍率のルーペで、金属の疲労度や磨耗《まもう》の状態を必ずチェックした。

トリガー軸《じく》、ハンマー・スプリング、ファイアリング・ピンなどを新しいものと取り替えた黒木は、機関部にスリップオイルを充分に塗布《とふ》し、二、三度空撃《からう》ちをした。

彼が「よし……」というように、ひとり頷いて古い部品やスリップオイルをガン・ロッカーにしまおうとしたとき、ホットラインが鳴った。

黒木が、受話器を取り上げると、杉波警察庁長官の声が受話器を伝わってきた。ひどく緊張した声である。

「いま法務大臣が傍にいらっしゃるのだが、大臣に代わって私が一つ二つ質問したくて電話をしたんだよ」

「どのようなことでしょうか」

「君はいま何をしているのかね」

「ベレッタの手入れを済ませたところです。あることを調査のために出かけた高浜君が、間もなく戻って来ますので、場合によっては、こちらから倉脇先生に電話を入れなければ、と考えていたところです」

「高浜君が出かけたのは、何時ごろ？」

「正午をすこし過ぎていたと思いますが、どうかなさったのですか」

「彼女が銀座の宝石店と千代田区麹町の銀行を襲って、多数の人を射殺したんだ」

「なんですって……」

黒木の精悍なマスクが、一瞬だが、硬化した。

「目撃者があまりにも大勢なので、モンタージュ写真は、極めて正確に出来上がった。ひとりは、紛《まぎ》れもなく高浜沙霧だ」

「すると、別に相棒がいたのですね」

「相棒らしい男は白人で、この男は銀行を襲ったときに警察官あがりの警備員と格闘になり、ショットガンが暴発して、自分の顔を吹き飛ばしてしまった」

「そのモンタージュ写真は、新聞に載《の》せるのですか」

杉波長官と話す黒木の口調は、すでに驚きを鎮めて、ほとんど平静に近かった。

「彼女の写真を新聞に載せるかどうかで苦慮する前に、もう一つ大事なことを、今度は君に訊《き》かなければならない」

「どうぞ」

「君は今日、外出したのか」

「いいえ、まだどこへも出かけていません」

「君も大変なことをしでかしたことになっているんだ。これも数人の目撃者によって、はっきりとしたモンタージュ写真が出来上がっている」

「やはり殺しですか」

「そうだ。よりによって君は〝東欧連邦諸国公舎〟に押し入り、日ソ学術交流で来日中のイワン・ロマーノヴィチ・コーネフ博士を九ミリ弾で射殺したんだ。君も知ってのとおり博士は、ソ連の最重要人物であり、その優れた頭脳は、常に西側諸国から狙われている。だから日本政府はソビエトの要請で、警視庁の辣腕《らつわん》SPをひとり、博士に張りつけたが、君はそのSPをも射殺してしまった」

「うむ……で、犠牲者は二人だけですか」

「いや、ちょうど居合わせたレニングラード放送東京支局次長のニコライ・マレンコフ氏も巻き添えを食った」

「私は、ずっと、オフィスにいました。犯人は、私や高浜君に変装した別人でしょう。常識で考えても、われわれが無益な殺しをするはずがありませんからね」

「わかった。そのひと言で君を信じよう。君と高浜君のモンタージュ写真をマスコミに公表することは、なんとか押えてみる。だが慎重に行動してくれよ。君と高浜君は、重大犯罪者として大勢のひとに目撃されているんだから」

「わかりました。彼女にもそう伝えます」

「殺された警視庁のSPの名は、河井良一《りょういち》。まだ三十七歳の警視だ。全身に五発を浴びているところから最後まで博士を守ろうと、抵抗したらしい。参考までに知っておきたまえ」

ガチャリと音がして、杉波警察庁長官が電話を切るのと、黒木の顔に衝撃が走るのとが同時であった。

「河井が死んだ……」

呟く黒木の表情が、みるみる悲しみを漂わせた。

彼にとって河井良一の名は、忘れることのできない名前であった。

現在の極秘任務に就く前、黒木は東京地検特捜部と警視庁に籍を置いた経験を持っている。

警視庁に入って間もない二十代前半、射撃に天才的素質を有していた黒木と河井は全国警察官射撃大会のよきライバルとして、常に張り合った仲であった。だが仕事や勝負を離れたとき、二人はよく酒を飲み談笑し合った。

黒木は東大法学部を、河井は東大露文《ろぶん》科を出て、共に将来を期待されていたが、河井が要人警護（SP）の任務に就き、黒木が東京地検特捜部にスカウトされてからは、多忙のためぷっつりと交際がとだえた。

とくに黒木は、現在の極秘任務に就くようになってからは、秘密保持のため、いっさいの交友関係を絶っている。

自ら、その〝存在〟を抹消してしまっているのだ。むろん沙霧とて黒木と同様である。

黒木は、河井に対して、痛恨の出来事を一つ持っていた。

まだ二十六歳のとき、オリンピックの射撃選手を決定する最終予選で、黒木は河井と対決した。この当時、河井は一歳下の女性と婚約中であったが、その女性は最終予選の八日前に自宅で倒れ、不治《ふじ》の病《やま》いと診断されていた。その女性を勇気づけるため、黒木は標的から狙いをはずして撃ち、河井にオリンピック出場権を譲った。

だが河井は黒木の好意に気づき、烈火《れっか》のごとく怒って涙を流しながら、次の日に黒木の頬を平手打ちして、出場権を放棄したのである。

間違った友情を河井に与えようとしたことを、黒木は、いまもなお恥じていた。

河井の婚約者は、彼が最終予選で優勝したことを知り、安心して眠るように短い生涯を閉じたが、勝ちを黒木から譲られた河井の自尊心は傷ついていたのだ。

しかし黒木の友情がわからぬような河井ではない。婚約者の初七日《しょなぬか》を済ませた翌日、河井は黒木を訪ねて号泣《ごうきゅう》し、平手打ちしたことを詫《わ》びた。

そのころのことが、黒木の脳裏《のうり》に浮かんでは消えた。

こともあろうに、その河井が射殺されたというのだ。

黒木はリビングダイニングルームへ行き、サイドボードからオールドパーを取り出して、グラスに静かに注いだ。

「なぜ死んだ……河井」

黒木は、ぐっと下唇を嚙みしめて宙を睨《にら》みつけたあと、サイドボードの前に立ったままグラスを呷《あお》った。

警視庁におけるSPの訓練は、厳格を極《きわ》めている。

教示の一つに『SPは弾丸五発を浴びても倒れてはいけない』というのがあるが、河井良一警視は、その教えをそのまま自らに課したのであった。

河井は今日まで亡《な》き婚約者を想い、独身を貫き通していた。

応接テーブルの上で、今度は黒電話が鳴った。

黒木は、グラスをサイドボードの上に置き、応接ソファーの方へ歩いて行った。

血まみれの河井の顔が、黒木の脳裏をよぎる。

黒木は、ソファーに体を沈めて、鳴り続ける黒電話を手に取った。

受話器から伝わってきたのは、沙霧の澄んだ声であった。

黒木は、沙霧が渋谷の中小貿易商社に関して話を切り出そうとするのを制して、先に口を開いた。

「いま、どの辺《あた》りにいるんだ?」

「自動車電話で掛けています。オフィスに向かって、マーキュリーを走らせているところです」

「急いで戻って来たまえ。君と私が残虐な殺人犯に仕立てられてしまった。表通りは非常線が張られているだろうから、裏通りを走ったほうがいい。詳しいことは、オフィスへ戻ってから話すよ」

「了解。あと十分ほどで戻ります」

黒木は受話器を置くと、長い脚をゆったりと組んで目を閉じた。

彼には、河井がどのようにしてイワン・ロマーノヴィチ・コーネフ博士を守ろうとしたか、容易に想像できた。

河井のことだから、おのれが傷ついても犯人にむしゃぶりついたことだろう、と黒木は思った。

「お前の仇《かたき》は取ってやるぞ、河井」

黒木は、ポツリと言って、やりきれないように溜息《ためいき》をついた。

世界最強の男、黒木豹介。だが、この男は、善人が犠牲となったとき、誰よりも悲しむ。悪に対して容赦なき非情さを発揮できる男でありながら、比類のない優しさを、その冷やかなマスクの裏に隠し持っている。

亡くなったひとりの女性を想い続ける河井のロマンは、黒木にとってもまたロマンであった。

そのような友を失ったことが、彼はこのうえもなく悲しかった。

何者とも知れぬ敵が、黒木と沙霧を徹底的にマークしていることは、もう間違いない。

しかし黒木の頭脳は、冷静に状況を見つめていた。ハイム・ダンカン一行が泊まった京都のホテルでは、黒木は何者かによってサイレンサーを装着した拳銃で奇襲されている。つまり〝直接攻撃〟を受けたわけだ。敵は当然、黒木の身分素姓を知ったうえで、攻撃してきたと考えられるから、暗殺に相当の自信があったと思われる。つまり黒木を敵に回せば、どれほど恐ろしい目に遭《あ》うか、充分に承知していながら襲いかかった、ということになる。

黒木は、京都のホテルに現われた刺客は、相当のプロだと睨んでいた。

それに反し、銀座の宝石店と麴町の銀行を襲い、東欧連邦諸国公舎で三人を射殺した犯人は、黒木と沙霧に変装するという、いわば〝間接攻撃〟の方法を採っている。自ら黒木に挑みかかるようなことはせず、黒木の動きを封じようとするやり方だ。

黒木は、敵には二つの流れがある、と思った。その流れの中で、GRUの組織図や宇宙ロケットの設計図が、恐ろしい役割を果たしているのではないか、という気がするのである。

彼が、煙草をくわえて、ライターの火を点《つ》けたとき、壁に掛かっている電気時計のすぐ下で、青いランプがピッピッと鳴りながら点滅した。帰って来た沙霧が、玄関のドアをあけようとして電子ロックシステムのキイ・ボタンを操作しているのだ。

第四章　S&W《スミス・アンド・ウエッソン》・M66・357コンバット・マグナム

1

沙霧がリビングダイニングルームに入って来ると、黒木はソファーから立ち上がってキッチンへ行き、彼女のために熱い紅茶を淹《い》れた。

「雪が降ってきました」

沙霧がソファーの傍《そば》に立って、窓の外を見ながら言った。

彼女はどのような場合でも、黒木より先に、ソファーに腰を下ろしたことがない。黒木を立てようとする、彼女の姿勢は、いつもごく自然だが徹底していた。

「どうりで、冷えると思ったよ」

沙霧の傍にやって来た黒木が、彼女に紅茶カップを差し出した。

沙霧は「ありがとうございます」と言って紅茶カップを受け取り、黒木がソファーにすわるのを待って、腰を下ろした。

窓の外では、粉雪が散らついていた。

「まず私のほうから話そう。そのあとで調べたことを報告してくれたまえ」

黒木が、杉波警察庁長官から聞いた事件の概要を話し始めたとき、天井に埋め込まれたスピーカーが、オフィスのファクシミリが受信ON《オン》になった発信音を伝えた。リビングダイニングルームにいても、オフィスにある無線装置、テレックス、端末機などの受信ONを知らせる発信音は、すべて天井のスピーカーから聞こえるようになっている。ただし受信を知らせる発信音以外の音は、伝わらない仕組みになっている。

「杉波警察庁長官が、事件の詳細を報告してきたのかもしれない。見て来たまえ」

黒木は、オフィスとの間を仕切っているドアを、顎《あご》でしゃくった。

沙霧が「はい」と答えて、手にしていた紅茶カップをテーブルの上に置き、ソファーから立ち上がった。

スーツの下で、豊満な乳房が妖《あや》しい重みをみせて、弾《はず》んだ。

彼女はオフィスへ入って行き、受信を終えたファクシミリの受信紙を手に取った。

黒木が言うように、受信紙には見馴《な》れた杉波警察庁長官の字で、事件の詳細が書き綴《つづ》られていた。

それを読み終えて、沙霧は顔色を変えた。

無理もない。自分とそっくりの別人が、銀座の宝石店と麹町《こうじまち》の銀行で大量殺戮《さつりく》を行なっていたのだ。しかも犯行に使用された弾丸の中には9㎜×19弾があったという。

ベレッタ・ダブルアクションＭ92Ｆが使っている弾丸だ。もっとも９㎜×19弾を用いる拳銃はベレッタだけではないのだが。

沙霧は、固い表情で、リビングダイニングルームへ戻った。

「おっしゃるように、杉波警察庁長官からの報告でした」

「読んだか？」

「読みました。許せません」

「冷静さを失うなよ。敵の狙《ねら》いはわれわれを動揺させ封鎖することにあるんだ。警察やマスコミへの対応策は、国家安全委員会に任せておけばなんとかなる」

「黒木検事はいつでしたか、警視庁時代の友人で、河井良一という方のことを話してくださいましたね。この受信紙に書かれている河井良一という犠牲者はもしや……」

「彼だよ」

「まあ」

沙霧は絶句し、視線を膝の上に落としている黒木から、目をそらした。

「過ぎた事件に振り回されていてはいけない。君が調べたことを報告してくれ」

「イギリス製のパッカードＭ20というワープロの輸入元は、渋谷区宇田川町《うだがわちょう》のオフィスビルに本社を構える日欧事務機貿易という、従業員六十人前後の輸入専門商社で、オフィス機器を専門に扱っています。大阪と福岡にも支社を置いていますが、経営状態は、あまりパッとしないようです」

「M20の字体はどうだった？」

「倉脇邸へ送られてきた、速達郵便小包の宛先文字とピタリ一致しました。M20で打たれたものに間違いありません。そのほかに、意外なことがわかったんですよ」

「ほう……」

「日欧事務機貿易の会社案内を受付係にもらったのですが、二ページめをご覧になってください」

沙霧は茶封筒の中から取り出した会社案内の二ページめを開いて黒木の前に置いた。

そのページには取引銀行名、主要株主、そして役員構成が印刷されていた。

それに目を通す黒木の目が、光った。

主要株主の筆頭に、関西貿易開発株式会社の名があり、さらに役員構成のところに取締役相談役として五条信高、非常勤取締役として五条忠芳の名があったからである。関西貿易開発は、五条信高がオーナーの会社だ。

「なるほど、こいつは意外だ。日欧事務機貿易は関西貿易開発の子会社というわけだな」

「ひょっとして、GRUの組織図や、宇宙ロケットの設計図は、五条忠芳が送ってきたのではないでしょうか」

「あるいは……」

「あるいは？」

「五条頼子《よりこ》かもしれない。なんらかの理由があって、彼女がGRUの組織図や宇宙ロケットの設計図を夫から預かって、姿を隠していたと考えたら──」

「とんでもないストーリーが出来上がることになります」

「彼女は東京に潜伏していたのではないだろうか。そして夫とは緊密に連絡を取り合っていたとも考えられる」

「すると五条頼子は、五条家の惨劇をすでに知っているかもしれませんわね」

「だからGRUの組織図と宇宙ロケットの設計図を、恐ろしくなって倉脇邸へ送りつけたのさ。つまりGRUの組織図と宇宙ロケットの設計図が、今回の事件の核である可能性が強い、というわけだ」

「何者かが、GRUの組織図と宇宙ロケットの設計図を奪おうとして起こした事件、とおっしゃるのですね」

「宇宙ロケットの設計図は奪うだけの価値はあるが、GRUの組織図は、血眼《ちまなこ》になって奪うほどのものじゃない。しかしだ……待てよ」

黒木は、二、三分の間、黙って会社案内を見つめたあと、顔を上げて沙霧を見た。

沙霧は、黒木の鋭い目を見返して、彼が何かに気づいたらしいことを察知した。

「すまないが、金庫からGRUの組織図を出してきてくれないか」

「はい」

沙霧が腰を上げようとすると、センターテーブルの上で再びホットラインが鳴った。

沙霧は、受話器を取り上げて黒木に手渡すと、オフィスへ入って行った。

受話器から伝わってきたのは重々しい倉脇の声であった。

「高浜君は戻って来たかね」

「ええ、すこし前に戻って来ました」

「杉波警察庁長官が、事件の詳細をファクシミリで送信したと思うが、彼女にも読ませておきたまえ」

「たったいま、読み終えたところです」

「ほんの一分ほど前に、五条忠芳から、ほっとする連絡が入ったよ。五条頼子と二人の子供が無事に屋敷へ戻ったそうだ」

「それはよかったですね」

黒木は、五条頼子の失踪に対する疑惑を、倉脇には打ち明けなかった。あくまで想像の段階でしかなかったからである。

倉脇が「事件を一刻も早く解決するように」と言って電話を切ったところへ、沙霧が組織図を手にして戻って来た。

黒木は、会社案内を沙霧に片づけさせ、テーブルの上にロシア語で書かれた組織図をひろげて、射《い》るような目で見入った。

組織図は、すでに黒木によって、完全に邦訳され、ロシア語の横に、鉛筆で薄く日本語が書かれていた。

「いまのお電話、倉脇先生からですか」

沙霧は、黒木の精悍《せいかん》な横顔に見蕩《と》れるようにして、遠慮がちにひっそりと訊《たず》ねた。

「五条頼子が、夫のもとへ無事に戻ったという連絡だよ」

「えっ……それじゃあ」

「うん、どうやら、われわれの想像が当たっていたようだな」

「宇宙ロケットの設計図を狙う何者かが、頼子が京都へ戻ったことを知れば襲うのではないでしょうか」

「頼子が、そのへんのことを考えていないとは思われないね」

「どういうことですの？」

「彼女は、すでに自分の手元にロケットの設計図がないことを、その何者かに知らしめているかもしれない。むろん夫の許しを得たうえでだ」

「要するに家族の身の安全を考えて、設計図を手放したということですね」

「おそらく彼女は、倉脇家へ設計図を送ったことまで、何らかの方法で敵に伝えているだろう。敵は私の身分素姓を知っているわけだから、倉脇家に送付された設計図が、私の手に渡ると睨《にら》むに違いない」

「では私たちに対して、総攻撃が開始されるかもしれません」

「たぶんな」

黒木は、いつもと変わらぬ口調で言うと、GRUの組織図を手にして立ち上がり、サークラインにかざした。

沙霧はソファーにすわったまま、センターテーブルの上に載っている二本の電話を、改めて眺めた。

これまでに、どれほど大勢の人々の、喜びと悲しみを、この二本の電話は伝えてきたことか。

鳴りをひそめていたこの電話が、けたたましく鳴るとき、それは事件の前兆《ぜんちょう》であり、始まりである。そしてひとたび事件が加速し始めると、この電話は頻繁《ひんぱん》に鳴り続ける。

「沙霧、この部分を注意して見てごらん」

サークラインにかざしていたGRUの組織図の左半分を、黒木が指さした。

沙霧は立ち上がって、黒木と肩を並べると、組織図を覗《のぞ》き込んだ。

よく見ると、組織図の左半分に小さな〝透《す》かし文字〟が入っていた。

それも一つや二つの文字ではなかった。

文字はむろんロシア語である。

「まずこの組織図をコピーしておき、そのあとで透かし文字を浮き上がらせる方法を工夫してみてくれ」

「わかりました。それほど難《むずか》しくはないと思います」

「ついでに翻訳のほうも頼む」

沙霧は、組織図を手にして、オフィスへ急ぎ足で入って行った。

2

沙霧がオフィスで、透かし文字を浮き上がらせる作業をしている間、黒木は事件をさまざまな角度から分析した。

もっとも可能性が強いのは、日本国内でGRUが動いているのでは、ということである。

黒木は、KGBよりも、GRUのほうが、恐怖機関であると思っている。

KGBの在日機関の全貌は、防衛庁の情報機関や内閣情報調査室によって、かなりの部分が掌握《しょうあく》されているが、GRUについては定かではない。

KGBには、ソビエト国内における弾圧機関としての怖さがあるが、GRUの怖さは、海外において破壊・暗殺活動をするところにある。

中でももっとも恐ろしいのがGRUの実行部隊であるスペツナッツ（特殊部隊）の存在だ。

諸外国における政治家や軍人の暗殺は、たいていの場合、彼らの仕業《しわざ》であると言われている。

アメリカのケネディ大統領暗殺や、レーガン大統領暗殺未遂の背後にはスペツナッツの動きがあった、という見方が、現在もなおＣＩＡや国防総省《ペンタゴン》内部に根強く残っていることを、黒木は知っていた。

「やっかいな事件に発展しそうだな」

黒木は、呟《つぶや》いて煙草をくわえ、ライターで火を点《つ》けた。宙を見据《す》える二つの目が、天井に立ちのぼっていく紫煙《しえん》をゆっくり追って、ほんの一瞬、豹《ひょう》のようにギラリと光った。

彼は、日本国内で、外国の情報部員に勝手な真似《まね》をさせるつもりはなかった。日本人であることを誇りにし、日本という国を誰よりも愛している黒木である。

その黒木に、スペツナッツの影が迫ろうとしているのか？

相手にとって不足はない、と黒木は思った。いずれは必ず対決するだろうと思い続けてきた相手である。

黒木が一つ疑問に感じているのは、レニングラード放送東京支局長のラスーロフ・マフムードがＧＲＵの大物らしい、ということである。

ソビエトにおけるタス、プラウダ、イズベスチアなどの報道機関は、ソビエト共産党中央委員会の手でがっちりと握られているため、ＫＧＢやＧＲＵは干渉することも、組織の中に入り込むこともできないはずであった。

にもかかわらずレニングラード放送東京支局長は、ほぼ確実にGRUの大物と見られている。

黒木は、ひょっとするとソビエト国内において、KGBとGRUの力関係が逆転し、GRUが党中央委員会と手を組むことに成功したのではないか、と想像した。

KGBとGRUの対立関係は歴史的にも有名であり、両者は現在でも隙《すき》さえあれば、相手を倒すことを狙っている。

この犬猿《けんえん》の仲を、ソビエト共産党中央委員会はこれまで静観してきた。

国家にしてみれば、KGBの暴走も、GRUの暴走も困るわけだ。

両者の権力バランスが、微妙に保たれていることが、ソビエトにとってはもっとも平和なのである。

KGBが強大になりすぎても、GRUが強大になりすぎても、国家にとっては脅威となる。

黒木が、短くなった煙草を、灰皿の上で揉《も》み潰《つぶ》したとき、沙霧が厳しい表情で、リビングダイニングルームに入って来た。

「何かわかったかね」

「黒木検事、この透かし文字は、大変な秘密を私たちに教えてくれました」

「ほう……」

「GRUの在日秘密機関の本部所在地と要員二十八名の名前、地位などが透かし文字で刷《す》られていたんです。要員はすべてスペツナッツの将校です」

「やはりスペツナッツの名が出てきたか。見せてみたまえ」

黒木は、沙霧から組織図を受け取った。

透かし文字が、黒い活字と並ぶようにして、緑色に浮き上がっていた。

沙霧が言うように、要員二十八名の地位は、一番下が少尉で、最上位が中佐であった。

本部所在地は、なんとオフィスと目と鼻の先にある、同じ東麻布《ひがしあざぶ》のビルの中である。

黒木が「やばいな」と言って、沙霧の顔を見た。

「こう近いと、この公舎に出入りするところを、狙撃される恐れがありますね」

「私のオフィスが、この公舎内にあることは、すでに一部の外国の情報機関に知られてはいるが、敵の本拠が目と鼻の先にあると、いつ付近の民間人が、銃撃の巻き添えを食らうかわからない。それが心配だよ」

「事件が解決するまで、ホテルに移りますか」

「いや、それは駄目だ。オフィスの大金庫には、例の設計図が入っているからね。あれを狙っている連中は、大金庫をダイナマイトで爆破してでも、奪おうとするだろう」

「その心配は、たしかにあります」

「君は、私から連絡があるまで、オフィスで待機していたまえ。私は先制攻撃で相手を揺さぶってみる」

黒木はソファーから立ち上がると、スーツの内懐《うちぶところ》へ手を滑《すべ》り込ませて、ホルスターからベレッタを抜き取った。

突如、天井に埋め込まれたスピーカーから、全米で大ヒットしたミュージックが流れ始めた。グレン・フライのソウルフルなミディアム・テンポ・ナンバー『YOU《ユー》 BELONG《ビロング》 TO《ツー》 THE《ザ》 CITY《シティ》』である。

黒木のオフィスとプライベートルームは、午前十一時と午後四時になると、二十分間、BGMが流れるようになっていた。

沙霧が「消しましょうか」と訊ねながら、ソファーから腰を上げると、黒木は「いや、いい……」と言葉短く答えて、ベレッタの遊底《ゆうてい》をガチンと引いた。

弾倉《だんそう》から機関部へ、一発めの弾丸が送り込まれる。

軽快な、それでいて重量感のあるリズムが、二人にまといついた。

黒木は、ベレッタをホルスターにしまうと、沙霧の背中に軽く手を当て、オフィスへ入って行った。

沙霧が心得たようにガン・ロッカーをあけ、全長十二センチの五連発小型自動拳銃AMTバックアップを取り出した。

小型自動拳銃ながら、用いる弾丸は9㎜×17弾という中口径弾である。

彼女は黒木の前にしゃがむと、彼のズボンの裾をめくり、足首のすこし上あたりに専用ホルスターを装着し、ＡＭＴバックアップを入れた。

あくまで万一の場合に備えた緊急用の武器だから、予備の弾丸はない。

黒木は「ありがとう」と言ってから、五、六歩あるいてみせて、オーケーだ、というように頷《うなず》いてみせた。

沙霧は不安であった。敵がスペッツナッツであるかどうか、まだ最終的に確定したわけではない。だが、設計図と組織図を奪還するために、スペッツナッツが行動し始めていることを、否定する根拠はどこにもなかった。

世界最強といわれる黒豹《ひょう》と、これまた世界最強と自認するスペッツナッツが、いよいよ激突するのである。

黒豹はたったひとり。敵は二十八名の精鋭である。

沙霧は、できれば黒木について行きたい、と思った。しかし自分が同行することで、黒木の動きに支障を生じる恐れがある。

「お気をつけてください」

玄関の方へ歩いて行く黒木に、そう声をかけたものの、彼女の不安は大きく膨《ふく》らんだ。

3

雪雲が低く垂れ込めているせいか、外は夜のように暗かった。吹く風は肌を刺すほど冷たく、粉雪《こなゆき》は渦を巻きながら降っていた。

雹《ひょう》のように固い粉雪であった。頬に当たると痛いほどだ。

黒木は、組織図に書かれていた番地を目指して雪の中を歩いた。

ラスーロフ・マフムード東京支局長の射殺で始まった今回の事件は、いまのところまだ何もわかっていない。謎が複雑に絡み合っている。

五条家はいったいどこから、ロケットの設計図や、GRUの組織図を手に入れたのか。

五条信高はなぜ殺され、頼子はどうして姿をくらます必要があったのか。

ハイム・ダンカン来日の真の目的は何か。そしてラスーロフ・マフムードは、なんのために誰によって殺されたのか。

黒木は、それらの謎が、スペッナッツに接触することで、一気に判明するのではないか、という予感に捉《とら》われていた。

十分ほど歩いて、彼は立ち止まった。

すこし離れたところにレンガ色をした間口のせまい、三階建ての古いビルがあった。ブラインドを下ろしているからか、どの窓からも明かりは漏れていない。

そのビルの両隣りも向かいも、同じような三、四階建ての古いビルであった。

黒木は、電柱にもたれて、レンガ色のビルを暫《しばら》くの間、眺めていた。

耳の奥に『YOU BELONG TO THE CITY』のリズムが、まだかすかに残っている。

闘いを前にした男の肩に、粉雪が降りかかった。

黒木は、瓦《かわら》三十枚を一撃のもとに叩き割ることのできる拳《こぶし》を、ミシリと軋《きし》ませて歩き出した。冷え込みがきつかったが、彼はコートを着ていない。

耐寒訓練を充分に積み重ねてきた強靭《きょうじん》な肉体には、この程度の寒さはこたえない。氷点下の海中でさえ、耐え抜く肉体である。

彼はレンガ色のビルの前に立った。

玄関のシャッターは下ろされていた。コンクリート壁に埋め込まれていた、ビルの名前を示す銘板《めいばん》は取り払われ、コンクリートの地が剝《む》き出しになっている。シャッターは、ひどく錆《さび》ついていた。

空《あき》ビルであることは、一目瞭然《いちもくりょうぜん》であった。しかし、このビルこそ、組織図に透かし文字で刷られていた、GRU在日秘密機関の本部であった。ソビエト大使館までは、徒歩で七、八分と近い。

黒木は、ビルとビルの間の、幅一メートルほどの路地へ入って行った。

右側のレンガ色のビルは、路地に面しても窓があり、向こう向きになってタイプライターのキイを叩いている女子事務員の背中が見えた。

女ひとりがいるだけの、閑散とした事務所で、ほかの机の上には書類が載ってはいたが、誰もいなかった。おそらく営業で、外回りでもしているのだろう。

タイプを打っている女子事務員の脇の壁には、目標達成を目指すスローガンが、べたべたと何枚も貼《は》られていた。

黒木は、レンガ色のビルの裏側にまわった。

コンクリート壁に吹きつけられたレンガ色の塗装は、ひどく剝《は》げ落ちていた。背中合わせに建っているビルは四階建てで真新しかったが、ビルとビルの間がせますぎるせいか、裏側に窓はつくられていなかった。

レンガ色のビルは裏側に一つずつ窓があったが、コンクリートで埋められていた。

コンクリートの新しさからみて、埋められたのは、ごく最近と思われた。

黒木は、スーツのポケットから、糸巻きのようなものを取り出した。

いやそれは確かに糸巻きであった。ただし巻かれているのは、直径が〇・五ミリの特殊鋼線である。

鋼線の先端には、分銅《ふんどう》が付いていた。鋼線は糸のように柔軟であったが、三百キロの重さに耐えられる。

彼は、鋼線を十メートルほど伸ばし、先端から一メートルほどのところを手で持って分銅を回転させた。

狙いは、屋上の手摺《てすり》である。

黒木の手を離れた分銅が、暗い雪空に吸い込まれ、音も立てずに屋上の手摺に絡みついた。

黒木は、再びスーツのポケットから〝握り〟を二つ取り出して鋼線に装着した。この〝握り〟を使って登り降りするわけだ。素手《すで》で直接鋼線を摑《つか》んで滑り降りたりすると、いかに黒木といえども、掌《てのひら》が断《た》ち切られてしまう。

黒木は、驚くべき身軽さで、ビルの屋上に上がると鋼線を引き上げた。

屋上には、階下へ通じる出入口があったが、赤く錆びた鉄の扉がしっかりと閉まっていた。

だが黒木にとって、通常の扉をあけるのは、至極《しごく》簡単なことであった。

彼は右足の靴を脱いで踵《かかと》をスライドさせ、開錠《かいじょう》七つ道具を取り出すと、二分と経たぬうちに、鉄の扉をあけてしまった。

階下へ通じる階段は、真っ暗であった。人の気配はまったくなかったが、彼の嗅覚《きゅうかく》は、わずかに残っているオーデコロンの匂いらしいものを嗅《か》ぎ取っていた。特徴のある、甘い匂いである。

黒木は、はて？　と思った。この甘い匂いは、どこかで嗅いだ記憶がある。

その記憶が、はっきりとしたものになるまで、十秒とはかからなかった。

黒木は、このかすかなオーデコロンの匂いが、五条家の殺人現場に漂っていたのを思い出した。だが、まったく同じ匂いだという確信はなかった。ひょっとすると、まったく違う匂いかもしれない。

彼は足音を立てぬよう、階段を降りた。

三階は、ガランとした部屋に、応接セットと本の入っていない書棚が一つあるだけであった。そして甘い匂いは、この部屋でほんのすこし強くなっていた。

階段から直接続くかたちの部屋で、仕切り壁はまったくない。

中小企業のオフィスだった部屋に、そのまま応接セットを持ち込んだ、という感じである。部屋のひろさは、四十平方メートルくらいだろうか。

充分な暗視訓練を積んできた黒木の目は、薄暗がりに馴《な》れるにしたがって、部屋の隅々まで、はっきりと確認することができた。

応接テーブルの上に、クリスタルガラスの灰皿があって、その中に短くなった細巻きの葉巻が入っていた。

黒木は、それを指先でつまむと、スーツの内ポケットから、万年筆型のペンシルライトを取り出して、葉巻に光を当ててみた。

吸い口に付いているフィルターは銀紙で巻かれていたが、なんのマークも字も刷られてはいなかった。だが、日本製の葉巻でないことは、ひと目見ればわかった。

彼はペンシルライトを消して、スーツの内ポケットにしまうと、二階へ降りて行った。

二階は、廊下の部分と部屋の部分とが、仕切り壁で仕切られていた。

黒木は、ドアの向こうに聴覚を集中した。

人の気配は感じられない。

それでも用心のため、ホルスターからベレッタを引き抜き、慎重にドアのノブを回した。

ドアが音もなくあいて、ベッドルームが現われた。

コンクリートで塗り潰された窓際に、シングルベッドが二つ備え付けてあり、右手の方にユニットバスがあった。

ベッドの足元には、ロッカーがあったが、中には何も入っていなかった。

黒木は、バスルームのドアをあけて、明かりを点《つ》けてみた。最近になってから取り付けられたものとみえて、まだ真新しいユニットバスであった。

バスタブに残っている水滴が、このビルが無人のまま放置されたものでないことを証明している。

黒木は、バスルームの明かりを消した。

ベッドルームとはいっても、極めて簡素な部屋であった。床には薄い絨毯《じゅうたん》が敷かれているが、机もなければ、電話もなかった。

ただオーデコロンの甘い匂いが、この部屋ではさらに、すこし強くなっていた。

黒木は、ベレッタを構えたまま、ベッドルームを出て一階へ降りて行った。階段を降りきったところに、総ガラス張りのドアがあり、その向こうはガレージになっていた。ただし、車は見当たらない。

彼は、ベレッタをホルスターにしまい、もう一度、二階三階と見ていったが、GRUの在日秘密機関の本拠地を思わせるものは、どこにもなかった。

けれども不自然な部屋であることは、確かである。

気になるのは、やはりオーデコロンの匂いだ。

黒木は、屋上に続く階段をゆっくりと上がりながら、五条忠芳に接触することを、事件解決の突破口とすべきかどうかについて、考えた。できれば、黒木は、五条家には近づきたくなかった。五条信高には、殺されるべき事情があったのかもしれないが、忠芳と頼子は、事件に直接関係がないような気がするのだ。

倉脇から、忠芳と頼子のことを詳しく聞かされているから、とても二人が事件に関係があるとは思えないのである。

だが実業家として成功した五条信高は、会社を大きくする過程で、いろいろと無理をしたり危ない橋を渡ったようであった。しかしそれはあくまで〝ようであった〟というだけで、友人である倉脇さえも、詳しいことは知らない。

つまり五条信高には、倉脇の知らぬ影の部分があるということだ。もっともこれは、一代で企業を成功させたオーナーのほとんどについて言えることで、五条信高ひとりに限ったことではない。

小さな会社を大きくさせるには、血を吐く努力がいる。財界の大物と言われる人物で、ドロドロした生臭いことを一度も経験していない者などは、ひとりもいない。

黒木は、屋上の出入口の手前で立ち止まると、高性能の通信装置を内蔵した腕時計を口に近づけて、側面に付いている小さな釦《ボタン》を押した。

「沙霧、応答してくれ」

「はい、こちら高浜……」

「倉脇先生に連絡を取って大至急、関西貿易開発の決算資料を手に入れてもらってくれないか。過去三、四期分でいい」

「了解、オフィスへお戻りになるまでには、整えておくようにします」

沙霧との交信を終えた黒木は、再度階段を降りてガランとした三階の部屋を見まわした。

ここがGRUの在日秘密機関の本部なら、モスクワに連絡を取るための無線装置ぐらいはあってもいいはずである。

それともGRUの組織図が第三者の手に渡ってしまったため、もはやここは在日秘密本部ではなくなってしまったのか？

GRUにも、KGBと同じように、表の部分と裏の部分がある。GRUの将校たちは、表の部分では、外交官、駐在武官、通商代表などの仮面をかぶって諸外国で活動している。むろん日本も例外ではない。

大企業の研究部門や技術部門に勤務する者は、とくに外国人との接触には慎重になる必要がある。外国人に対して日本人は無防備な一面や寛容すぎる一面があって、短絡的に友達になろうとする傾向があるから、気をつけなければいけない。

GRUやKGBなど秘密機関の者たちは、常ににこやかに紳士的に接近して来るが、いつでも国家の機密や大企業の機密を手に入れようと、キバを研《と》いでいる。

恐ろしいのは、GRUの裏の部分だ。スペツナッツや秘密工作員《エージェント》は全世界にちらばっており、命令さえあれば大統領であろうと将軍であろうと暗殺してしまう。

黒木の手元にあるGRUの組織図には『第五幹部会』というセクションがあり、軍管区情報管理部、軍団情報管理部、艦隊情報管理部の三部門を統括《とうかつ》している。この三部門がそれぞれ秘密テロリストとして一スペツナッツ旅団（千三百名）を擁しているのである。全員がプロの殺し屋だ。そして暗殺に必要な名簿は、GRUの公文書保管部に揃っている。

KGBでさえ、GRUのスペツナッツの存在を、恐れているのだ。

黒木は、屋上の出口に向かって階段を上がると、鉄の扉を押した。

固い粉雪と烈風が吹き込み、黒木の髪が乱れた。頭上で、この季節には珍しい雷鳴が鳴り響いた。

鉄の扉に当たる粉雪が、パチパチと鳴っている。

黒木は、屋上に出て、鉄の扉を閉めた。外はすでに闇である。

彼が、鋼線を置きっぱなしにしてある方へ、二、三歩あるきかけたとき、ほぼ同じ高さの隣りのビルの屋上で、何かがチラリと動いた。

次の瞬間、銃声が轟《とどろ》き、二条の閃光《せんこう》が闇を裂いて黒木を奇襲した。

不意を食らった黒木の下顎《あご》を、一弾が殴りつけるように擦過《さっか》する。

衝撃でもんどり打って横転した黒木の右腕が、信じられないような速さでベレッタを引き抜いた。

上体をねじった黒木が、横転した姿勢のまま驚異的なスピードでトリガーを引く。

ドンドンドンッとドラムを打つような重低音衝撃波が、雪の夜を震《ふる》わせ、ベレッタの銃口がオレンジ色の火を噴いて躍り上がった。速い！

三発の薬莢《やっきょう》が、闇の中に弾《はじ》け飛び、隣りのビルの屋上で、三つの影が声もなく沈んだ。

今度は、裏手のビルの屋上で、五つの影が立ち上がった。

サブマシン特有の連射音が、響きわたる。

せまい屋上を、黒木は雪をかぶって転がりざま、一瞬のうちに五発を撃《う》つという恐るべき離れ業《わざ》を見せた。

敵の弾丸が、屋上のコンクリート床を抉《えぐ》って火花を散らすのと、ベレッタがドンドンドンドンッと猛烈な反撃をみせたのとが、同時である。

ベレッタの遊底が超高速で往復し、強烈な反動が、鍛《きた》え抜かれた黒木の肩に伝わった。肩胛骨《けんこうこつ》が、鋼《はがね》のような筋肉を連打する。

うッと呻《うめ》いて、五つの影が横倒しになった。

シンとした静寂が戻って、何事もなかったように、雪は降り続けた。

最初の銃撃があってから、サブマシンガンが沈黙するまで、数秒とかかっていない。

立ち上がった黒木は、闇の中で鋭く光る目で、ビルの屋上を眺めた。

ベレッタの弾丸を浴びたはずの敵は、すでに姿を消していた。仲間がいて、死体を素早く屋上から投げ下ろしたのだろう。

その証拠に、走り去る複数の者の足音がしたあと、車のドアがバタンと鳴った。タイヤをけたたましく軋《きし》ませて、自動車のエンジン音が遠ざかる。

何もかもが計算された、目を見張るような緻密《ちみつ》で素早い奇襲であり撤退であった。

黒木は、人差し指を軸にして、ベレッタをくるりと一回転させると、ホルスターにしまった。精悍なマスクは冷たく、無表情である。

黒豹恐るべし！

〇・三五秒でベレッタを引き抜き、一秒間に五発を撃つという、天賦《てんぶ》の才能は、不意打ちをくらったにもかかわらず、わずか四、五秒の間に、八人の敵を沈めたのだ。

黒木は、隣りのビルの屋上へ、ムササビのごとく飛び移ると、ポツンと置き忘れられた一丁の拳銃を拾い上げた。

彼はスーツの内ポケットから、ペンシルライトを取り出して、拳銃に光を当てた。

ほんのりと淡《あわ》いゴールド仕上げの、S＆W・M66・357コンバット・マグナムであった。五条家で発見された・357マグナム弾を発射できる拳銃が、スターリング・リボルバーに続いて、黒木の前に姿を見せたのだ。

S＆W・M66は、全長一九一ミリ、質量八六五グラムで六発装塡《そうてん》のリボルバーである。強力な・357マグナム弾を使用するため、グリップのサイズはやや大きめにつくられており、専用の高性能サイレンサーが別売りされているリボルバーだ。

黒木の下顎から、ポトリと血が垂れた。だが傷口は小さい。

彼は、M66を腰バンドに差し込むと、元のビルの屋上に戻り、鋼線を使って下へ降りた。

頭上で、再び雷鳴が轟き、それが長い尾を引いて東のほうへ消えていった。

わずか四、五秒の間に生じた銃撃戦であったためか、どのビルの窓からも、誰も覗いていなかった。

真冬のため窓を固く閉じているうえ、季節はずれの雷鳴があったりしたため、銃撃戦に誰も気づかなかったのだろうか。

黒木が鋼線を回収して、ビルの正面玄関へ回ってみると、フード付きの防寒コートを着た外人の女性が、不安そうに屋上を見上げていた。スラリと背が高い。

傍にエンジンをかけたままの、とてつもなく古い型のコロナマークⅡが停まっている。

彼女は路地から出て来た黒木に気づくと、三、四歩あとずさった。

黒木が彼女を無視して立ち去ろうとすると、彼女は遠慮がちに「あのう……」と声をかけた。日本語である。

黒木は、ハンカチで、下顎の傷を軽く押さえてから、振り向いた。

タイプライターを打っていた、女子事務員のいたビルは、すでに明かりを消して、玄関のシャッターを下ろしていた。

暗い路上を照らしているのは、すこし離れたところにある一本の街灯であったが、電球が古くなっているのか弱々しく点滅を繰り返していた。

黒木が女に近づいていくと、女は声をかけたのを後悔したように、またあとずさった。

「どうかしましたか」

黒木は、穏やかに訊ねて、女の顔を見つめた。

街灯が点いたときに浮かび上がる彼女の顔は、彫《ほ》りが深く美しかった。通った鼻の線と口許に、なんとも言えない気品がある。

年は二十七、八歳であろうか。

街灯の点滅が著《いちじる》しいため、どこの国の者かはよくわからなかった。

あたりが暗いせいもあって、インド人にも見えるし、中近東の女性にも見える。白人のようでもあった。

「ほんの二、三分前に、このビルの屋上あたりで、激しい銃声がしました」

女は流暢《りゅうちょう》な日本語を使った。声がすこし震えている。

「このビルは、あなたが所有しているのですか」

「いいえ、借りているだけです。あなたは路地から出て来られましたが何をなさっていたのですか」

「私もパトロール中に、銃声を聞いたような気がしたので、様子を見に来たのです。でも、どうやら雷鳴を銃声と間違えたようですね」

「パトロール中というと、警察の方ですか」

「ええ、そうです。麻布界隈《かいわい》は外国大使館員が大勢住んでいますので、この時刻になると、路地などを見てまわるようにしています」

「それを聞いて安心しました。でも、私がこの通りへ入ろうとして、向こうの角を曲がったとき、猛スピードで走り去る外車とすれ違ったのですけれど」

「気にしすぎると、何もかもが気になるものです。それじゃあ、これで……」

黒木が、彼女の前から離れようとすると、女の手が慌《あわ》てて黒木の腕を摑んだ。

「すみませんが、一応、ビルの中を一緒に見ていただけないでしょうか。なんだか薄気味悪くて」

「いいですよ。それにしても、あなたは日本語が上手《じょうず》ですね」

「国立関東女子大学の研究室で日本文学を研究するかたわら、学生たちにロシア語を教えています」

「ほう……」

女の意外な答えに、黒木の表情が、ちょっと動いた。

国立関東女子大学といえば、全国にその名を知られた、女子大の最高峰である。東京・港区青山《あおやま》に、緑に覆《おお》われた広大なキャンパスを有し、学生の英語、ドイツ語、フランス語、ロシア語などの語学力は全国一と言われている。

教授陣も学生も、外国の大学との交流が活発で、国際大学としての評価も高かった。

女はガレージのシャッターをあけると、明かりを点け、かぶっていた防寒コートのフードを取った。

明かりの下に立った彼女は、インド人でも、中近東の女性でもなかった。肌の色は抜けるように白く、髪は金髪《ブロンド》であった。

すこし乱れた髪を両手でかき上げた彼女は、ゆっくりとした仕草《しぐさ》で防寒コートを脱いだ。

白いセーターの下に、圧倒的な乳房の膨らみがあった。

黒木は、彼女が外へ出ようとするのを制して、コロナマークⅡの運転席にすわり、車を静かにガレージへ滑り込ませた。

彼女はシャッターを下ろして、ロックした。

黒木はエンジンを止めて車の外に出ると、総ガラス張りのドアをあけて、先に階段を上がり始めた。

女が、五、六段遅れて、黒木のあとに従った。

二階に上がった黒木に女が近づいて、寝室のドアを指さし「私のベッドルームです」と囁《ささや》いた。

黒木は頷いてみせ、わざと用心深そうな素振りを見せて、寝室のドアをあけた。

こうして、三階、屋上と見て回って、異状がないことを確認し終えた金髪の女は、黒木を三階の応接ソファーにすわらせ、彼のためにインスタント・コーヒーを電気ポットで沸《わ》かし始めた。

「貧乏なものですから、何もお構いできなくて」

女は、恥ずかしそうに言いながら、黒木と向かい合ってすわった。

「失礼だが、お国はどちらです？」

「一カ月前に、交換留学生としてモスクワから来日したばかりです。本国では、ソビエト科学アカデミー付属アジア研究所で、日本文学や能《のう》、歌舞伎《かぶき》、茶華道《さかどう》の研究をしていました」

「なるほど、日本語が上手なわけだ。ところで、このビルは誰かの紹介でお借りになったのですか」

「関東女子大学が、お世話してくださいました。最初は民間のワンルームマンションに入っていましたが、日本の芸術を研究できる環境ではありませんでした。このビルは、事業に失敗なさった、学長のお兄様のビルだそうです」

「かなり古くて傷《いた》みもひどいが、麻布といえば東京の一等地だから、ボロビルでもかなり家賃を取られるでしょう」

「日ソの国策としての交換留学生のため、お互い留学生の住居には責任を持つことになっていますから、家賃は大学とソビエト大使館と外務省が三分の一ずつ負担してくださっています」

彼女はテーブルの上の電気ポットが沸騰し始めたので、手を伸ばしてスイッチを切った。すこし体を動かしただけで、妖しい弾みをみせる乳房が、なんともいえない成熟した女の香りを放った。瞳は青く澄み、話しぶりは聡明そのものであったが、控えめで物静かである。全身に漂う高貴な雰囲気は、どうみても、只者《ただもの》ではない。

「私の名は、オリガ・パーヴロヴナ・コルチーナ」

女はそこで言葉を切ると、黒木のカップにコーヒーを注《つ》いだ。

その注ぎ方は、ちゃんとした作法を心得たものであった。本国では、いい家庭に育ったのであろうか。

黒木は「ありがとう」と礼を言ってから、熱いコーヒーをひとくち口に含んだ。彼女から訊かれるまで、黒木は、自分からは名乗らぬつもりであった。

「書棚に一冊も本が入っていませんが、研究に不便ではありませんか」

黒木がさり気《げ》なく訊ねると、彼女は美しい笑《え》みをみせて答えた。

「全部、大学の研究室へ移しました。一日の仕事を終えてこの小さなビルに戻って来てからは、研究のことを忘れて自由な時間を楽しみたいので」

「あなたが入居なさるまで、このビルは空ビルだったのですか」

「いいえ、ロシア語会話の教室として使われていたそうです。教室の経営者も講師も日本人ということでした。半年ほど開いたらしいのですけれど、生徒が集まらないとかで、閉鎖したようです」

黒木は、そのロシア語会話の教室こそ、GRUの秘密機関ではなかったか、と思った。GRUが秘密工作員《エージェント》として日本人を使っていても、すこしも不思議ではない。

彼は、目の前にいる美貌の女性に対する疑いを消し去ったわけではなかった。美しい女ほど、秘密機関に関与している場合が多い。

だがオリガ・パーヴロヴナ・コルチーナを疑うには、彼女はあまりにも清楚《せいそ》で気高い美しさに、恵まれ過ぎていた。サークラインの下で輝く金髪は、黒木がこれまでに見てきた数多くの金髪よりもはるかに艶《つや》やかで優しいウエーブを描いていた。それに、彼女の体からは甘いオーデコロンの匂いは漂ってこなかった。

黒木は、コーヒーカップを空にすると腰を上げた。

「もうお帰りですか」

彼女が、ちょっと淋しそうな表情を見せて、立ち上がった。セーターの下で、乳房がうねるように弾む。

「夜は物騒です。戸締まりを忘れないように」

黒木は、そう言い残して、階段の方へ歩いて行った。

暖房のない部屋は冷え込みが厳しかったが、厳寒の国ロシアの女性にとっては、日本の冬など寒さのうちに入らないのだろう。

オリガ・パーヴロヴナ・コルチーナの白い頰は、ほんのりと桜色に染まってはいたが、べつに寒そうではなかった。

彼女は、階段の降り口で、黒木の腕におそるおそる手を触れた。

「あのう、ご迷惑でなければ、あなたのお名前をお聞かせください」

「黒木です……黒木豹介」

黒木は事務的な口調で名乗ると、階段を降りた。

彼女は、黒木の名を口の中で反芻《はんすう》しながら、彼と肩を並べた。

黒木は、視野の端に入っている彼女の横顔に注意を払ったが、特別な変化は見られなかった。

ヒョウスケ・クロキの名は、いまやKGBやCIAをも竦《すく》み上がらせる名。その名を聞いても、穏やかで上品な表情を崩さぬオリガ・パーヴロヴナ・コルチーナには、どす黒い影は感じられなかった。

（何者だ、この女……）

黒木は、胸の中で呟いた。呟かねばならぬほど、彼女の美しさは尋常ではなかった。

4

ビルの前で別れるとき、彼女は黒木に「下顎を傷つけていらっしゃるようですが、大丈夫ですか」と、遠慮がちに訊ねた。訊くべきかどうか迷っているような、控えめな訊ね方であった。

黒木は「ええ……」とだけ答え、彼女に背を向けて歩き出した。

「今度お会いしたときは、オーリャと呼んでください」

彼女の、ひっそりとした声が、黒木のあとを追った。人の心に沁《し》み入るような、澄んだ声であった。

黒木は、振りかえらずに、右手を軽く上げて答えながら、オーリャという愛称を、いい名だと思った。

彼女がビルの中へ入ったのか、シャッターの下りる音が、背後でした。

いつの間にか雪も風も止《や》んでいた。皓々《こうこう》たる満月が、凍《い》てついた冬の空に浮かんでいる。青白い月光までが、氷のように冷たく感じられた。

およそ二百メートルほどのせまい通りを、右へ折れたとき、前方の電柱の蔭から黒い影が現われて、黒木の行く手を遮《さえぎ》った。

後ろにも人の気配を感じて振り向くと、ビルの壁に二つの影がもたれて、こちらを眺めていた。

人通りはまったくなく、残り雪だけがチラホラと月光を浴びて舞っている。

黒木は煙草をくわえ、ダンヒルで火を点けると、ズボンの後ろポケットから、羊の薄皮でつくられた黒い手袋を両手に嵌めた。

拳を握りしめると、皮がギュッと鳴った。

黒木は、オーリャが仲間に連絡を取って、待ち伏せさせたのではないか、と疑ったが、その疑いをすぐに打ち消した。あのビルには電話も無線の設備もなかったし、待ち伏せしていた三つの影は、髪や肩が白く染まるほどかなりの雪をかぶっていた。長時間、身じろぎもせずに、雪降る中で立っていた証拠だ。

黒木は、くわえ煙草のまま、前方の影に向かって歩きはじめた。

ビルの壁にもたれていた二つの影が、黒木のあとを、ゆっくりとした足取りで追った。両手をズボンのポケットに入れている。

初めから闘うつもりなのだろう。三つの影は防寒コートを着ていなかった。

月が雪雲に隠されたのか、闇が濃くなった。

と、パシッという乾いた音が、黒木の前後で鳴った。

三つの影の手元に、闇に漂うわずかな光を吸って、鈍く光るものがあった。

大型のジャックナイフだ。それも先端が燕尾《えんび》型の矢尻のようになったものだ。突き刺して強く引いたとき、この矢尻は体内に深い傷を与えるに違いない。明らかに、プロの暗殺者が持つものだ。

前方に待ち構える影との距離が、四、五メートルになったとき、黒木は立ち止まった。

背後の影も、同様の距離を置いて、足を止めた。

黒木は、うまそうに紫煙を吸い込んでから、まだ充分に残っている煙草を足元に捨て、靴の先で踏み潰した。

三つの影は白人であった。目つきが薄気味悪いほど鋭い。

だが、どこの国の者かを特定することは、困難であった。

黒木も無言、相手も無言であった。これまで黒木が闘ってきた多くの敵に見られる激しい殺気は、三つの影からは伝わってこなかった。感情を押し殺しているのか静かだ。

前方の敵が、音もなく、路上を滑った。降った粉雪が路上に薄く積もっているというのに、足元のバランスは崩れていない。

矢尻つきのジャックナイフが、すうッと振り上げられた。

黒木は、道路の中央で、体を横に開いた。凪もなく、人も通らず車も通過しない、麻布の裏通りで、殺気なき凄絶《せいぜつ》な戦いがいままさに開始されようとしていた。

黒木の後方にいた敵が、左右に分かれた。

彼らはスペッツナッツなのか、それとも別の組織の者なのか？

オーリャの気品ある美しい顔が、ふッと黒木の脳裏をかすめた。

その小さな隙を捉えたかのように、正面の敵が闇を蹴って舞い上がった。

ジャックナイフが、風を切って黒木の首すじを狙《ねら》う。

黒木が上体を揺らして、ナイフの切っさきを避けた刹那《せつな》、着地寸前の敵が、空中で華麗な回し蹴りを放った。

左肩を強蹴された黒木が、弾き飛ばされたように倒れたところへ、別の影が襲いかかった。

ナイフが黒木の胸に振り下ろされる。

黒木が敵の手首と胸倉《むなぐら》を摑んで、豪快な巴《ともえ》投げを放った。

黒木の頭上を、大きな円を描いて吹っ飛んだ敵が、長身を猫のように丸めてフワリと立った。

黒木が、腹筋を使って、立ち上がる。

それを計算し待ち構えていた三人目の敵が、ナイフを矢継《つ》ぎ早に繰り出した。

黒木の頬と手首が浅く切れて、ピッと鮮血が散る。

敵が呼吸を整えるためか三歩退《さ》がり、最初の攻撃者が秒の間を置かずに、黒木に切りかかった。見事な三者連携攻撃だ。

左へ上体を揺らして避けた黒木が、相手が前のめりにバランスを崩した一瞬を捉えて、体を沈めざまひねった。

相手の体に指一本触れていないというのに、一八〇センチを超《こ》える敵の巨体が、唸《うな》りを発して黒木の頭上で一回転し、路上に叩きつけられた。

小柄な体で大男を投げ飛ばした講道館《こうどうかん》柔道の鬼才、亡き三船久蔵《みふねきゅうぞう》十段が編《あ》み出した、空気投げである。

残った二人の敵が、たじろぎを見せた。

投げつけられた敵が、「うむ……」と顔をしかめながら立ち上がった。

黒木が、すうッと相手に迫る。

黒皮の手袋を嵌めた彼の鉄拳《てっけん》が、敵の水月《すいげつ》を打ち、顔面を連打した。ドスドスッと肉を打つ音。

鼻柱を潰された敵が、バッと鼻血を出して、朽《く》ち木のように倒れる。

息ひとつ乱さず、表情ひとつ変えない黒木の目の醒《さ》めるような連打を見て、残った二人が思わず顔を見合わせた。

「まだやるか」

黒木が、ドスを含んだ声で、英語を使ったとき、残った二人の敵のずっと後方で何かが動いた。

黒木も、二人の敵も気づかない。

ドクドクと鼻血を流して倒れている男を、仲間が顔をしかめながら抱き起こした。

鼻血を流した男は、黒木を睨みつけ、口に流れ込んだ血をペッと吐き出した。その血と唾液《だえき》に、殴り折られた歯が二本、混じっていた。

鼻血を流した男の顔が、フットボールのように腫《は》れ上がっていく。

「なるほど、尋常の手段では……貴様を……倒せないのが確認できたよ」

血まみれの顔が、喘《あえ》ぎ喘ぎ言った。綺麗なアクセントのイギリス英語だ。

黒木は、三人の敵に背を向けると、何事もなかったように歩き出した。

このとき、三人の後方四、五十メートルのところで二つの影が動き、ババババーンと小型サブマシンガン特有の連射音がした。

無数の銃弾が、三人の白人の全身を貫き、鮮血が噴水のごとく夜空に噴き上がる。

一弾が黒木の左肩を貫通し、苦痛で顔を歪《ゆが》めた黒木の背中が、弓なりに反《そ》りかえって、後ろへ倒れるかに見えた。

だが倒れない！

右手が閃光《せんこう》のような閃《ひらめ》きを見せ、ベレッタを抜き放つ。

スローモーション映画を見るように、黒木の体がゆっくりと後ろへ倒れながら、ベレッタがドンドンドンッと秒速の反撃をみせた。

ドラムを殴りつけるような、重々しい銃声が、真冬の夜を圧倒し、機関部から吐き飛ばされた薬莢が、三つの死体に向かってビンビン弾け飛ぶ。

遊底が素晴らしい速さで往復するのと、黒木が背中から路上に沈むのとが、ほとんど同時であった。
四、五十メートル離れたところで、サブマシンガンを手にした二人が、バンザイをするような恰好で倒れた。
四人の影が現われて、倒れた二つの影を、あッという間《ま》にどこかへ運び去った。そして、またしても自動車の急発進の音。

黒木は、左肩から血を流して立ち上がり、ベレッタをホルスターにしまって、その場を立ち去った。

それにしても、恐るべき黒豹の〝逆撃ち〟であった。左肩を撃ち抜かれ、熱痛のショックで後ろへ倒れながら数発を撃つまで、二秒とかかっていない。

現場から遠ざかる黒木の双眸《そうぼう》が、冷たい光を放っている。

それは黒木豹介が、黒豹に変貌し烈火《れっか》の怒りを爆発させるときの前触れであった。

よもや、刺客《しかく》たちは、知らぬわけではあるまい。

黒豹と化したときの彼が、どれほど恐ろしい人物であるかを。

この男がキバを剝《む》くとき、天地さえ怯《おび》え震《ふる》える。

問答無用《もんどうむよう》の血の闘いが、いままさに、開始されようとしていた。

第五章　消えた沙霧

1

オフィスで待機していた沙霧は、ファクシミリが受信を始めたので、椅子《いす》から立ち上がって、ファクシミリの方へ歩いて行った。

倉脇に依頼した、関西貿易開発の決算書が、送信されてきたのである。

倉脇の話では、前期の決算書はないが、それ以前の三期については、亡き五条信高から決算書をもらっているということであった。

東京か京都で、年に一、二度会うとき、五条信高は決まって倉脇に決算書を手渡し、事業が順調に発展していることを強調していたという。

沙霧が一枚目の受信紙を手にしたとき、マイクロ送受信装置を内蔵している腕時計が、黒木の声を伝えた。

「沙霧、聞こえるか」

「はい、よく聞こえます」

「左肩に一発くらったよ。スーツも血で汚れているので、このまま戻ると公舎の張り番の警察官に、不審に思われる恐れがある。銃声を耳にしているかもしれないしな」

「出血はひどいのですか」

「大丈夫だ。二丁目二十八番地の四《よ》つ辻《つじ》の暗がりにいる。間もなくパトカーが動き始めるかもしれないから、急ぎ車で迎えに来てくれないか」

「了解」

沙霧は、受信を続けているファクシミリをそのままにして、オフィスを出た。

彼女は、黒木が可哀相《かわいそう》でならなかった。国家のためとはいえ、これまでにいったい、何発の弾丸を体に浴びてきたことだろうか。

それでも黒木は、恐れも見せず黙々と国家と国民のために、命を張って尽くしてきた。

彼がどれほど日本を想い、日本人のことを想っているか、沙霧は誰よりもよく知っている。

黒木が撃たれたことを知ったり見たりするたびに、沙霧は自分の身が切られるような苦痛を感じてきた。

彼女は地下の駐車場へ行き、マーキュリーの運転席にすわってスタータキイをひねった。

八〇〇〇ccのエンジンが、轟然《ごうぜん》と作動を始める。

駐車場から車を出してみると、止《や》んでいた粉雪《こなゆき》が、ボタン雪に変わって横殴りに降っていた。視界を奪われるほど、激しい降りである。

沙霧は、勝手知った東麻布のあまり広くない通りを、右に折れ左に折れながら、二丁目二十八番地の四つ辻へ急いだ。
二、三分してヘッドライトの明かりの中に黒木の長身が浮かび上がったとき、パトカーのサイレンの音が、遠くから聞こえてきた。二台や三台ではなさそうである。
銃声を耳にした付近のマンションの住民が、一一〇番したのだろう。

沙霧が黒木の傍《そば》へマーキュリーを停《と》めると、彼は後部シートのドアをあけ、座席の中央にすわった。そのほうが、外から見えにくいからだ。

沙霧は左へハンドルを切り、近づいて来るパトカーのサイレンの音に追われるようにして、オフィスへ車を走らせた。

「痛みますか」

「いや……」

黒木と沙霧の会話は、それだけであった。

黒木は、車内を血で汚さぬよう、スーツの中へ手を滑《すべ》り込ませて、左肩の銃創《じゅうそう》を強く圧迫していた。

雪はさらに激しさを増し、近づきつつあったパトカーのサイレンの音が聞こえなくなった。

現場へ到着したに違いない。

黒木がオフィスを出てからのことを、沙霧に詳しく打ち明けたのは、オフィスに戻って彼女が傷口を診《み》はじめたときであった。

弾丸は、黒木の左腕に強靭《きょうじん》なパワーを与えている肩胛部《けんこう》の厚い筋層を浅く貫通していた。発達した僧帽筋《そうぼう》が、肩の上で鋼《はがね》のような小山を形成しているあたりだ。

幸い、肩胛上静脈や鎖骨下静脈《さこつかじょうみやく》などの重要な血管系からは遠く離れていた。

黒木の旺盛《おうせい》な細胞賦活《ふかつ》能力を熟知している沙霧は、一週間ほどで傷口は塞がり始めるだろうと思ったが、黒木には二週間の安静を告げた。

もっとも、いったん事件が生じると、安静を守っているような黒木ではない。

沙霧は、手際《てぎわ》よく治療を終えると「貫通弾は比較的、小口径の銃から発射されたようですね」と言った。

黒木はそれには答えず、ファクシミリが吐き出した受信紙を指さした。

「何か送信されているな」

「倉脇先生から、関西貿易開発の決算書が送信されてきました。ただし前期の分は、手元にはないそうです」

「見せたまえ」

沙霧は、ファクシミリが送ってきた決算書を、各期ごとにホッチキスで綴《と》じて、黒木に差し出した。

「君はさきほど私が話した今夜の事件を倉脇先生に報告しておくんだ。ついでにオリガ・パーヴロヴナ・コルチーナに関する情報を、得てもらってくれないか」

「わかりました。彼女、スペッツナッツに関係ありそうですか」

「まあな。私はロシア語会話の教室を経営していた連中も怪しいと睨《にら》んでいるのだが、むろん今のところ根拠はない」

「黒木検事を襲ったのは、明らかに二つのグループですわね」

「ジャックナイフで襲いかかってきた三人は、プロの殺し屋には違いないが、スペッツナッツではなさそうだった。彼らを射殺した連中が、スペッツナッツなのかもしれない」

「駆けつけた警察官がすでに、三人の白人の射殺死体を確認しているでしょうから、倉脇先生に手を打っていただきます」

「マスコミへは、『不良外人同士の争い』と発表してもらったほうがいいだろうな。報道機関に対しては申し訳ないが、現在の段階で真実を知られるわけにはいかないからね」

黒木が決算書に目を通し始めると、沙霧は、彼に邪魔《じゃま》にならぬよう倉脇に連絡を取るため、プライベートルームへ入って行った。

ドアが、静かに閉まって、沙霧の薄化粧の香りだけが残った。

黒木は、ビッシリと数字が埋まった決算書を丹念に見ていったが、最後のほうの添付資《てんぷ》料のところで、ページをめくる手の動きを止めた。

そこには、関西貿易開発の輸入実績が、国別に一覧表にされていた。

トップがソビエトで、次が英国であった。この二国が全体の五〇パーセント以上を占《し》め、次いでアメリカ、コロンビア、ブラジル、フランスの順になっていた。

彼は三期分の輸入実績表を、比較してみた。

ソビエトと英国からの輸入実績が、急激な伸びを見せている。

「ソビエト……それにイギリスか」

黒木は、呟《つぶや》いて決算書を閉じた。

不吉な予感が、すでに、彼を襲い始めていた。関西貿易開発、いや、オーナーだった亡《な》き五条信高に対する嫌な予感であった。

その予感が現実のものとなったとき、旧公爵《こうしやく》で華族筆頭だった五条家の名誉と伝統は、一夜にして崩壊するのではないか、と黒木は想像した。

だが黒木は、腹の底から込み上げてくる嫌な予感の輪郭《りんかく》を、摑《つか》みきれないでいた。あくまで、ぼんやりと感じている不確実なものにすぎない。

ドアがあいて、沙霧がオフィスに入って来た。

「倉脇先生は、市街地での銃撃戦を憂慮《ゆうりょ》なさっておられました。これ以上、撃ち合いがあって死者が続出すると、マスコミ対策が難《むずか》しくなってくるとも言っておられましたが」

「わかっているよ。その心配は私だって同じだ。しかし向かって来る敵は、打ち払わなければならない」

「口には出さなくとも、倉脇先生は、本当は黒木検事の体のことを心配していらっしゃるんです。先生と話をしていると、それがわかりますもの」

「それでいて〝業務命令〟は、結構厳しいからね」

黒木が苦笑すると、沙霧も苦笑した。

「で、オーリャについての情報はどうなんだ」

「オーリャって、オリガ・パーヴロヴナ・コルチーナの愛称《あいしょう》ですの?」

「そうだ」

「三十分後に、もう一度、電話をするようにと言われています。しかるべきルートで調べてくださるそうです」

「凄《すご》い人脈を抱《かか》えておられる先生のことだ。彼女の身元がはっきりしておれば、かなり詳しいことがわかるだろう」

「そのかた、お綺麗《きれい》なかた?」

沙霧が、ちょっと小首をかしげて、いたずらっぽく微笑《ほほえ》むと、黒木は、彼女の頬を指先で軽く突いて「君ほどではないさ」と言った。

沙霧が「本当ですか？」と、わざとらしく疑わし気《げ》な目つきをすると、黒木は彼女に決算書を差し出しながら、さもおかしそうに含み笑いを洩《も》らした。

沙霧も笑った。気品のある笑みであった。

「ところで、沙霧」

黒木が、真顔《まがお》に戻って、ホルスターからベレッタを抜き取り、弾倉を確認した。

残弾は八発。

彼は、新しい弾倉をベレッタに装塡《そうてん》しながら、言った。

「関西貿易開発の輸入実績だが、ソビエトとイギリスの数字が急激な伸びを示しているね。不自然なほど急激にだ」

「となると、関西貿易開発もしくは五条家を核とする、対ソ関係、対英関係が気になって参りますね。五条家は倉脇先生宛《あて》にソビエトの国家機密ともいうべきものを送って来ていますし、英国から来日したハイム・ダンカンとは親戚関係にあります」

「そのハイム・ダンカンは行方不明だし、彼に同行した側近三名は殺されてしまったしな」

「関西貿易開発と五条家に、メスを入れてみましょうか」

「その時期は、もうすこし待とう。下手《へた》をすると、成長途上の企業と名家を潰《つぶ》してしまうことになりかねないから」

「もう一度、ＧＲＵの組織図を見てよろしいですか」

「かまわんよ。私には宇宙ロケットの設計図を見せてくれ」

沙霧は、大金庫の扉をあけると、まず宇宙ロケットの設計図を取り出して黒木の机の上に置き、次にＧＲＵの組織図を取り出して金庫の扉を閉めた。

彼女は、自分の執務デスクの上に組織図をひろげ、★印が付いている『海外エージェント』のところを、指先でトントンと突ついた。

「スペッツナッツと海外エージェントとは、まったく別の動きを採《と》る存在と考えてよろしいでしょうか」

「そうとも言えるし、そうとも言えないだろう。連携プレーを採ることもあるし、採らないこともある、ということかな」

黒木がそう言ったとき、プライベートルームで、ガチャーンとガラスの割れるけたたましい音がした。

沙霧が椅子の背もたれに掛けてあったショルダーバッグに、反射的に手を伸ばし、黒木が設計図を大金庫へ戻そうとした次の瞬間、オフィスとプライベートルームを仕切っているドアの向こうで、ズバーンと銃声がした。

木屑《きくず》を飛ばして何発かの弾丸が木製のドアを貫通し、至近距離にいた沙霧の頬を一発が擦過《さっか》した。

沙霧が、手にしたショルダーバッグの口金《くちがね》をあけながら、もんどり打って倒れる。

黒木が、大金庫のドアをあけてロケットの設計図をしまうや、ドアを蹴破って、全身黒ずくめの巨漢が二人、サブマシンガンを手にして突入して来た。

黒木の手元で、ベレッタが轟然《ごうぜん》と火を噴き、沙霧がショルダーバッグから取り出した小型自動拳銃で反撃した。

耳をつんざく銃声と硝煙《しょうえん》。

ベレッタの弾丸を浴びた巨漢が、天井に向かってサブマシンガンを乱射しながら、ドスンと倒れ込んだ。

沙霧の反撃を受けたもう一人が、腹に二発を受けながら彼女の机の上にあったGRUの組織図を鷲摑《わしづか》みにしてよろめきながら、逃げるようにプライベートルームへ倒れ込んだ。

沙霧が起き上がろうとすると、プライベートルームに待機していた別の二人が、猛烈な弾幕を張った。

沙霧のスチール製の机が、物凄い音を立てて被弾し、二弾が彼女の左肩と右脚を浅く傷つけた。

沙霧が「豹《ひょう》!」と叫びながら、小型自動拳銃で応戦した。

黒木が自分の机の上にあがり、沙霧を狙《ねら》って低めに撃ち込まれる弾丸の上を飛んで、プライベートルームにダイビングした。

床に叩きつけられた黒木が体を二回転させながら、恐るべきスピードでトリガーを引く。薬莢《やっきょう》が斜め後方に跳ね上がり、全長二一六ミリの鋼鉄がドンドンドンドンッと激震した。

銃口が躍り上がり、雷鳴のような銃声が、窓ガラスを震《ふる》わせる。

スチール製の机の蔭にいた沙霧に、集中射撃を加えていた二人が、黒木に眉間《みけん》を撃ち抜かれて吹き飛び、背後のサイドボードに激突した。

だが、このときにはもう、GRUの組織図を鷲掴みにした敵は、姿を消していた。

沙霧に腹を撃たれているから、自分では歩けないはずである。

待機班が、連れ去ったに違いない。

沙霧が、小型自動拳銃に新しい弾倉を叩き込み、プライベートルームへ飛び込んで来た。

左の肩と右脚から血を流し、肩で大きく息をしている。右の頬には、ムチで打たれたような跡《あと》があった。弾丸が擦過した跡だ。

「なんて奴らだ」

立ち上がった黒木は、死体を見つめながら、舌を打ち鳴らした。いまだかつて、このオフィスへ直接攻撃を仕掛けて来た者はいない。

「組織図を奪われてしまいました」

沙霧がうなだれて言った。

「コピーがあるからいいよ。それより怪我《けが》は？」

「大丈夫です。弾丸が擦過しただけです」

「この公舎を警護している警察官が、いまにもやって来るだろう。倉脇先生にすぐ連絡をして、手を回してもらってくれ」

「はい」

「死体の処理と絨毯《じゅうたん》の取り替え、それにドアとバルコニーのガラスの修理もだ」

「承知しました」

沙霧が、オフィスへ姿を消すと、黒木は死体の覆面を剝《は》ぎ取った。

三人とも白人であった。手にしていた拳銃は、またしてもS&W・M66である。身元を証明する物は、何一つ持っていない。

死体の髪は三人ともブラウンで、瞳は、二人はブルー、もう一人は灰色で、どこの国の者かを特定することは困難であった。

黒木は、彼らが侵入した、ガラス戸の傍《そば》へ行った。

容易には割れないはずの強化ガラスは完全に粉砕され、アルミ製のガラス戸の枠も歪《ゆが》んでいる。

激しく雪が吹き込むバルコニーに出てみると、すぐ上の屋上から細いロープが三本、ぶら下がっていた。

敵はいったん屋上へ上がってから、バルコニーに降りたようである。

下の道路をみると、二台の車の跡が雪の上にくっきりと残っていた。

黒木は室内に戻ると、もう一度、死体を見つめた。

用意周到な攻撃と撤退は、今日あった二度の奇襲と寸分違《たが》わない。それもしだいにエスカレートの様相を見せている。

敵はおそらく仲間に犠牲者が出ることを覚悟で、黒木のオフィスに直接攻撃を仕掛けたのだろう。大胆不敵だ。

オフィスで死んでいる、刺客《しかく》のサブマシンガンを手にして、沙霧がリビングダイニングルームへ入って来たとき、来客を知らせるインターホンが鳴った。

「公舎の張り番の警察官だよ。本庁からすぐに干渉無用の指令が届くだろうから、知らぬふりをしておけばいい」

「死体は十分以内に片付けてくれるそうです。絨毯とガラス戸などは三十分以内に新しいものと取り替えてくださいます」

「敵の狙いは、ロケットの設計図と組織図だったようだな。ロケットの設計図を奪えなかったのだから、また襲って来るぞ」

「このままだと、公舎の居住者に、迷惑のかかる恐れがありますわね」

「確か倉脇先生の軽井沢《かるいざわ》の別荘に、大金庫があったと思うが」

「はい、あります。電子三重ロック式のものです」

「先生に頼んで、ロケットの設計図をそこへ移すことにしよう」

「敵を真冬の軽井沢へおびき出すおつもりですか」

「それもあるが、このままだと都心の密集地で、銃撃戦が続発することになりそうだからね。一般市民に危険が及ぶことだけは防がないと」

「それから、オーリャの詳細な身元を倉脇先生から聞きました。ソビエトでは名門の家柄のお嬢さまで、旧ロシア皇帝の血を引いていらっしゃるそうです」

「ほう、それは意外な情報だな」

「黒木検事が驚かれることが、もう一つあります。彼女の親族には政府要人や軍の高官が多いようなのですが、その中にイワーノフ・ヴィークトル・ミハイロヴィチという名があるそうです」

「なんだって……」

滅多なことでは驚きを顔に出さない黒木が、愕然《がくぜん》とした様子を見せた。

無理もない。イワーノフ・ヴィークトル・ミハイロヴィチといえば、黒木と沙霧にとって、忘れようとしても忘れることのできない名前だ。

すこし前の事件捜査の過程で、黒木と沙霧は、世界でもっとも優《すぐ》れた艦載機といわれているF14トムキャットに乗って、敵を追ったことがあった。

このとき、敵の謀略によって太平洋上で燃料切れとなり、付近を航行中だったソビエト海軍の空母ミンスクに緊急着艦したのである。

この空母の艦長が、イワーノフ・ヴィークトル・ミハイロヴィチであった。

彼は、黒木がKGBにとって長年の仇敵《きゆうてき》であることを知っていながら、事故によって着艦した黒木と沙霧を紳士的に迎え、燃料まで分け与えたのである。

イワーノフ・ヴィークトル・ミハイロヴィチ艦長は、真の武士道の持ち主であった。彼の配慮がなければ、いかに黒豹といえども、いまごろはF14と共に太平洋の底に沈んでいたはずである。

黒木は、固い表情で沙霧に訊《たず》ねた。

「彼はオーリャの何に当たるんだね」

「伯父《おじ》だそうです」

「すると血のつながりは濃いな。ソビエト科学アカデミー付属アジア研究所の研究員であることも、国立関東女子大学でロシア語の教鞭《きようべん》を執《と》っていることも、間違いないか？」

「間違いありません。まだ二十七歳になったばかりですが、アジア研究所の研究員としては、ナンバー3のポストにいるインテリだそうです」

「ナンバー3ということは、アジア研究所の所長になる日も、そう遠くはないな。大学はどこを出ているんだ」

「モスクワ大学です」

「わかった、ありがとう。その銃を見せてみたまえ」

黒木は、沙霧から、敵のサブマシンガンを受け取った。

かなり旧式の、ＰＰＤ１９３４と呼ばれているソビエト製のサブマシンガンであった。

円形のドラム弾倉を持つ、七十一連発で、持ち運びやすくするためか、銃床《グリップ》と銃身が短くカットされていた。

本来の全長は七八〇ミリだが、これは六〇〇ミリぐらいしかない。

押し続けられていたインターホンが鳴り止んだ。本庁からの干渉無用の指示が、警察官が耳にしているレシーバーに届いたのだろうか。

黒木は鋭い目で、ＰＰＤ１９３４を眺めていたが、「どうも気にくわないな」と呟いて、サブマシンガンを沙霧に手渡した。

沙霧が、怪訝《けげん》そうに、黒木を見つめた。

「これはＰＰＤ１９３４と呼ばれているソビエト製サブマシンガンなんだ。しかしよく見てみたまえ、銃床も銃身も機関部も真新しいだろう」

「そういえば、そうですね」

「こいつは最近つくられたものなんだよ。たぶんソビエトの情報機関が動いているように見せかけるためだろう。最新式のサブマシンガンをつくらなかったのは、旧式を見せつけていかにもわけありと思わせるためだと思う」

「つまり犠牲者が出て、銃撃戦の現場に、このサブマシンガンが残ることまで、予測していたことになりますね」

「敵は見事なほど、緻密《ちみつ》に計算して動いている。だが連中は、スペツナッツじゃない。ほかの組織だ」

「そういえば、過去の事件で、ソビエトの情報部員が住宅の密集地で銃を乱射するようなことはありませんでした。彼らの動きは、常に目立ちませんでしたし、殺しのテクニックも〝動〟ではなく〝静〟が特徴でした」

「それは言える。ただし私は、今回もソビエト側が〝静〟で押し通すとは思わないね。なにしろ、もう一つの組織と私とを相手に回した、三つ巴《どもえ》の戦いになっているから、強硬な手段を採るに違いない。いや、すでに採っていると言っても間違いじゃないな」

「五条家の惨劇や、ハイム・ダンカンの側近三名が射殺されたのは、スペツナッツのせいとおっしゃりたいのですか」

「逆に、ラスーロフ・マフムード東京支局長や、イワン・ロマーノヴィチ・コーネフ博士たちを殺害したのは、スペツナッツを敵視する組織と考えたほうがいい。つまり私は、両方の組織から敵視された存在、というわけだ」

「GRUの組織図を奪ったのが、スペツナッツを敵視する組織だとすると、オーリャが危なくはないでしょうか。あの組織図に浮き出た透《す》かし文字は、オーリャの住むビルがGRUの在日秘密本部であることを示しています」

「私もそれが気になっていた。しかしロケットの設計図が大金庫に残っているから、いまオフィスを離れるわけにはいかない」

「空母ミンスクの艦長は、私たち二人にとっては恩人に当たる人です。どうかオーリャを守ってあげてください。オフィスは私が守り抜きます」

沙霧はガン・ロッカーをあけると、ズシリと重い62式機関銃を取り出し、ガチーンと音をさせて百発の給弾ベルトを装塡した。

瞳の奥に、烈々《れつれつ》たる闘魂を秘めている。

黒木は黙って頷《うなず》くと、彼女に近づいて、そっと唇を触れ合わせた。

「無茶はするなよ。命が危ないと思ったら、ロケットの設計図は侵入者に手渡してもいい。わかったな」

「はい」

「間《ま》もなく、死体を片付けてくれる連中が来るだろう。敵が二度目の侵入を試《こころ》みるとすれば、次は寝室か書斎の窓だ。気をつけたまえ」

「バルコニーに出て見張っています」

黒木は、沙霧の髪をそっと撫《な》でると、彼女に背中を見せて、玄関に向かった。

沙霧は、プライベートルームに入ると、部屋の明かりを消して、バルコニーに出た。

凍《い》てついた風と雪が、たちまち彼女に襲いかかった。

2

黒木は、オーリャが住む古いビルから、三十メートルほど離れたところに、マーキュリーを停《と》め、ヘッドライトを消して、エンジンを切った。

吹きすさぶ雪が、たちまちフロントガラスを埋め尽くして、前方が見えなくなった。

黒木は、車から降りると、太い電柱で隠されたようになっている、すぐ傍の路地に入って、オーリャが住むビルを見張った。どこからか、悲し気な野良犬の鳴き声が聞こえてくる。

ジャックナイフを手にした三人の白人が、射殺された現場は、ここからいくらも離れていない。

だが、警察官やパトカーが走り回っている気配は、すでになかった。

倉脇が打つ手は、黒木が感心し空恐《そら》ろしく感じるほど、いつも素早く完璧であった。倉脇の人脈がいったいどのあたりまで伸びているのか、黒木にも想像がつかない。国内の人脈よりも海外の人脈のほうが凄い、という一説もあったが、倉脇本人は、常に泰然自若《たいぜんじじゃく》としていて、権力に溺《おぼ》れるところはなかった。むしろ、目立たない生き方を心掛けているようなところがある。

黒木は、防寒コートも着ずに、雪の中に立ち続けた。

幅四メートルほどのせまい道路は、一方通行になっていて、道路の両側に建ち並ぶビルはいずれも古かった。ビルの高さも、三、四階建てが多い。

いずれは都市再開発の波に押されて、高層ビルが林立することになるのだろうが、古い小さなビルが多いことで麻布の一郭《いっかく》は静けさを保っているのだ。それに六本木《ろっぽんぎ》、麻布一帯は外国大使館が多く、むやみやたらに高層ビルを建て連ねるわけにはいかない。とくにソビエト大使館などは、傍に高層ビルが建つと、秘密を覗《のぞ》き込まれやしないかと、神経をとがらす。

二時間が過ぎた時点で、黒木は腕時計を口に近づけた。

「沙霧、異状はないか」

「ありません。こちらはすべて片付き、オフィスもリビングダイニングルームも元どおりになりました」

「まだバルコニーにいるなら、室内に戻りたまえ。今夜はとくに冷えるから」

「私は平気です」

「言われたようにするんだ」

黒木が沙霧との短い交信を終えたとき、視野の端で何かがチラリと動いた。

彼は電柱の陰から、オーリャが住むビルの屋上を見た。

いた！

三つの影が、ビルの屋上で右から左へ素早く動いたのを、黒木は見のがさなかった。だが横殴りに降る雪のために、その三つの影が野良猫なのか人なのか、見分けはつかなかった。

と、二階の窓の明かりが、不意に点いた。

いや、明かりが点いたのではなくオーリャが二重カーテンの、内側のカーテンを引いたため、明かりが外へ漏れたのだ。

残ったレースのカーテンに、オーリャの影が映《うつ》った。

黒木は腕時計を見た。

時計の針は、午後十時半を過ぎたところであった。

このときになって彼は、自分も沙霧も、まだ夕食を摂《と》っていないことに気づいた。しかしこのようなことは、いったん事件が起これば、べつに珍しいことではなかった。一日じゅう、何も食べないことさえある。

淡いブルーのネグリジェを着たオーリャが窓をあけて、上半身を見せた。夜空を見上げて、窓の外へ掌《てのひら》を出し、雪を受けている。

その仕草《しぐさ》に、なんともいえない幼さがあった。

屋上で、また三つの影が動いた。今度は、はっきりと人間とわかった。

オーリャが窓を閉めて、二重カーテンを引いた。

黒木は、体を低くしてマーキュリーのところまで戻り、トランクルームをあけて二連発の英国製クロスボーを取り出し、矢を装塡した。

彼は、屋上から三つの影が消えた瞬間を狙《ねら》って、雪の中を走った。

雪の上に残った足跡を、彼らが発見するには、街灯の明かりはあまりにも暗く、しかも激しく吹雪《ふぶ》いている。おそらく一分と経たぬうちに、黒木の足跡は、降り続く雪によって、消されてしまうだろう。

黒木は、オーリャが住むビルと隣りのビルとの間を抜けて、裏側へ回った。

どこにも足跡らしきものはなかった。どうやら屋上にいる三つの影は、背中合わせに建っているビルの屋上伝いにやって来たようである。

黒木は、隣りのビルの裏手に立ち、屋上めがけて例の鋼線を投げた。

彼は、クロスボーを肩から下げ、身軽にビルの壁を登った。

ビルの屋上には、体を隠すのに都合のいいクリーングタワーがあった。

彼はその陰から、せまい路地をはさんで建っている、東側のビルの屋上を見た。

三つの影が、屋上出入口の扉をあけたところであった。

侵入者の姿が、屋上から消えると、黒木はオーリャが住むビルの屋上へ飛び移った。

屋上出入口の扉をそっと押すと、音もなくあいた。

侵入者の姿は、くの字になっている階段を降りきったのか、見えなかった。

黒木は足音を忍ばせ、クロスボーを身構えながら階段を降りた。

途中の踊り場まで来ると、オーリャの寝室のドアをあけようとしている三人の後ろ姿が見えた。白人だ。しかも揃《そろ》って大男である。

二人はS&W・M66・357コンバット・マグナムを手にし、あとの一人はドアの鍵穴に細長い金属棒のようなものを差し込んでいた。

「そこまでだな」

黒木が声をかけると、M66を手にした二人が、振り向きざま黒木に銃口を向けた。

それより速く、クロスボーが二本の矢を立て続けに発射した。

シュッと音を立てて飛んだ矢が、M66を手にした二人の、首を貫いた。

二人が「ギャッ」と叫んで、のけ反《ぞ》る。

鍵穴に金属棒を差し込んでいた男が、スーツの内側に手を滑《すべ》り込ませて、ホルスターからスターリング・リボルバーを引き抜いた。

黒木が、クロスボーを投げる。

リボルバーを構えた男の手首を、クロスボーが直撃した。

「つ……」と顔をしかめた敵がリボルバーを落とし、黒木が踊り場から飛燕《ひえん》のごとく飛んだ。

黒木のすくいあげるような拳が、唸《うな》りを発して、敵のボディを打つ、打つ。

寝室のドアが細目にあいて、オーリャが顔を覗かせた。

「来るな！」

怒鳴《どな》るようにして言う黒木の左右の顎を、敵のダブルパンチが打ちかえした。

強い。

黒木の上体がグラリと揺れ、一歩踏み込んだ敵が、閃光《せんこう》のような連打を見せた。

黒木が壁まで吹き飛んで、背中を強く打ちつけた。

反動で前のめりになった黒木の腹を、顎を、頬を敵が物凄い形相《ぎょうそう》で打った、また打った。

鼻血が飛び散り、唇が切れて黒木の顔が血まみれとなる。

敵が二歩退《さ》がって、呼吸を整えた。

「やはりやって来たか、黒木豹介」

憎悪の目で黒木を睨《にら》みつけて、敵が綺麗な英語で言った。

彼の四、五歩うしろには、二人の仲間が倒れ、彼のスターリング・リボルバーが落ちていた。

「元ヘビー級ボクサーのパンチの味はどうかね」

敵は、せせら笑った。殴り合いでは、黒豹など問題ではない、というような笑い方であった。

「ロシア人の女性が棲《す》むこのビルを狙い、しかもスターリング・リボルバーを手にする貴様は、どうやらイギリス情報部の者らしいな」

黒木が流暢《りゅうちょう》な英語で、鎌《かま》をかけた。

イギリス情報部、と言われた男の顔が、わずかに変化した。

その変化を見のがすような、黒木ではない。

彼が「図星《ずぼし》のようだな」と言うと、敵の足が床を滑って黒木に迫った。

元ヘビー級ボクサーのパンチが、ゴオッという音を立てて黒木の顔面に襲いかかった。

そのときにはもう、別の拳が黒木の水月《すいげつ》を狙っていた。

右の顎を打たれ、水月を打たれた黒木が、棒切れのように倒れた。

敵が、背後に落ちている拳銃を拾おうとして、黒木に背中を向けた。

腹筋を使って立ち上がりざま、黒木が跳躍した。

靴の先が、敵の背中を強打し、「うわッ」と叫んで、白人の巨体が頭からドアに突っ込む。

大きな音がしてドアが破れ、白人とドアが絡まり合うようにして寝室に倒れ込んだ。

オーリャが小さな悲鳴を上げて、部屋の隅まで退がる。

敵が鬼のような形相で立ち上がり、追い迫った黒木の腹、胸、顔を連打した。

ドスッドスッと肉を打つ不気味な音。

黒木が、血泡《ちあわ》を吐いて、壁にもたれた。鼻腔《びこう》から、唇から鮮血がしたたり落ちている。

オーリャは、豊かな胸を両手でかき抱き、蒼白《そうはく》な顔で、ぶるぶると震《ふる》えた。

白人は肩を怒らせ、眦《まなじり》を吊り上げて、息を乱していた。

だが血まみれの黒木は、息ひとつ乱していない。あれだけ連打されながら、二つの目は爛々《らんらん》と光っている。

獲物を見つけたときに見せる、黒豹の必殺の目だ。

白人は、背すじに、うすら寒いものを覚え始めていた。元イギリス・チャンピオンの座を手にしたことのある彼であったが、一つの恐るべき事実を彼は知らない。

過去の事件で、黒木が元ヘビー級世界チャンピオンだった男を、一撃のもとに倒していることを。

「どうした。もう息を乱しているのか」

黒木の突き放すような、冷ややかな言葉が、敵を逆上させた。

白人は、背筋を走るゾクッとするものを振り払うようにして、黒木への攻撃を再開した。

殴るとみせかけて、彼は大男とは思えない、スピード溢《あふ》れる回し蹴りを、黒木の側頭部へ打ち込んだ。

黒木が、左腕を立てて防いだとき、大男の左アッパーが、黒木の右頬に深々と食い込んでいた。

黒木の首から上が、いまにもちぎれんばかりに横に向き、オーリャが絶望的な悲鳴を上げた。

鮮血が、花火のように、ベッドの上に飛び散る。

「死ねッ」

大男が、全身の筋肉を膨《ふく》らませて、黒木の眼を狙って拳を打ち込んだ。黒木の両膝が、スウっと下がって、大男の拳が宙を泳ぐ。

ひねり込むような、黒木の正拳が、敵の左胸に爆発した。

バキンと肋骨《ろっこつ》の折れる、むごたらしい音がし、大男が三、四メートル後ろへ飛ばされて、ユニットバスのドアに激突した。

ドアの蝶番《ちょうつがい》がはずれ、ドアと大男がバスルームの中へ、大きな音を立てて倒れた。

凄まじい、の一語に尽きる、強烈な黒豹の一撃であった。

オーリャが、震えながら、その凄さに目を見張った。

大男は、口からドロリと血の固まりを吐いて、立ち上がった。

バスルームから出て来た彼に、黒木はゆっくりと近づいた。

「野郎！」

白人は叫びざま、スピードの衰えぬダブルフックを、黒木に放った。

上体を柳のように揺らして避けた黒木が、左脚を軸にして、くるりと体を回転させた。

目の醒《さ》めるようなスキンバックキックが、白人の側頭部にヒット。

白人が、叩きつけられるように、床に沈んだ。

だが、誇り高いこの元ヘビー級イギリス・チャンピオンは、苦痛で顔を歪《ゆが》めながらも、頭を振ってふらふらと立ち上がった。

黒木の右の拳が、白人の下腹部を打ち、大きく前のめりになるところへ流星のような左フックが襲いかかった。

顔面中央を殴られた白人が、口からバラバラと折れた歯を吐き出しながら、寝室の外へ吹き飛びコンクリート壁にぶつかった。

脊髄《せきずい》が折れたのか、首がくの字に曲がっている。

オーリャは、愕然とした目で、黒木を見つめた。

白人の顔は、前面が陥没《かんぼつ》して、無残に原形を失っていた。

黒木は、バスルームへ入って行くと、血まみれの顔を洗った。

ヘビー級ボクサーのパンチをあれだけ浴びておきながら、顔はほとんど腫《は》れていない。

敵のパンチの威力を、ステップバックしたり、上体を反らしたりして、ちゃんと弱めていたのだ。

だが切れた唇に、真冬の水道水はひどく染《し》みた。

「バスタオルを借りますよ」

黒木は、茫然《ぼうぜん》としているオーリャに断わって、バスルームの棚の上に載っていたバスタオルで顔を拭《ふ》いた。

オーリャが思い出したように寝室の外に出て、絶命している二人の白人の手からM66を取り上げ、廊下に落ちていたスターリング・リボルバーにも手を伸ばした。

黒木がバスルームから出ると、彼女は強張《こわば》った表情で、三丁の拳銃を黙って黒木に差し出した。

黒木が頷いて拳銃を受け取り、オーリャはナイトテーブルの開き扉をあけて小さな救急箱を取り出した。

黒木は三丁の拳銃をベッドの上に置いて、腕時計を口に近づけ、側面に付いている小さな釦《ボタン》を押した。

「沙霧、応答してくれ」

「はい、こちら高浜」

「予想どおりの事態になったよ。白人三人が、オーリャを襲った」

「直《ただ》ちに、死体の処置を倉脇先生に依頼します」

沙霧は、黒木によって三人の侵入者が倒されたことを、すでに見抜いていた。それほど、黒木の強さというものを、信頼しているのだろう。

「黒木検事にお怪我《けが》は？」

「大丈夫。オーリャも無事だ。だが寝室のドアとユニットバスのドアを壊《こわ》してしまった。ベッドカバーと床の絨毯もいささか血を吸っている」

「了解、倉脇先生にそう伝えます」

沙霧の声が消えると、オーリャの白い指先が黒木の唇に近づき、傷口にそっと軟膏《なんこう》を塗った。

その手つきが、女らしい。

「ありがとう」

黒木は、オーリャの肩を軽く押えて、ベッドの端にすわらせた。

「死体はすぐに片付けさせます。彼らはイギリス情報部の者と思われますが、襲われる心当たりは？」

「いいえ、そのような心当たりはありません」

オーリャは、あまりの恐ろしさに、目にいっぱい涙を浮かべていた。

まだ肩を震わせている。

「私は日本文学の研究のために、日本へやって来たのです。拳銃を持った三人の大男に殺されなければならないようなことは、何一つしていません」

大粒の涙が、彼女の頬を伝い落ちた。

黒木は、大きな手で、その涙を拭《ぬぐ》ってやった。

「気を鎮《しず》めて、私の話を聞いてください。これはまだ想像の段階でしかありませんが、かつてこのビルはどうやらスペッツナッツの日本における秘密本部だったようです」

「そんな……」

スペッツナッツ、という黒木の言葉に、彼女は明らかな衝撃を受けていた。

「イギリスの情報部員は、このビルに、まだスペッツナッツがいると考えて奇襲攻撃を仕掛けたに違いありません。つまりこの東京で、イギリス情報部対スペッツナッツの血で血を洗う闘いが繰《く》りひろげられているのではないか、ということです」

オーリャは息を殺し、澄んだブルーの瞳で黒木の顔を見つめた。

「あなたは、その醜《みにく》い争いの、とばっちりを受けたのです。けれどもこのビルの中で三人が倒されたと知れば、イギリス情報部は、再度攻撃を仕掛けてくるでしょう。あなたがここに住むのは、危険すぎます」

「でも、私は外交官でも軍の関係者でもありませんから、新しい住居を得るのに、在日ソビエト大使館の積極的支援は、得られないのです。自分で見つけなければなりません」

オーリャは、悲しそうに、うなだれた。

「でも、あなたはソビエト政府の承認を得て、日本に留学なさっているのでしょう」

「そうには違いありませんけれど、私の立場は、いわゆる〝民間〟の立場なのです。共産主義国家であるソビエトでは、外国との交流において〝民間〟という言葉は事実上存在しないのですが、敢《あ》えて申せば、私の立場は〝民間〟なのです」

「なるほど、わかりました。住まいは私がなんとか考えてみましょう」

「いいえ、二度会っただけのあなたに、そのようなご迷惑をおかけするわけにはまいりません」

「あなたは、私にその程度のことをさせてもいい、理由をお持ちなのです。遠慮することはありません」

「理由？……」

オーリャは、ちょっと首をかしげて、黒木を見た。それは、沙霧が時々黒木に対して、見せる、少女のような仕草に似ていた。

オーリャは言葉を続けた。

「あなたはいったい、どなたですか。どうして再びここへ来られたのです？」

黒木に問いかけるオーリャの表情は、すこしずつ落着きを取り戻し始めていた。

それにしてもオーリャの清楚《せいそ》な、それでいて妖《あや》しい美しさは、沙霧の気高い美しさそのままであった。

黒木は、M66とスターリング・リボルバーの弾倉から、弾丸を抜き取りながら言った。

「あなたがロシア皇帝の血を濃く引いていらっしゃることも、政府や軍の高官に、親族が大勢いらっしゃることも私は知っています」

「え……」

オーリャは、思わずとまどいを見せて、黒木を見た。

黒木は、穏やかに言葉を続けた。

「空母ミンスクのイワーノフ・ヴィークトル・ミハイロヴィチが、あなたの伯父上であることも、私は知っているのです」

オーリャは、黒木を見つめていた視線を、自分の膝の上に力なく落とした。

「オーリャ、あなたは私のことを伯父上から聞いて、知っていましたね。あなたの表情が、そう言っている」

オーリャは、諦《あきら》めたようにこっくりと頷いて、小さな声で言った。

「最初に会ったとき、あなたが黒木豹介と名乗られたので、息が止まるほど驚きました。日本留学が決まった翌々日、私は休暇でモスクワへ戻って来た伯父に会いました。そしてあなたのことを聞かされたのです。日本に黒木豹介という、優れた秘密捜査官がいると」

「やはりそうでしたか。パトロールの警察官だと嘘をついたことをお詫《わ》びします」

「伯父は、KGBもCIAも常に黒木豹介を恐れていると申しておりました。そのあなたが、私の前に現われたことで、いまに何か大変なことが起こるのではないかと心配してはいたのです」

「私の操縦していた戦闘機が、燃料切れでミンスクに緊急着艦したことについては、伯父上は話してくださいましたか」

「はい」

「あなたの伯父上は、真の軍人だ。武士道が何であるかを心得ていらっしゃる。しかし私は、緊急着艦した西側の最新鋭戦闘機に燃料まで与えて解放した伯父上が、軍法会議にかけられるのではないかと気遣《きづか》っていました」

「いいえ、伯父の武士道は、政府や軍の最高首脳から、称賛されました。ソビエト海軍の精神は全世界に誇れる、という政府や軍の見方が、伯父を救ったのです」

「そうでしたか。それはよかった」

黒木は、ほっとして表情を緩《ゆる》めた。

「伯父はあなたのことを、おそらく世界最強の男だろう、と言っておりました。ですから、私はゴリラのようなもっと恐ろしい人相のひとを想像していました」

「ゴリラとはひどいな」

黒木が苦笑すると、オーリャも、やっと微笑んで「ごめんなさい」と言った。

このとき誰かが来たことを告げるブザーが鳴って、オーリャの顔から笑みが消えた。

「心配いりません。死体を片付ける者がやって来たのです」

黒木は、オーリャを寝室に残して、一階へ降りた。

ガレージのシャッターに付いている小さな覗き窓から外を見ると、防寒コートの襟《えり》を立てた四人の日本人が立っていた。後ろの方に、大型のワゴンがエンジンをかけたまま停まっている。

四人のうちの一人を、黒木は、過去の事件での死体処理の際に見かけていた。

黒木がシャッターを上げると、四人は丁重《ていちょう》に一礼した。

ワゴン車が、ゆっくりとガレージの中に入って来て、鼻先をコロナマークⅡの尻にくっつけるようにして停まった。

黒木はシャッターを下ろすと、黙って二階を顎でしゃくった。

3

オーリャは深い眠りから目を覚ました。体じゅうの力がすべて抜けてしまったような、安心感に包まれた深い眠りであった。

彼女は、その安心感を与えてくれている黒木の背中を、四、五メートル離れたところに見た。

彼は三階から下ろしたソファーを窓際に置いて、向こうむきにすわっていた。両腕をソファーの肘の上に載せ、長い脚をゆったりと組んでいる。眠っているのかどうかは、オーリャの位置からはわからない。

カーテンの隙間から、朝日が差し込んでいる。

彼女はそっとベッドから降りて、バスルームの方へ歩いて行った。

ネグリジェの下で、成熟した乳房が揺れている。

彼女がバスルームのドアをあけようとすると、黒木が向こうむきのまま「おはよう」と言った。眠りから覚めた者の声ではなかった。一睡もせずに、敵の奇襲攻撃に備えていた者の声であった。

オーリャはその声を聞いて、自分を守ってくれるために、黒木がまどろみもしなかったことを知った。

オーリャは、彼の傍へ行くと、ひざまずくようにして「おはようございます」と言った。

彼女の目から、ごく自然に涙が伝い落ちた。命を張って自分を守ってくれた黒木への、感謝の涙なのであろうか。

オーリャは黒木の膝の上に、頰を載せた。なんの抵抗もなく、そのような行為ができた。

彼女は両手でしとやかに、黒木の脚を抱きしめた。鍛え抜かれた鋼の感触が、彼女の手に伝わった。

「ありがとうございます」

オーリャは、礼の言葉を述べた。しかしその言葉は、静かに湧き上がってきた嗚咽《おえつ》でかき消された。

死体が片付けられ、バスルームのドアも絨毯もベッドカバーも元どおりになったあと、黒木は「今夜は私が傍にいるから、安心しておやすみなさい」と言った。

その言葉が、まだオーリャの耳の奥に残っていた。

まどろみもせず、身じろぎもせずにソファーにすわり続けていた黒木のことを思うと、オーリャの感情は陽炎《かげろう》のように、揺らめいた。

涙の向こうに、鷹《たか》を思わせるような精悍《せいかん》な黒木のマスクがあった。真一文字《まいちもんじ》に結んだ唇に、強い意志を漲《みなぎ》らせている。そして、ソファーの肘の上に載っている巌《いわお》のような拳。

小山のような敵を、この拳が数メートルも殴り飛ばしたのだと思っただけで、熱いものが体の中を走った。

と、黒木の手が動いて、オーリャの頰に触れた。彼の指先はオーリャの涙を拭き、ブロンドの髪を優しく撫でた。

オーリャは、目の前の男が、伯父から聞いた黒豹とは、信じられなかった。このような、みずみずしい優しさを黒豹が持っているなど彼女には、考えられないことであった。

なぜなら伯父は「黒木豹介の本質は残忍非情なところにある」とも言っていたからである。

「今日から、あなたのことを豹、と呼ばせてください」

オーリャは、遠慮がちに言った。

黒木からの答えはなかったが、オーリャは、それが彼の返事なのだ、とも思った。

彼の手は、まだ優しく、髪を撫でていてくれていた。父の優しさとも、兄の優しさとも、はっきりと違った優しさであった。

優しさの中に、ほとばしるような男の強さを漂わせている。

オーリャは、黒木の脚にまわした腕に力をこめながら、このひとこそ男、と思った。

「あなたが日本にいる間、あなたの身の安全は、私に任せておけばいい」

黒木は、そう言って立ち上がると、窓のカーテンを引いた。

朝日が、部屋いっぱいに差し込んで、オーリャの金髪《ブロンド》がキラキラと輝いた。

「ところで君に一つ二つ率直《そっちょく》に訊ねたいことがあります」

黒木は、窓の外を見たまま、物静かな口調で言った。

「どのようなことでしょうか」

「君は日頃、オーデコロンを使っていますか」

「いいえ、使っておりませんけれど……」

オーリャは、ちょっと怪訝《けげん》そうに、黒木の背中を見つめた。

「立ち入ったことを訊くようで申し訳ありませんが、シングルベッドが二つあるでしょう。

誰か泊まりに来る人がいるのですね」

「ときどき大学の教え子が、泊まりに来ることがあります。ソビエト大使館にいる友人も泊まったりすることもありますけれど」

「その友人や教え子たちの中で、甘い香りのオーデコロンを使っている者はいますか」

「はい、何人かいます」

「わかりました。ぶしつけなことをお訊ねしたことを、お詫びします。気を悪くなさらないでください」

「私はあなたを信じています。だって私を救ってくださったかたですもの」

彼女は、張りつめた乳房を、ちょっと恥ずかしそうに両手で隠す仕草を見せながら、バスルームへ入って行った。

やがてシャワーを浴びる音が、黒木の耳に聞こえた。

黒木は今日、倉脇と相談して、オーリャの住まいをなんとかするつもりであった。命の恩人ともいえる空母ミンスクの艦長の姪《めい》をこのままにはしておけない。黒木個人の問題ではなく、日本政府の〝心のありかた〟が絡んでいる問題だ。

黒木は、腕時計を口に近づけた。午前三時に連絡を取ったときは異状はなかったが、それからすでに五時間が過ぎている。

「沙霧、こちらは無事に朝を迎えた。そちらはどうだ」

黒木は、沙霧の返事を待ったが、彼女からの応答はなかった。いつもは数秒を要さずに、答える沙霧である。

「沙霧、どうした。応答しろ」

黒木は、続けて二度、交信を試みたが無駄であった。

黒木の双眸《そうぼう》が、ギラリと光った。彼がしている腕時計と同じものを沙霧もしている。

この腕時計は五十キロメートル以内なら地勢を問わず、交信できる能力を持っているから、それでも彼女から返事がないとすれば、考えられることは二つだ。

一つは何者かに襲われて格闘となり、腕時計を壊されたか、あるいは拉致《らち》されて両腕を後ろ手にしばられているかだ。

もう一つは、バスルームでシャワーを浴びるため、離れた場所へ腕時計を置いていることが考えられる。

だが黒木は、後者の可能性はすくない、と思った。

彼は、バスルームの中にいるオーリャに、外で待っていることを告げて、寝室を出た。

戸外は、昨日の雪が嘘のような晴天であった。雪はすっかり溶けてなくなり、路面も乾《かわ》いていた。風はなく、まるで晩春を思わせるような暖かさであった。

黒木は、すこし離れたところに停めてあるマーキュリーを、オーリャが住むビルの前まで持ってくると、自動車電話を手に取って、オフィスの電話番号をプッシュした。

発信音は鳴り続けたが、沙霧が電話口に出る気配はなかった。

最悪の事態だ。

黒木が受話器を置いたとき、コートを手にして二階から降りて来たオーリャが、ガレージからコロナマークⅡを出そうとして、運転席のドアに手をかけた。

黒木は手を横に振って、マーキュリーの助手席を指さした。

オーリャは頷いてガレージを出ると、シャッターを下ろしてマーキュリーの助手席にすわり、コートを膝の上に置いた。

赤いセーターとベージュ色のスカートが、色白の彼女に似合っていた。

赤いセーターの下で、豊満な乳房が、やわらかく盛り上がっている。ブラジャーをつけていないのか、はっきりとした乳房の輪郭《りんかく》が、鮮烈であった。

「大学までお送りしましょう。夕方までには、新しい住まいを見つけて、私が案内します。その前に私のオフィスへ立ち寄りたいのですが、時間はありますか。ここから三、四分のところなのですが」

「今日の授業は、午前十一時からですから、時間なら大丈夫です」

黒木は、厳しい表情で、マーキュリーを走らせた。

オーリャは、彼に何事かを話しかけようとしたが、黒木の厳しい横顔に気づいて口をつぐんだ。

車は、朝の静かなせまい通りを、三、四分ほど走って、公舎の前に着いた。

道路から見える黒木のプライベートルームの、窓ガラスにも、バルコニーに面したガラス戸にも、異状はなかった。公舎の玄関前に立っている張り番の警察官にも、とくべつ変わった様子は見られない。

黒木は、マーキュリーを地下駐車場へ、滑り込ませた。

「私はここでお待ちしていましょうか」

オーリャは問いかけると、黒木は首を横に振った。

「一人でいて、万一のことがあれば大変ですから、大学へ着くまでは私の傍にいるようにしてください」

「はい」

「ところで、あなたのような立場の方は、千代田区永田町にある東欧連邦諸国公舎へは一時的にしろ入れないのですか」

「あの公舎は、留学生として日本へ来た者は入れません。政府の要人として派遣された場合だけです。それに空部屋も、ほとんどないということですし」

「なるほど」

黒木はオーリャを促《うなが》して、車の外に出た。

二人は、二階にある黒木のオフィスへ、足を向けた。

オーリャは、黒木の厳しい表情が不安であった。もしや、彼のオフィスに、重大な何かがあったのではないか、と思った。

黒木は、オーリャとは、別のことを考えていた。

オーリャのビルを襲った三人の白人たちは、黒木に倒されはしたが、もし例によって待機班が近くの闇の中に潜《ひそ》んでいたとしたら、当然、待機班は黒木の存在に気づいたはずである。そしてもし、黒木のオフィスを奇襲した連中と、彼らとが、同一組織の者であるとしたなら、オフィスの守りが手薄なことに気づいたことだろう。

黒木は、待機班から連絡を受けた別動隊が、沙霧を奇襲したのではないか、と想像した。

黒木は、自分の部屋の前まで来て、ドアの左脇にある手帳ほどの大きさのボックスをあけた。

ボックスの中には0から9までのボタンが並んでいた。

オーリャは、それが秘密番号による開錠《かいじょう》システムだとわかったので、黒木から、すこし離れて彼に背中を向けた。

黒木は八桁《けた》の開錠番号を押した。

カチンと音がして、ドアのロックがはずれた。この開錠番号を知っているのは、黒木と沙霧のほかは倉脇法相だけである。

黒木がドアを開けると同時に、消えていたオフィスの明かりが、自動的に点いた。

二人が玄関を入ると、ドアが閉まってロックが自動的に作動した。

短い廊下の正面に、上半分に曇りガラスの入ったオフィスのドアがあった。この曇りガラスは、一見すると普通の曇りガラスだが、オフィス側からだと透明で玄関を入って来た者が見える。むろん防弾ガラスで、・32ACPぐらいまでの弾丸なら、至近距離から発砲されても、罅《ひび》割れはするが貫通はしない。

黒木は、そのドアを通ってオフィスに入り、「くそッ」と、小さく呟いた。

室内の様子を見て、オーリャは思わず息を呑《の》んだ。

机も椅子もひっくり返り、書棚のガラス戸は割れ、壁に血しぶきが飛び散っていた。激しい格闘の跡であることは、一目瞭然であった。

「いったいどうしたのですか」

オーリャは、怯えた声で訊ねた。

黒木は、高浜沙霧という秘書がひとりでオフィスにいたところを、何者かに襲われたらしいことを簡潔に話した。

オーリャは「もっと詳しくお話しください」と、黒木の腕を掴んで懇願した。

黒木がオフィスを留守にしたのは、自分に責任の一端がある、と思っているのだろう。

「あなたには直接関係ないことです。詳しいことを知る必要はない」

黒木は、穏やかな口調で言うと、自分の腕をしっかりと掴んでいる彼女の手を、そっと振りほどいて大金庫の方へ歩いて行った。

沙霧が手にしていたはずの、62式機関銃が、大金庫の前に落ちていた。

黒木は、機銃を手に取って給弾ベルトを調べた。

十六発が発射されていた。しかも機銃の銃床には生乾きの血糊《ちのり》が、べっとりと付着している。

沙霧は反撃のため十六発を連射したところで負傷し、機銃をとり落としたようであった。

大金庫は、ダイヤルに異状はなかったが、扉をあけてみると、宇宙ロケットの設計図もGRUの組織図のコピーもなくなっていた。

ほかの重要書類には手がつけられていない。

「何か大事なものを盗まれたのですね」

オーリャが、おそるおそる訊ねた。訊ね方に、迷いがあった。黒木に話しかけることを、よほど遠慮しているに違いない。

黒木は「ええ」と頷いた。

彼は、プライベートルームに入って行った。どの窓も、バルコニーに面したガラス戸も、ロックにはまったく異状はなかった。つまり敵はプライベートルームの窓やガラス戸を破るかあけるかして侵入したのではない、ということである。

黒木は、オフィスに戻って、鋭い目で室内を見まわした。

弾丸は、コンクリート壁のいたるところを抉《えぐ》って飛び跳ね、ファクシミリや指紋照合装置や小型レーダースクリーンを破壊していた。

幸いスーパーコンピューターは無傷である。

黒木は、床に散らばっている九個の薬莢を拾い集めた。

どうやら・357マグナム弾の薬莢のようであった。それとも、ほかの銃から発射されたものなのか？

黒木は、敵は玄関のドアをあけて侵入した、と推測した。

玄関のドアの脇にある開錠システムから、秘密の開錠番号を〝訊《き》き出す〟ことはまったく不可能なわけではない。しかしそれには、ひじょうに高度な技術が必要となる。

それを敵はやり遂《と》げたのだ、と彼は思った。

「私の秘書は、どうやら何者かに拉致されたようです」

黒木は、オーリャの背を軽く押すようにして、プライベートルームに入って行くと、彼女をソファーにすわらせた。

「床にも壁にも血が飛び散っています。秘書の高浜さんは、もしやひどい怪我をしているのではないでしょうか」

オーリャは、いまにも泣き出しそうな表情で言った。

「彼女は、どのような悪条件下でも耐えられる精神力の持ち主です。いまはそれを信じるしかない」

黒木は、センターテーブルの上に載っている白い電話機《ホットライン》に手を伸ばした。

この電話機は、受話器を上げただけで発信するようになっている。

法務大臣席に、倉脇がいない場合は、ボタン操作一つで総理大臣官邸の首相執務室につながるようになっていた。

発信音が二度鳴って、倉脇の威厳のある落ち着いた声が、電話口に出た。

「申し訳ないことが、起きてしまいました」

黒木が話し始めると、オーリャは気をきかせたつもりか、立ち上がってオフィスへ姿を消した。

ドアが、かすかに音を立てて閉まる。

「昨夜からゴタゴタが続いて起きているが、高浜君の身にでも何かあったのかね」

さすがに倉脇であった。黒木が話そうとすることを、正確に見抜いている。

黒木は、昨夕から今朝《けさ》にかけてのことを、詳しく倉脇に報告したあと、成田、羽田、大阪など国際空港の出国チェックの強化を頼んだ。気になるのは、沙霧が国外へ連れ出されはしないか、ということだ。

「わかった。怪しい外国人の出国がないか、成田ほかの国際空港を厳重にチェックさせることにしよう。彼女のことだから、襲って来た相手にも、たぶん深手を負わせているだろう」

「私もそう思います」

「どのような手段を使ってもいい。彼女を救い出したまえ。宇宙ロケットの設計図やGRUの組織図も大事だが、彼女の命はもっと大事だからな」

「一つお許しを頂きたいことがあります。今回の事件は、五条家が起爆剤になっているように思えてなりません。私なりに五条忠芳に接触してみたいのですが」

「場合によっては、五条忠芳や頼子《より こ》の頰を、一、二発張り飛ばすかもしれない、という意味をこめて言っているのかね」

「ええ、まあ……」

「よろしい。君の思うようにやってみたまえ。ただし亡き五条信高は、私の無二《むに》の親友だった。そのことだけは忘れないようにしてくれたまえ。東大在学中、私が病いに倒れたとき、彼は大量の血液を私に分け与えてくれた男なんだ。いまの私の命は、彼の大量輸血によって救われたようなものだよ」

「そのようなことがあったとは、知りませんでした。五条家の伝統と名誉は傷つけないようにしますから、ご安心ください」

「ひとつ頼む。それにしても、敵はなぜ高浜君を拉致したんだろうか。ロケットの設計図とGRUの組織図さえ手に入れれば、彼女には用がないはずだが」

「彼女を拉致したのは、私の動きを封じるためです。無事に日本を離れるまで、人質として傍に置いておくつもりなのでしょう。あるいはすでに本国へ連れて行ったかも」

「ぐずぐずはしておれないぞ。下手《へた》をすると高浜君の命が危ない」

「必ず救い出します。どのようなことがあっても」

「それからこれは、たったいまモスクワの日本大使館から入った情報なんだが、防衛庁の駐在武官がアメリカの駐在武官から聞いたところによると、サーベル・タイガーというコードネームを持つ恐ろしい人物が、極東に向かったらしいんだ」

「サーベル・タイガー？……初めて耳にするコードネームですが、何者ですか」

「スペツナッツで最強と言われている、冷酷非情の殺し屋らしい。これまでその名前は、まったく知られることがなかったんだが、イギリスでサッチャー首相暗殺計画が発覚し、サーベル・タイガーというコードネームの殺し屋が急浮上したそうだ」

「人相や風体《ふうてい》、経歴などはまったく不明なのですか」

「それを知った者は、必ず殺される、という伝説すら存在するらしい。アメリカの駐在武官が言う極東が、日本を指しているのか、ほかのアジアの国を指しているのかはわからないが、充分に気をつけたほうがいいぞ」

「日本でスペツナッツとイギリス情報部が激突していることは、間違いありません。ロケットの設計図とＧＲＵの組織図が、どちらの手にわたったのか、それを判断する確実な材料のないのが残念です」

「私は君の捜査能力を信頼している。いや、頼るのは君しかいないんだ。日本という国を背負って、命を捨てる覚悟でやってくれ」

言い終えて、倉脇は電話を切った。命を捨てる覚悟でやってくれ、と言った倉脇が、どれほどつらい思いをしているか、黒木は知っている。

人の命の重さ尊さを、誰よりもよく知っている倉脇であった。それゆえ、拉致された沙霧の身が、心配でならないのだ。

「サーベル・タイガー……か」

黒木は呟いて、立ち上がった。グイッと眦《まなじり》が吊《つ》り上がっている。

沙霧を拉致した敵に対して、彼はいままさに、黒豹のキバを剝こうとしていた。

黒木は、ホルスターからベレッタを引き抜くと、ガチンと遊底を引いて、機関部へ弾丸を送り込んだ。目が光っている。熱気が全身からほとばしり出ている。怒りで筋肉が脈打っている。

ホルスターにベレッタをしまって、黒木がオフィスに入って行くと、オーリャは不安そうに黒木を見た。

「秘書のかたを救うため、私に何か手伝わせてください。おねがいです」

「それはできません。あなたは留学生としての目的を忘れるべきではない」

「豹、あなたはこの東京で、スペッツナッツとイギリス情報部が争っているとおっしゃいました。その巻き添えで秘書のかたが拉致されたのであれば、ソビエト国民の一人として、私は知らぬ振りをしておれません」

「だが、あなたはいわば民間人の立場です」

「私の親族には、政府や軍の高官がいます。場合によっては、私はそのひとたちに対して、影響力を発揮することができます」

「スペッツナッツは、ソビエトの民間人であるあなたが考えているよりも、はるかに恐ろしい組織です。たとえ政府や軍の高官であっても、容易には彼らを押えられないでしょう」

「でも、私を豹の傍へ置いてください。たとえ微力ではあっても、私がソビエト政府や軍の高官を親族に持っているということが、何かの役に立つかもしれません」

「駄目です。私の傍に長くいることは、かえって危険です」

「大学へは休暇の連絡をしておきます。あなたが駄目だと言われても、私はあなたのお役に立ちたいのです」

黒木は、それには答えずに、ガン・ロッカーをあけると、百発の給弾ベルト三本と、ベレッタの予備の弾倉五本、それにガンケースを取り出した。

ベレッタの予備の弾倉五本には、合わせて七十五発が装塡されている。

黒木は、62式機銃と予備の弾丸をガンケースにしまうと、それを手にして玄関の方へ歩き出した。

オーリャが、しがみつくようにして、黒木の腕に自分の腕をからめた。張りつめた乳房が、黒木の肘に押されて、やわらかく潰れた。

「豹、私に何か手伝わせてください。あなたの邪魔になるような行動は採らないことを約束いたします」

黒木は、オフィスのドアをあけると、立ち止まってオーリャを見つめた。氷のように、冷たい目であった。

オーリャは、突き放されたのを感じて、黒木の腕にからめていた自分の腕を、力なくほどくと、うなだれた。

黒木は、オフィスに彼女を残して、玄関を出た。

オーリャは、黒木のあとを追うようにして、うなだれて部屋を出た。沙霧が拉致されたことに、よほど責任を感じているのだろう。

黒木のあとについて地下駐車場へ降りたオーリャは、遠慮がちにマーキュリーの助手席にすわった。

黒木は、スターターキイをひねってエンジンをかけると、彼女に向かって言った。

「ロシア皇帝の血を引き、ソビエト政府や軍の高官を親族に持つあなたに、万一のことがあれば、日ソの政治問題になるのです。それがわからぬ、あなたではないでしょう」

「ロシア皇帝の血を引きながらも、私の一族は皇帝を打倒しようとする革命派を支援しました。だから皇帝の血を引く一族であっても、政府や軍の高官として成功しているのです。私の体の中を流れる血は、けっして闘うことを恐れません。ですから豹のお仕事の役に立ちたいのです」

黒木は、マーキュリーを発進させた。行き先は、防衛庁である。

黒木の専用ヘリ『ベル209ヒュイコブラ』が、防衛庁舎の屋上にある格納庫に入っていた。

ヒュイコブラは、アメリカが開発した重武装の攻撃用ヘリコプターである。機首の下には、XM230型三連装チェーン砲を装備し、エンジンの下あたりに突き出た小さな両翼には、七センチロケット弾三十八発、対戦車ミサイル八発を下げていた。いずれも平常時は目立たぬようカバーで覆《おお》われており、戦闘時はこのカバーをぶち破って発射される。カバーによって弾道が狂う心配はない。

厳しい表情で、ハンドルを握っている黒木の手に、オーリャは雪のように白い手を重ねた。

「私は後悔しません。たとえ何発の弾《たま》が体を貫通しても」

黒木は、チラリとオーリャを流し見たが、何も言わなかった。

オーリャの端整《たんせい》な顔は、真剣であった。その美しい表情は、単なる思いつきや、感情に流されて、黒木を手伝いたい、と言っているのではないことを証明していた。目に涙さえ浮かべている、必死さが、少女のようにいじらしい。

防衛庁は、黒木のオフィスから車で四、五分の距離であった。

門衛《もんえい》に通行証を見せて、防衛庁の敷地内へマーキュリーを乗り入れた黒木は、庁舎の前まで来て車を停めると、自動車電話を手に取って、オーリャに差し出した。

厳しい表情のまま、彼はオーリャに向かって、「大学へ連絡を取りなさい」と言った。

黒木が同行を許してくれたと知って、オーリャの表情が明るくなった。

4

オーリャが大学へ二週間休暇を取る連絡をしたあと、黒木はガンケースを手にして彼女をヘリの格納庫がある庁舎の屋上へ連れて行った。

大学側は、オーリャの休暇について、口うるさく理由を訊《き》くようなことはしなかった。留学生とはいっても、未成年ではないし、しかもオーリャはソビエト科学アカデミー付属アジア研究所の、幹部研究員である。

大学側としては、彼女の休暇について、根掘り葉掘り理由を問いただすわけにもいかなかった。共産主義国家から派遣された彼女に、どのような私的理由があるか、わからないからだ。

黒木は、格納庫のシャッターをあけると、ヒュイコブラの装備室にガンケースを入れ、オペレーター席に彼女をすわらせてシートベルトを締めた。

オーリャは、ズラリと並んだ計器類に目を見張った。

「これからわれわれは京都へ向かいます。あなたは私の指示に必ず従うこと。約束してくれますね」

「はい、お約束します」

「うっかり計器類に触れないようにしてください」

「豹……」

「なんです?」

「どうか私にもっと親しみをこめて、話してください。あなたの私に対する話し方は、二歩も三歩も距離を置いていらっしゃいます」

黒木は、ニコリともしないでオペレーター席の扉を閉めると、パイロット席へ回った。

ヒュイコブラは、電動式になっている大きな台車の上に載っていた。

この台車は、格納庫の外に向かって延びているレールの上を、動くようになっている。

パイロット席のドアをあけた黒木が、思わず顔をしかめた。

貫通銃創を負った左肩が、思い出したように、激しく痛み出したのである。思えば、左肩を負傷したあとも、ヘビー級の元ボクサーと殴り合うなど、かなり無理をしている。

黒木は、パイロット席にすわると、左肩に冷たいものを感じた。

傷口から血が滲《にじ》み始めたに違いない。

スーツの内側に手を滑り込ませて左肩に軽くさわってみると、はたして指先に湿《しめ》りが触れた。

「どうかなさいましたの?」

オーリャが、黒木の様子に気づいて、怪訝そうに訊ねた。

黒木は「いや……」と言葉短く答えると、APR・39レーダー警戒レシーバーの右隣りに付いている赤いボタンを押した。

台車が格納庫の外に向かって、動き始めた。

初めてヘリに乗るのか、オーリャは美しい顔を緊張させていた。

このヘリは、防衛庁の技術陣によって、本来は一八〇〇馬力のエンジンを四五〇〇馬力に改良強化されていた。一度に四五〇〇馬力になったのではなく、この馬力に至るまでに二度のステップを踏んでいる。

いま黒木の専用ヘリは、アフターバーナーとの併用により、時速五〇〇キロ以上の高速で飛行する能力を有していた。

時速五〇〇キロ以上ということは、双発の国産機YS11よりも速いということになる。

ヒュイコブラが格納庫の外に出ると、黒木は、先ほどの赤いボタンの下に並んでいる白いボタンを押した。

格納庫に収容されるために、一本に重なっていた四枚の回転翼《ローター》が花が咲くようにゆっくりと開いた。

武装攻撃ヘリ・ヒュイコブラの原形は、回転翼は二枚でオペレーター席とパイロット席が前後になっている。前席がオペレーター席で、ここには対戦車ミサイル照準誘導装置、レーザー測遠機、トップラー航法装置、FM通信機などがあり、後席のパイロット席には、飛行用計器やエンジン用計器、電波高度計、レーザー・トラッカーなどが装備されていた。

コクピットの視界は、前席で左右ともに一六五度、下方四五度、後席では左右ともに一三五度、下方四〇度と、かなり広い。

だが黒木の専用ヘリは、回転翼が四枚に増やされ操縦室が大幅に改造されて、オペレーターとパイロットが左右に並ぶようになっていた。

黒木は、電気系統のスイッチをONにし、エンジンのスイッチを入れた。
三、四秒、笛を吹くような金属的な音がしたあと、四枚の回転翼が轟音《ごうおん》を発して回転を始めた。震動が二人の体に伝わる。
ガンケースが入っている装備室は、二人の後ろにあり、飛行中でも振り向いて扉をあけることができた。むろんヘリの外からもあけられるようになっている。

ローターの回転数が上がり、ヒュイコブラがフワリと浮上した。

固い表情で計器類を眺めていたオーリャが「これは戦闘用のヘリコプターですね」と言った。

黒木は、黙って頷いた。ヒュイコブラが、ぐんぐん高度を上げる。四五〇〇馬力の強力なエンジンが、地球の引力を引きちぎるようにして、六・五トンの機体を飛ばした。ヒュイコブラの原形は、自重《じじゅう》二・六トン、フル装備で四・六トンだから、黒木の専用機は馬力をアップした代わりに、重量も増えていた。

これは機体の耐弾性を強化したためである。三〇ミリ機関砲なら、同一点へ三発を撃ち込まれない限り貫通しない。

したがって、黒木の専用機を撃墜するには、パイロットに直撃弾を浴びせるか、ミサイルを命中させるしかないわけだ。

風防ガラスは、ライフル弾に対する耐弾性はあるが、三〇ミリ機関砲弾に耐えるのは無理である。

ヒュイコブラは、高度二千メートル、時速四〇〇キロで、京都を目指した。日本列島の上は、どこまでも青空がひろがっていた。

左手前方の上空を、航空自衛隊のF15イーグルが三機、編隊を組んで飛行していた。

「あなたは、ソビエトがお嫌いですか」

オーリャが、不意に真顔《まがお》で訊ねた。

黒木は、彼女の問いに答える代わりに、足首のホルスターに隠し持っていた緊急用の小型自動拳銃AMTバックアップを、彼女に差し出した。

「持っていなさい。私と一緒だと、あなたまで襲われる恐れがありますから」

「でも、私は銃など撃ったことがありません」

「グリップをしっかりと握って、引き金を引けばいいのです。襲われたら必ず反撃しなさい。よろしいですね」

「はい」

オーリャは素直に頷き、五連発のAMTバックアップを膝の上に置いたショルダーバッグにしまった。

黒木は、ソビエトが嫌いか、と訊ねたオーリャの問いに答えるつもりはなかった。

これまでに手がけてきた幾多の事件で、ソビエトがどれほど厳しい体制の国であるかを、目《ま》の当たりに見てきた黒木である。ソビエトに対する黒木の感情は、好きか嫌いかといった、単純なものではなかった。

西側諸国に向けて、常に巧妙に戦術的な宣伝活動を行なっているソビエトに対して、黒木は心を許したことがない。いかなることがあっても、冷徹な目で、ソビエト政府の動きを観察している。ことソビエトに関する限り、彼は日本のマスコミの記事をあまり信用していなかった。マスコミよりも黒木自身のほうが、ソビエトの素顔をはるかに正確に把握《はあく》しているのだから、当然であろう。

ごく最近、ソビエト政府は外務省の日本課を日本部に〝昇格〟させた。日本のマスコミや日本政府の一部は、これを日本重視のあらわれ、と喜んだが、黒木は背すじに悪寒《おかん》を覚えていた。

日本課を日本部に昇格させた、ソビエト政府の日本重視の姿勢が、どのような意味を持っているか黒木は熟知していたからである。

ソビエトはすでに、極東において、北朝鮮、ベトナム、バヌアツの三橋頭堡《きょうとうほ》を固めることに成功している。これがどれほど日本にとって、いや極東の自由主義諸国にとって脅威であるか、金儲けとポルノ雑誌とセックスとロックンロールに酔い痴《よし》れる現在の日本人には、理解できていない。

ソビエトは極東支配の要《かなめ》として、科学工業の発達した日本を、なんとしても手に入れたがっている。その次の目標が韓国とフィリピンであり、そして中国を押える野望にも燃えている。

日本がソ連の支配下に入れば、三十八度線で北朝鮮と接している韓国は、怒濤《どとう》のごとく押し寄せる共産主義勢力によって、たちまち現体制を喪失するだろう。いかに米軍が駐留しているとはいえ、極東から見たアメリカ本土は、あまりにも位置的に遠すぎる。

アメリカがベトナム戦争で敗れた最大の原因は、この〝遠さ〟にあるといっても過言ではない。つまりアメリカは、位置的に遠すぎる国を支援することで苦い水を飲まされ、コリゴリしているのだ。

他国の援助を当てにせず、日本がしっかりとした専守防衛能力を持たなければならない大きな理由が、そこにある。アメリカは、あまりにも遠すぎる国なのだ。専守防衛体制は、ナマクラな兵器で確立できるものではない。いざというときに役立つ、しっかりとした通常兵器を平和時から備えておくことが、専守防衛の基本であろう。

高性能な兵器を装備すると、マスコミが政権党や防衛庁を叩くことは慣例となっている。マスコミが政権党や防衛庁を叩き、日本の世論が二つにも三つにも分裂して激しく揺れることを、ソビエトは虎視眈々《こしたんたん》と狙っている。世論の分裂こそ、ソビエトにとっては、またとないチャンスなのだ。

そのもっともよい例がフィリピンであろう。事があると国軍が分裂しやすいアキノ政権は、土台が強くないだけにソビエトにとっては絶好の標的である。ソビエトはいま、スペツナッツの精鋭を動員し、フィリピンの共産ゲリラに対して、大量の武器と資金的援助を行なっている、といわれている。

不自由な超大国ソビエト。いったいこの超大国のどこに記事を書く自由があるのか、どこに旅行の自由があるのか、どこに小説を書く自由やテレビドラマをつくる自由があるのか、どこに生産と購買の自由があるのか、どこに世界じゅうの本を読める自由があるのか、どこに作曲や作詞の自由があるのか、どこにカメラを写す自由があるのか。どこに教育選択の自由があるのか。

だが黒木は、ソビエトという超大国を、常に冷徹な目で眺めていた。彼は、この国が国民の自由を拘束し続ける限り、いま以上の発展はないだろう、と読んでいた。場合によっては、ちょっとしたきっかけで、地滑り的に国家を崩壊させることもありうる、と思ってもいる。

黒木の信念は、常にたった一つ、『正義』によって支えられている。それも炎を噴き上げるような、強烈な『正義』によってであった。彼のソビエト観は、この『正義』によって左右されていると言えるだろう。ソビエトが国家を崩壊させることもありうるという彼の予感は、この『正義』からきている。

黒木の操縦するベル209ヒュイコブラは、晴天下を順調に飛行していた。

オーリャは「ソビエトはお嫌いですか」と訊ねた自分の質問に、黒木が答えてほしかった。

だが、もう一度同じ質問をするには、黒木の横顔は、あまりにも険《けわ》しかった。

黒木はスペツナッツであろうが、イギリス情報部であろうが、日本で勝手な真似《まね》をさせるつもりはなかった。たとえ外交問題に発展しようと、断固として排撃するつもりでいる。

雪をかぶった富士が、右手に素晴らしい姿を見せていた。

第六章　ベレッタ○・三五秒の反撃

1

京都上空まで、あと十五、六分というところまで来たとき、黒木は倉脇に連絡を取ろうとして、オペレーター席とパイロット席の中間に備え付けられている無線電話に手を伸ばした。

と、無線電話が、先に発信した。

受話器を取り上げて応答すると、倉脇の声が伝わってきた。

「オフィスに電話をしても、マーキュリーの自動車電話に掛けても通じないので、おそらくヘリで飛んでいるのだろうと思ったよ。京都へ向かっているのだな」

「そうです。あと十五、六分で京都上空に達します」

「意外な人物が三人、英国航空で出国したことを摑《つか》んだよ。驚かないで聞きたまえ。ひとりはハイム・ダンカンで、あとの二人は在日イギリス大使館の駐在武官だ」

「外交特権で出国したのですか」

「そうだ、民間人であるはずのハイム・ダンカンまでが、外交特権で出国したというわけだ。どうやら彼は、単なるロンドン暗黒街のボスではなさそうだね」

「高浜君が三人に連れ去られた様子はなかったのでしょうか」

「連れ去られた様子はないようだが、三人には大きな荷物があったそうだ。特別大切に扱われて、機内に運び込まれたということだ」

「その大きな荷物というのは？」

「柩《ひつぎ》のような木箱の箱だったと、荷物を運搬した空港の作業員は言っている。三人は、荷物が機内の貨物室に運び込まれるまで傍《そば》を離れず、その木箱の取り扱い方に、かなり口うるさかったらしい」

沙霧だ、と黒木は思った。柩の中で眠らされている、沙霧の顔が、黒木の目の前をよぎった。

「どうやら、宇宙ロケットの設計図とGRUの組織図は、イギリス情報部の手に渡り、ロンドンへ持ち去られたようですね。柩のような箱の中には、たぶん高浜君が入っているのでしょう」

黒木のその言葉で、オーリャの表情が曇った。

倉脇が、うろたえを見せない、落ち着いた声で言った。

「私も君と同じ見方をしているんだ。京都での用が済み次第、直《ただ》ちに成田へ向かい、ロンドンへ飛びたまえ。高浜君を救い出し、できればロケットの設計図とGRUの組織図を取り戻すんだ」

「柩にある程度の空調機能が備わっていることを祈りたいですね。飛行機が高高度に達すると、貨物室の気温は相当下がるはずですから」

「客室と同様に温度調節機能を有する旅客機もあると聞いたが」

「あったとしても、ごく少数でしょう」

「飛行機の貨物室に運び込んだくらいだから、特殊な柩と考えて間違いないだろう。君の動きを封じる目的で拉致したのなら、そう簡単に死なせたりはすまい。ともかく、すぐに彼女を救出する行動に移りたまえ」

「了解。あと十分ほどで、南区高田町にある陸上自衛隊宇治《うじ》駐屯隊の桂《かつら》分屯隊に着陸します。先方への連絡をお願いしたいのですが」

「わかった。ところでロンドンへは外交特権で行くかね」

「今回は、そうしましょう。ほかにもう一人分、外交特権かそれに準ずる特別の例外を認めてください」

「一人分の例外？」

「ある女性を同行させます」

「女性というと、まさかオリガ・パーヴロヴナ・コルチーナではないだろうね」

「ズバリです」

「黒木君、無茶を言ってもらっては困る。ソビエト科学アカデミーの幹部研究員である彼女に、日本の外交特権を与えられるはずがないだろう。すじ違い以前の問題だ」

「可否《かひ》を議論している暇《ひま》はありません。重大な国家的事件を解決するために、例外中の例外を認めてください」

「駄目だ。認められん」

プツンと音がして、倉脇が交信を切った。オーリャの耳には、黒木が倉脇に向かって話す言葉しか耳に入らなかったが、事件がどのような状況かおおよそ想像できた。

オーリャは、不安そうに小声で訊《たず》ねた。

「秘書のかたを救うために、豹《ひょう》はひとりでロンドンへ行かれるのですか」

「いや、あなたも一緒に来てください。スペツナッツとイギリス情報部の激突の舞台が、ロンドンへ移ることは間違いありません。あなたにお願いして、ソビエト政府や軍の高官に、緊急連絡を取っていただく必要が生じるかもしれない」

「外交特権の例外とおっしゃっていましたが、私のこと?」

「ええ。でもあなたは、そのことを心配する必要はありません」

「豹が連絡を取っていらっしゃる相手のかたは、政府の偉いかたですのね」

「オーリャ、この際あなたには事件の発端から今日に至るまでを、簡単に話しておきましょう。今回の事件に、ソ連軍参謀本部諜報総局（ＧＲＵ）が絡んでいることは、確実なので」

「お聞きしたことは、けっして他人には漏《も》らしません」

オーリャが、事件の秘密を漏らすかどうかについて、黒木はまったく気にしていないように見えた。

オーリャがもし事件の秘密を漏らすとすれば、むろんソビエト大使館か在日秘密情報機関に対してであろう。その結果、ソビエト側の動きが活発になれば、むしろ好都合、と黒木は考えているのかもしれない。

黒木は、オーリャに対して、一連の事件について、順を追って打ち明けた。しかし彼は、伏せるべきところは、ちゃんと伏せていた。

ヒュイコブラは、徐々に高度を下げつつあった。

京都の上空一帯には、灰色の雪雲が低く垂れ込め、周りの青空と対照的であった。雪雲の上部が、まるでタコ足のように、くねくねと不気味に蠢《うごめ》いている。

話を聞き終えたオーリャが、あまりの恐ろしさに、ぶるッと肩を震《ふる》わせたとき、ヒュイコブラの風防ガラスに粉雪が当たり始めた。

ヘリの高度が下がるにしたがって、粉雪は激しく降った。

黒木は、高度四百メートルで、巧《たく》みに山間部を縫いながらヒュイコブラを飛ばした。粉雪とガスのため、視界は極《きわ》めて悪かったが、障害物探知装置が、前方の山を正確に捕捉《ほそく》して、レーダースクリーンに映し出していた。高度不足だと、警報が鳴るようになっている。東山連峰の上空を過ぎて、一気に高度を下げると、眼下に銀世界と化した京都の市街地がひろがった。

オーリャは目を輝かせて「きれい……」と呟《つぶや》いた。風防ガラスに顔を近づけて、食い入るように眼下を眺めている。その様子が、成熟した女を思わせぬほど、あどけなかった。

寒い国に生まれ育ったせいか、オーリャの色の白い肌は、肌理《きめ》が細《こま》かくすべすべしているように見えた。金髪《ブロンド》は、欧米の女性の金髪《ブロンド》よりも、はるかに美しい。本物のゴールドと錯覚するほどの、高貴な輝きをみせている。髪の一本一本は細くやわらかく、優しいウエーブをみせて、うなじから肩へと流れている。

沙霧は黒髪だが、肌の肌理の細かさ、色の白さ、それに流れるような髪の美しさは、オーリャとそっくりであった。

ヒュイコブラは、JR京都駅上空で、やや機首を左へ振り、さらに高度を下げ始めた。ロシア人の女性を乗せたヘリを、陸上自衛隊の基地内に着陸させることについても、黒木はまったく心配していなかった。黒木の捜査方法は、常に小を捨てて大を取るやり方であった。細かいことを気にしすぎたり、次善の策を立てるようなことは、ほとんどない。

「これから、陸上自衛隊の基地に着陸します」

黒木は、障害物探知装置に注意しながら、有視界飛行で基地上空に近づいて行った。

雪は、吹雪《ふぶき》の状態で、横殴りに降っていた。

2

黒木とオーリャは、基地が呼んでくれたタクシーで、五条家に向かった。

スノータイヤを装着したタクシーは、震動がひどかった。

道路も畑も、家も樹木も雪に覆《おお》われていた。

タクシーの運転手の話では、昨夜遅くから急に激しく降り始めたということであった。

「京都へ来たことは?」

黒木が訊ねると、オーリャは窓の外を見たまま首を横に振った。未知の土地へ来た不安がそうさせているのか、彼女の左手は、黒木の右腕をしっかりと摑《つか》んでいた。

黒木が五条家を訪ねることは、倉脇から五条家へ事前の電話が入っているはずであった。

そういうことでは、手抜かりのない倉脇である。

黒木は、五条信高の急死を、倉脇がどのように処理したかは知らない。また信高の死後、関西貿易開発の経営がどうなっているのかも知らなかった。また、知るつもりもない。黒木から見れば、それらは事件の核心から外れた問題である。

五条家に関して、いま黒木が知っていることは、両親と家政婦を亡《な》くした忠芳が目下、喪に服して勤め先を休み、屋敷内にいるということであった。

いずれ忠芳は、父親の会社を引き継ぐため、現在の勤め先を辞めるだろう、と黒木は思っている。

タクシーは、ワイパーをせわしく動かしながら、雪の積もった道路をかなりのスピードで走った。

基地から五条家まで、車で十分ほどの距離である。

タクシーは、西九条《にしくじょう》に出て八条通《はちじょう》を横切ると、JR線を越え七条大宮《しちじょうおおみや》で右へ折れた。

ゴーンという鐘の音が、どこからともなく聞こえてきたとき、オーリャは黒木の右腕を摑んでいた手に力を加えた。

「豹、ここから目的地までは遠いのですか」

「いいえ、間もなくです」

「雪の中を歩かせてください。雪がこのように、やわらかく降るものだとは知りませんでした。ロシアの大地に降る雪には、まるでカミソリの刃のような怖さがあります。でも、日本の雪はすてき……」

「いいでしょう。見知らぬ土地では、歩くべきです」

黒木は、タクシーを路肩に寄せてもらうと、料金を支払い、彼女を促《うなが》して車の外に出た。

そこは五条家を訪ねるため、黒木が最初にタクシーを降り、そしてハイム・ダンカン一行と出会ったあたりであった。

雪がたちまち二人の髪や肩に降りかかった。

黒木は、彼女が防寒コートを着るのを待って、歩き出した。

オーリャは、あたりを見まわしたあと空を仰《あお》いで、また「すてき……」と呟き、黒木の腕に自分の腕を絡めた。

その行為が、ごく自然であった。

オーリャの表情は、生き生きとしていた。その表情は、いままで知らなかった何か非常に尊いものを見つけたような喜びさえ覗《のぞ》かせていた。

ブルーの瞳が、澄みわたって宝石のように輝いている。

七条通を一歩入ると、人の通りもなく、車も走っていなかった。雪がシンシンと降っているだけである。冷え込みは猛烈で、充分な耐寒訓練を積んでいる黒木さえ、肌に痛みを感じるほどであった。

「豹はどうしてコートを着ないのですか」

オーリャは、ブルーの瞳で、黒木の横顔を見つめた。

黒木が「寒くないからです」と答えても、黒木を見つめるブルーの瞳は、彼の横顔から視線をそらさなかった。瞳のずっと奥に、黒木に甘えようとするかのような、感情の揺らめきがあった。

だが、黒木のマスクは、冷ややかであった。

それでもオーリャは、しっかりと感じていた。伯父から世界最強と聞かされている男の持つ、たぐいまれな優しさを。

オーリャは、黒木の肩や髪を白く染め始めた雪を、手でそっと払いのけると、また彼の腕に自分の腕を絡めた。

人の心の中を見透《みす》かすような鋭い眼光、知性あふれる引き締まった唇、それに鋼鉄を思わせるような二の腕、オーリャは肉体の内側から抑《おさ》えきれぬものが噴き上がってくるのを感じた。

(素晴らしいひと……)

彼女は、ひとり胸の中で呟いた。呟かずにはおれないほど、心が揺れていた。

情念が、ざわめいているのがわかった。疼《うず》くような、ざわめきであった。

黒木の足が、ふと止まった。

オーリャは、黒木の視線を追った。

小型乗用車一台さえ通れそうにないせまい通りをはさんで、古い二階建ての長屋《ながや》が並んでいた。

ウナギの寝床のように細長くせまい通りは、五十メートルほど奥まったところで行き止まりである。

そのせまい通りの中ほどで、若い母親と幼な児が、小さな雪だるまをつくっていた。いつか黒木が、悪徳金貸しの手先から救ってやった、あの貧しい母子である。

「すぐに戻って来ます」

黒木は、オーリャを残して、せまい通りへ入って行った。

左右に建ち並ぶ古い二階建ての長屋には、まったく人の気配がなかった。

このときになって黒木は、母子が住む二階屋のほかは、すべて空家《あきや》であるらしいことに気づいた。おそらく取り壊されて、マンションでも建つのだろう。行く当てのない母子だけが、立ち退《の》き要求に応じていないのかも知れない。

黒木がしゃがんで雪を丸めている女の背後に立つと、気配を感じて女は振り向いた。

女は黒木を覚えていて、慌《あわ》てて立ち上がると、「いつぞやは、ありがとうございました」と深々と腰を折った。乱れた髪とやつれた表情は、あのときと変わっていない。

黒木の左肩の銃創《じゅうそう》が、寒さのためか、二度続けてズキンと強く痛んだ。

「あのとき金貸しの手先に、お金を払ってくださったことを、あとになって知りました。本当に申し訳ありませんでした」

「借金は片付きましたか」

「はい、おかげさまで片付きました。この長屋は間もなく取り壊されますので、一、二週間のうちに田舎《いなか》へ帰ることを考えています」

「そうなさい。子供のためには、そのほうがいい」

「金貸しの手先に払ってくださったお金を、お返ししなければと、お会いできるのを待っていました。いま、お持ちしますので、しばらくお待ちください」

「その必要はありません」

「でも、それでは私が困ります」

女はもう一度頭を下げると、雪まみれになっている子供を抱いて家の中へ入って行った。

ヒュウッと風が鋭く鳴った。

黒木は、踵《きびす》を返して、オーリャの方へ戻ろうとした。

と突然、こちらを向いているオーリャの後ろに、大型の外車が急ブレーキをかけて停まり、後部ドアがあいたかと思うと、オーリャが引きずり込まれた。

黒木が「しまった」と呻《うめ》いて走り出そうとしたとき、人の気配がなかった長屋の二階の窓から、三つの銃口が突き出た。

大型の外車が、雪を飛ばして走り去るのと、ボボボボッとサイレンサーを装着した自動拳銃特有の銃声が、黒木に襲いかかるのとが同時であった。

黒木が、雪を蹴って三、四メートル先にダイビングし、着弾した敵の弾丸が雪を跳ねた。

三つの銃口が、黒木を追って、ボボボッと連続的に火を噴く。

雪の上をころがりながら、黒木の右手がホルスターから電撃的な速さでベレッタを引き抜いた。

ドンドンドンッと雷鳴のような銃声が、あたりを圧倒する。

銃口がキバを剝《む》いて躍り上がり、三発の薬莢《やっきょう》が横水平に飛び散ったとき、二階の窓から声もなく三人の白人が落下していた。見事に眉間《みけん》を撃ち抜かれている。

それにしても、あまりにもあざやかな、黒木の抜き撃ちであった。

ほとんど敵の所在を確認する暇のない反撃であったにもかかわらず、三人の眉間を一発で撃ち抜いている。

もしオーリャがいたなら、その目にも留《と》まらぬ連射に、驚愕《きょうがく》したことだろう。しかも雪の上に横転した状態での反撃である。

黒木はゆっくりと立ち上がると、ベレッタをホルスターにしまい、体についた雪を手で払った。

風がまたヒュウッと鳴り、横殴りに降る雪が黒木を吞《の》み込むかのようにして渦を巻いた。

黒木は、母と子が消えた家の格子戸《こうしど》をあけた。

玄関に、揃いの赤い長靴が、置き忘れられたように、脱いであった。

彼は、家の中に人の気配がないのを察知して、靴のまま上がり込んだ。

家は、ガランとした空家であった。一階の部屋にも二階の部屋にも、家具一つなかった。人が住んでいた温《あたた》かみも残っていない。

裏に猫の額《ひたい》ほどの庭があって、その庭に積もった雪の上に、真新しい足跡があった。

長屋の裏手には、やはり同じような古い長屋が路地をはさんで背中合わせに建っていて、これも無人であった。すべてマンション業者に買い占《し》められたのだろう。

黒木は、足跡をたどってひと一人がやっと通れる路地に出た。

路地は反対側の表通りに通じていて、足跡は、路肩に残っているタイヤのところで消えていた。待機していた車に乗ったに違いない。

「仲間だったのか」

黒木は呟いて、シャッターを下ろしている商店の軒下《のきした》で雪を避け、煙草《たばこ》に火を点《つ》けた。

紫煙《しえん》を二、三度吸って吐き出した黒木は、ふッと苦笑を洩《も》らした。

それは母と子の演技に、ものの見事にしてやられた自分に対する苦笑であった。

彼は、くわえ煙草のまま再び路地へ入った行った。

銃撃戦の現場へ戻ってみると、あるべき三つの死体が、消えていた。

雪の上に何人かの足跡が残っている。

「素晴らしい奇襲だ」

黒木は、低い声で敵をたたえると、現場に背を向けた。

雪が、すぐ、くわえ煙草の火を消した。

黒木はせまい長屋通りを出るとオーリャが拉致《らち》された位置に腰を下ろし、雪の上に残っているタイヤを調べた。

そのタイヤの跡は、反対側の表通りに残っていたタイヤの跡と、特徴が一致した。

黒木は、タイヤの跡を途中まで、たどってみた。

はたしてそれは、次の辻を左折して、反対側の表通りへと続いていた。

黒木は、自分の動きが、敵に完全に読まれていることを知った。

だがこれは、黒木も初めから予測していたことであった。敵はスペツナッツとイギリス情報部である。この両者が、黒木の動きを読まずして行動することなど、まず考えられない。そして黒木にとっては、そのほうがありがたいのであった。敵が活発に動けば動くほど、その存在が、黒木にとって見えやすくなるからだ。

「オーリャ、しばらく辛抱《しんぼう》しろよ。必ず助け出してやる」

黒木は、タイヤが消え去った方角に向かって、ポツリと呟くと、雪に打たれて五条家をめざした。

オーリャを拉致したのは、イギリス情報部とも、スペツナッツとも言えた。

どちらであるか、断定する材料は、いまのところない。

けれども、貧しく見えた母と子が、イギリス情報部かスペツナッツのエージェントであることは確実であった。いずれにしろ、日本人の協力者がかなりいる、と黒木は思った。

もっとも心配されるのは、GRUの在日組織が、ひょっとすると世界最大規模ではないか、ということであった。ニューヨークには、GRUでもっとも大きな海外秘密駐在部があると言われている。しかしこの説は、かなり古い説であって、日本に、その最大の秘密駐在部がすでに移されていると考えても不思議ではない。

アメリカで活動するよりも、スパイ天国であり経済大国である日本で活動するほうが、西側の情報が広範囲に手に入りやすいからだ。

米戦略軍の動静も、在日米軍基地の動きを観察したり、女性のエージェントが米軍将校に接することなどで、かなり正確に摑むことができる。

ニューヨークのGRU秘密駐在部には現在七、八十名の情報将校がいる。

ローマのような中クラスの秘密駐在部だと、情報将校の数は三、四十名ほどだ。

現在、百名前後のGRU情報将校が、日本にいるのではないか、と想像されている。彼らの任務は、軍事的な情報を手に入れることの他に、日本のビッグビジネスの、最先端技術を盗み出すことにあるに違いなかった。その一方で巧《たく》みに経済界と接触し、日本の経済力をソビエトへ振り向かせようと図《はか》る。むろんそれらは、最終的にはソビエトの軍事力を直接間接的に強化させることに役立つだろう。

日本にいる百名前後のGRUの情報将校たちのうち、かなりの数が北海道へ滲透《しんとう》しているのではないか、と考えられる。狙《ねら》いは〝親ソ派住民〟の育成である。北海道各地に、日ソ友好会館のようなものを建設し、素朴《そぼく》な住民を友好ムード満点のソフトタッチで洗脳していくやり方である。もう一つのやり方は、北海道漁業に大打撃を与えるやり方だ。日ソ漁業交渉における漁獲割り当ては、一九八五年には六十万トンであったのが、翌年の漁業交渉では十五万トンに激減した。

漁業資源が枯渇《こかつ》したからではない。これがソビエトの戦略なのだ。

この結果、日本の出漁船の数は、五六二三隻から一六〇〇隻にダウンし、北海道漁業は潰滅《かいめつ》的打撃を受けたのであった。

しかもソビエトは、十五万トンという数字を出すのに、通常なら一カ月以内の交渉期間を、三カ月もかけたのである。

日本側の神経を消耗《しょうもう》させようとするこの戦法は、ソビエト側の狙いどおりとなった。出漁予定日が迫ってきているのに、漁獲高の結論が出ないため、漁民は苛立《いらだ》っていた。そこへ十五万トンという、想像もできないような、低い漁獲割当高を知らされて、漁民の不満は爆発した。ソビエトへの不満を爆発させたのではない。日本政府への不満を爆発させたのだ。漁民たちは、自分たちの死活権をソビエトが握っていることを痛感し、以来、ソビエトへ急接近の傾向を見せようとしている。

日本の政財界が、総力を挙《あ》げれば、北海道の漁民を救うことは、すこしも困難ではない。

だがそれよりも、ソビエトの打つ手は何倍も早く、何倍も巧妙であり、かつ効果的であった。このまま放置しておけば、北海道の『親ソ化』はプラスの意味にしろマイナスの意味にしろ、着々と進む可能性がある。

3

黒木が五条家の門前まで来たとき、雪は彼の視界を完全に奪うほど激しく降っていた。京都にとって、おそらく何十年振りかの大雪であろうと思われた。まだ午前十一時を過ぎたばかりであったが、空は夕方のように暗い。

五条家の前の通りには、ひとりの人の姿もなく、車も走っていなかった。どの家も固く雨戸を閉ざし、雪雲は手が届きそうなほど低く垂れ込めている。

黒木は、五条家の周りの雪を、注意深く見た。

だが吹きすさぶ雪のために、足跡やタイヤの跡があるかどうかを確認することは無理であった。

黒木は五条家の門柱に付いているインターホンの釦《ボタン》を押しながら、不吉な予感を覚えた。最初に五条家を訪ねたときと、状況がよく似ているからである。

あのときも、二階建ての長屋のところで、母と子に出会って金貸しの手先とひと悶着《もんちゃく》あった。あの金貸しの手先も、イギリス情報部かスペッツナッツのエージェントに違いない。

母と子を金貸しの手先から救っている間に、ハイム・ダンカンを見失い、五条家を訪ねたときには、信高夫妻と家政婦が殺害されていた。

今回も、母と子に近づいた結果、何者かにオーリャを拉致されている。

似すぎる状況が、黒木の不安を膨《ふく》らませ、その不安を、応答なきインターホンがさらに膨らませた。

黒木は、潜《くぐ》り戸を押してみた。

あのときと同じように、潜り戸には鍵が掛かっていなかった。

銀世界と化した庭内に入った彼は、潜り戸を閉めて施錠《せじょう》した。

鋭い目が、油断なく庭内を見まわす。

聞こえる音は、風の音と、横殴りに降る雪が、屋根や壁や木に当たる音だけであった。

黒木は、一、二分の間、潜り戸を入ったところに立っていた。

見たところ、吹雪《ふぶき》の向こうに立っている書院造りの母屋《おもや》には、何事もなさそうであった。

縁側《えんがわ》も窓も雨戸を閉めてはいるが、不穏な気配は伝わってこない。

だが黒木は、静かすぎる、と思った。

彼は、母屋の裏側へ回って、勝手口の前に立った。

用心深く引き戸を引くと、暖房の効《き》いた空気が、外へ流れ出て顔に当たった。

そのとたん、黒木の表情が、険《けわ》しくなった。

血の臭いを感じたのである。

彼は、勝手口の引き戸を閉めて、ホルスターからベレッタを引き抜いた。

勝手口を入ったところは、二十平方メートルほどの土間《どま》になっており、広々とした台所と食堂に接していた。台所も食堂も、あかあかと明かりを点けている。

黒木は靴を脱いで、台所に上がり、食堂を抜けて広い廊下に出た。

血の臭いが濃くなった。

彼は、居間の前で立ち止まり、障子《しようじ》をゆっくりとあけた。

衝撃的な光景が、黒木の前に飛び込んできた。

血の海の中に、忠芳と頼子、それに二人の子供が横たわっていたのである。

二人の子供は、顔の真ん中を撃たれ、目を見開いたまま息絶えていた。

頼子はこめかみを、忠芳は胸を射抜かれている。

「なんてことを……」

子供の遺体を見つめる黒木の唇が、怒りで震えた。ベレッタの銃口も、震えている。

力なき女子供《おんなこども》や老人が、事件の巻き添えで犠牲になることを、日頃から誰よりも恐れている黒木であった。

黒木は、ベレッタをホルスターにしまうと、小さな遺体を、血の海の中から抱き上げて、血で汚れていない畳の上に横たえた。

彼は、見開いたままの目を閉じてやると、歯を嚙《か》み鳴らした。小さな遺体を見て涙ぐむ目に、烈火の怒りが噴き上がっている。

彼は風呂場へ行って、タオルを濡《ぬ》らすと、血で真っ赤に染まった子供の顔を、そっと拭《ふ》いてやった。

「このおじちゃんが、必ず仇《かたき》を取ってやるからな」

黒木は、二人の子供にそう語りかけると、床の間にある電話の方へ行こうとした。

と、息絶えているものとばかり思っていた忠芳が「う……」と小さな声を洩らして顔を動かした。

黒木は、忠芳の傍《かたわ》らに片膝ついて、彼の上体を抱き起こした。

忠芳が薄目をあけて、黒木を見た。呼吸はいまにも止まりそうに弱い。

「黒木です。私が訪ねて来ることは、倉脇先生から連絡ありましたね」

忠芳は、こっくりと頷《うなず》くと、口を動かした。

だが彼は、自分の考えを声に出すだけの気力を、すでに残していなかった。

「わかりません。もう一度言ってください」

黒木は、忠芳の唇の動きを注視した。

忠芳は「ショサイ……アサヒ……ジュウク……スクラ」と唇を動かしたあと、ガックリと首を折った。

黒木は、忠芳と頼子の遺体をも、綺麗な畳へ移し、親子四人を並べて手と手を握らせた。

四人の遺体を抱き上げたため、黒木のスーツもズボンも血で汚れた。

彼は居間を出ると、信高夫妻が殺されていた、あの書斎へ入って行った。

問題は、忠芳が何を言おうとしたかである。

黒木は、亡き信高が使っていた机を、慎重に調べたが、忠芳の最期《さいご》の言葉に関係ありそうなものは見つからなかった。

黒木は「ショサイ」「アサヒ」「ジュウク」「スクラ」の四つの言葉を反芻《はんすう》した。いちばん終わりに忠芳が言おうとした「スクラ」は、その下にまだ言葉が続くのかもしれない。

黒木は、次に本がズラリ並ぶ書棚を見ていった。この書棚にある書物だけで三、四千冊はあろうかと思えた。

書斎を入って左手の壁に並ぶ書棚を見終えた黒木は、右手の壁に並ぶ書棚に移った。ちょうど、真ん中あたりまで来たとき、黒木の表情が動いた。

その棚には、日本の戦前の新聞社に関する本や記事の縮刷版、それに数十冊に及ぶ戦前の記事のスクラップ・ブックなどが並んでいた。

黒木は「そうか……」と呟いて、一冊のスクラップ・ブックを取り出した。

それは、朝日新聞が、昭和十九年に発表した記事のうち主《おも》なものを切り抜いてスクラップしたものであった。

忠芳が言おうとした「スクラ」は、スクラップ・ブックのことだったのだ。

ページをパラパラとめくってみると、中ほどに一通の白い封筒がはさんであった。

倉脇早善宛《あて》になっている。差出人は、忠芳であった。

ブルーのインクで書かれた文字は、インクの鮮明さからみて、ごく最近書かれたものと思われた。

封はされていない。

黒木は、封筒の中から十枚の便箋《びんせん》を抜き取った。

几帳面《きちょうめん》な字でビッシリと書かれている文章を読むうち、彼の双眸《そうぼう》は爛々《らんらん》たる光芒《こうぼう》を放ち始めた。

十枚の便箋には、驚くべき真実が書き綴《つづ》られていた。

その内容は、要約するとおおよそ次のようになる。

『関西貿易開発は、設立当初より、イギリス、ソビエト、フランス、イタリアからの輸入に力を入れていた。イギリスからの主な輸入商品は、スコッチウイスキーで、フランスはブランデー、ソビエトは工芸品や皮革製品であった。業容が伸びるに従って、ソビエトが原油、天然ガスなどの輸出をもちかけてくるようになったが、関西貿易開発には、その大型商談に乗るだけの企業体力がなかった。そこで、ある大手商社に商談の権利を譲渡し、いわゆる仲介企業としての役割を果たすことになった。このころから関西貿易開発は、モスクワの政府筋と深く接触するようになり、気がついた時にはGRUのエージェントとして日本を裏切るスパイ行為を働くようになっていた。任務は、主に日本のビッグビジネスの最先端技術に関する設計図を入手したり、在日米軍基地の上級将校と接触して、在日米軍の規模や態勢に関する情報を入手しては、ソビエトに流すことであった。見返りとして工芸品や皮革製品、キャビア、ウオッカなどを格安で輸入できる権利が与えられた。ところが、ソビエトのスパイ機関の調査を進めていたイギリス情報部が、関西貿易開発がGRUのエージェントであることを摑み、イギリス情報部のエージェントとしてソビエトから軍事情報を盗み出すよう脅迫してきた。こうして関西貿易開発と五条家は、二重スパイの渦に巻き込まれた。五条信高は、美貌の頼子の協力のもと、イギリス情報部の要求に応じて、GRU宇宙情報幹部会が所有する最新宇宙ロケットの設計図とGRUの最新組織図を盗み出すことに成功した。この成功は、頼子が、宇宙情報幹部会主席のエズローフ・ニコライ・ロマーノヴィチ中将にその豊満な肉体を捧げたことによりもたらされた』

黒木は、途中で読むのをやめると「馬鹿な……」と呟いて、小さな溜息《ためいき》をついた。夫を愛し、五条家を愛していた頼子が、どれほど辛い思いをしてGRUの中将に抱かれたかを思うと、黒木のはらわたは煮えくりかえった。

彼は煙草をくわえて、ダンヒルで火を点《つ》けると、信高の机の方へ歩いて行き、ゆったりとした肘《ひじ》付き回転椅子に腰を下ろした。

書斎に、信高と妻滝《たき》乃《の》の霊が、すすり泣きながら浮遊しているような感じがあった。風もないのに、立ちのぼる紫煙が不規則に揺れている。

黒木は十枚の便箋を机の上に置き、煙草が短くなるまで、宙を見据えた。精悍《せいかん》なマスクも、二つの目も、氷のように冷たく暗い。

煙草がすっかり短くなると、彼は机の上にあった灰皿で、煙草を揉《も》み潰《つぶ》した。

彼は便箋を最後まで読み終わらぬうちに、倉脇に連絡を取るべく机の上の電話に手を伸ばした。

その彼の口から「皆殺しだ……」という呟きが洩れた。ドスを含んだ、聞く者を震え上がらせるような、声であった。それは、スペッナッツとイギリス情報部に対する、黒豹の皆殺し宣告であった。とうとう彼らは、恐るべき男を腹の底から怒らせてしまったのである。それが、どれほど冷酷非情の結果を生むか、知らぬ彼らではなかったはずだ。

だが、もう遅い。もはや誰ひとりとして、この世界最強の男を制止することはできないだろう。幼い子供の命を奪った者に対しては、徹底して容赦《ようしゃ》しない黒豹である。

彼が、法務大臣席の電話番号をプッシュすると、発信音が鳴るか鳴らぬうちに、倉脇の声が電話口に出た。

「黒木です。いま五条家にいるのですが、悲しい結果になってしまいました」

「どうしたのかね」

「忠芳と頼子、それに二人の子供までが射殺されていました」

「なにッ」

滅多《めった》なことでは、驚きを表に出さない倉脇が、絶句した。

黒木が、死体の状況を話すと、倉脇は怒りで声を震わせて「むごい……」と呻いた。

「忠芳は、どうやら殺されることを予感していたようです。倉脇先生宛の手紙を残していましたので、いま読み上げます」

「その前に、もう一つ大事な話がある。たったいま陸上自衛隊の桂分屯隊から宅間《たくま》防衛庁長官宛に連絡が入ったのだが、オーリャに何かあったのか」

「申し訳ありません。何者かの待ち伏せを食らって、彼女を拉致されてしまったのです」

「その彼女が、右腕と左大腿部《だいたいぶ》を撃たれた状態で、桂分屯隊へタクシーで逃げ戻っているらしい。彼女に護身用の拳銃でも持たせたのかね」

「ええ、小型の五連発を手渡しておきました」

「隙《すき》を見て、それで反撃して逃げ戻ったんだろう。五条家の遺体はすぐに処置させるから、君は忠芳の手紙を読み終えたら彼女のもとへすぐに行ってやってくれ」

「わかりました」

「それから今回に限り、オーリャに対して日本の外交特権を超法規的措置で与えることにした。こんな無茶な例外は過去にないが、とりあえず外務省欧亜《おうあ》局長付調整官としての身分証明書を用意しておいたよ」

「お手数をかけました。今日じゅうにロンドンへ飛ぶことにします」

「こういう特例は今回限りにしてくれたまえ。問題が大きすぎるのでね」

「じゃあ、忠芳の手紙を読み上げます」

黒木は、太く低い声で忠芳の手紙を読みはじめた。殺された五条家の者たちの霊が、黒木に取り縋《すが》ろうとしているのだろう。黒木の周りで、また空気が揺れ動いた。

手紙の後半に書かれていたのは、ハイム・ダンカンがイギリス情報部に深く関与する人物であることがわかったこと、五条信高が二重スパイの恐ろしさに気づいて、GRUから盗んだロケットの設計図とGRUの組織図をイギリス情報部に手渡すことを渋り、日本政府に手渡そうとしたこと、そのためハイム・ダンカンが来日したこと、などが克明《こくめい》に書かれていた。

黒木が手紙を読み終えると、倉脇は「わかった……」と言葉短く言って、ガチャリと電話を切った。よほど辛《つら》かったに違いない。

黒木は受話器を置くと、肘付き回転椅子から立ち上がった。

オーリャの傷が、どの程度か気になった。

忠芳が書いた手紙からは、一家を殺害した犯人が、イギリス情報部かスペッツナッツかは、わからなかった。だが殺害の動機は、両方にある。五条家は、両方の組織を裏切ったのだ。

黒木は、五条信高と滝乃、それに家政婦を殺したのは、ハイム・ダンカン一行ではないか、と思った。忠芳と頼子、それに二人の子供を殺したのは、スペッツナッツではないかと考えている。子供を容赦なく殺す手口が、あまりにも残虐すぎるからだ。

しかし黒木は、イギリス情報部がけっして紳士的ではないことも知っていた。したがって彼らが、子供を殺害した可能性について、否定しているわけではない。

紳士の国イギリスの情報部員でも、必要とあれば赤ん坊にだって銃口を向けるぐらいのことはする。

第一線スパイの怖さが、そこにある。彼らの多くに、人間的な感情が欠乏している。

黒木は四人の遺体がある居間へ戻って、弾丸を探したが、回収されたらしく見当たらなかった。だがそのことは、敵に対して〝皆殺し〟を決意した黒木にとっては、もうどうでもいいことであった。

第七章　日本政府崩壊す

1

黒木は五条家の勝手口を出て、空を仰《あお》いだ。

夕方のような暗さだった空は、やや明るさを取り戻し、横殴りに降っていた雪も、すこし弱まって視界が利《き》くようになっていた。

黒木は、勝手口の引き戸を閉めると、思い出したように腕時計を口に近づけ、側面に付いている小さなボタンを押した。

「沙霧、聞こえていたら応答してくれ。しゃべれない状態なら、腕時計を指先で叩くだけでもいい」

黒木は、柩《ひつぎ》に入れられてすでに日本を離れた可能性の強い沙霧との交信を念のため試みようとして、腕時計を耳の傍《そば》へ持っていった。だが反応はやはりなかった。

「駄目か……」

黒木は、母屋《おもや》と離れになっている茶室の間を通って、広大な庭に出た。

築山《つきやま》の脇にあった、鯉《こい》の泳ぐ池も、雪で埋まってしまっている。

黒木が、庭を斜めに横切って、表門へ向かったとき不意に、ザアッと音がして大屋根の雪が縁側の前あたりへ落下した。

黒木が振り向くのと、大屋根からヒュウッと風を切って、三本の鋼鉄の矢が飛んで来るのとが同時であった。

黒木が横っ飛びに上半身をひねり、右手で流星のような動きを見せた。

ホルスターから〇・三五秒で引き抜かれたベレッタが、轟然《ごうぜん》と火を噴く。

三発の重低音衝撃波が、黒木の肩を三度連打し、三本の鋼鉄の矢が、九ミリ弾ではじき飛ばされた。

クロスボーを手にした、全身白ずくめの男が、大屋根の上に仁王《におう》立ちになっている。

と、黒木の背後で、降り積もった雪がパッと浮き上がり、雪の中からまたしても白ずくめの男が現われた。

ボボボボッとサイレンサーを装着した自動拳銃が連続的に火を噴いて、黒木の背中から襲いかかる。

一弾が腰を擦過《さっか》し、黒木が横転して、雪の中に沈んだ。

ドンドンッと雪を撥《は》ねてベレッタが吼《ほ》え、雪の中から九ミリ弾の薬莢《やっきょう》が舞い上がった。

拳銃を手にした男が、顔面中央を撃ち抜かれ、鮮血を撒《ま》き散らして転倒。

雪の中に沈んだ黒木を狙《ねら》って、クロスボーが二発の矢を発射した。

黒木が両脚にパワーを集中して、雪を蹴る。

一八五センチを超《こ》える長身が、雪に包まれたまま、荒鷲《あらわし》のごとく宙に躍った。

ベレッタが、大屋根の男に、怒りの一弾を撃ち込む。

一発で心臓を撃ち抜かれた男が、大屋根から滑《すべ》り落ちてドサリと音を立てた。

三人目の敵が、茶室の陰から飛び出し、ババババーンと全自動ライフルを乱射した。銃火が銀世界をオレンジ色に染め、二弾が黒豹の左右の頬をこすった。

強烈な痛みと衝撃が、黒木の五感を叩く。

ねじれるようにして倒れた黒木の黄金の指が、驚異的なスピードでベレッタのトリガーを引く、引く、引く。

ドンドンドンドンッと天地を揺さぶる四発の重低音が轟《とどろ》き、鍛《きた》え抜かれた黒木の手首が折れんばかりに、しなった。

全自動ライフルを乱射した男がアッと叫んで沈み、大屋根の上から、サブマシンガンを手にした、もう一人の男がころがり落ちた。

黒木の両頬に、ムチで打たれたような赤い線が走っている。

黒木は、立ち上がると、豹のように光る目で周りを睥睨《へいげい》し、ゆっくりとした動作でベレッタをホルスターにしまった。

「そこの男、逃げるのか、それともやるのか」

黒木が銀杏《いちょう》の木の陰に向かって英語で言った。

銀杏の陰から、やはり白ずくめの大男が、ヌッと姿を見せた。

黒木の瞳の奥で、怒りの炎が荒れ狂っていた。

白ずくめの大男の手には、大型のランボーナイフが握られている。

だが男は、そのナイフを雪の中に捨てると、恐れるふうもなく黒木に近づいた。素手《すで》で闘うつもりだ。

黒木が上着を脱ぎ、肩から下げたホルスターを取った。素手の者に対しては、いかなることがあっても銃口を向けない黒木である。

「私はイギリス情報部の中尉ジェリー・フェ……」

相手がそこまで言ったとき、黒木の鉄拳が唸《うな》りを発して、敵の左こめかみに襲いかかっていた。

身分素姓《すじょう》を名乗りかけた大男が、右腕を立てて防いだが、黒木の爆発的な一撃は、敵の右腕をくの字にへし折っていた。

ボキッと無残な音がして、大男が苦痛のあまり「うむッ」と呻《うめ》く。

その口をめがけて、黒豹のひねり込むような、左の正拳《せいけん》が飛んだ。

ガツッと鈍《にぶ》い音がして、敵の顎《あご》が内側へめり込み、折れた歯が大男の口から真珠《しんじゅ》を吐き出すように、こぼれ落ちた。

白覆面《ふくめん》で顔のほとんどを隠した敵の目に、恐怖がひろがったとき、瓦《かわら》三十枚を一撃のもとに粉砕する黒木の拳《こぶし》が、渾身《こんしん》の力で敵の胸を連打した。

肋骨《ろっこつ》のへし折れる、絶望的な音。

「があああッ」

口から血の固まりを吐きながら、敵は息絶えている仲間の傍へ倒れ込み、全自動ライフルを鷲摑《わしづか》みにした。

それよりも早く、黒木の右手は、腰の後ろに下げた細長いホルスターから、千枚通《せんまいどお》しのようなものを抜き放っていた。

大男が、白覆面を血に染めて、ライフルの銃口を黒木に向けた。

千枚通しが、鈍い光を放って雪の中を飛ぶ。

乾いた銃声がしたときには、千枚通しは異様な音を立てて大男の額《ひたい》に深々と食い込んでいた。

電気に打たれたような凄《すさ》まじい痙攣《けいれん》が大男を襲い、そして静かになった。

まさに、黒豹の怒りの皆殺しであった。罪なき者の命を奪った巨悪に対する、これが黒豹の報復である。

非情なり、黒木豹介！

しかしそれは、神が黒木に与えた避けることのできない宿命であるとも言えた。闘うために生まれてきた黒木の、宿命である。

黒木は、絶命した敵の覆面を、次々と剝《は》いでいった。

大男たちは、いずれもロシア人特有の顔つきをしていた。

スペッツナッツだ、と黒木は断定した。

だが、手にしていた武器は、西側の国で生産されたものであった。

「私はイギリス情報部の……」と名乗ろうとしたのも、小細工《こざいく》である。

黒木はベレッタのホルスターを肩から下げると、五条家の者たちの血で汚れてしまったスーツを、裏返しにして着た。

強い風が吹いて、空がゴオッと鳴っている。

雪は、また強く降り始めていた。

広い庭と強い風の音と、吹雪《ふぶき》の音が、たぶんいまの銃声をかき消したことだろう。

黒木は表門の潜《くぐ》り戸を押すと、屋敷の外に出て歩き出した。闘いのあとの虚しさを嚙みしめて。

2

黒木が陸上自衛隊の桂分屯隊に着いてみると、オーリャは隊の医官に治療してもらったあと、鎮静剤《ちんせいざい》を投与されて、診察室のベッドの上でよく眠っていた。

黒木は、隊の指揮官から、彼女が戻って来たときの状況と傷の具合を聞き終えると、眠っている彼女をヒュイコブラのオペレーター席まで運んだ。オーリャの右腕と左大腿部《だいたいぶ》の傷は、軽い擦過傷程度とのことである。

指揮官も医官も、宅間防衛庁長官から事前の注意を受けているのか、黒木に対して、いっさい余計な質問をしなかった。

気をきかせたつもりなのだろう。ヒュイコブラが着陸しているところまで見送ろうともしない。

黒木は、パイロット席にすわると、小型端末機のキイを叩いて、ロンドン行きの日本航空の時刻を調べた。

オーリャは、美しい寝顔を見せて、静かに眠っていた。

小型端末機が、カタカタと小さな音を立てて、ロンドン行きの時刻を打ち出したデータ受信紙を吐き出した。この小型端末機は、オフィスのスーパーコンピューターと、電波で結ばれている。

オフィスのスーパーコンピューターは、全省庁のコンピューターと自動的に連結することが可能であった。

黒木は、成田空港二十二時三十分発の北回り421便に決めると、小型端末機の左の方に付いている(外)と(法)のキイを続けて二度ずつ押した。

(外)は外交特権による出国の場合に押し、(法)は法務大臣関連業務を意味した。

彼は、(外)と(法)のキイを押したあと出発日時と便名及び自分の生年月日で出来ているコードナンバーをインプットした。これで、黒木がやるべきいっさいの出国手続きは終了である。

この手続きを受信するのは、外務省のスーパーコンピューターであった。むろんオフィスのスーパーコンピューターが、中継ぎの機能を果たすのである。

外務省では、直《ただ》ちにコードナンバーで外交特権の有無《うむ》を確認したあと、法務大臣に確認の連絡を取り、出国の手続きに入る。

外務省は、黒木のコードナンバーが、どのような任務を背負った人物のものであるか、まったく知らない。コンピューターそのものが、黒木のコードナンバーを『超極秘扱』で記憶している。

JAL421便のロンドン着は、午前六時十五分であった。

黒木は、ヒュイコブラのエンジンを作動させた。

雪を弾《はじ》き飛ばして、ローターが轟々と回転する。

彼は、エンジンの回転数を上げていきながら、彼女の膝の上に載っているショルダーバッグをあけて、小型自動拳銃を取り出した。

弾倉に二発、機関部（薬室内）に一発、残弾があった。

つまり彼女は、二発を発射したことになる。

黒木は、ちょっと考え込む素振りを見せたあと、小型自動拳銃をショルダーバッグに戻すと、ヒュイコブラを浮上させて、ワイパーのスイッチを入れた。

強力なエンジンが、ヒュイコブラをぐんぐん上昇させる。

高度計の針が、三百……五百……とはね上がった。

黒木は雪雲の上までヘリを上昇させると、ワイパーのスイッチを切った。

黒い機体が急加速し、成田を目ざした。

オペレーター席で、オーリャは安らかな表情で眠っていた。基地指揮官の話だと、タクシーで逃げ戻って来たとき、彼女は目に涙を浮かべて怯《おび》えていたという。

黒木は行方《ゆくえ》がわからない沙霧の身が心配であったが、窮地に陥《おちい》ったときの沙霧の冷静な対処能力を信頼していた。

むざむざ殺《や》られるような、沙霧ではないと思っているが、しかしなんといっても腕力には女としての限界がある。

その戦闘能力が、必ずしも絶対的なものではないだけに、相手によっては生命の危険があった。

彼女を助けることを急がねばならない、と黒木は思った。場合によってはＧＲＵの本拠であるモスクワへ潜入するつもりでいる。そのために同行させているオーリャなのだ。

だが、いまのところ、沙霧を拉致《らち》したのは、GRUではなくイギリス情報部である可能性が強い。

MI6、MI5、GCHQ、国防諜報《ちようほう》機関などの名で呼ばれる、イギリスの秘密情報組織は、かつて世界最強の名をほしいままにしていた精鋭集団であった。しかしサッチャー政権になってからは、イギリスの秘密情報組織の権威は、すっかり地に堕《お》ちていた。

二重スパイや情報の横流し、裏切りなどの不祥事《ふしようじ》が続発したのである。これは、サッチャー首相が、秘密情報組織を軽視していたことが原因、とも言われている。そのためかサッチャー政権は、かねてから英領フォークランド島の領有権を主張していたアルゼンチンが、フォークランド島に奇襲上陸する態勢を整えていたことすら、事前にキャッチできなかったのである。

一九八二年四月二日、アルゼンチン軍は、フォークランド島の英軍守備隊を奇襲して同島を占領した。

その後、イギリスは大部隊を投入して激戦の末、同島を奪回したが、情報戦としては勝利とは言えなかった。

現在、国際軍事筋は、世界でもっとも奇襲を受けやすい国の一つに、日本を挙げている。その理由がどこにあるか、改めて強調するまでもない。

イギリス情報部は、正しくはシークレット・インテリジェンス・サービス（ＳＩＳ）と呼ばれている。

かつての栄光にくらべ、凋落《ちょうらく》の道を辿《たど》るＳＩＳであったが、それでも黒木は、ＳＩＳの中に優《すぐ》れた情報部員が大勢いることを知っていた。その筆頭に立っているのが、コードネーム００７で知られる軍事スパイだ。

黒木は今回の事件で、彼と対決するかもしれないことを、覚悟していた。そして、もう一人の恐るべき敵が、スペッナッツで最強の、サーベル・タイガーなる人物である。

ヘリは、快晴の空の下を時速四〇〇キロで飛行していた。

京都の猛吹雪が信じられないような青空が、彼方《かなた》にまでひろがっている。

黒木は、ボリュームをすこし絞ってから、ステレオのスイッチを入れた。

この装置は、沙霧の願いによって、防衛庁の技術陣が取り付けたものである。

操縦室に、ジャクソン・ブラウンの『LIVES IN THE BALANCE』のメロディが充《み》ちひろがった。ジャクソン・ブラウンは、いまアメリカでトップ・スターの座にいるシンガー・ソングライターである。

ジャクソン・ブラウンの哀愁《あいしゅう》ただよう曲を聞きながら、黒木は沙霧の無事を祈った。

おのれの命を捨てても、彼女を救い出すつもりでいる。

ヒュイコブラのローターは、轟然たる音を発して力強く回転していた。

このとき、オーリャが何事かを呟《つぶや》いたあと、薄目をあけた。

黒木は、ステレオのスイッチを切ると、自動操縦装置の釦《ボタン》を押し、シートベルトを少し緩《ゆる》めて、彼女の顔を覗《のぞ》き込んだ。

鎮静剤が、まだすこし効いているのか、オーリャの目は、ぼんやりとしていた。

「私です。もう心配いりません」

黒木が、オーリャの頬に手を触れると、安心したのだろうみるみる彼女の目に涙が湧き上がった。

「危険な目に遭わせてしまったね。すまない……」

黒木がオーリャの金髪《ブロンド》を撫《な》でて詫《わ》びると、彼女は黒木の大きな手を摑んで自分の頬に強く押しつけた。震えている。

よほど怖い目に遭ったのだろう、何か言おうとしているのだが声にならない。

黒木は彼女の気持ちが鎮《しず》まるまで、彼女に奪われた手をそのままにして、片手でヘリを操縦した。

やがてオーリャは喘《あえ》ぐように肩で大きく息をし「泣いたりしてごめんなさい」と小さな声で言った。

横風を受けて、ヒュイコブラがすこし揺れた。

3

成田空港上空に近づいてから、黒木がコントロールタワーと交信を試みると、倉脇がすでに手を打って、ヒュイコブラが空港の片隅に着陸できるようになっていた。

黒木が指定された場所へ、ヒュイコブラを着陸させると、待ち構えたように、ターミナルビルの方角から黒塗りの大型ベンツがやって来た。

黒木は、安心したように眠っているオーリャを見て、口許《くちもと》にかすかな笑みを浮かべると、ヘリから降りた。鎮静剤の眠りから一度目覚めた彼女は、黒木を見て安心したのか、また眠ってしまったのである。

黒木が操縦室の後ろにある装備室の扉をあけて、ガンケースを取り出したところへ、ベンツが静かに停まった。

運転席から降りたのは、四十前後の温厚な顔立ちの紳士であった。だが目配りや体の動きに、隙《すき》がない。

彼は黒木が誰であるかを確かめようとはせず、また自分の素姓を明かそうともせずに、

「お待ちしておりました」と言った。男が倉脇の指示によって、黒木を待っていたことは、言うまでもない。

「出発時刻の二十二時三十分までには、まだかなり時間がございますので国際空港ホテル

のスイートルームで、おくつろぎください。お荷物は、私が、421便に積んでおくようにしておきます」

「それじゃあ、これをよろしく」

黒木は、ズシリと重いガンケースを、男に手渡した。

「必要なものは、スイートルームに揃《そろ》えてございますので、あとでご確認ください。揃えた物の中に不要な物がありましたら、私が持ち帰ります」

「わかりました」

男の口調は、あくまで慇懃《いんぎん》であった。

黒木は、男がガンケースをベンツのトランクルームへ入れようとしている間に、オペレーター席からオーリャを軽々と抱き上げた。

オーリャは、熟睡しているのか、目を覚まさなかった。

黒木は、操縦室の扉をロックすると、オーリャをベンツの後部シートにすわらせた。

オーリャの横にすわった黒木は、彼女の肩に手をまわして、そっと抱き寄せてやった。

オーリャの白い頬が、甘えたように黒木の肩に載る。

ベンツがゆっくりと走り始めると、オーリャは無意識に、黒木の体にしがみついた。車で拉致されたときのことを、夢に見ているのかもしれない。

バリバリと天地を裂くような爆音を滑走路に叩きつけ、B747が離陸を始めた。

ベンツはフリーパスで空港を出ると、車で三、四分のところにある国際空港ホテルに向かってスピードを上げた。外からの狙撃《そげき》を警戒しているような、スピードの上げ方であった。バックミラーにも、頻《しき》りに視線を流して、後続車に注意を払っている。

黒木は、男を知らなかった。初めて見る顔だ。

しかし男が倉脇と、どのようなかかわりを持っているのか、黒木は知るつもりもなかったし、関心もなかった。

ベンツが今年の春に出来たばかりの、国際空港ホテルに着くと、ようやくオーリャが目を覚ました。

「成田へ着きました。出発まで、このホテルのスイートルームで、ひと休みです。それにしても、よく眠っておられましたね」

黒木が言うと、オーリャは頷《うなず》いて、恥ずかしそうに黒木の体から離れた。

ベンツを運転していた男が「八階の八〇一号室です」と言いながら、振り向いて黒木にスイートルームのキイを手渡した。先にチェック・インの手続きを済ませてくれていたのだ。

「部屋まで一緒に行ってください。荷物をチェックします」

「わかりました。車を駐車スペースへ入れますので、ちょっとお待ちください」

男はギアをバックに入れると、ホテルの玄関脇にある駐車スペースへ、ベンツを入れた。

黒木は、オーリャを促《うなが》して先にベンツを降りると、油断のない目で、さり気なくあたりを見まわした。こういうときでも、彼は、狙撃手が隠れそうな場所を、素早く目に留めることを、忘れない。

黒木が、男の後についてホテルの玄関に向かうと、オーリャが、やや迷いを見せながら黒木の腕に自分の腕を絡めた。

「いまスーツを裏返しに着ていらっしゃるのに気づきました。どうしてですの?」

「これが趣味でね」

黒木が苦笑しながら言うと、オーリャも笑った。表情に明るさが戻っている。

ホテルの玄関を入ったところに立っていたベルボーイが、スーツを裏返しに着ている黒木を、怪訝《けげん》そうに眺めた。

オーリャは、クスリと含み笑いを洩らしたが、ベンツを運転した男は無表情であった。

三人は、エレベーターで八階へ上がった。

スイートルームは、広々としたリビングルームと、二つの寝室からなっており、バルコニーは空港の方を向いていた。離着陸する飛行機が手に取るように見えるが、二枚ガラスの入ったガラス戸は、爆音を完全に防いでいた。

窓際《まどぎわ》の応接ソファーの上に、旅行カバンが二つ載っている。

黒木は、まずスーツを脱ぐと、黙って男に手渡した。

男が、スーツを表返しにして、べっとりと付いている血痕《けっこん》を確認すると、また裏返しにした。

血痕は、ワイシャツにも付いていた。

オーリャは、黒木がスーツを裏返しに着ていた理由を知って、思わず息を止めた。

黒木は、二つの旅行カバンをあけた。

一つには、黒木のスーツが、もう一つにはオーリャのためのスーツや衣類が入っていた。

二人の着ているものが、雪で濡れ、血で汚れているだろうと考えた倉脇が、整えさせたものだ。このあたり、さすがにぬかりがない。

黒木は、女物の衣類の入った旅行カバンを「私の上司からです」と、オーリャに手渡した。右腕と大腿部に銃弾で擦過傷を負っている彼女は、着ているもののその部分が小さく裂けて、わずかだが血で汚れていた。

旅行カバンを受け取ったオーリャは、ちょっと驚いた様子を見せたが、中に入っているものが自分のために用意されたものだとわかると、寝室へ姿を消した。

黒木の旅行カバンの中には衣類のほかに、彼がオーリャに手渡したAMTバックアップの予備弾倉六本、外交官としての身分証明書などが入っていた。

一本の予備弾倉は五発装填《そうてん》だから、あわせて三十発が用意されたことになる。

黒木は、その予備弾倉と肩から下げていたベレッタを後ろに立っていた男に手渡した。

「これはガンケースに入れておいてください」

「わかりました。旅行カバンは、持って行かれますか」

「いや、着替えを済ませて、お返しします。血で汚れた衣類は、これに詰めて持ち帰ってください」

「はい」

黒木は、旅行カバンを手にして、もうひとつの寝室へ入って行くとワイシャツを脱いだ。素晴らしい肉体が露《あらわ》になった。鋼《はがね》のような筋肉が、二重三重に取り巻く上半身は、まさにロダンの彫刻美であった。とくに驚異的な発達をみせているのは背中をV字型に走る筋肉と、二本の腕を支えている肩から上腕部にかけての筋肉であった。

貫通銃創を負った左肩に巻いた包帯も、その見事な筋肉美のためか、痛々しさを感じさせない。

黒木は新しいワイシャツを着てネクタイを締めると、ふと遠い目つきをした。彼がネクタイを締めると、いつもなら沙霧が傍にやって来て、さり気なくネクタイの歪《ゆが》みを直してくれるところであった。

無事でいてくれ、と黒木は胸の中で呟いた。

彼は、足首に装着したAMTバックアップ用のホルスターを取ると、ダーク・グレーのスーツを着た。この色は、倉脇の好みの色でもあり、黒木の好みの色でもある。いや、沙霧が黒木のために選んだ色、と言ったほうがいいかもしれない。

スーツをりゅうと着こなすと、一八四、五センチをこえる黒木の長身はいっそう引き締まって見えた。マスクが精悍なだけに全身に凄《すご》みが漲《みなぎ》る。

彼が、旅行カバンに着替えたものやＡＭＴバックアップのホルスターを詰めて寝室を出ると、先に着替えを済ませたオーリャが、ソファーにすわっていた。白い大きめの襟《えり》のついた真紅《しんく》のワンピースが、盛り上がった豊満な乳房の輪郭《りんかく》を、鮮明に浮き上がらせている。

「それじゃあ、これを……」

黒木は、男に旅行カバンを手渡すと、オーリャと向かい合ってすわった。

「出発時刻の四、五十分ほど前に、お迎えに参ります」

男は、黒木とオーリャの旅行カバンを両手に持つと、丁重《ていちょう》に頭を下げてスイートルームから出て行こうとした。

「迎えは結構です。タクシーで行きますから」

黒木が、男の背に向かって言うと、振り向いた男が困ったような顔つきをした。黒木とオーリャの無事な出国を最後まで見届けるよう、倉脇から厳命されているのだろう。

それを察した黒木が「大丈夫」と言うと、男は頷いて部屋から出て行った。

黒木は、オーリャに視線を戻した。

「綺麗だ。よく似合っています」

「私は赤がとても好きです。でも、私の体にぴったり合うワンピースを、どうして準備することができたのでしょうか」

「そういうことにかけては、私の上司は天才的なところがありますから」

「まあ……」

オーリャは、明るく笑ったが、すぐに真顔《まがお》になった。

「秘書の方のことが、気になってなりません。もしものことがあれば、と思うと、私、どうしていいのか」

「何度も言うように、秘書が拉致《らち》されたことは、あなたには責任がありません。自分を苦しめるのは、およしなさい」

「でも……」

「それよりも、われわれ二人がスムーズにロンドンへ着けることを、祈ったほうがいいでしょう。敵は必ず、われわれを阻止しようとして動き出すはずです」

「豹からいただいた拳銃は、先ほどの男の方に手渡してしまいました。外交特権による出入国ではあっても、ショルダーバッグの中に拳銃など入っていないほうがいいと思ったものですから」

「私も、彼に拳銃は手渡しました。現地へ着いたら、彼がガンケースに入れて、搭乗機に積み込んでくれることになっています。現地へ着いたら、予備の弾倉と共に、またお渡しします」

「そのガンケースが、イギリスへ入国の際に、X線で調べられる危険はあるのでしょう」

「あるでしょうね。しかしガンケースは、X線を透過させないので」

「出発時刻は？」

「二十二時三十分の日航421便です。充分に時間がありますから、ごゆっくりなさってください。ただし部屋の外へはひとりで出ないように」

「はい」

黒木は、長い脚を組んで、煙草をくゆらせた。ガラス戸の向こうに見える滑走路を、外国の旅客機が一機また一機と離陸していく。

黒木は、一つだけ気になっていることがあった。残虐な殺戮《さつりく》をやってのけた、自分と沙霧にそっくりな人物がまだ姿を現わしていないことである。巧妙な整形手術によって黒木と沙霧に成《な》り済《す》ました二人が、イギリスの情報部員であることは、ほぼ間違いない。

なにしろ贋《にせ》の黒木は、東欧連邦諸国公舎でイワン・ロマーノヴィチ・コーネフ博士とレニングラード放送東京支局次長の二人を殺害し、警護のSP河井良一《かわいりょういち》まで手にかけているのだ。贋の沙霧は、直接公舎に侵入したわけではないが、警察の注意を引き付けるため銀座の宝石店と麴町《こうじまち》の銀行を襲撃している。

黒木は、一番はじめに殺されたレニングラード放送東京支局長のラスーロフ・マフムードは、日本で活動するスペツナッツの指揮官ではないか、と睨《にら》んでいた。五条家からロケットの設計図とGRUの組織図を奪おうとしたイギリス情報部が、そうはさせまいと邪魔をするスペッツナッツの指揮官を殺した、という筋書である。

その報復に、スペッツナッツがハイム・ダンカンの側近三名を殺害し、さらにイギリス情報部が仕返しのため、東欧連邦諸国公舎を襲ったのではないか、というわけだ。

この報復合戦が、二重スパイだった五条家によってもたらされたものであることは、言うまでもない。同時に、五条家は、この報復合戦の犠牲者となって、公爵・旧華族筆頭としての伝統と栄光に終止符を打ったのである。

黒木は、五条信高が、関西貿易開発の子会社として、日欧事務機貿易を設立したのは、二重スパイを実行しやすくするためではないか、と想像した。つまり一方の会社が、GRUのエージェントとしての性格を持ち、もう一方の会社がイギリス情報部のエージェントとしての性格を持つ、ということである。

だが、黒木にとってそのようなことは、もうどうでもいいことであった。

事件の過去を分析し整理することは、いつでもできる。

急がれるべき目標は、沙霧を救出することであり、日本で二度と報復合戦が生じないよう、英ソの秘密情報機関に大打撃を与えることであった。

「何かお考えごとですか」

黒木が、むっつりとして煙草をくゆらせているため、オーリャが遠慮がちに訊ねた。

黒木は「いや……」と首を横に振ると、短くなった煙草をテーブルの上に載っている灰皿にこすりつけて火を消した。

「とても怖い顔つきをなさっておられました」

「そうですか」

黒木は苦笑をすると、立ち上がってスーツを脱ぎ、ソファーの背に掛けてバスルームの方へ歩いて行った。

黒木が、部屋から出て行くとでも勘違いしたのか、オーリャが慌《あわ》てて黒木の傍へ行き、心細そうに彼の腕を摑んだ。

「シャワーを浴びるだけです」

黒木が言うと、オーリャは、顔を赤らめて、黒木の腕を離した。

4

ちょうどそのころ、国家安全委員会の六人のメンバーは、『明治の森高尾《たかお》国定公園』の山中にある伊達《だて》山房に、ひそかに集合していた。

明治の森高尾国定公園は、東京・八王子《はちおうじ》市の西方七、八キロに位置する標高五九九メートルの高尾山一帯を指している。

鬱蒼《うっそう》とした原生林が山を覆い、動植物の宝庫としても知られており、頂上付近には関東三大霊場の一つとして信仰を集める真言宗《しんごんしゅう》の名刹《めいさつ》『高尾山薬王院《やくおういん》』があった。

国定公園内は、現在では一般住宅の建設には制限があるが、伊達山房は、古くからあった豪農の住まいを、伊達がかなり昔に買い取ったものであった。この山房の存在を知っているのは与党議員の中でもごく少数である。

伊達は、この山房で政策を練《ね》り、週末の疲れを癒《いや》し、あるいは信頼できる者との秘密協議の場として利用していた。

山房の敷地は、およそ千八百坪で、竹林が三方を囲んでいた。この竹林の厚さは五十メートル以上あり、高尾山特有のモミ、ブナ、クヌギなどから成る原生林は、竹林の後方にひろがっていた。

竹林のちょうど中央あたりには、幅四、五メートル、深さ一、二メートルのかなり早い渓流があり、これが山房の裏手で二手に分かれて敷地を挟むかたちで流れ、堀の役目を果たしていた。この流れを渡るには、高さ七、八メートルはある急傾斜の崖《がけ》をまず降りねばならないから、秘密協議の場としては、うってつけであった。

中央高速道路を利用すれば、混んでさえいなければ、都心から五十分ほどで着くことができる。

国家安全委員会の六人のメンバーは、三十畳近くある板の間に座布団《ざぶとん》を敷いてすわり、囲炉裏《いろり》を囲んでいた。

倉脇の表情は、かつてないほど深刻であった。無二《むに》の親友であり学生のころ大量の血液まで与えてくれた五条信高が、英ソの二重スパイだったから無理もない。

囲炉裏を囲んだ六人は、しばらくの間無言であったが、伊達がぬるくなった茶をすすったあと、沈黙を破った。

「五条信高が、防衛庁の関係者と接触して、防衛機密を英ソへ漏らした恐れはないだろうな、宅間君」

「その点について、時間の許す限り私が直接調べてみましたが、いまのところ五条家と防衛庁関係者の接触は、まったくないと言ってよさそうです」

宅間防衛庁長官が言うと、伊達はホッとしたように頷いてみせた。

「マスコミ対策はどうかね」

伊達の視線が、マスコミ対策を担当している、国枝《くにえだ》内閣官房長官に注がれた。

「苦慮しています。一連の殺人事件のうち、幾つかは直接マスコミの目に触れてしまいましたから」

「ラスーロフ・マフムード射殺事件や京都のホテルで黒木君に倒された白人たちの件だな」

「夜の東麻布の路上における射殺事件もそうです。いずれも日本に不法滞在する不良外人が絡んだ単純な事件であることを強調してきましたが、マスコミはわれわれ当局側の発表に、明らかに疑いを抱いています」

「五条家の惨劇や京都のホテルでのハイム・ダンカン側近射殺事件、それに東欧連邦諸国公舎での事件が表に噴出しなかったのは、君の努力のおかげだよ」

「いいえ、法務大臣が手を打つのが素早かったからです。とくに東欧連邦諸国公舎の事件では、倉脇大臣が直接クレムリンと接触し、極秘処理の合意を取り付けてくださいましたから」

「クレムリンは、黒木君の手によってスペッツナッツの動きが封じられ、暴《あば》かれそうになっていることを感じて、やや弱気になっているようだった。彼らは間違いなく恐れているよ。黒木豹介が本格的に動き始めたことを」

倉脇が、ボソリと言って、囲炉裏に炭を足した。

いつもはSPを同行させることを避けている六人であったが、この日ばかりは、杉波警察庁長官の強い勧《すす》めもあって、六名のSPに警護されていた。いま彼らは、山房の敷地内に目立たぬよう身を潜ませて目を光らせている。

山房の前を東西に走る道路は、東へ行けば八王子市街へ、西へ行けば神奈川県の相模《さがみ》湖に通じていた。

「とにかく国枝君は誰に対しても、〝一連の事件は不良外人が絡んだ単純な事件〟、という見解を堅持し続けてくれたまえ。問題は、この事件を黒木君が、あと幾日で片づけてくれるかだ。これ以上、わが国で英ソの不良スパイどもに報復合戦を続けさせるわけにはいかないからね」

伊達がそう言いながら倉脇を見ると、倉脇は静かに首を横に振った。

「宇宙ロケットの設計図もGRUの組織図も、それに拉致された高浜君もすでに、英国へ渡ったと考えられますから、間もなくGRU在日機関の活動班は渡英するでしょう。黒木君が日本にいる間は、英ソの残存部隊が彼を牽制《けんせい》するでしょうが、彼が渡英すれば、すくなくともわが国は平穏さを取り戻します」

倉脇の言葉に、五人は相槌《あいづち》を打った。

数分の間、沈黙が続いたあと、最高検察庁検事総長・兵堂礼太郎《ひょうどうれいたろう》が、おもむろに葉巻をくわえ、火箸《ひばし》ではさんだ小さな炭火を葉巻に近づけた。

彼は、紫煙をくゆらせつつ、伊達と倉脇の顔を見くらべながら、真剣な顔でこう言った。

「この問題は、いまのうちに英ソ両国政府と接触して、最終的にどう決着させるか、話し合っておいたほうがよいのではありませんか。それぞれの政府には、それぞれの誇りと立場があるでしょうから」

「それは私も考えたよ。黒木君が動き始めたら、英ソ両国のスパイ機関はただではすまないからね。両国政府の面子《メンツ》は叩き潰される。だが三国政府で合意したことが、はたしてスパイ機関に通用するだろうか。彼らの動きは、政府でさえわからない部分があるから、地下に潜《もぐ》ったかたちで一層、激烈な戦いになることが予想されると思うんだが」

伊達が言うと、倉脇が「そのとおり」と呟《つぶや》いた。

「いま首相が言われたように、もし最終結着の方法について、三国政府が合意したとしても、英ソのスパイ機関は同調しないでしょう。あるいは、同調したように見せかけて、地中深く潜った戦法に切り換えると考えられます。だいいち曖昧《あいまい》な決着方法では、黒木君が承知しない」

「そうか黒木君が承知しないな」

兵堂検事総長が、足元を見忘れていた、というように苦笑した。

「KGBやCIAは、黒木君の恐ろしさを肌で知っているが、GRUやイギリス情報部は、彼の凄さを伝説や神話としてしか知らない。だから総力を挙げて彼を抹殺しようとするだろう」

「黒木君を甘く見ているということですか、首相」

杉波警察庁長官が訊ねると、伊達は「うん」と答えた。

杉波は、思わず背すじに寒気を覚えた。黒木豹介を甘く見ることが、どれほど悲惨な結果を生むか、彼はよく知っていた。

いや、ここにいる六名の誰もが、同じことを考えていた。

「そう言えば……」

宅間防衛庁長官は、そこで言葉を切ると、一語一語を思い出すようにして、ゆっくりとしゃべった。

「先日、イスラエルに駐在していた武官が一時帰国して、私のところへ挨拶に来たんですが、その彼が、次のようなことを言っていましたよ。イスラエルの秘密情報機関モサドの情報将校らしい人物が、あるパーティで米英の駐在武官に、日本に黒豹という超法規の男がいるらしいが彼の強さは単なる噂であり、まったくの出鱈目《でたらめ》に違いない、と言っていたと」

「一時帰国したその武官は、黒豹のことを知っているようだったかね？」

伊達が訊ねると、宅間は「いいえ……」と否定した。

「一時帰国した彼は、黒豹については何一つ知っていませんでした。彼は私に黒豹とは何者か、と訊《き》くものですから、私は、そんな人物は存在しない、と答えておきました」

「モサドも、黒木君を甘く見ているな。黒豹と聞いただけで、ＫＧＢやＣＩＡでも震え上がるというのに」

伊達がそう言って、皆の顔を見まわしたとき、突然、外でズバーンと銃声が轟《とどろ》き「うわッ」という叫びが生じた。

全員が総立ちになったとき、再び銃声が二発し、そのあとボボボッと鈍い音がして障子《しょうじ》を震わせた。サイレンサーを装着した銃特有の発射音だ。

「みんな、裏口へ」

伊達が、全員を促して裏口めざして走った。

裏口は、土間をはさんで、玄関とは正反対の位置にある。

伊達が裏口の引き戸に手をかけて引いたとき、山房の裏手から飛ぶように走ってきた黒ずくめの大男が、サイレンサーを装着した全自動ライフルを乱射した。

伊達首相が腹部に二弾を受けて倒れ、宅間と国枝ものけ反《ぞ》った。

血しぶきが、土間に飛び散る。

「総理！」

叫んで倉脇が、伊達をかばうようにして覆いかぶさった。

胸と大腿部から鮮血が噴き出している宅間と国枝の上へ、兵堂検事総長と杉波警察庁長官が、命を張って覆いかぶさった。

土間に一歩踏み込んだテロリストの銃口が、伊達首相をかばっている倉脇を狙《ねら》った。

「撃つなら撃て。この恨《うら》み、きっと黒木豹介が晴らすぞ」

倉脇は、はったとテロリストを睨《にら》みつけ、怒りをこめて英語で怒鳴った。

「去れ！」

杉波警察庁長官が目を血走らせ、こめかみをぶるぶると震わせて立ち上がった。

その気迫に押されたのか、それとも目的を達したのか、侵入者は身をひるがえして、表の方へ走り去った。

表の方から、英語でやりとりする声が聞こえ、複数の者が走り去る気配がした。

「総理、しっかりなさってください」

倉脇の目からポタポタと涙がこぼれた。伊達の顔色は、すでに土気色《つちけいろ》であった。腹部から噴水のように、血が噴き出している。

杉波警察庁長官が、板の間に駆け上がり、重厚な造りの座卓の上に載っている電話に飛びついた。

伊達がまっすぐに倉脇を見つめ、苦しい息の下で言った。

「私の……後継者は君……だ。頼むぞ」

「すぐに救急車が来ます。深く息を吸い込むのです。深く息を」

倉脇の涙が、伊達の頬の上に落ちた。

「黒木君……に伝えて……くれ。日本の国と……国民……を守ってくれと」

「わかりました。伝えます。必ず伝えます」

倉脇は、血が滲《にじ》み出すほど強く、下唇を噛《か》みしめた。

兵堂検事総長が、虫の息となっている宅間防衛庁長官の耳元で「頑張れ」と叫んだ。

国枝は、息絶えたのか、微動《びどう》だにしない。

伊達がコトリと首を折った。

倉脇が「死んじゃ駄目です」と絶叫しながら、伊達の肩を揺さぶった。

伊達が薄目《うすめ》をあけて、ウンウンと頷いてみせた。

杉波が、受話器を叩きつけるように置いて、国枝の傍へ戻った。

息絶えたか、と思った国枝が、杉波の手を探し求めた。

「いま救急車が来る。負けるな」

杉波が号泣《ごうきゅう》しながら言った。

兵堂検事総長が、涙に濡れた顔で、倉脇を見た。

「黒木君に知らせますか。出発は確か二十二時三十分でしたね」

「いや、黒木君には知らせなくていい。この無謀は、黒木君を引き止めようとする敵の策略に違いないんだ」

「しかし……」

「彼はひとり命を張って巨悪を相手にしている。われわれがうろたえてはならない。それよりもSPが心配だ」

兵堂は「わかりました」と答えると、玄関の方へ走って行った。

引き戸をあけた彼は茫然《ぼうぜん》として背中を反らせた。

「なんてひどい」

兵堂検事総長は、拳《こぶし》で何度も目頭《めがしら》を拭《ぬぐ》った。

六名のSPは、拳銃を手にしたまま、皆殺しにされていた。

彼は、宅間の傍に戻ると、倉脇と目を合わせて、首を横に振った。

SPが皆殺しにされたことを知って、倉脇は眦《まなじり》を吊《つ》り上げた。

「黒木君、仇《かたき》を……仇を討ってくれ」

倉脇は、全身を激しく震わせて呻《うめ》いた。そして、彼は杉波警察庁長官に向かって言った。

「杉波君、このことは、黒木君が事件を片付けるまで極秘にしておこう。救急車の乗務員や病院職員、SPの遺族などに対して、速《すみ》やかに秘密遵守《じゅんしゅ》の手を打ってくれないか」

「心得ました」

答える杉波の目から、大粒の涙がこぼれ落ちた。

第八章　ロシアより愛をこめて

1

黒木が軽くシャワーを浴びてバスルームを出ると、オーリャは黒木のスーツを手にしてガラス戸にもたれ、離着陸する旅客機を眺めていた。

彼女は、黒木が傍《そば》にやって来ると、彼の後ろにまわってスーツをがっしりとした肩にかけた。

スーツを着た黒木がソファーに腰を下ろそうとすると、オーリャは彼の前にまわり込んで、それを邪魔した。

「豹《ひょう》、私のわがままを一つだけ聞いてください」

「わがまま？」

「十分間だけでいいのです。事件のことをいっさい忘れ、頭の中を白紙にしていただけませんか」

「理由は？」

黒木が訊《たず》ねると、オーリャは部屋の隅にある電話台の前に立った。

そこの壁に、電灯のスイッチや、BGMのスイッチがあった。

オーリャは、BGMのスイッチを入れると、ボリューム調整のツマミをすこし右へまわした。

天井に埋め込まれたスピーカーから、コンチネンタル・タンゴの流麗な曲が流れてきた。

タンゴの王と言われているアルフレッド・ハウゼ演奏の『夜のタンゴ』であった。

透《す》き通るようなリズムが、二人の体を包み込む。

「お願いです。十分だけ踊ってください」

オーリャは、広々としたリビングダイニングルームの中央に立って、黒木を待った。

「このようなときに、不謹慎だとお叱《しか》りを受けるのは、覚悟しています。でも十分だけ、どうか私の不謹慎を許してください」

黒木を見つめるオーリャの瞳には、いじらしさがあった。

黒木に断わられるのを恐れるかのように、豊かに張った胸が波打っている。

黒木は、クールなマスクを微塵《みじん》も動かさずに、オーリャの前に立った。

手を取り合った二人を、きらめくようなタンゴのリズムが、呑《の》み込んだ。

黒木にリードされて、オーリャは真紅《しんく》の花と化して踊った。

黒木は、オーリャの瞳を見つめた。

彼女の瞳の奥で、女の情念が陽炎《かげろう》のように揺《ゆ》らめいているのがわかった。

二つの瞳が、冬の夜空の星のように、キラキラと輝いている。

見事な黒木のリードにオーリャは酔った。

引き込まれるような、黒木のステップであった。

哀愁を帯《お》びたタンゴのリズムが、オーリャの心を溶《と》かしていく。

「豹……」

彼女は、黒木に聞こえぬよう呟《つぶや》くと、彼の厚い胸に頬を寄せた。

滑《すべ》るように、なめらかに移動する黒木のステップ。

オーリャは、われを忘れていく自分を感じていた。かつて出会ったことのないような、強烈な個性を持つ男が、いま自分の目の前にいるのだと思うと、心が激しく疼《うず》いた。

オーリャは舞った。黒木の腕の中で真紅の花となって舞った。

人のいっさいの感情を虜《とりこ》にする、アルフレッド・ハウゼの素晴らしい演奏であった。

曲が『ラ・クンパルシータ』に変わったとき、オーリャは黒木にしがみつくようにして、目に涙を浮かべた。

黒木の動きが止まって、二人はお互いの目を見つめた。

「どうして涙を？」

黒木は、静かな声で訊《たず》ねた。

オーリャの頰を、涙が伝い落ちた。

「あなたが、あまりにもすてきだからです」

「君もすてきだよ、オーリャ」

黒木の言葉遣《づか》いは、それまでの距離を取り除いて、親しみをこめていた。

「踊ろう」

二人は『ラ・クンパルシータ』のリズムに乗った。

踊りながら、二人の顔が近づき、そして唇が触れ合った。

透明な曲が、オーリャの情念に火を点《つ》けた。

疼いていた心が体が、激しくうねった。

涙を流しながら、オーリャは踊った。踊ることで、心と体のうねりが激しさを増した。

黒木の唇から逃《のが》れて、彼女は喘《あえ》ぎながら言った。

「豹……私を抱いてください」

黒豹は、オーリャの瞳を見つめながら、リードを続けた。

「後悔はしません。絶対に」

炎のようになって、オーリャは言った。

黒木がステップを一回転させて、炎を軽々と抱き上げた。

オーリャは、黒木の首にしがみついた。

黒木は炎を抱きかかえて、寝室へ入って行った。タンゴのリズムが二人の後を追うようにして、寝室に忍び込む。曲は『ラ・クンパルシータ』から『真珠採《しんじゅと》りのタンゴ』に変わっていた。

黒木は、炎をベッドの上に優しく横たえた。

オーリャは、小さな嗚咽《おえつ》を洩《も》らした。嬉しかった。

黒木は、ほとばしるような優しさで、彼女の金髪《ブロンド》を撫《な》で、頬を伝う涙を拭《ぬぐ》った。宝石のようなリズムが、オーリャを酔わせていく。

二人の唇が、からみ合った。

オーリャの手が黒木の背中を愛撫し、黒木の手が赤い花の胸を開いた。

雪のように白い乳房が、露《あらわ》になった。

黒木の大きな手が、花びらを散らすようにして、それをさする。

オーリャは、体の芯《しん》から喘いだ。

気の遠くなりそうな痺《しび》れが、乳房から背中へと走った。

(このひとこそ私のひと……)

オーリャは、そう思った。思いながらとまどいつつ、黒木のスーツを脱がし、ネクタイを取った。

理性が白い泡となって押し流されていく。

オーリャには、もう何も見えなかった。目の前に薄い幕が下りていた。心が燃える……体が燃える。黒木の灼熱《しゃくねつ》のような体温で、オーリャは溶けていく自分を感じた。

「豹……豹……」

オーリャは白い裸身を、淫《みだ》らと化した。情念が涙となってこぼれた。鋼鉄のような男の肉体が、やわらかなオーリャの体を開いていく。ロシアの美しい花が、悶《もだ》える。赤い唇が震《ふる》え、吐息が洩れる。黒木を深々と呑み込んで、オーリャは激しく反《そ》りかえった。タンゴが、彼女を妖精《ようせい》にした。気高く淫らと化した妖精であった。

時が過ぎていく、嵐のような時が。

タンゴのリズムが消えて、オーリャは体に降りかかる熱せられたものを感じた。意識が、ゆっくりと遠のき、けだるさが襲ってきた。

薄目をあけると、すぐ近くに、精悍《せいかん》な男のマスクがあった。

「あなた……私のあなた」

切なく呟いて黒木の頬に手を触れると、また涙がこぼれた。

黒木の太い腕が、オーリャの頭をそっと包み込んだ。

2

オーリャが、けだるそうにベッドの上に体を起こすと、圧倒的な白い乳房が高貴な香りを放って、妖しくしなった。

彼女は、目を閉じている黒木の顔に、乳房を押しつけるようにして彼の髪に頬をすり寄せた。彼女はこのときになって、黒木の肩の銃創に気づいた。

オーリャは、切なくて切なくて、どうしようもなかった。体の芯は、まだ炎を消していない。体の奥が痛むように疼き、湧き出る泉を抑えることができなかった。

「豹、肩を怪我していたのですね」

「大丈夫だよ、心配しなくていい」

「わがままを言って、ごめんなさい」

彼女は、黒木の耳元で囁《ささや》いて、ベッドから静かに、滑り降りた。

乳房が、いまにも落ちんばかりに揺れる。

燃えた直後だというのに、黒木のマスクは、冷ややかであった。いや、彼の心と体は、けっして燃えていなかったのかもしれない。おそらく、そうなのだろう。

彼は、オーリャが衣服を手にして寝室から出て行くと、右手をナイトテーブルに伸ばして、煙草とライターを手に取った。

窓の外は、すっかり暗くなっていた。耳の痛くなるような、シンとした夜であった。耳を澄《す》ますと、ほんのかすかに、飛行機の爆音が聞こえる。

沙霧の顔が、黒木の目の前に浮かび、その顔がオーリャの顔と入れ替わった。彼女の体温が、まだ体のふしぶしに残っている。

煙草が短くなると、黒木はベッドから出て、オーリャが入ったバスルームと並んであるシャワールームに入った。

左肩の銃創を濡《ぬ》らさないようにして、熱いシャワーを浴びた彼は、バスタオルで体を巻いてシャワールームを出た。

黒木はまだ知らない。ちょうどこのころ伊達首相、国枝内閣官房長官、宅間防衛庁長官の三名が、八王子《はちおうじ》市郊外の国立病院で緊急手術を受けていることを。

彼が身繕《みづくろ》いを済ませたとき、バスルームのドアがあいてオーリャが姿を見せた。

白い襟《えり》つきの真紅のワンピースを着て、薄化粧をした彼女には、確かにロシア皇帝の血を引く気品があった。それに、たとえようもなく美しい。野に咲き乱れる、純白の花を思わせるような、美しさであった。

「綺麗だ」

黒木が、無表情にポツリと言うと、傍にやって来たオーリャは、遠慮がちに彼の頬を両手ではさんで、唇を触れ合わせた。

黒木を見つめる、オーリャの瞳は、すでに魂を奪われていた。

瞳の奥で揺れていたあの情念は流れ去り、ただしっとりと濡れたように輝いていた。それは身も心も、素晴らしい男に捧《ささ》げた女の、瞳であった。

黒木が夕食を誘うと、オーリャは少女のように「はい」と答えた。

黒木は、彼女の肩を抱くようにして、ドアの方へ歩いて行った。

と、ドアの向こうで、コトンという小さな音がした。

ほとんど反射的に黒木がオーリャを突き飛ばした瞬間、バンバンバンッと三発、凄《すさ》まじい銃声が轟《とどろ》いて、薄いスチール製のドアに大きな穴があいた。

大口径のライアット・ガンだ。ライアットとは、暴動を意味している。

大粒の散弾が二、三発、黒木の顔や側頭部を擦過《さっか》し、熱痛の衝撃で彼がもんどり打って倒れた。

オーリャが悲鳴を上げ、黒木が「来るな」と叫んだ。

追い打ちをかけるように、バンバンッと二連射があって、ドアのノブが抉《えぐ》られるようにして吹き飛んだ。

黒木が横にころがりざま、左足の靴を脱いで、踵《かかと》をスライドさせた。

ドアが蹴り破られ、疾風《しっぷう》のごとく敵が飛び込んで来た。白人だ。

踵の中に隠されていた単発の超小型拳銃が、黒木の手に握られた。

敵が撃《う》った！

黒木が撃った！

バルコニーに面したガラス戸が黒木の背後で大音響を発して粉微塵《こなみじん》となる。

同時にショットガンを手にした白人が、首を撃たれてのけ反った。

敵の手を離れたショットガンが、黒木の目の前にころがった。

黒木が、ショットガンを手に取った。

大型自動拳銃を手にした、二人目の刺客《しかく》が、突入して来た。

黒木が先に引き金を引いた。

だがカチッと音がするだけで、発射しない。弾《たま》切れだ。

敵が自動拳銃を撃った。

一瞬早くソファーの陰にころがった黒木が、ショットガンをぶん投げる。

銃床《じゅうしょう》が、敵の顔面を直撃し「うわッ」と悲鳴が生じた。

黒木が床を蹴って、ダイビングした。

顔を割られた敵が、拳銃を構え直そうとするより早く、黒木の手が敵の胸倉《むなぐら》と奥襟を掴《つか》んだ。

黒木の体が沈む。

絵に描いたような、豪快な山嵐《やまあらし》の大技《おおわざ》が決まって、敵が頭から床に叩きつけられた。

ボキリと、首の骨の折れる音。

廊下に隠れていた三人目の白人が、入口の直前に滑り込み、自動拳銃を乱射した。

一発が黒木の腰を浅く抉り、黒木がドスンと横転する。

「豹ッ」

オーリャが叫んで、床に落ちていた、敵の大型自動拳銃を黒木に投げた。

それを受け取った黒木が、仰向《あおむ》けに倒れた状態で、トリガーを引く。

鼓膜《こまく》を破るような銃声がして、遊底《ゆうてい》が目にも留まらぬ速さで往復した。

機関部から、薬莢《やっきょう》が撥《は》ね上がる。

オーリャは見た。恐るべきスピードで引き金を引いた、黒豹の仰臥《ぎょうが》逆撃ちの秘術を。

敵の眉間《みけん》に、あッという間に三発が集中し、額から上が脳質と鮮血を撒《ま》き散らして、破裂した。

静寂が戻り、黒木が険《けわ》しい顔つきで立ち上がった。

彼は、手にしていた敵の拳銃を、死体の上に投げ捨てると、単発の小型拳銃を踵にしまった。

「出よう」

黒木はオーリャを促《うなが》すと、スイートルームを出た。

銃声で恐れをなしたのか、廊下に宿泊客は出ていなかった。二人は廊下の突き当たりにある、非常出口から出た。

「怪我をなさったのではありませんか」

黒木に手を引かれて、非常階段を駆け降りながら、オーリャは心配そうに訊ねた。二人の足音が、宿泊スペースから隔絶された非常階段に、カンカンと響いた。

「たいしたことはない。それよりも君に怪我はないね？」

「はい」

「よかった。それにしても落ちていた拳銃を投げて寄《よ》こした、君の素早い動きは、見事だった。あれで救われたよ、ありがとう」

「私、夢中でした」

黒木の凄絶《せいぜつ》な投げ技や、仰臥逆撃ちを見たオーリャの驚きは、まだ鎮《しず》まっていなかった。最初の敵が部屋に突入してから、三人目の敵が倒されるまで、オーリャは十秒かかっていなかったのではないか、と思った。

世界最強の男と言われている、黒豹の片鱗《へんりん》を、目の当《ま》たりに見て、彼女は、背すじに冷たいものさえ感じていた。だがそれは、黒木に対する想いを打ち消すものではなかった。むしろ逆に、オーリャは、黒木に対して押え難《がた》い疼きを抱いた。

これほどの男を、彼女はロシアで見かけたことがなかった。

唸《うな》りを発する烈々たる強さ、透明な深みを見せる男らしい優しさ、そして強靭《きょうじん》な精神力と鍛《きた》え抜かれた鋼鉄の肉体。

一階まで駆け降りたとき、オーリャは黒木への想いを抑えることができず、思わずしがみついて彼の胸に顔を埋めた。

黒木の唇が、軽く彼女の唇をふさいで離れた。

「誰が襲って来ようと、そばに私がいる限り恐れることはない」

オーリャの頬に手を触れて、黒木は、いたわるように言った。力みのない、物静かな口調であった。

その言葉は、彼女の胸に容赦《ようしゃ》なく沁《し》み込んだ。これほど男らしい言葉を、オーリャは一度として聞いたことがない。

一階の非常出口の、重い鉄の扉を押し開くと、そこはホテルの駐車スペースの南端に当たるところであった。

正面玄関の前には、客待ちのタクシーが、七、八台並んでいる。

二人は、何事もなかったような顔つきで、タクシーの方へ歩いて行った。

オーリャの顔色は、やや青ざめていた。

「三人とも西洋人のようでしたけれど、イギリス情報部の者でしょうか」

オーリャが、小声で訊ねた。右手は、しっかりと黒木の腕を摑んでいる。

黒木は「たぶん……」と言葉短く答えて、頷《うなず》いた。

二人はタクシーに乗ると、総ガラス張りの、玄関のドアの向こうにひろがるロビーを眺めた。

ホテルの従業員四、五人が、血相を変えてエレベーターの方へ走って行くのが見えた。八階の宿泊客から、ようやく通報があったのだろう。

タクシーが走り出すと、黒木は、拳銃弾が擦過してズキズキ疼いている腰を、運転手に気づかれぬよう見た。

ズボンの腰のあたりのゆるんだ部分を、弾丸が貫通して穴をあけていた。あと数ミリずれていたなら、骨盤を砕《くだ》かれていたかもしれない。

幸いズボンの穴は、スーツの裾《すそ》に隠れて見えなかった。

「痛むのですか」

オーリャが、囁くと、黒木の耳のあたりに、甘い香りのする彼女の吐息がかかった。

黒木は、黙って首を横に振った。

オーリャは、彼の男らしい横顔から、目を離さなかった。いや、彼の持つ不思議な力で、引きつけられている、と言ったほうがよかった。

「豹……」

オーリャは、彼の名を、運転手に聞かれぬよう、そっと呼んでみた。

黒木の、荒鷲《あらわし》を思わせるような目が、オーリャを捉《とら》えた。

彼女は、黒木の肩にもたれかかった。彼の荒々しい猛《たけ》りの感触が、まだ肉体の奥に残っていた。

オーリャは、われを忘れて乱れた自分の姿を思い浮かべて、頬を赤く染めた。成熟した女の妖しさと、少女のようないじらしさが、もつれ合ったような羞《は》じらいであった。

3

ＪＡＬ４２１便は、定刻の二十二時三十分に、新東京国際空港（成田）の滑走路を離陸《テイクオフ》した。

ゆったりとしたファースト・クラスの窓際にすわった黒木とオーリャは、乗客やスチュワーデスの注目を浴びた。日本人ばなれのした体格とマスクを持つ男と、ブロンドの美女が、人目を引きつけないほうがおかしい。

オーリャは、黒木の大きな右手を握って、離そうとしなかった。黒木を見つめる瞳にも表情にも、精いっぱいの甘えを見せている。

その甘えが、なおのこと彼女の美しさを、引き立たせていた。

黒木は、自由のきく左手で、機内サービスのスコッチを呑んだ。

目は油断なく、周りの座席を見まわしているが、さり気《げ》ない。スチュワーデスの小さな動きさえ、彼は見逃さなかった。

オーリャは、黒木の右手を、自分の胸に持っていき、やわらかな乳房の谷間に押しつけた。激しかった黒木の愛撫が脳裏《のうり》に甦《よみがえ》って息苦しくさえなる。

４２１便は、揺れることもなく、順調に飛行を続けていた。

黒木は、オーリャに拘束《こうそく》されている右手を自由にすると、額にかかっている彼女の金髪《ブロンド》を、指先でかき上げてやった。

オーリャは、彼に気づかれないよう、小さな溜息《ためいき》をついて、タクシーの中でしたように黒木の頑丈《がんじょう》な肩にもたれかかった。

黒木は、グラスの中のスコッチを呑み干《ほ》し、前の座席の背中に付いているテーブルの上にそれを置いた。

スチュワーデスが、にこやかにやって来たので、黒木は追加を頼んで腕時計を見た。

離陸して、すでに四十二分が過ぎている。

黒木は、予想もしていなかった。ちょうどこの時刻に、緊急手術の甲斐《かい》もなく内閣総理大臣・伊達平三郎が息を引き取ったことを。

国枝内閣官房長官と、宅間防衛庁長官は、かろうじて命を取り留めたが、いつ容態が急変するか、予断を許さぬ状態であった。

伊達首相は、息を引き取る間際に、苦しい息の下で幾度も呟いていた。目に涙を浮かべて「黒木君……日本を頼む」と。

その悲劇を知らずに、黒木は、スチュワーデスが持って来てくれた二杯めのスコッチに、口をつけた。

オーリャが、また黒木の右手を拘束して、張りつめた乳房に押し当てた。

「豹は、ロンドンへ行ったことがあるのですか」

周りに日本人の乗客が多いことを意識してか、オーリャは流暢《りゅうちょう》な英語を使った。

「何度も行っているが、多すぎて、今回が何回めか覚えていないな」

黒木は、なめらかなドイツ語で答えた。ロンドン行きのファースト・クラスに乗るくらいの日本人なら、英語を解する者もいるだろうと思ったからである。それに、東ドイツを属国としているソビエトのエリートなら、ドイツ語ぐらいは解するだろう、という計算もあった。

案《あん》の定《じょう》、黒木のドイツ語を聞いて、オーリャは目を見張った。

「ドイツ語を話せるのですか」

オーリャがドイツ語で、しゃべった。達者《たっしゃ》である。

「周りを警戒して話すなら、ドイツ語に限るよ。英語はすっかりポピュラーなものになってしまったが、ドイツ語を解する日本人は、まだ多くないからね」

「ソビエトでも、ドイツ語を高いレベルで解する人は、それほど多くはありません。ドイツ系のソ連人はべつとして」

「君は、ロンドンへは？」

「初めてです。わが国は、自由に海外旅行ができない国ですから」

「きついことを言うようだが、君の国は、人権というものを抑圧しすぎる。あれはいけない」

「多くの国民が、自由を抑圧されていることを感じています。でも、それに対して抵抗するには、ポリトビューロー（ソビエト共産党政治局）の権力が強すぎるのです。ポリトビューローに対する抵抗は即《そく》、死を意味しますもの」

「非情な国だな。今のままでは、ソビエトは絶対に近代国家の仲間入りはできないよ。軍事力は強くなるだろうが」

「おっしゃる通りだと思います」

「現状の体制のままだと、いずれソビエトは国家崩壊の道を歩むだろうね」

「あなたは、ソビエト政府を常に疑いの目で見ているのですか」

「疑いの目というよりも、警戒の目と言ったほうがいい」

「なぜですか」

「やることが、作為的すぎるのさ。一つの例を挙げると、アフガニスタンの撤退問題がある」

かつての国王ザーヒル・シャーの従弟《いとこ》ムハンマド・ダウドを大統領としていたアフガニ

スタン共和国は、一九七八年四月、ソビエトが工作する国内の共産主義勢力によってダウド大統領が暗殺されたことにより、アフガニスタン民主共和国となった。しかし一九七九年三月、反政府勢力の中心であるイスラム教徒が聖戦（ジハード）を展開し、全土が戦場と化した。この間、政府部内でも親ソ派のヌール・ムハンマド・タラキ（革命評議会議長兼首相・急進的共産主義者）と民族派のハフィズラー・アミン（副首相兼外相）が対立したため、同年十二月、ソ連軍は突如アフガニスタンへ侵攻を開始し、アミンは処刑された。だが非同盟国への突然の軍事介入を強行したソビエトは、厳しい国際的批判を浴び、またイスラム教で団結する反政府ゲリラの反撃は猛烈を極《きわ》めた。そこでソビエトは国際批判をかわすため『ソ連軍の撤退』を世界じゅうにPRし、その裏で〝撤退用の部隊〟をひそかにアフガニスタンへ送り込んでいた。なんのことはない、プラス・マイナス・ゼロの下手《へた》な撤退劇が上演されただけのことであった。軍事介入した主力部隊には、なんの変化もなかったのである。

黒木の話し方は、淡々として穏やかであったが、自国政府の姿勢を衝《つ》かれたオーリャは、悲し気にうなだれた。

「ソビエト政府も、それなりに平和への努力はしています。中距離核戦力（ＩＮＦ）全廃について、米ソが合意する可能性が出てきましたし、ペレストロイカにより国内改革を推《お》し進めています」

そう言うオーリャの声は、だが力がなかった。彼女が口にしたペレストロイカとは『ソビエト共産党体制の活力化』を意味している。つまり西側の経済メカニズムを吸収・模倣《もほう》し、共産主義体制のパワーをいっそう強化しようとする革命的な政策であった。西側の経済メカニズムを吸収・模倣するからといって、ソビエト共産党が自由主義・資本主義の方向へ動き始めることを宣言したわけではけっしてない。あくまでポリトビューローの独裁的権力を強化するための戦略であった。

黒木はこのペレストロイカを、下手をするとソビエトの命取りになる、と読んでいた。理論的にも実践的にも、無理と矛盾に満ちているからだ。その無理と矛盾が必ず、激しい権力的対立を引き起こす、と冷ややかに見ている。

日本の国民は、つい最近、新聞各紙に載《の》った『INF全廃で米ソ外相合意』の大見出しについても、クールな見方をけっして忘れてはならない。もしINFが全廃されたとしても、米ソともにそれに代わる戦力をすでに準備しているか、準備する可能性は充分にある。ソビエトはそういった狡猾《こうかつ》さを『アフガニスタンソ連軍の撤退』劇で見せつけている。アメリカも例外ではない。

黒木は、核兵器も通常兵器も、この地球上からなくなればいい、と念じている。幾多の死線を潜り抜けてきた彼であるだけに、平和を願う気持ちは誰よりも強かった。平和工作には、嘘があってはならない、と考えているだけに、INF全廃問題を、黒木は憂慮している。

ＩＮＦが全廃されたなら、欧州における軍事バランスは崩れ、ソビエトが絶対的優位に立つ。

黒木のオフィスにある軍事データによれば、ソビエトは通常兵器で西側の二倍、化学兵器で十倍保有しているのだ。

「オーリャ、君は聡明《そうめい》な女性だから、わかってくれると思うが……」

黒木は、そこで言葉を切ると、二杯めのスコッチをゆっくりと呑み干した。

オーリャは、黒木の指に自分の指をからめ、彼の肩に頬を載せていた。

「中距離核戦力を本気で全廃するなら、長・短距離も全廃すべきではないかね。核兵器ほど、つまらないものはないじゃないか。再び日本に戻ったら、広島《ひろしま》・長崎《ながさき》の原爆資料館を見てきたまえ。人類の犯《おか》した罪の愚かさに、君はきっと泣き出すだろう」

「豹、わたし……」

「君は素晴らしいひとだ。弱いもの小さいものに対して、思いやりの心を持ったひとだと、私は信じているよ。祖国へ帰ったら、真の平和運動を起こしてもらいたいね。君には、大勢のひとを惹《ひ》きつけて離さない魅力がある」

「ＩＮＦが全廃されても、ソビエトが、東欧諸国に射程百キロメートルの短射程核ミサイルＳＳ21を残すことを、私は知っています」

「射程百キロメートルということは、西ドイツあたりが最初の標的となるわけだ。西ドイツがやられたら、他の西側諸国も無事では済まないだろうな。つまりＩＮＦの全廃によって、西側諸国には〝素手《すで》の恐怖心〟が生じるということだよ。その結果、どうなると思う？」

「西ドイツもフランスもイタリアも、西側諸国はこぞって独自の核戦力を確立しようとするかもしれませんん」

「まったくそのとおりだ。その結果、核兵器の管理体制は国によってバラバラに異《こと》なることになり、欧州における核戦争の危険はかえって増大する。違うかね」

「では、あなたはＩＮＦ全廃の米ソ合意に反対ですの？」

「反対じゃない。全廃するなら、先ほども言ったように、長・短距離も同時に全廃すべきだよ。それができないような米ソ合意は、形式的なものでしかない。かえって、新しい核兵器が生まれる刺激剤となるだけだ」

「あなたのような方が、ポリトビューローにいれば、わが国はもうすこし変わっていたかもしれません」

「それはどうかな。暗殺の第一標的にされていたかもしれないよ」

黒木が苦笑しながら言うと、オーリャも力なく笑った。

「すこし前の日本の新聞に、日本はスイスのような非武装中立国になるべきだ、という激しい論調の読者投稿が、載っていたことがありました。日本人の多くは、スイスを非武装中立国だと思い込んでいるのでしょうか」

「残念だが、不勉強な平和ボケの日本人が増えていることは確かだね。それにそういった間違った内容の読者投稿を載せて、国民をミス・リードする新聞も新聞だな。困ったことだ」

黒木は、べつに困ったような顔つきをしないで、穏やかに言った。

ＪＡＬ４２１便は、依然《いぜん》として順調に飛行し、機内はしわぶき一つせず、静かであった。スチュワーデスが黒木の傍にやって来て、三杯めのスコッチを尋ねたが、黒木は礼を言って、断わった。

オーリャが言ったように、多くの日本人は、スイスを理想の非武装中立国と思い込んでいるかもしれない。だが、スイスほど祖国愛に燃える国民皆兵主義の徹底した国は、ほかに例を見ない。

スイス国民の国防意識はひじょうに強固であり、重武装の強力な戦力を保有している。スイスは『他国を侵略せず、他国の侵略を許さない』かたちの中立国であって、防衛力を放棄した非武装国家ではない。

スイス連邦憲法第十八条は『いずれのスイス人も、兵役の義務を負う』と明確に定めており、兵役に適さない者からは、兵役免除税を徴収《ちょうしゅう》するようになっている。中立国憲法によって常備軍は持たない代わり、兵役義務を負う二十歳から五十歳の男子によって構成される国民軍の兵（市民）たちは、軍服や最新鋭の全自動ライフル、機関銃などを自宅に備えている。兵は現役（二十歳〜三十二歳）、予備役（三十三歳〜四十二歳）、後予備役（四十三歳〜五十歳）の三ランクに分かれており、現役兵は十七週間の基礎訓練を受けたのち、毎年三週間の実戦訓練を、最高八年間にわたって受けることが義務づけられている。

現在の日本では考えられないような、厳しい義務と責任を負わされているのであり、そしてそれを、スイス国民は当然のこととしている。日本の野党のスローガンになっている甘っちょろい非武装中立主義などスイスの足元へも近寄れない。

スイス国民軍の動員可能兵力は百十万人。保有戦車数八七〇両、装甲《そうこう》兵員輸送車一四七五両、迫撃砲《はくげきほう》三〇〇〇門、重砲九〇〇門、榴弾砲《りゅうだんほう》三八〇門、対戦車砲一三四〇門、空軍戦闘機三〇〇機という一部の数字を見ただけで、この国の中立主義が、どれほど旺盛《おうせい》な国防意識に支えられているかわかるだろう。そしてこの『強固な中立主義』は、平和時であってもフラフラと揺らぐことはない。

軍隊というのは金のかかる無駄なものだという説は、基本的には誤りではない。多くの日本人は、その金が平和に利用されることを願ってやまないだろう。だがしかし、だからといって、日本の国と日本国民を守ることを国民自らが放棄することは、許されるべきことではない。

十五連発のベレッタに命を賭《か》けている黒木は、平和のためのベレッタであると、確信して行動している。そう確信しないことには、耐えられないほど苛酷《かこく》な任務なのだ。不動の信念がいる。

世界中に軍隊というものが存在する限り、自衛隊が祖国の平安のために必要なことは、おそらく大多数の日本国民が認めていることだろう。たとえ平和時ではあっても、その存在意義が極めて重いものであることを。

黒木は自分が非武装となるときは、全世界が非武装となるときに限られていると思っている。彼はそれまで、命の限り日本の防波堤になる覚悟であった。

長い沈黙のあと、彼がなに気なくオーリャを見ると、彼女は、黒木にもたれたまま、安らかに眠っていた。

4

JAL421便は、定刻の午前六時十五分より二十分遅れの、午前六時三十五分に、ヒースロー空港に着陸した。

ロンドンには二つの主要空港がある。一つはロンドンの西約二十三キロに位置するヒースロー空港で、もう一つは南方約五十キロにあるガトウイック空港である。

一般にロンドン空港という場合は、ヒースロー空港を指している。

この朝、ロンドン一帯はあいにく、乳灰色の濃い霧に覆われていた。

黒木とオーリャが到着ビルを出ると、上物のオーバーを着て、コールマン髭《ひげ》を生《は》やした上品な感じの初老の紳士が黒木に近づき、「やあ」と微笑《ほほえ》んだ。

倉脇からの連絡によって出迎えた、浜元義春《はまもとよしはる》イギリス大使であった。イギリスへ何度も来ている黒木は、浜元大使とは初対面ではない。

だが大使は、黒木が何者であるか、いまだ知らなかった。黒木に対して、あれこれ質問することや、黒木と会ったことを第三者に話すことは、伊達首相から厳しく禁じられている。

黒木は「お世話になります」と大使に軽く頭を下げたが、オーリャのことは紹介しなかった。浜元大使もオーリャに目礼しただけである。

浜元はイギリス大使になるほどのエリートであるから、黒木を秘密任務にかかわりのある人物であろうと見破ってはいた。しかし、それは絶対に口に出してはならぬことであった。

黒木が外国へ出向いた場合、出迎え役は必ず大使自らと決められていた。秘密維持のためである。

「車のトランクへ入れましょう」

浜元大使は、黒木が手にしているガンケースを受け取ろうとした。

「いや、重いですから」

黒木はさり気なく断わり、長身の大使と肩を並べて、空港駐車場へ足を向けた。

オーリャは、黒木の半歩後ろを歩いた。霧は流れることもなく、重く沈んで大地を灰白色に染めていた。視界は二、三十メートルで、車はライトを点《つ》けて、ノロノロと走っていた。

黒木がロンドンで、これほどの霧に出くわしたのは、今回が初めてであった。

空港駐車場には、大使専用車が停《と》まっていたが、運転手の姿はなかった。

浜元はドアをあけると、オーリャに向かって「どうぞお乗りください」と日本語で言った。黒木が、日本語を解する外国人女性を同伴することだけは、倉脇から知らされている。オーリャが後部シートの奥にすわると、黒木は彼女の横にガンケースを置いてドアを閉め、自分は助手席にすわった。

運転席にすわった浜元大使が、スターターキイをひねって、サイドブレーキを解除した。

大使専用車は、濃霧の中を、ゆっくりと走り始めた。

「いつものアパートに、部屋を確保してあります。レンタカーもアパートの専用駐車場に入っていますから」

浜元大使は、そう言いながら、オーバーのポケットから、部屋のキイを取り出して、黒木に手渡した。

オーリャは、窓の外に、視線をやっていたが、見えるのは、霧だけであった。

「レンタカーの車種は、五三四〇ccのアストン・マーチン・ラゴンダで、レンタルの期間はいちおう二カ月としておきました」

「恐縮です」

黒木は、バックミラーを自分の方へ向けて、後方を確認した。

霧のベールの向こうに、ぼんやりとヘッドライトの明かりが見えたが、乗用車かトラックかの区別もつかない。

オーリャの横に置いてあるガンケースは、丁寧に包装されて『在英日本大使館、伊倉正樹《いくらまさき》』の所有物であることを明らかにするラベルが貼《は》ってあった。

黒木とオーリャを、成田の国際空港ホテルへ案内した男が、すべてやってくれたことである。二人が出発するとき、男はちゃんと見送りに来ていた。

伊倉正樹とは、黒木が外交特権で出入国する際の名前である。

このときの身分証明書の肩書は、内閣官房特別高等外務審議官、となっている。むろん内閣官房に、このような役職は実在しない。

黒木は伊達が暗殺され、国枝と宅間が重体であることを、まだ知らない。

浜元大使も、本国でそのような悲劇が生じていようとは、夢にも思っていなかった。

本国ではいま、国家安全委員会に、内閣官房副長官、防衛庁統合幕僚会議議長、警視総《そう》監《かん》の三名が、臨時委員として加えられ、伊達山房事件に対処するため矢継ぎ早に手が打たれていた。

そして、この三名の臨時委員に対しては、倉脇早善の判断によって、世界最強の男・黒木豹介の存在が打ち明けられたのである。

「アパートには、必要なものは、ひと通り揃えてあります。彼女のものについても、不便を感じないだけの物はとり揃えたつもりですが、不足のものがあれば、お知らせください」

しばらく経って大使が、思い出したように言って、ハンドルを静かに右へ切った。

黒木は黙って頷いた。

霧のため、車がどのあたりを走っているのか、見当もつかない。

浜元大使が「テームズ川です」と言って、窓の外へチラリと視線を流した。

黒木は頷いただけであったが、オーリャは窓に顔を近づけた。

車は、バッキンガム宮殿に通じる、ウエストミンスター・ブリッジの真上を走っていた。

いつの間にか、ロンドン市内に入っていたのだ。

霧の切れ目の向こうに、チラリと青黒い流れが見えた。

「午後は晴れるようですよ」

大使が、ちょっと後ろを振り向く素振りを見せて、オーリャに言った。

「ロンドンは初めてですから、霧の晴れるのが楽しみです」

オーリャの流暢な日本語を初めて聞いて、大使が「ほう……」というような顔つきをした。

車は、霧の中をゆっくりと進んで、ロンドンでも屈指の高級住宅地チェルシイ地区へ入って行った。昔から、作家や芸術家などの文化人が好んで住んできた地域である。

だが残念なことに、その高級住宅地も、霧に閉ざされて、オーリャの目に触れることはなかった。

ちょうどこのころ、ヒースロー国際空港の出発ビルの正面玄関前に、二台の乗用車が滑り込んでいた。

前の車のドアがまずあいて、前部シートと後部シートから、それぞれ二人の男が降り立った。がっしりとした体に、濃紺のスーツをりゅうと着こなし、目つきが鋭かった。

四人とも三十半ばであろうか。目鼻立ちの整った知的な風貌をしている。屈強な印象はあったが、荒々しいイメージはなく、むしろインテリという感じであった。典型的な英国人の顔立ちだ。

四人の男は、後ろの車に近づくと、あたりを警戒するようにして、だがさり気なく身構えて立った。右手は、軽く腰のあたりに触れている。

黒木がもしこの光景を見れば、彼らが万が一の事態に備えた態勢をとっていることを見抜いただろう。腰に軽く手を当てているのは、ヒップホルスターからすこしでも早く拳銃を引き抜くためだ。

後ろの車の、まず助手席と運転席のドアがあいて、先の四人に劣らぬ偉丈夫《いじょうふ》が、ゆっくりとした動作で車の外に出た。

この二人は、先の四人と頷き合って、後部座席のドアを左右から同時に開いた。

右側から五十半ばと思われる小柄な紳士が、左側から四十過ぎの痩《や》せた長身の男が降り立った。

小柄なほうの紳士は、イギリス合同諜報委員会の議長トマス・グリーンであった。イギリス合同諜報委員会は、MI6、MI5、GCHQ、軍諜報局といったイギリスの情報部門の活動を審議・調整する機能を有し、サッチャー首相が議長をつとめる海外・防衛問題内閣委員会の補佐的役割を負っている。

トマス・グリーンといえば、かつて英国海軍最高司令官として、またソビエト研究の大家として内外に知られた人物であった。もうひとりの痩せた長身の男は、イギリス情報部（SISまたはMI6とも呼ばれる）の部長ドナルド・フィルビーである。

イギリスの秘密情報機関にこの人あり、と言われている切れ者だ。

明日から二日間にわたって、パリで西側情報機関の秘密連絡会議が開かれることになっており、トマス・グリーンとドナルド・フィルビーは、これに出席することになっていた。

この会議は年に二度、イギリス、フランス、西ドイツ、イタリアが中心になって欧州の十三カ国が参加して行なわれている。

この会議に日本も特別参加するよう打診があったが、日本政府は、やんわりと断わっていた。この連絡会議が、軍事機関としての性格を、強く持ち過ぎているためである。

国家安全委員会が、黒木に意見を仰《あお》いで、ノーと決議したのだ。

黒木は、日本は軍事情報の収集の面では後進国であるが、こういった秘密連絡会議には、出る必要はないと思っていた。

専守防衛を認識しつつ日本独自の情報網を着実に整備していくほうが得策、という考え方である。欧州と極東とでは、地勢的特徴も政治的軍事的特徴も違いすぎるからだ。

トマス・グリーンとドナルド・フィルビーは、屈強の男に前後左右を守られて、出発ビルの正面玄関に向かって歩き出した。

このときである。タイヤを軋《きし》ませて、猛スピードで走って来るワゴン車があった。どの窓ガラスにも、濃い茶色のフィルムが貼ってあるらしく、車内はまったく見えない。

トマス・グリーンとドナルド・フィルビーを守っていた男たちが、ハッとなって腰を落とし、いっせいに拳銃を引き抜いた。

ワゴン車は、彼らの面前をフルスピードで通過した。

窓がわずかにあいて、何か小さなものが投げられた。

それがコンクリートの床を、ころころと男たちの足元までころがった。

次の瞬間、大音響と共に、その小さなものが爆発した。

トマス・グリーンもドナルド・フィルビーも、二人を守っていた屈強の男たちも、バラバラになって吹き飛んだ。

ターミナルビルの窓ガラスが割れて、路上に降り注ぐ。

大勢の人々が、悲鳴を上げて逃げまどった。正面玄関のドアは跡形《あとかた》もなく消えさり、鉄製の支柱は飴《あめ》のように曲がっていた。

手や足や頭が、そこかしこに散乱している。

それは、地獄絵図であった。狙われたのはトマス・グリーンとドナルド・フィルビーであろうが、罪なき一般の人々も巻き添えで犠牲になっていた。

女の子の小さな赤い靴も、血溜《ちだ》まりに落ちていた。

警察官が三人、血相を変えて駆けつけたが、茫然《ぼうぜん》として立ち竦《すく》むばかりであった。

「許せない！」

若い警察官が、顔を引き攣《つ》らせて叫んだ。

空港警備の警察官が、続々とやって来る。

爆発の威力から見て、かなり強力な爆薬が使われたことは、明らかであった。出発ビルを入ったところにある日航チェックインカウンターのあたりで、五、六人の人々が折り重なるように倒れて呻《うめ》いている。

あまりの酷《むご》さに、警察官たちは茫然として、棒立ちになったままであった。

まだ事件に気づかないのか、旅客機が轟音を発して離陸し、みるみる霧の中に溶け込んだ。

救急車のサイレンの音が、遠くから聞こえてきた。

第九章　霧のロンドン銃撃戦

1

浜元大使の運転する車は、キングス・ロードを左へ入った閑静な住宅街の一郭《いっかく》で停《と》まった。

「ご用があれば、いつでも大使館へご連絡ください」

「恐縮です」

黒木は、大使と握手をすると、助手席から降りて、後部座席のドアをあけた。

彼はガンケースを手にして「着いたよ」とオーリャを促《うなが》した。

彼女が降りると、大使の専用車は、クラクションを一度だけ軽く鳴らして静かに走り去った。

オーリャは、霧をかぶっている家並《やな》みを眺めた。霧が晴れていたなら、イギリスらしい家並みの美しさに、目を輝かせたことだろう。

黒木は、赤い色の屋根と、白と茶のコントラストが見事な壁を持つ、五階建てのアパートの玄関をくぐった。

アパートとはいっても、日本の下駄履《げたば》き安アパートのイメージはないし、かといって高級マンションのような㊎的イメージもない。何十年と経ったレンガ造りの家の落ち着いたよさが滲《にじ》み出た、いかにも古典的な高級アパートであった。玄関のロビーはせまくて簡素であったが気品を漂わせている。

オーリャが「すてきですね」と、小声で言った。

このアパートの三階の三〇一号室が、黒木のために用意されている部屋であった。一年を通じて、この部屋は確保されている。

三〇一号室に入ったオーリャは、また「すてき……」と呟《つぶや》いて、切れ長な目を細めた。

二十畳相当のリビングダイニングルームには、厚い絨毯《じゅうたん》が敷きつめられ、応接セットやテレビ、リビングボードなどの調度品はすべて整っていた。テレビを除いては、みな相当古いが重厚な感じがした。寝室は二つあり、セミダブルのベッドが二台ずつ入っている。浴室のバスタブは陶製で、日本の湯舟のように深く出来ていた。

キッチンにも、必要なものは、すべて揃っていた。大型冷蔵庫をあけてみると、二、三週間分の食料品が、びっしりと詰まっている。

「中世が生きている部屋ですね。ここはロンドンのどのあたりに位置しているのですか」

オーリャが、窓の外を流れる霧を眺めながら言った。

「バッキンガム宮殿の南西およそ二キロのあたりで、三、四分歩けば、テームズ川の川岸に出るよ」

「この窓からも、テームズ川は見えますか」

「ああ、見える」

黒木が頷《うなず》きながら、ガンケースをあけて二丁の自動拳銃を予備弾倉と共に取り出すと、オーリャが傍《そば》にやって来た。

「これを持っていたまえ」

彼は、AMTバックアップと六本の予備弾倉をオーリャに手渡すと、ガンケースを閉じて施錠した。

オーリャは銃と弾倉をショルダーバッグにしまうと、黒木の頬にそっと唇を触れてから、窓際のところへ戻った。

「あなたとロンドンへ来ているなんて、まるで夢を見ているみたい……」

オーリャが溜息《ためいき》をついて言った。うっとりとした口調であった。

黒木はそれには答えず、ショルダー・ホルスターを肩から下げ、ベレッタの弾倉を確認してから、ホルスターにしまった。そして予備弾倉用のホルスターには、六本の弾倉を入れてしっかりとホックを閉じた。拳銃ホルスターを、左の脇に下げ、弾倉ホルスターを右の脇に下げるかたちとなる。

さらに彼は、左足の靴を脱いで踵《かかと》をスライドさせ、中に入っていた単発のミニ・ピストルを取り出した。次に右足の靴の踵をスライドさせ、やはり中に入っていた専用弾を一発取り出して、ミニ・ピストルに装塡《そうてん》した。

黒木のしていることを、オーリャは窓際にもたれて、珍しそうにじっと眺めていた。

ミニ・ピストルを踵にしまい終えた黒木は、テレビのスイッチを入れて、洗面所へ行った。

彼が手を洗って戻ってみると、テレビスクリーンに映っていた映像が不意に消えて中年の女性アナウンサーが大映しになった。ひどく緊張した顔をしている。

「番組の途中ですが、臨時ニュースをお知らせします。先ほど、ヒースロー空港の出発ビル正面玄関前で、合同諜報委員会のトマス・グリーン議長とSISのドナルド・フィルビー部長が、何者かによって爆殺され、これの巻き添えで近くにいた男女あわせて十二名が犠牲になりました」

黒木は、わずかに表情を動かしたが、黙って煙草をくわえ、ライターで火を点《つ》けると、立ったままテレビを凝視《ぎょうし》した。

オーリャが、美しい表情を曇らせて、黒木と並んで立ち、彼の腕に自分の腕を絡めた。やわらかに張った乳房が、黒木の肘《ひじ》をためらいがちに押す。

女性アナウンサーは、トマス・グリーンとドナルド・フィルビーの二人が、何日か前から暗殺を予告されていたらしいことを告げ、画面を事件現場に切り換えた。

割れた窓ガラスが散乱する、血まみれの現場が映し出されると、オーリャは思わず顔をそむけた。

黒木は、テレビのスイッチを切った。

「あなたの身の上にも、何か嫌なことが起こりそうな気がして、心配です」

「どうやら、この国もゴタゴタが生じているようだね」

「これから、どうなさいますの？」

「目的は一つ、秘書の高浜沙霧を救い出すことだ。できればロケットの設計図もGRUの組織図も、持ち帰りたいとは思っているがね。ともかく、駐車場へ行って、レンタカーを確認してくるよ」

「私も一緒に行きます」

「ここにいたまえ。このアパートの専用駐車場は、二百メートルほど離れたところにあるんだ。途中で万一のことがあってはいけないから」

「でも……」

「私の指示に従わないと、日本へ送り返されるぞ」

黒木は、オーリャから離れて、部屋を出て行こうとした。

オーリャが、まわり込んで黒木の前に立ち塞《ふさ》がった。

「くれぐれも気をつけてください」

「大丈夫だ」

オーリャは、黒木の頬を両手ではさむと、燃えるような唇を押しつけた。

黒木は、彼女を軽々と抱きかかえると、寝室へ運び、クッションのきいたベッドの上に横たえた。

オーリャは、彼の首にまわした腕を、ほどこうとはしなかった。盛り上がるようにして張った乳房が、彼女の感情の乱れを証明するかのように、激しく浮き沈みしている。

「あなたを……愛しています。心から」

オーリャが潤《うる》んだ目で黒木を見つめながら言った。

彼女の甘い吐息が、黒木の顔にかかる。

「おとなしく、しているんだ」

黒木は、かたちよいオーリャの鼻の先を、指先でチョンと突つくと、首にまわしている彼女の腕をほどいた。

オーリャは、彼のあとを追いかけると、背中にしがみついた。黒木の体も心も、自分ひとりのものにしたかった。体の芯《しん》が痛いほど疼《うず》いて、どうしようもなかった。体の隅々《すみずみ》が、燃えるように熱い。

振り向いた黒木が、厚い胸の中にゆっくりとオーリャを抱きすくめた。

二人の唇が、軽く、こすれ合う。

オーリャは、黒木の背中に、爪を立てた。それが愛の証《あか》しであった。

オーリャは喘《あえ》ぎ、そして乱れた。

体が、たちまち泉と化していくのがわかった。

掌《てのひら》に伝わる、鍛《きた》え抜かれた黒豹の筋肉の凄《すご》さ。

「私のひと……私だけのひと」

胸を波打たせ、息を乱してオーリャは言った。

「ありがとう、オーリャ」

黒木は、彼女の額《ひたい》に口づけをすると、三〇一号室を出た。彼の表情は、クールであった。

パタンと乾いた音を立てて、ドアが閉まる。

オーリャは、ドアに顔を伏せた。彼女には、わかっていた。すでに体が結ばれた間柄《あいだがら》だというのに、黒木が自分との間に一歩距離を置いていることを。

あのひとには好きなひとがいる、と彼女は思った。そう思うと悲しみが込み上げてきて、オーリャの頬を涙が伝い落ちた。

部屋を出た黒木は、足音を立てぬよう静かに階段を降りた。イギリスの集合住宅では、隣り近所に音で迷惑をかけないことが、相手への当然の思い遣《や》りになっている。この思い遣りの気持ちは、高級アパートになればなるほど、徹底したものとなる。ルールとか住民による協議とかで決められたものではなくて、それがイギリス人の持つごく普通の心配りなのであった。伝統的なごく普通の優しさなのだ。

とくに黒木が借りているこの高級アパートは、隣りは空部屋なのかと勘違いするほど静かであった。べつに、ひっそりと息を殺して生活しているわけではない。音を出すことへの気配りが、洗練されているだけのことなのだ。

黒木は、アパートを出ると、腕時計を見た。

時計の針は、午前八時を過ぎたところであったが、通りはシンと静まりかえっていた。いつもなら働きに出る人々や車で、通りが活気づく時間帯だ。

そうか、と黒木は思った。

イギリスは今日、土曜日であった。ほとんどの企業は休みである。

黒木は、駐車場へ足を向けた。

霧が黒木の体にまといついて、小さな渦《うず》が幾つも生まれた。

気温は、五、六度であろうか。風がないので、それほど寒くは感じない。

朝の太陽は、霧の上に出ているようであったが、見えなかった。霧がぼんやりと白く輝いているだけである。

黒木は駐車場の前で立ち止まった。駐車場は五階建ての立体駐車場であった。付近にある五つの高級アパートの、共有になっていて、アパートごとに使用する階が決められていた。周《まわ》りのアパートの落ち着いた雰囲気を壊さぬよう、クラシックな雰囲気で建てられている。

黒木は、霧が流れ込んでいる駐車場の中を、二、三分の間、眺めていた。

何かを予感しているのか、二つの目が爛々《らんらん》と光っていた。

彼は駐車場の入口を潜《くぐ》らず、建物の周りを歩き始めた。

聴覚と視覚に神経を集中させているせいか、表情がひときわ険《けわ》しくなっている。

黒木は、駐車場の裏手まで来ると、高さ一メートル五十センチほどの鉄の柵をヒラリと飛び越え、車と車の間に音もなく立った。

霧はすこし薄くなり始めてはいたが、それでも視界は利《き》かなかった。

黒木のアパートが使っている駐車場は、四階である。

彼は、駐車場の中央にあるエレベーターの方へ、用心深く歩いて行った。

エレベーターの横には、階段もある。

どこかで、カタンという音がした。何か固いものを落としたような音だ。

黒木は階段の下に立って上を見た。音は上から聞こえてきたようであった。

彼の口からポツリと「いる……」という呟きが洩《も》れた。

鷹《たか》のような目が、ギラリと光る。

彼はエレベーターのドアをあけ、中へは入らずに手を伸ばして⑤のボタンを押した。

エレベーターのドアが閉まり、最上階に設けられている機械室の中で、モーターがウィーンと唸《うな》った。死んだように静まりかえった土曜日の霧の朝だけに、その音が意外なほど駐車場内に響きわたった。霧が、ふッと吹かれたように揺れる。

エレベーターが、じつにゆっくりと、上昇を始めた。

黒木は、足音を立てぬよう、階段を上がった。二階、三階に異状はなく、四階で彼の足が止まった。黒木のアパートの部屋ナンバーは、三〇一号であるから、駐車スペースの番号も三〇一になっている。

それは階段を上がった右手の奥を、左へ折れてすこし行った位置にあった。

黒木は、中腰の姿勢で、足音ひとつ立てず、まるで豹のように霧の中を走った。

またカタンという音がした。

黒木は、左へ折れる角まで来ると、車の陰から三〇一の駐車スペースを見た。距離は、約二十メートル。

黒い影が二つ、霧の中で動いていた。ぼんやりとしていて人相や男女の区別はわからない。一人は車のエンジンルームの傍にしゃがみ、もう一人は細長い棒のようなものを手にして、立っていた。棒のように見えるのは、たぶんライフル銃だろう。

エンジンルームの傍にしゃがんでいる男は、どうやら黒木の車に何かを仕掛けているようであった。

黒木の口許に、不敵なうすら笑いが浮かんで消えた。

彼は、休日のロンドンの静かな朝を、銃声で汚したくなかった。

だが相手に見つかれば、撃《う》ってくることは確実である。静かな朝を保つには、素手で相手を倒すほかない。

黒木は、いったん後退すると、彼らからできるだけ離れた車の陰に身を潜《ひそ》めて、二本のタイヤのエアを抜いた。大型のワゴン車だ。

プシュウッという音が、あたりに響きわたった。

彼は、さらに場所を移して、もう一台の大型車のタイヤ二本からエアを抜いた。

「なんだ?」と言いながら、ライフル銃らしきものを手にした影が、やって来た。四本のタイヤからエアが抜ける音は、かなりのやかましさであった。

黒木は、車の陰に身を潜めながら、迂回《うかい》するかたちで、相手の背後へ回り込もうとした。と、いきなり黒木の首すじに、冷たいものが触れた。

黒木が舌を打ち鳴らして両手を上げると、「神妙だな」と、背後でドスのきいた声がした。

ライフル銃らしきものを手にした影が、霧を乱しながら走り寄って来た。黒い革ジャンパーに黒ズボンを穿《は》いた、三十歳前後の白人の大男であった。手にしているのは七連発の『フランキSPAS12』オートマチック・ショットガンである。

SPASとは、スペシャル・パーパス・オートマチック・ショットガンの略で、ボタン一つで手動式のポンプ・アクションとしても使うことができた。強力な散弾を連射できるだけに、恐ろしい銃だ。肩から背中にかけての筋肉の発達が弱い者だと、連射の衝撃で肩や腰をいためる恐れがある。

「やっぱり姿を見せたか。お前の予感が当たっていたな、ニコルス」

ショットガンを手にした男が、そう言いながら黒木の懐《ふところ》へ手を滑《すべ》り込ませ、ホルスターからベレッタを抜き取った。

黒木の首すじに、銃口を突きつけている、ニコルスと呼ばれた男が、黒木の背中や腰を撫《な》でてボディ・チェックした。

「おれが、お前たちから離れて見張っていたからよかったものの、下手《へた》をすると今頃はそのベレッタで殺《や》られていたぜ。どうやら、ほかに武器はなさそうだな」

ニコルスが、黒木の背中を拳で突いて「歩け」と命じた。

二人は、黒木を三〇一の駐車スペースへ連れて行った。

エンジンルームに何かを仕掛けていた男が、無表情に立ち上がった。

「お前が現われたおかげで、ドカーンを仕掛けたことが無駄になってしまったよ」

彼は、黒木の頬を、スパナでペタペタと叩いた。この男は四十前後で、作業服を着てゴム手袋をしていた。

「残念だが、お前の動きは、われわれによって正確に摑《つか》まれているよ。驚いたかね、ミスター黒木」

「べつに……」

黒木は、両手を上げたまま、冷ややかに答えた。銃口は依然として彼の後ろ首に突きつけられている。

「ほう、ではわれわれに動きを摑まれていると知りながら、イギリスへ来たというわけか。なかなか勇気があってよろしい。で、わが国へのご用件は?」

作業服の男が、皮肉った口調で言った。

「用件はたった一つ、貴様らを消すためさ」

黒木の後ろ首に銃口を突きつけていた男が、フンと鼻を鳴らしながら銃口で黒木の首を強く押した。

作業服の男のこめかみに、血管が浮き上がった。黒木の返事に、ムッときたのだろうか。

「あまりいい気にならないほうがいいね。君はCIAやKGBに数々の神話や伝説を残しているらしいが、はたしてそれが、どこまで真実か疑わしい、とわれわれは思っている。一体いつ、われわれを消すつもり?」

作業服の男が、またスパナで黒木の頰をペタペタと叩いた。

黒木が「間もなくさ」と答えると、ショットガンを手にして、黒木の右手斜めに立っている男の顔に、チラリと不安がよぎった。

「連れて行け」

作業服の男が、吐き捨てるように言って、すこし離れたところに停《と》めてあるオートバイの方へ歩いて行った。

「こっちへ来い」

ショットガンを手にした男が顎《あご》をしゃくって、三〇六の駐車スペースを、銃の先で示した。そこには、彼らのものらしい、ひどく古い乗用車が入っていた。おそらく三〇六の駐車スペースが空《あ》いていたので、そこへ入れたに違いない。

作業服の男が、オートバイをまたいで、スターターキイをひねった。

エンジン音が轟《とどろ》いたとき、ショットガンを手にしていた男の視線が、ほんの一瞬オートバイの方へ流れた。それは、黒木が待ち構えていた一瞬でもあった。

黒木の体が沈み、彼の後ろ首を強く押していた銃口が、前へ泳いだ。

黒木の右手が銃身を強く摑んで引いた。彼の背後にいた男は、引き金に指をかけていたため、銃が火を噴いた。

黒木の前に立っていた、ショットガンを手にした男が、首の下を撃ち抜かれてのけ反《ぞ》った。

そのときにはもう、銃身を摑んだまま振り向いた黒木が、背後にいた男の側頭部に強烈なフックキックを放っていた。

鈍い音がして、靴の先が敵の頭蓋骨《ずがいこつ》を陥没させ、敵の体が横っ飛びに三、四メートル吹き飛んだ。

ほんの二、三秒の間に生じた逆転であった。

オートバイが、急発進で逃走を始めた。

黒木は、床に落ちているベレッタをホルスターにしまうと、倒した二人の男を彼らの車の後部シートに引きずり込み、ショットガンとライフル銃は助手席に投げ入れた。

彼は、運転席にすわって、エンジンをかけるや、ギアをローに入れてアクセルを踏み込んだ。

タイヤが白煙を噴き上げて、ギャーンと悲鳴を上げる。

ローでアクセルを踏み込んだ状態のまま、車は猛スピードでせまい通路を走った。

前方を急カーブしたオートバイが、危《あや》うく転倒しそうになった。

両者の間が、ぐーんと縮まる。

オートバイが姿勢を立て直して、急カーブを曲がった。

約二十メートルの距離をあけて、両者が弾丸のように、駐車場を飛び出す。

黒木は、ギアをトップに入れて、加速した。

エンジンが、いまにも破裂しそうに、咆哮《ほうこう》した。

視界の悪い霧の中を、オートバイと乗用車は、流星と化して爆走した。黒木が、ヘッドライトを点灯する。

霧の中で、オートバイのバックランプが、赤く光った。

黒木が追う。

敵が逃げる。

九十度のカーブを、敵がオートバイをほとんど水平に倒して左折した。

乗用車が、タイヤを軋《きし》ませて、横滑りになりながら、続いて左折した。後部シートで、二つの死体がぶつかり合う。

オートバイは、真夏なら鬱蒼《うっそう》とした緑に覆《おお》われている、広大なケンジントン公園に入って行った。

オートバイが、直線道路で猛加速し、両者の間がジリッと開いた。

黒木が懐《ふところ》に左手を入れてベレッタを取り出し、片手で運転しながら、銃口で窓ガラスを叩き割った。そして、左腕を、窓の外に出してまっすぐに伸ばす。

前方に、池が見えだした。

ベレッタが、ドンドンッと二度、火を噴く。

オートバイが前のめりになったあと、宙に浮き上がった。

作業服の男が、木の葉のように回転しながら、池に落下していく。路上を滑るオートバイが回転しながら、道路わきの巨木に激突し、真《ま》っ二つになった。タイヤがハンドルが、燃料タンクが、バラバラになって四散する。

だが、爆発はしない。

作業服の男が、池に落下して、水しぶきを上げた。

黒木は、車のスピードを落として、林の中へ車を乗り入れると、池の傍でブレーキを踏んだ。

男は、岸から十数メートルのところで、もがいていた。両肩を傷《いた》めたらしく、足だけを懸命に動かし、黒木から遠ざかろうとしていた。

「素直にこちらへ来るか、それとも銃弾を選ぶかだ」

黒木は、銃口を作業服の男に向けた。男の両肩から、血が流れ出し、それが水面にひろがりつつあった。ベレッタの九ミリ弾で、両肩を撃ち抜かれていたのだ。

作業服の男はあきらめたように、もがき泳ぎをしながら黒木の方へ向かって来た。

黒木は、ベレッタをホルスターにおさめると、助手席のドアをあけてショットガンとライフルを取り出し、装塡されていた弾丸を空にした。

作業服の男が、ようやく岸に泳ぎ着き、歯の根をガチガチと震《ふる》わせた。

黒木は二丁の銃と弾丸を、池の中へ投げ捨て、池の端に近づいた。

作業服の男は、二本の腕をダラリと垂れて、苦し気に肩で息をしていた。

黒木は、男の胸倉《むなぐら》を摑んで、引き上げた。

ベレッタの銃弾は、両肩の鎖骨《さこつ》の上を貫通していた。

「身分素姓を名乗ってもらおうか」

黒木は、珍しく訊《たず》ねた。彼が、襲いかかって来た者を摑まえて、身分素姓を訊ねることは、滅多にない。相手が、本当のことをしゃべるとは思えないからだ。たとえしゃべったとしても、組織の末端者か、雇《やと》われ殺し屋である場合が多い。

黒木は、一刻も早く、拉致《らち》された沙霧の身辺に、近づきたいのであった。

だが男は、口をへの字に結んで、黒木を睨《にら》みつけた。

このときである。腹の底に響くような爆音が、かなりのスピードで頭上に迫って来た。

黒木は、霧の空を仰《あお》いだ。彼方《かなた》に朝の太陽が、いぶし銀のようにぼんやりと輝いていた。

その輝きの中に、巨大な黒いものが、浮かび上がった。

ヘリだ。しかも一直線に向かって来る。

黒木が、作業服の男の胸倉を摑んで、木の陰に引きずり込もうとするより早く、旋回したヘリの胴体中央部で、ババババンッとサブマシンガンの銃声がした。朝の空気が激震する。

黒木が、しなやかに横へ飛ぶのと、作業服の男の首が、集中弾を浴びて、ぶっちぎれるのとが同時であった。

鮮血が音を立てて噴き上がる。

超低空で突っ込んで来たヘリの胴体中央部が、再び狂ったように吼《ほ》え、着弾で黒木の足元の土がビシビシッと抉《えぐ》れた。

一弾が、彼のくるぶしを浅くこすり、激痛の衝撃で、黒木がもんどり打って倒れた。

敵が猛然と乱射し、黒木が枯れ葉の上をころがった。

右手が閃光《せんこう》のような動きを見せて、ベレッタを引き抜く。

激しくころがりながら、黒木の人差し指が、素晴らしい速さでトリガーを引いた。

ドンドンドンドンドンッと、鼓膜《こまく》を破るような、重低音が、あたりを圧倒。

ベレッタの銃口が、撥《は》ね上がる、撥ね上がる。

強烈な黒豹《ひょう》の反撃であった。スライドがピストンのような往復を見せ、九ミリ弾の薬《やっ》莢《きょう》が、超高速で機関部から吐き出される。

黒木がまた撃った。横転しながら撃った。鍛え抜かれた腕が、肩がマシーンのごとくぶるった。

ヘリから、サブマシンガンを手にした男が、まっ逆《さか》さまに池へ落下した。

水しぶきが上がる。

黒木は、立ち上がって走った。憤怒《ふんぬ》の形相《ぎょうそう》で走った。

空《から》の弾倉を捨て、予備の弾倉をグリップに叩き込む。

ヘリが機首を下げた姿勢で、挑みかかるように黒木を追った。

黒木が振り向きざま、コクピットを狙《ねら》って、引き金を引いた。

ドンドンドンッという銃声が冬枯れの森を怯《おび》えさせる。

ヘリが慌《あわ》てて機首を上げ、被弾した機首が、火花を散らした。

黒木は、また走った。狙撃されるのを避けて、樹木の間を右へ左へと、豹のごとく疾《はし》る。

それはまさに、怒りを爆発させた、野性の黒豹であった。

ヘリが前方に回り込んで、反転した。機体中央部で、別の男がまたしてもサブマシンガンを乱射した。ガンガンガンと耳をつんざく銃声。

被弾した樹木が、木屑《きくず》を散らして、乾いた音を立てる。

巨木の陰に飛び込んだ黒木が、片膝ついて、キバを剝《む》いた。

ベレッタの銃口から、オレンジ色の銃火がほとばしり、ドンドンドンドンドンッと雷鳴のような銃声が、ヘリに襲いかかった。

秒速五発という驚異的な連射の反動で黒木の手首がうち震え、血管が膨《ふく》れ上がる。

肩胛骨《けんこうこつ》を連打するハイ・パワーの重低音衝撃波。

コクピットの風防ガラスが粉微塵《こなみじん》となり、九ミリ弾の直撃を食らったオペレーターの頭が、ザクロのように破裂した。

吼えるベレッタ。目にも留まらぬ速さで往復する遊底。弾け飛ぶ薬莢。

黒木が撃つ、阿修羅《あしゅら》のように撃つ。

叫び声もなく、二人目の敵がヘリから落下し、機内から白煙が立ちのぼった。

ベレッタの遊底が、ガチンと引いた状態で停止する。

弾倉が空になったのだ。わずか十二、三秒の間に、ヘリは二十八発の九ミリ弾を撃ち込まれたのである。

恐るべき黒豹の、猛反撃であった。

ヘリがコクピットから白煙を吐き、よろめきながら高度を上げて、逃げるように遠ざかった。

黒木が、深呼吸を一つして、ベレッタに新しい弾倉を装填したとき、東の方角からパトカーのサイレンの音が伝わってきた。

黒木は、逆の方角に向かって、走り出した。

森の中を風が吹き抜けて、枯れ葉が舞い上がった。

2

黒木は、アパートへ戻る途中、駐車場に立ち寄ってみたが、警察官は来ていなかった。

駐車場で生じた一発の銃声は、どうやら誰にも怪しまれなかったらしい。真冬の休日の朝だったので、どの家の窓も閉まっていたのが幸いしたのだ。

黒木は、レンタカーに仕掛けられた爆弾を取りはずすと、テームズ川の川岸まで出かけて、川の真ん中あたりへ投げ捨てた。

ロンドン名物の霧が、彼の行為を、他人《ひと》の視線から守った。

黒木は、アパートへ戻った。

三〇一号室の前で、彼は立ち止まった。ドアにそっと耳を当ててみたが、物音ひとつ伝わってこない。

黒木は、オーリャの安全が気になっていた。敵は駐車場にまで現われたのであるから、この部屋へ別動隊が踏み込んでいてもおかしくはない。

黒木は鍵穴にキイを差し込んで、慎重にひねった。

音もなくロックがはずれた。

彼はドア脇の壁に体を張りつけ、ノブを静かにひねってから、靴の先で軽くドアを蹴った。

ドアが、ほんのすこし軋《きし》んで、あいた。

彼は腕時計をはずすと、ミラー加工になっている時計の裏面に、室内を映してみた。

とくに変わった様子はなかった。応接ソファーも元の位置のままだし、二つの寝室のドアも、あいたままである。ただ、オーリャの姿が、見当たらなかった。

黒木は、腕時計を手首に戻し、ホルスターからベレッタを引き抜いて室内に入るとゆっくりとドアを閉めて音を立てぬようロックした。

寝室を覗《のぞ》いてみると、オーリャがベッドカバーの上に横たわって、眠っていた。その寝顔が、息を呑むほど妖《あや》しかった。

黒木は念のため、バスルームとロッカーの中もチェックしたが、異状はなかった。

彼は、ベレッタをホルスターにしまい、キッチンの冷蔵庫から冷えたスコッチウイスキーのボトルを取り出した。本場のスコッチウイスキーは、冷蔵庫でやや強めに冷やして、ストレートで飲むと、こたえられない味がする。

黒木はこのところ、それを愛飲していた。そのことを倉脇から聞いて知っている浜元大使が、上質のスコッチを取り寄せて冷蔵庫へ入れておいてくれたのである。

黒木は冷えきったスコッチのラベルを軽くひと撫でしたあと、ボトルの口をあけ琥珀《こはく》色の液体を、ウイスキーグラスではなく、ブランデーグラスに注いだ。これも、冷やしたスコッチウイスキーを飲むときの、黒木特有の飲み方である。

なんともいえない芳醇《ほうじゅん》な香りが、部屋にひろがった。

黒木は、グラスとボトルを手にしてソファーにすわると、舌の上で味わうようにしながら、琥珀色の液体を飲み干《ほ》した。

上品な味と香りが、心地《ここち》よい熱をともなって、食道を滑り落ちる。日本製のウイスキーでは、味わえない香りと味だ。

彼が、二杯目をブランデーグラスに注いだとき、寝室で「お帰りだったのですか」という声がした。

黒木が「たったいま……」と、言葉短く答えて、グラスを口許へ運んだ。

オーリャが寝室から姿を見せて「お帰りなさい」と言ったあと「いい香りですのね」と言葉を続けた。

「君も飲むかね」

「いいえ」

オーリャは首を横に振り、黒木と向かい合ってソファーに腰を下ろした。

「お帰りが遅かったので、ついうっかり眠ってしまいました。ごめんなさい」

「いろいろなことがあったから、気疲れがひどいんだろう。私に遠慮せず眠ればいい」

「駐車場で何かありましたの？」

「襲われたよ」

「えッ……」

オーリャが息を止めて、黒木を見つめた。

黒木は、駐車場に行ってからのことを、淡々と彼女に打ち明けた。

「お話の様子ですと、スペツナッツではなく、イギリス情報部の犯行と思われますわね」

「たぶん、そうだろうと思う。スペツナッツならイギリスで、ヘリ攻撃を仕掛けるような、大胆なことはしないはずだ」

「お怪我《けが》はなかったのでしょうか」

「くるぶしをすこし傷つけたが、たいしたことはないよ」

「でも、手当てをしませんと」

「平気だ」

「左肩の傷は大丈夫ですか」

「痛みがないようだから、傷口は順調に塞《ふさ》がっているんじゃないかな」

黒木は、空《から》になったブランデーグラスを、テーブルの上にコトリと音をさせて置いた。

オーリャは立ち上がって黒木の傍へやって来ると、彼の膝の上に腰を下ろして、両手を首にまわした。

「ねえ、豹……」

「ん？」

「あなたは、弱い立場にある家族や女のひとを一方的に捨てたことがありますか？」

「どういう意味の質問だね」

黒木は苦笑した。彼にとってはあまりにも突拍子《とっぴょうし》もない、オーリャの質問であった。

オーリャは、甘えるように、黒木の胸に顔を伏せた。

「べつに意味などありません。家族や女のひとを一方的に捨てる男の気持ちが、なんとなく知りたくて」

「弱い立場にある妻子を一方的に捨てるような男の心の中には、どうしても愛というものに対して偏見やコンプレックスが生まれてくるように思うが」

黒木は、苦笑しながら言った。こういう種類の会話は、彼はあまり得意ではない。

「一般論で逃げないでください。私は豹が家族や女のひとを捨てたことがあるかどうかを知りたいのです」

「恋人や妻子を一方的に捨てるような男は、世の中を素直には見られないだろうし、素直に見る資格もないだろうな。そういう男に限って、理想論や綺麗ごとを口先うまく言うダマシの能力に長《た》けているものだ」

「一般論ばかり言って、ずるいひと……私はあなた自身のことが知りたいのに」

オーリャは、軽く黒木を睨みつけ、彼の頑丈な胸を拳《こぶし》でトントンと叩いた。オーリャは素直に甘えていた。心の底から黒木に甘えていた。彼女自身、少女のようになっている自分の感情に、気づいていた。

黒木は、彼女を抱いて立ち上がったあと、ソファーに彼女をすわらせて、その美しい顔を覗き込んだ。

「私のことをあまり知り過ぎるな。いいね」

そう言う黒木の目が、一瞬だが威嚇《いかく》するように鋭く走った。

それに気づいたオーリャは、小さく頷《うなず》いて、うなだれた。

黒木は、彼女の頬に、ちょっと手を触れたあと、ブロンドの髪を撫でた。

その日には、もう優しさが戻っていた。

彼は、スコッチのボトルを冷蔵庫へ戻し、ブランデーグラスを水道の水ですすいで、食器棚にしまった。

と、ドアを誰かがノックした。隣り近所に気を遣《つか》っているような、遠慮がちなノックの仕方であった。

黒木が、寝室を顎でしゃくり、親指と人差し指でピストルを形づくった。

オーリャが急いで寝室へ入り、ショルダーバッグから五連発の小型自動拳銃を取り出した。

ドアがまたノックされたあと、ドアの下の隙間《すきま》からメモが差し込まれた。

黒木は寝室側の壁に体を張りつけるようにして、ドアに近づいて行った。ドアに向かって、うっかりまっすぐに進めば、いきなりサブマシンガンを撃ち込まれる恐れがある。

ドアの脇にたどり着いた彼は、手を伸ばしてメモをつまみ取った。

メモには英語で『伊倉正樹《いくらまさき》殿、われわれはイギリス政府の者です。大事なお話がありますので、ぜひお目にかかる機会を与えてください』と書かれていた。たったいま書かれたものらしく、まだインキが乾いていない。

黒木はホルスターからベレッタを引き抜くと、音をさせぬようドアのロックをはずし、再び壁伝いに遠ざかった。

またノックがあった。

彼はキッチンカウンターの陰に肩から下を隠すと「どうぞ。ドアに鍵は掛かっていません」と言った。

ドアがあいて、三人の男が入って来た。コートを手にし、高級スーツを着た五十前後の紳士たちであった。

表情は穏やかで、殺気はまったく感じられない。いかにも政府の高官というタイプの人物である。

黒木はベレッタをホルスターにしまうと、キッチンカウンターの陰から出た。

「日本の特別高等外務審議官、伊倉正樹さんですね」

三人の中で一番背の高い、コールマン髭《ひげ》を生《は》やした紳士が、にこやかに訊《たず》ねた。

黒木は「ええ」と答えながら、三人にソファーを勧《すす》めた。

テーブルをはさんで、三人の紳士と黒木は向かい合った。

コールマン髭の男が、物静かな口調で言った。

「われわれ三人は、内閣官房と外務省、内務省でそれぞれ責任あるポストに就いている者です。じつはあなたに、ぜひとも本日中に国外へ退去して頂きたいと思って、お願いに参りました」

「ほう……で、理由は？」

黒木は、無表情に訊ねた。相手の用件を見透《みす》かしていたような訊ね方であった。

「黒木豹介という日本の秘密捜査官と、あなたとを間違って、イギリスの司法関係者が動き出す恐れがあるからです。特別高等外務審議官であるあなたに、ご迷惑がかかって、外交問題に発展すると困りますので」

「じつに紳士的な忠告ですね。さすがにイギリスです」

「忠告ではありません、お願いです」

「ということは、強制退去ではないわけですな」

「特別高等外務審議官である伊倉さんに、強制退去を通告する理由はありません。黒木豹介になら、強制退去の通告をいたしますが」

「私が国外退去を拒否したら、どう致しますか」

「わが国の司法関係者が、たぶんあなたを黒木豹介と間違えて自由を拘束《こうそく》することになるでしょう」

「司法関係者という形容を、正直に、秘密情報機関という形容に置き換えたらいかがです」

「悪いご冗談はおよしになってください。秘密情報機関とはいったいなんのことです？」

「では黒木豹介とはいったい何者です？　彼は貴国にどのような迷惑をかけたのです？」

「どうやらわれわれの友好的なご提案を、受けてくださりそうにありませんな」

「政治的かけひきのような、下手《へた》な言い回しはやめて、ズバリ言ったらどうです。目の前にいる黒木豹介に、一刻も早くこの国から出て行ってもらいたいのだと」

「いいえ、われわれの目の前にいるあなたは、あくまで特別高等外務審議官の伊倉正樹さんです。すくなくともわれわれ三人が、この部屋から出るまではね」

「帰ったら上司に報告しておくことだ。私に早く帰国してもらいたいのなら、私の秘書、高浜沙霧をおとなしく引き渡せとな。それに宇宙ロケットの設計図とＧＲＵの組織図もだ」

　黒木の口調が、ガラリと変わったため、みるみるコールマン髭の顔が青ざめた。

「な、なんのことを言っておられるのですか？」

「いいか、私の秘書の体にすこしでも傷をつけたら、皆殺しだ。権力者にそう伝えておけ」

　黒木の目がギンと凄みを見せて、相手を圧倒した。

　コールマン髭が、顔を引き攣《つ》らせて立ち上がると、あとの二人の紳士も立ち上がった。

　その拍子に、彼らが腰に下げている小型拳銃のホルスターが、見えた。

　英国政府の内閣官房や外務省・内務省の高官が、拳銃を身につけて人を訪ねるとは考え難《がた》い。

黒木は、三人の紳士は、おそらく英国情報機関の幹部であろう、と推測した。

コールマン髭が、吐き捨てるようにして言った。

「伊倉さん。われわれは善意で国外退去をお知らせに来たのです。本国でたいへんなことが起きているかもしれないのに、このようなところに居てよろしいのでしょうかね。東京のイギリス大使館が未確認情報として得た……」

「よしたまえ。もう帰ろう」

コールマン髭の男の口を制した、がっしりとした体格の紳士が、黒木に向かって軽く頭を下げ、ドアの方へ歩いて行った。

三人の紳士が部屋から出て行くと、オーリャが寝室から出て来た。

黒木の表情は、曇っていた。コールマン髭が言いかけたことが、気になったのである。

(本国でたいへんなことが……東京のイギリス大使館が未確認情報として得た……)

黒木は胸の中で、コールマン髭の言葉を反芻《はんすう》した。

「あの三人は、豹の身分素姓を、特別高等外務審議官、伊倉正樹と言っていましたが、どういうことですか」

オーリャが不安そうに訊ねた。

「私が外交特権で出入国する際の別名だよ。むろん連中は、伊倉正樹が黒木豹介であると知っていてやって来たんだ」

「また暗殺者がやって来るかもしれません。スペッナッツの動きも心配です。このアパートを出て、人の多いホテルへ移ったほうが、安全ではありませんの？」

「いや、人の多いホテルはかえって危険だよ。それに私は、イギリスに長く滞在するつもりはない」

　このひとは一気に勝負に出るつもりだ、とオーリャは思った。

「君は、フランス語は話せるのかね」

「いいえ、フランス語はまったく駄目です。どうしてですか？」

　黒木は、それには答えず、窓際のサイドボードの上に載っている電話の方へ歩いて行った。電話機は、古いダイヤル式だ。

　彼は、腕時計に視線を走らせてから、ダイヤルを回し、倉脇の私邸へ直通の国際電話を入れてみた。日本はいま、午後五時か六時のはずであった。

　発信音が三度鳴って、倉脇の妻ユキノが電話口に出た。

「黒木です。いまロンドンから掛けているのですが、先生はご在宅ですか」

「まあ、黒木さん。主人から伝言がありますのよ。もし私邸へ電話が掛かってくるようなことがあれば、総理大臣官邸の首相執務室へ電話をしてほしい、とのことです」

「わかりました。それじゃあ……」

黒木は、ユキノが受話器を置いてから、フックスイッチを押し、首相執務室の電話番号を回した。

不吉な予感が、彼の胸中にひろがっていた。ユキノの話し方は、いつもと変わらなかったが、黒木は不吉な予感に手応《てごた》えを感じた。

発信音が鳴るか鳴らぬうちに、受話器が上がって、聞き馴《な》れた倉脇の声が電話口に出た。この声も、いつもと変わらず、落ち着いていた。

「黒木です。いまロンドン市内のアパートにいます」

黒木がフランス語でしゃべり始めたので、ソファーにすわっていたオーリャの表情が固くなった。

「ご苦労さん、変わりがないかどうか心配していたんだ。高浜君に関する情報はどうだ」

「明日にでもハイム・ダンカンの屋敷周辺を探ってみるつもりです。ヒースロー空港で、イギリスの秘密情報機関の高官二名が爆殺されたニュースは、もう日本に届いていますか」

「先ほど、私の耳に入ったよ。今回の一連の事件に関連しているんじゃないのかな」

「そうかもしれません。私も当地に着いて、さっそく狙《ねら》われました」

黒木は、ロンドンに着いてからのことを、倉脇に流暢《りゅうちょう》なフランス語で報告した。黒木がフランス語を使っているのは傍にオーリャがいるからだな、と倉脇にはちゃんとわかっていた。

それくらいのことがわからぬような、倉脇ではない。

「君にもオーリャにも怪我はないのだね」

黒木の報告を聞き終えた倉脇が、念を押すようにして訊ねた。

黒木は鋭く捉《とら》えていた。何事もないように話している倉脇の言葉の背後に、悲しみと動揺が隠されているのを。

それを表に出すまいとしているのは、心配した自分が慌てて帰国するかもしれないことを気遣ってのことだな、と黒木は思った。

「私とオーリャは無事です。それよりも、この部屋に訪ねて来た男の言ったことが気になっています。そちらに何か変わったことがあったのではありませんか」

「その男が、日本に何かが起きていそうなことを言ったのは、君を早く帰国させたかったからだろう」

「私にはそうとは思えません。何かあったのなら、おっしゃってください。本国に何があったところで、今の私は高浜君を救い出さない限り、イギリスから離れられませんが」

倉脇が沈黙した。重苦しい気配が、受話器から伝わってくる。

黒木は、倉脇が口を開くのを待った。

三十秒……一分……と時が過ぎて、オーリャのすわっているソファーが、かすかにギシッと鳴ったとき、倉脇はしゃべり始めた。

「いま君に余計な心配をかけたくないのだが、君は強靭《きょうじん》な精神力を持った男だ。私の話にきっと耐えて、きちんと任務を遂行《すいこう》してくれるだろう」

「やはり、そちらに何かあったのですね」

「伊達首相が……伊達首相が……」

倉脇が、張りつめていた糸がプッンと切れたように、嗚咽《おえつ》を洩《も》らした。

黒木は、倉脇がいきなり泣き出したことに、強い衝撃を受けた。倉脇は、滅多なことでは動じない、泰然自若《たいぜんじじゃく》たる人物である。彼が、これほど取り乱したのを、黒木はかつて見たことがない。

「伊達首相が、どうなさったのです」

「射殺された」

呻《うめ》くように倉脇が言った。

黒木は愕然《がくぜん》となって、背中を反らせた。聞き間違いではないかと思った。

「いま、なんとおっしゃいました」

「伊達首相が射殺された。国枝君と宅間君は重体だ」

「そんな……」

受話器を握りしめる黒木の手が、怒りでぶるぶると震えた。顔色は蒼白《そうはく》である。

倉脇に劣らぬほど、黒木や沙霧のことを心配し、陰《いん》に陽《よう》によく二人の面倒を見てきた伊達首相であった。

黒木は、倉脇とはまた違ったかたちの、伊達の心の寛《ひろ》さをよく知っていた。

伊達が、沙霧のことを、実の娘のように思っていたことも知っている。

倉脇から、伊達山房事件を詳しく聞かされた黒木の目に、涙が溢《あふ》れた。

「卑劣な……」

受話器を握りしめる黒木の手が、ミシリと鳴って、受話器に亀裂《きれつ》が走った。蒼白だった頬が紅潮し、涙が頬を伝い落ちた。

オーリャが、驚いたように立ち上がって、黒木の傍へやって来た。

彼女は、絹のハンカチで、黒木の涙を拭《ぬぐ》った。

倉脇が、宅間と国枝の容態を話し終えて、電話を切った。

黒木は、暫《しばら》くの間、受話器を握ったまま立っていた。

伊達首相の死は、心臓を抉《えぐ》り取るようなショックを、黒木に与えていた。伊達が身近な存在であっただけに、なおさら受けたショックは大きかった。

黒木は、倉脇から「犯人は立ち去るとき英語をしゃべった」と聞かされて、犯人はスペツナッツであると断定した。一国の最高首脳を奇襲する暗殺チームが、暗殺現場で母国語を使うようなヘマはしない。完全に無言で押し通すか他国語をしゃべって、その国の犯行に見せかけようとするかだ。

「豹、どうしたのですか」

オーリャの言葉で、黒木はわれを取り戻した。

「なんでもない。君は知らなくてもいいことだよ」

「私に聞かせたくなかったので、フランス語を使ったのですね」

「私の任務は、国家を背負ったものだ。君に聞かれて困ることがあるのはやむを得ない。信用するとか、しないとかの問題とは、次元が違うんだ」

「わかっています」

でも淋《さび》しい、と言いたいのを、オーリャは我慢した。黒木ほどの男が、涙を流したのである。よほど重大な出来事があったに違いない、とオーリャは思った。

「熱いシャワーを浴びて、気分を鎮めてくる」

黒木は、上着を脱ぐと、ソファーの背にかけた。オーリャが彼の背中にまわって、左肩の銃創に気をつけながら、ショルダー・ホルスターをはずそうとすると、黒木は「これはいい」と言って、バスルームへ入って行った。

彼は、バスタブを隠すカーテンレールに、ホルスターをぶら下げたあと、鏡の前に立ち、ワイシャツを脱いで左肩の繃帯《ほうたい》を取った。

貫通銃創には、薄い皮膜が張り始めていた。驚くべき回復の早さである。神はこの男に、苛酷《かこく》すぎる運命を与えるために、並み外れた体力、気力そして知性を与えたのか。

それにしても、あまりにも……あまりにも黒木の運命は苛酷すぎる。

彼はバスタブに熱めの湯を張り、肩の傷を濡らさぬよう、体をひたした。

彼は目を閉じ、亡《な》き伊達首相の顔を思い浮かべた。

その顔に、沙霧の顔が重なって、黒木のマスクが、辛《つら》そうに歪《ゆが》んだ。

3

午後になって霧が晴れた。真冬とは思えないほど、気温が上がって太陽は燦々《さんさん》と降り注いだ。ロンドンにしては珍しい、輝くばかりの太陽であった。青っぽい鉛色であることが多い空も、青く晴れわたって雲一つない。

黒木は、オーリャをともなって、アパートからほど近いキングス・ロードを歩いた。かたときも沙霧と伊達首相の顔が、脳裏《のうり》から去らなかった。それでも彼は鉄のカーテンの国に住むオーリャに、自由の国イギリスのよさを見せようとしたのである。

黒木と腕を組んで歩くオーリャは、嬉《うれ》しそうであった。そして見るもの触れるものに、瞳を輝かせた。

春かと思わせるようなそよ風が、彼女の気持ちをいっそう明るくさせていた。

「キングス・ロードという名前には、何か意味があるのですか」

オーリャは黒木の右腕にぶら下がるようにして、訊ねた。この美しいロシア女性は、厳しい規律でしばられた国で育った人とは思えないほど、いま華《はな》やかに花を咲かせていた。昼の動きにも、黒木を見つめる瞳にも希望が満ち溢れているかのようであった。

「この道は、かつてはごく普通の野良道《のらみち》だったんだ。それをチャールズ二世がハンプトン・コートへ通る道として拡張したので、キングス・ロードと名づけられたらしいよ」

「キングス・ロードが、この界隈《かいわい》の中心通りなんですね」

「そうなんだ。われわれのアパートがある一帯をチェルシイ地区といってね。キングス・ロードはその中心通りだ。東京で言えば、原宿、六本木、表参道といった感じかな」

「私は原宿も表参道もまだ知りません。六本木は住まいの近くでしたから知っていますけれど」

キングス・ロードには、ハイセンスなブティックやコーヒーショップや、骨董品《こっとうひん》の店などが並んでいた。それらの店の一つ一つを、オーリャは飽《あ》きずに覗き込んだり、車道を二階建ての赤いバスや、クラシックな型の黒塗りのオースチン・タクシーが走ると、目を見張った。

道路の両側に立ち並ぶ建物は、ビルと言うよりは建造物と形容したほうが似合いそうな古風な建物ばかりであった。せいぜい五、六階建てで落ち着いた色のとんがり屋根が目立った。同じ島国の首都でも、愚《おろ》かな戦争によって徹底的な爆撃を受けた東京とは、まったく違っていた。

東京は、貴重な文化的遺産と伝統的遺産を、くだらぬ戦争によって失ったが、ロンドンにはそれが多く生きていて、人々の心をなごませていた。日本政府の無能無策によって地価が狂騰し、不動産業界が札束を詰め込んだボストンバッグを抱《かか》えて、目を血走らせて駆け回るような醜《みにく》い喧噪《けんそう》は、今のところロンドンにはない。バブル経済は、日本特有の現象だ。どうしようもなく、醜悪な現象である。

「疲れたら言いなさい。タクシーを拾うから」

黒木が言うと、オーリャは彼の腕に乳房を押しつけるようにして「もっと歩きたい」と言った。

その彼女の脇を、髪を青く染めて赤いアイシャドーを塗り、目尻から耳にかけて黒と茶の二本線を引いた女性が二人、すり抜けるようにして通り過ぎた。

オーリャが、びっくりして立ち止まると、黒木は思わず笑った。

彼女はまったく気づいていなかった。自分の気高い美しさが、先ほどから多くのイギリス人男性から注目されていることを。

傍に、彫りの深い精悍《せいかん》な風貌の黒木がいなければ、彼らはオーリャの美しさに惹《ひ》かれて、声をかけていたかもしれない。

「君も、あのような化粧をしてみるか？」

「やってみたい……」

オーリャが、甘えたように、それも本気で答えたので、黒木はまた笑った。

だが黒木の目は、暗かった。それはまるで、オーリャとの別れが迫りつつあることを悲しんでいるような暗さであった。

黒木は、自分の腕にからみついているオーリャの腕をそっと振りほどくと、彼女のやわらかな肩を抱いて歩き出した。

オーリャは、自分の肩に加えられた、黒木の強い力を怪訝《けげん》に思ったのか、彼の顔を見つめた。

「どうかなさったのですか」

「いや、べつに……」

「もっといろいろなところを見せてください」

「じゃあ、バッキンガム宮殿へでも行ってみるか」

「遠い？」

「ここからだと、一キロ半ぐらいかな。歩ける？」

「大丈夫です」

二人は、キングス・ロードを東北の方角に向かって歩いた。バッキンガム宮殿のあるウエストミンスター地区は、キングス・ロードがグロブナー・プレイスと交差するあたりにある。

黒木は、オーリャの肩を抱いて歩きながらも、さり気なく周囲に気を配っていた。

「私は明日の夕刻、ロンドン郊外にあるハイム・ダンカンという人物の邸宅に潜入するつもりでいる。ロンドン暗黒街のボスと言われているこの男は、イギリス政界の奥深くにまで食い込んでいるようだ。ひょっとすると、ロンドン暗黒街のボスというのは、仮の顔かもしれないな」

「イギリスの秘密情報機関の最高首脳、これが素顔かもしれないということですか」

「たぶんね。問題はスペッツナッツの動きだ。秘書を救い出すまではおとなしくしていてほしいのだが、そうもいくまいな」

「スペッツナッツは、豹にロケットの設計図を奪い取られるのを、何よりも恐れているのだと思います。自分たちが先に、イギリス側から奪い返さなければならない任務を背負っているものですから、必死なのでしょうね」

「設計図は、もとはと言えば、君の国のものだから、必死になって当然だよ」

「私にできることがあれば、おっしゃってください。ロンドンのソビエト大使館に出向いて、本国と連絡を取り、伯父様にスペッツナッツの動きを抑えて頂くよう、おねがいしてみましょうか」

「最初はそれも考えたが、君をこの事件に、いま以上巻き込むのはよすことにした。そのようなことを伯父上に頼めば、KGBやGRUは、君や伯父上に何をするかわからないからね」

「あなたが設計図にノータッチであると約束なされば、スペッツナッツは、あなたが秘書を救い出すまで、静観してくれるかもしれません」

「設計図にノータッチという約束はできない」

黒木は、オーリャの肩を撫でながら、穏やかな口調で言った。

オーリャは頷いたが、黒木と同じように二つの瞳は曇っていた。

キングス・ロードはスローン・ストリートと交差する先から、道幅がかなり細くなっている。この交差するあたりに、ロイヤル・コート劇場、アップステアーズ劇場などがあって、広場になっていた。

二人がそこまで来て、横断歩道を渡りかけたとき、後ろから追いかけるようにして疾走して来た黒塗りのオースチン・タクシーが、広場の信号を無視して、急カーブを切った。それを避けようとした二台の乗用車がドーンと正面衝突して横転し、火花を散らしながら路上を滑った。

黒木が反射的に、オーリャの体を路上に押え込んで、上から覆《おお》いかぶさった。

タクシーの後部座席の窓があいていて、ババババッとサブマシンガンが唸《うな》った。路面を抉った着弾が、黒木に向かってビシビシッと突き進んでいく。

黒木が、オーリャを抱きしめた状態で、路上を激しくころがった。

だが、ベレッタを抜こうとしない。

横断歩道上のひとびとが、悲鳴を上げて逃げまどう。

タクシーが、対向車と接触して、大きな音を立てた。それでも気が狂ったように乱射を続ける。

だが、このときにはもう、タクシーと黒木との間は、ずいぶんと開いていた。

あきらめたのか、銃声がやんだ。

黒木は歩道や路上を見まわし、市民に犠牲者が出ていないことを知って肩の力を抜いた。

「急いでこの場を離れよう」

立ち上がった彼は、オーリャの手を引いて走った。大勢の市民の視線が、二人を追った。

二人は、横断歩道を渡ったあと、通りを右へ左へと幾度も曲がって十五分ほど走り続け、バッキンガム宮殿の近くまで来て、ようやく足を止めた。

オーリャは、豊満な乳房をうねらせて、苦しそうに肩で息をした。

黒木は、彼女の衣服についた埃《ほこり》を、手で払ってやった。

同じことをオーリャが、黒木にした。彼女は、泣きたくなるのを、必死でこらえていた。

黒木が、覆いかぶさるようにして、自分をかばってくれたことが、嬉しかった。

オーリャは、命をかけて自分を守ってくれようとした男性に出会うのは、黒木が初めてであった。多くを語らず、多くを振る舞わず、それでいて爆発的なパワーと、ほとばしるような優しさを持っている黒木に、オーリャは、本当の男が持つ素晴らしさを感じていた。

オーリャは、黒木の乱れた髪を指先でかき上げてやったあと「豹……」と呟いて、彼の頰に唇を押し当てた。感きわまって、そのあとの言葉が続かない。

黒木は、何事もなかったように、彼女の肩を抱いて、宮殿の方へ歩き出した。

「君はタクシーが急カーブで曲がった瞬間、素早くショルダーバッグから小型自動拳銃を取り出そうとしたね」

「夢中でした。思い出しただけで、手足が震えます」

「私が反射的に君を路上に押え込んでいなければ、君は撃ち返していたかもしれない」

「あなたは、どうして撃ち返さなかったのですか」

「流れ弾で市民に死傷者が出る危険があった」

「でも、あなたなら、敵を撃ち損じることなどありませんのに」

「人間の技《わざ》に、百パーセントの完璧さはないよ。私だって撃ち損じることはある。それに平和な休日の散策を楽しんでいる市民に、銃撃戦など見せられないだろう。一方的に撃たれていたほうがましだね」

「敵の射撃は、当たらないと見破っておられたのではありませんか」

「さあな」

黒木は、チラリと笑っただけであった。しかし彼は、オーリャが言うように、敵の射撃の仕方を、冷静に見ていた。

敵は、疾走する車の中からの射撃であるにもかかわらず、銃身を上下左右に振る、いわゆるバラ撃ちはしなかった。最初の着弾を黒木から離れたポイントに撃ち込み、そのポイントから一直線に這《は》わせるようにして黒木の方へ、着弾を進めていた。これは市街における銃撃のとき、市民に流れ弾が当たらないようにする撃ち方の一つである。いわゆる〝這わせ撃ち〟と呼ばれる射撃術で、プロの狙撃手が、サブマシンガンで撃つときに、しばしば用いる。

最初の着弾が、標的より遠すぎると、逆にやられる可能性が強いから、馴《な》れていない者には難しい撃ち方だ。

黒木は、狙撃犯は、イギリス情報部の者だろうと思った。歩道や横断歩道上の自国民を傷つけまいとする撃ち方が、ありありであった。

黒木とオーリャは、バッキンガム宮殿の門前で足を止めた。二人の周りには、英語を話す団体の観光客がいて、しきりに写真を撮《と》っていた。

オーリャは、黒木に寄り添って、心配そうに回りを見まわした。

「大丈夫だよ。女王陛下の宮殿の前では、イギリス情報部の連中もスペツナッツも、不作法な真似《まね》はすまい」

黒木が、低い声で言うと、彼女の視線は宮殿に戻った。

「宮殿を見ていると、レニングラードの冬宮を思い出します。冬宮をご存じですか」

「あれはいい宮殿だね。モスクワもキエフもグルジアも素晴らしい。ソビエトの人々は、歴史的遺産を破壊することなく、じつに大切にいつくしんでいる。あれはいいことだ。私はとくに、夕日を浴びたときの、レニングラードのネヴァ川に沿って建ち並ぶ宮殿の美しさが、忘れられない。生涯住んでみてもいい、とさえ思ったほどの美しさだった。鮮烈だったよ」

オーリャは、祖国を黒木に賛辞されて、心底から嬉しそうに微笑《ほほえ》んだ。

「もっとも、私がソビエトを訪ねると、必ず何匹かの金魚が後からついて来るので、のんびりとはできないが」

黒木がKGBの尾行を皮肉って言うと、オーリャはクスリと含み笑いを洩らした。

「あなたがレニングラードに生涯住んでくださるなら、私もモスクワからレニングラードへ移ります。ソビエト政府は〝黒豹〟と恐れられたあなたを、きっと寛大に迎えてくれると思います。ロシアの大地に住む人々には、宿敵に対する寛容さがあります」

「ロシアの不可思議な寛容さは、私もよく知っている」

「本当にそう思ってくださいますか」

「思うね」

オーリャは、黒木の腕に、頰をすり寄せて「よかった……」と小さな声で言った。

「いまひじょうに大事なことを一つ思い出したよ、オーリャ」

「なんですの」

「われわれは、ひょっとすると、昼食を摂《と》るのを忘れているんじゃないだろうか」

「まあ……」

オーリャは明るく笑い、その一瞬だけ、瞳の奥に見られた曇りが消え去った。

「静かなホテルで、ステーキでも食べながらワインでも飲むとするか。そのあとで、デパートへ行って何か買ってあげよう。何がいい？」

「あなたとペアで身につけるものを買ってください。腕時計とかペンダント付きのネックレスとか指輪とか」

「私はネックレスや指輪の趣味はないから、腕時計を買ってあげよう」

「腕時計の裏に、豹からオーリャへ、と文字を刻《きざ》んでください。私の宝物にします」

「いいだろう。さ、行こうか。公園の向こうに、いいホテルがあるんだ」

「豹……」

黒木が歩き出すと、オーリャはしっかりと彼の腕を摑んだ。

「ん？」

「あなたは、すてきです」

黒木は、バッキンガム宮殿と向かい合って在る、セント・ジェームス・パークへ入って行くと、水鳥が遊ぶ池のほとりの木陰で、立ち止まった。

冬の公園は、ひっそりと静まりかえって、人の姿はまばらであった。

彼は、大きな二つの手で、オーリャの頬を優しくはさんだ。

「なぜ日本へなど来てしまったんだ、オーリャ」

「え？」

「君は日本へ来るべきじゃなかった。モスクワにいるべきだった」

オーリャは、黙って長いこと黒木の顔を見つめていたが、やがて思いつめたように首を横に振った。その表情は、なぜか悲し気であった。

「いいえ、私はあなたを知ってよかったと思っています。後悔はしていません」

「私は君と出会ったことを後悔している」

「オーリャは……オーリャはあなたを愛しています。誰よりも、あなたを愛しています」

黒木は、ゆっくりとした動作で、彼女を抱きすくめると、雪のように白い彼女の頬に、自分の頬を押し当てた。彼の表情は苦し気であった。

「豹、私の心も体もあなたひとりのものです。永遠にあなたのものです」

二人の唇が触れ合ったとき、晴れた冬空から、チラホラと白いものが降り始めた。

二人の唇がはなれ、オーリャの目が、うるんだ。

黒木は、彼女を促して歩き始めた。オーリャは、黒木の腕を、強く摑んで「愛しているのです」と呟いた。

太陽を浴びた涙が、真珠のように光って、彼女の頰を伝い落ちた。

黒木の口は、真一文字《まいちもんじ》に結ばれていた。

それは一つのことを決意したときに見せる、彼の強靭な意思の表われであった。

オーリャの涙は、それを知っているかのようであった。

第十章　壮絶黒豹逆撃ち！

1

　雪は翌日の夕方になっても降り続いたが、積もるほどの勢いはなく、地上のものを冷たく濡《ぬ》らした。ロンドンの街を吹き抜ける風はなま温いのに、雪は雨とはならずに降り続け、地表で溶けて淡い霧となって街を包んだ。

　黒木は、オーリャが淹《い》れてくれたコーヒーを飲み終えると、ソファーから立ち上がって、ロッカーの方へ歩いて行った。

　オーリャは窓際に立って、カーテンの隙間《すきま》から、外を眺めていた。

　黒木は、ロッカーから強化プラスチック製のガンケースを取り出すと、彼女の方を見て
「まだいるのか」と訊《たず》ねた。

　オーリャが「はい」と答える。

　黒木が、アパートからすこし離れたところに、白い乗用車が停《と》まっているのに気づいたのは、正午過ぎのことであった。オーリャと黒木が交替でイギリス情報部のものらしいそ

の乗用車の様子をうかがっていると、午後三時ごろにタクシーで二人の男がやって来て、乗用車の中にいた二人と交替した。

アパートを見張っているにしては、あまりにも目立ち過ぎる見張りであった。

黒木は、目立つことで拘束力《こうそく》を発揮しているつもりだな、と思った。

カーテンの裾《すそ》を持って細目にあけているオーリャの右手首には、黒木からプレゼントされたレイモンド・ウイル（スイス製）の上品な金時計が嵌《は》められていた。

時計の裏側には『豹からオーリャへ』と刻《きざ》まれ、昨日の年月日も入っている。

黒木の左手首にも、同様の紳士用が嵌められていた。この時計の裏側には、オーリャの強い希望で『豹とオーリャ』と刻まれ、やはり昨日の年月日が入っている。黒木がそれまでしていた、マイクロ送受信装置内蔵の時計は、左手首から右手首へ移っていた。

黒木は、応接テーブルの上で強化プラスチック製のガンケースをあけ、62式機銃と予備弾倉、それに牛革でしっかりと造られた銃ケースを取り出した。

彼は牛革ケースの中へ機銃と予備弾倉を入れ、ファスナーを閉じた。

そしてさらに、二カ所に付いているバンドを、しっかりと締めた。

これからどう行動するか、二人はすでに打ち合わせを終えていた。まずオーリャが駐車場へ行って、黒木が借りているレンタカーを、アパートの前まで持って来るのである。

彼女は車のエンジンをかけたまま、いかにも黒木が出て来るのを待っているかのような素振りを見せて、車のボディを拭《ふ》いたりする。

見張りの男たちが、オーリャに気を取られている間に、銃ケースを手にした黒木が、アパートの五階に上がって、火災などの場合の非常用に設けられている脱出口から屋根の上に出ることになっていた。そして十五分後に、オーリャは思い直したようにエンジンを止めて、部屋へ戻るのである。車を駐車場へ戻していると、不審に思った見張りの男たちに摑《つか》まって尋問される危険があるからだ。

黒木は、ベレッタの弾倉を確認したあと「オーリャ……」と声をかけた。

彼の傍へやって来たオーリャの目には、悲しみがあった。顔色は青ざめている。

黒木は、黙って彼女の肩に手を置いた。

その手を取って、オーリャが頰をすり寄せた。

「今度生まれてくるときは……言葉の違いも、体制の違いも、国境もない世界に……生まれてきたい。あなたひとりのために」

力なく囁《ささや》くように言ったオーリャの美しい顔が、いまにも泣き出しそうになった。

「いまに必ず、そのような時代がくるよ、オーリャ」

黒木は、オーリャを抱き寄せて、唇を重ねた。

オーリャは嗚咽《おえつ》を洩らした。まるで最後の別れであることを、悟っているような嗚咽であった。

「じゃあ、頼む」

黒木は、彼女の体から離れると、ドアの方を顎《あご》でしゃくった。

オーリャが頷《うなず》いてハンカチで涙を拭《ぬぐ》い、ショルダーバッグを肩から下げて、部屋を出て行った。

黒木は、窓際に立って、そっとカーテンをめくった。

霧は、昨日ほど濃くはなく、かなり視界はきいたが、それでも黒木が行動を開始するには、絶好のチャンスであった。

オーリャが、アパートの玄関を出て行くのが、真下に見えた。

と、サイドボードの上で、電話がけたたましく鳴った。

黒木は窓の傍を離れると、サイドボードの前に立って、受話器を手に取った。

「私だ……」と倉脇の低い声が伝わってきた。

「すこし前に、イギリス政府から、ある要請を突きつけられたよ。かなり強い口調でね」

「私に即刻イギリスを離れよ、というのでしょう」

「そのとおりなんだ。イギリス政府としては、強制退去という手段は採《と》りたくないようだ」

「強制退去だと、問題が大きくなる、と考えているのでしょう。だから本国の命令によって私を帰国させようとしているのです」

「わが国としては、君を急ぎ帰国させる理由がない、と拒否しておいた。その上で、わが国のある人物が、貴国の何者かによって拉致《らち》された、とも伝えておいたよ。これは正式抗議のかたちで伝えたものだ」

「イギリス政府の反応は？」

「拉致事件は初耳であるし、イギリス政府はこの事件にまったく関係していない、という返事だった。ともかく君は、イギリスで任務を遂行《すいこう》したまえ。高浜君に万一のことがあれば、危害を加えた者に対して報復してもよろしい。全責任は日本政府が持つ」

「わかりました。いま倉脇先生が首相代行をつとめておられるのですか」

「いや、現在のところ、まだ首相は生きていることになっている。国民に首相の死を知らせ、後継者を決定するのは、事件が解決してからだ」

「首相の死因を公表する場合、あくまで病死とすべきです。生々《なまなま》しい事件を表に出すべきではありません」

「いま、それができるよう、随所に手を打ちつつあるところだ。ま、そのへんのことは私を信頼したまえ。それから、たったいまソ連の電子偵察機TU16Jバジャーが沖縄《おきなわ》本島上空を二度、計十一分にわたって侵犯し、スクランブルした航空自衛隊機が、警告発砲したよ。このような場合の警告発砲は、ごく当たり前の措置《そち》だから大騒ぎするほどのこともないと思うのだが、君の意見はどうかね」

「その解答は、ソビエト空軍に訊ねたほうが賢明でしょう。なにしろソビエト空軍は、悪意なき操縦ミスで領空侵犯した旅客機（大韓航空機）を撃墜して、多数の民間人の生命を奪った恐ろしい実績を持っていますからね。領空侵犯機に対処する有効な方法を、きっと教えてくれますよ」

「わが国も、その方法を見習えというのか」

「ソビエト空軍に教えてもらった対処の方法を、領空侵犯したソビエト空軍に対して示して見せるわけですから、相手も納得すると思いますけどね」

「手厳しい皮肉だな」

黒木の見解に、声を曇らせていた倉脇も、つい苦笑を洩らした。

「そろそろオーリャと一緒に出かけなければなりません。何かあればまたご報告します」

「充分に気をつけるように」

黒木は受話器を置くと、窓際に戻り、カーテンの隙間《すきま》から下を覗《のぞ》いてみた。

オーリャの運転する車が、例の見張っている車の脇をゆっくりと抜けてやって来るところであった。

黒木が、スーツの内ポケットから、万年筆型の望遠鏡を取り出して見張りの車に照準を合わせてみると、運転席と助手席にすわっている男が、オーリャの運転する車を指さして、何事かを話し合っていた。

そのうち助手席の男が、自動車電話を手に取って、どこかへ連絡を始めた。

黒木は、ニヤリとして望遠鏡をしまうと、応接テーブルの上にあった銃ケースを手にして部屋を出た。

彼は階段をゆっくりと五階へ上がって行った。慌《あわ》てる様子も、とくべつ緊張している様子も見せていない。だが、その精悍《せいかん》なマスクは暗く沈んでいた。沙霧のことが、気掛かりなのに違いない。それとも、ほかに重大な心配事でもあるのだろうか。

五階に上がった彼は、非常用脱出口への階段を、さらに八段上がった。

非常用脱出口のドアは、外からは開かないようになっているが、内側からは、ロックを外すことができた。

黒木は、そこから外へ出た。薄い霧は、北から南に向かって流れていた。

空は、どんよりと曇っている。

彼が出たところは、表通りとは反対側の屋根の上であった。屋根は急傾斜であったが、その傾斜の中央あたりを貫《つらぬ》くかたちで、人間ひとりが走って通れるだけの、平坦な足場が造られていた。

足場は、隣りの棟《むね》から、さらにその隣りの棟へと一直線に続いていた。

黒木は、足音を立てぬよう、霧の中を走った。

六棟先まで走り抜けた彼は、路地を挟んである三階建てアパートの屋根に飛び降り、裏通りに人の姿が見当たらないのを確かめながら、再びムサザビのごとく宙に躍《おど》った。

路上に叩きつけられるか、と思われた彼の体を、鍛《きた》え抜かれた両脚の筋肉が、フワリと支えた。

彼は裏通りから表通りへ続いている路地を通って、表通りに出ると、家の陰から万年筆型の望遠鏡で、見張りの車を見た。

二人の男は依然として車の中にいて、助手席の男は、まだ自動車電話で誰かと話していた。

と、霧の向こうから走って来た黒塗りのタクシーが、レンズの端に入った。

タクシーはスピードを落とすと、アパートの玄関前に停まっているオーリャの車の傍に停車した。

タクシーから降り立ったのは、中年の日本人紳士であった。

レンタカーのボディを羅紗《らしゃ》で拭いていたオーリャが、手を休めて、その紳士を見た。

紳士は、ちょっと会釈《えしゃく》をして、オーリャに近づいて行った。

黒木は、望遠鏡の照準を、紳士に合わせて「彼か……」と呟《つぶや》いた。

黒木は外国を訪ねても、その国の日本大使館へは、よほどのことがない限り立ち寄らぬ主義であった。

だがイギリスの日本大使館へは、三、四度行ったことがあり、望遠鏡が捉《とら》えた紳士を、浜元大使から一度紹介されたことがあった。緊急時の連絡役としてである。

紳士の名は、後藤正太郎《ごとうしょうたろう》。警察庁から出向している一等書記官であった。本国での肩書は警視で、信頼のできる人物であるということは、杉波警察庁長官に確認済みである。何事も電話連絡で片付けばいいのだが、電話は盗聴される恐れがあるため、人を使っての連絡は極めて重要な手段と言えた。

紳士は、オーリャと二言三言、話を交わすと、「そうですか……」というように頷いて一礼し、待たせてあったタクシーに乗った。

タクシーは、黒木の目の前を走り過ぎると、百メートルほど先の角を右折して見えなくなった。

黒木は、再び路地を抜けて裏通りへ出ると、静かな辻を幾度か折れてキングス・ロードに出た。

彼は公衆電話ボックスに入り、腕時計を見た。

アパートを出てから、すでに二十二分が過ぎていた。

彼は、アパートの部屋の電話番号を回した。

発信音が鳴ってすぐにオーリャが電話口に出た。

「私だ。日本人の紳士が訪ねて来たと思うが、どのような用件だったのかね」

「見ていらっしゃったのですか。あなたから電話が入ったら、しかるべきところへ電話をしてほしい、としかおっしゃいませんでした」

「そうか、ありがとう。見張りの車はまだいるの？」

「はい、います」

「ご苦労なことだな」

黒木は、終始事務的な口調で話すと、電話を切った。オーリャが何かを言いかけた気配だけが、耳の奥に残った。

黒木は、後藤正太郎の乗ったタクシーは、もう日本大使館に着いているころだろう、と思った。日本大使館は、デイビス・ストリートとグロブナー・ストリートが交差する一画にあり、黒木のアパートから車で十分ほどの距離である。

黒木は、公衆電話ボックスの周りを見まわしてから、浜元大使の執務室直通の電話番号をプッシュした。

霧はやや濃くなり始め、遠い位置から狙撃される心配は、ほとんどなかった。

発信音が三度鳴って、浜元大使の特徴ある細い声が、受話器を伝わってきた。黒木からの電話を予感していたかのような、応答の仕方であった。

「黒木ですが、後藤書記官をアパートへ来させてくださいましたね」

「よかった。電話をお待ちしていたんですよ。後藤書記官が、ある筋からちょっとした情報を手に入れたものですから、もしや黒木さんのお役に立つのではないかと思って、彼に報告に行かせたのです。出過ぎた行為でしたら、どうかご容赦《ようしゃ》ください」

黒木に近づき過ぎないように、と伊達首相から直接釘を刺されている浜元大使は、控えめな丁寧な調子でしゃべった。

「その、ある筋というのは？」

「ドイツ大使館の書記官です。後藤君は各国の書記官と交流が深く、個人的親睦《しんぼく》会のようなものをつくって、定期的に交流しているのですよ。昨夜、その親睦会があって、その席で得た情報なのですが」

「お聞かせください。何かの参考にします」

黒木は、サラリと言ってのけた。あまり強い反応を見せると、大使に任務の内容を気づかれたり推測されたりする恐れがあるからだ。

「後藤君が、ドイツ大使館の書記官から、さり気なく聞き出した情報によりますと、イギリス情報部は目下、粛正《しゆくせい》の真《ま》っ只中《ただなか》にあるようです。組織内に大掛かりな二重スパイ網があって、軍事機密がソビエトへ筒抜けになっていたとか」

「ほう、女王陛下に忠誠を誓ってきた大英帝国の秘密情報機関も、地に堕《お》ちたものですね」

「イギリス情報部は、ロンドン暗黒街のボスと言われているハイム・ダンカンを自在に操っている、という噂もあるようですね。ご存じとは思いますが、ハイム・ダンカンは、イタリア、フランス、イギリスなどで銀行を乗っ取り、それらの銀行の首脳陣を暗殺した疑いを持たれています」

「ええ、そのことは知っています」

「裁判は行なわれたのですが、証拠不充分とかで、ハイム・ダンカンに罪はなし、という判決が下されました。このこともご存じですか」

「はい」

「つまりハイム・ダンカンは、乗っ取った銀行の金を、イギリス情報部に吸い上げられ、かつ、その暗黒組織をも利用されているということです。裁判の無罪判決は、その見返りとも言われているようですね」

「なるほど」

「ドイツ大使館の書記官の話ですと、イギリス情報部とハイム・ダンカンとの癒着《ゆちゃく》は、もう八、九年になるとか。ハイム・ダンカンを手足のごとく使っていたのが、昨日ヒースロー空港で爆殺されたイギリス合同課報委員会のトマス・グリーンとSIS部長のドナルド・フィルビーだという説があるそうです」

黒木の目が、それを聞いて、キラリと光った。

「ハイム・ダンカンは、ロンドン暗黒街のボスであると同時に、SISの正式メンバーに登用されていたのではありませんか。それもかなり地位の高い正式メンバーとして」

「じつは、その点について、私も友人のイタリア大使から、今朝聞かされたんですよ。イタリア大使とは週に一度、朝食を一緒にして、内外の情報を交換し合っているのです。彼は、ハイム・ダンカンはSISのナンバー2ではないか、と言うのですが、私は半信半疑です」

「二重スパイ摘発の陣頭指揮に立っていたのは誰ですか」

「爆殺されたトマス・グリーンとドナルド・フィルビーが、ハイム・ダンカンを使ってやっていたらしい、とイタリア大使は言っていました」

「そうですか。なかなか興味ある情報でした。それじゃあ、これで……」

黒木が、そう言って電話を切ろうとしたとき、背後でゴツンと何かの当たる音がした。

彼がハッとして振り向くと、電話ボックスのガラス張りの扉に罅《ひび》が入っていて、扉の下に、拳大《こぶし》の黒いものが落ちていた。

黒木の眦《まなじり》が吊《つ》り上がった。

彼は銃ケースを抱え、内開きの扉をあけて、外へ飛び出した。

「逃げろ、走るんだ」

彼は、近くを歩いていた子供連れの老婦人に向かって叫ぶや、歩道際《ぎわ》の小さな公園に向かってダイビングした。

次の瞬間、グワーンと物凄《ものすご》い音がして、火柱が上がった。

粉微塵《こなみじん》となった公衆電話ボックスが、空高く舞い上がり、火炎が地を這《は》うようにして四方へひろがる。

凄《すさ》まじい爆風が、走行中の車を何台かひっくりかえし、それらが激突して、二次爆発が起こった。

黒木は、爆風で背中を強打され、公園内を十数メートル吹き飛ばされ、樹木にぶつかった。

激痛が全身に走り、意識がうすらぐ。

彼の足元へ、ドサリと音を立てて、老婦人と連れ立って歩いていた少年が落下した。体は無傷であったが、カッと目を見開いて、すでに息絶えている。

「くそッ」

黒木が頭を振って立ち上がろうとしたとき、彼の後方、二十メートルほどの樹木の陰から二人の白人が姿を現わした。手にしていたサイレンサー装着の、スターリング・リボルバーが、硝煙と霧の漂う中で、ボボボボッと火を噴く。問答無用だ。

一弾が、黒木の脇腹の筋層を貫通し、立ち上がりかけていた彼が低く呻《うめ》いて仰向《あおむ》けにのけ反った。

右手が、〇・三五秒の驚異的なスピードで、懐《ふところ》に滑《すべ》り込む。

電撃的に引き抜かれた十五連発が、ドンドンドンドンッと、反撃した。

四発の薬莢《やっきょう》が霧を裂《さ》いて弾《はじ》け飛び、銃口がオレンジ色の火を噴いて怒る。

九ミリ弾が、二人の白人の眉間《みけん》と心臓をぶち抜いた。

白人が拳銃をほうり投げ、電気ショックを受けたように、二、三メートル後ろへ飛ぶ。

秒を要さぬ、壮烈な黒豹の仰臥《ぎょうが》逆撃ちであった。

新たな敵が、右手の木立ちの陰で二つ動いた。オートマチック・ショットガンが、天地を震《ふる》わせて、咆哮《ほうこう》する。

黒木が、枯れ葉の上を、ころがった。頭上にまっすぐに伸ばした右腕が、二つの影を瞬時に捉《とら》える。

ベレッタの機関部が、目にも留まらぬ速さでスライドし、火を噴く銃口が上下に激震した。

ドンドンドンドンッという雷鳴のような重低音が、霧のロンドンに響きわたる。

二つの影が、両手首を九ミリ弾で撃ち抜かれ、動脈からほとばしる鮮血が、噴水となって霧を赤く染《そ》めた。両手が薄皮一枚でぶら下がっている。

急激な失血で、二つの影がたちまち枯れ葉の上に沈んだ。

黒木は立ち上がって、脇腹の傷を見た。出血はかなりひどいが、彼には命に別状のない傷であると判った。

彼は、鋭い目であたりを見まわしてから、ベレッタをホルスターにしまい、少年の遺体の傍に片膝ついた。

「坊や……すまない」

黒木は、見開かれている少年の目を閉じてやると、もう一度あたりを見まわして、足早に現場を離れた。

爆発の状況は、ヒースロー空港での爆発現場の状況と、ひじょうに似通っていた。黒木を狙《ねら》って投げつけられた拳大の爆発物も、ヒースロー空港で用いられたものと、似ている。

現場は、惨憺《さんたん》たる状況であった。数台の車が炎に包まれ、そのほかに数台が横転してひしゃげていた。歩道には、五、六人の市民が倒れ、血の海と化している。バラバラになって吹き飛んだと思われる遺体は、それ以上にあるはずであった。まさに無差別攻撃である。

黒木は、パトカーや消防車のサイレンの音を遠くに聞きながら、アパートへ戻る道を急いだ。

裏通りから裏通りへの道は、幸いなことに、人の姿はなかった。

アパートの近くまで来た彼は、家の陰から様子をうかがった。

アパートの前に、レンタカーは停まっていたが、見張りの車は消えていた。

外からアパートの部屋へ電話を入れて、オーリャに連絡を取ったため、盗聴班が黒木の動きを知って、見張りの車に連絡を入れたに相違ない。

黒木は、家の陰から出て、レンタカーの方へ歩いて行った。

アパートの窓を見上げたが、カーテンは閉じたままになっている。

レンタカーの運転席を覗いてみると、キイが付いていたので、黒木はそれを抜き取ってアパートの玄関をくぐった。

三〇一号室の前まで来た彼は、持っていたマスターキイで、ドアを用心深くあけた。

もう一本のキイは、オーリャに預けてある。

部屋の中に、オーリャの姿はなく、応接テーブルの上にメモが載っていた。

黒木は、メモを手に取ってウッと顔をしかめた。脇腹の痛みが、急にひどくなったからである。

メモには英語で、こう書かれていた。

『私の大事な豹へ、お別れの時がきました。私はロシアの大地へ戻ることにいたします。豹と二人で、美しいレニングラードの街を歩くことを夢みていました。でも今はもう、それもできなくなりました。心からあなたを愛しています。誰よりもあなたを愛し、あなたの面影《おもかげ》を胸の中に閉じ込めて、ロシアの大地へ戻ります。さようなら、私の豹。オーリャより』

文章はそこで終わったあと、追記として一行書き加えられていた。

『私がソビエト大使館から得た情報によりますと、イギリスにあるスペッツナッツの秘密本部は、ノッティンガムにあると思われます』

黒木は、メモを握り潰《つぶ》した。彼の精悍なマスクは、苦悩に満ちていた。それは明らかに、脇腹の傷が原因ではなさそうであった。

それにしても〝ロシアの大地へ戻る〟というオーリャの文章は、まるで死を予感している者の文章のようであった。

いったいオーリャに何があったというのであろうか。

黒木は銃ケースを応接テーブルの上に置くと、ロッカーをあけ、用意してあった救急箱を取り出して、脇腹の傷の手当てを始めた。

黒木は、自分に投げつけられた爆弾は、威力の凄さからみてコンポジション4爆薬によってできたものに違いない、と思った。

コンポジション4爆薬の威力は、ダイナマイトの二倍で、TNT火薬の三倍である。プラスチック爆弾として用いられることが多く、特殊部隊が艦船や軍事施設の破壊用として使っている。

黒木は、この恐ろしい爆弾を自分に投げつけたのは、イギリス情報部ではあるまい、と思った。多数の自国民を巻き添えにするような暗殺手段を、イギリス情報部が採るとは考えられないのだ。かと言って、スペッナッツが、異国でこのように目立った暗殺手段を採るとも思えない。

「もしや……」

黒木は、呟いて、脇腹を治療していた手の動きを止めた。

コンポジション4爆薬を利用しての殺しには焦《あせ》りがある、と黒木は思った。つまり一刻も早く黒木を抹殺したい、という焦りである。その焦りが、コンポジション4爆薬を使わせたのでは、と考えられるのだ。

いま黒木の動きに神経をとがらせているのは、スペッツナッツとイギリス情報部である。とくに追われる立場のハイム・ダンカンには焦りと苛立《いらだ》ちがあるに違いない。

そのハイム・ダンカンが、コンポジション4爆薬を使ったとしたら？

「そうか」

黒木は、腹に繃帯《ほうたい》を巻き終えると、口許に冷笑を浮かべた。

彼は、ハイム・ダンカンこそイギリスにおける二重スパイ組織のボスではないか、と思った。それは、ほぼ確信に近い推測であった。つまりヒースロー空港の爆殺犯は、ハイム・ダンカンとその一味ということである。

ハイム・ダンカンは、二重スパイの摘発に加わりながら、二重スパイ組織の頂点に君臨《くんりん》していた、ということだ。おそらく、イギリス情報部が進める、二重スパイ摘発の成績は、はかばかしくなかったことだろう。

二重スパイ網のボスが、摘発に加わっていたのだから、当然だ。

ヒースロー空港で爆殺されたトマス・グリーンとドナルド・フィルビーは、ハイム・ダンカンが二重スパイのボスだと、うすうす気づき始めていたのかもしれない。だからハイム・ダンカンは、焦りと苛立ちで爆殺を強行した？

黒木は、この想像は、九分九厘《くぶくりん》あたっている、という手応えを感じた。

彼は、脇腹の血で汚れたシャツと上着を別のものに替えて、部屋を出た。オーリャがメモに書き残した、ノッティンガムを、まず訪ねるつもりである。ロンドン郊外にあるハイム・ダンカン邸は、あと回しだ。

ノッティンガムは、ロンドンの北方約二百キロに位置していた。列車だとロンドンから一時間四十分の距離だ。

アパートを出ると、ロンドンの街には夕闇がひろがり始め、降り続いていた雪はやんでいたが、霧はいっそう濃くなっていた。

黒木は、アストン・マーチン・ラゴンダの運転席にすわると、スターターキイをひねった。五三四〇ccのエンジンが、重々しい音を発して作動した。

2

翌朝、黒木は窓の外から聞こえる綺麗な小鳥の鳴き声で目を覚ました。

昨夜、八時過ぎに車でノッティンガムに入った黒木は、まず町をざっと下調べしたのち、シャーウッドの森に近い小さなホテルに宿を取った。

ノッティンガム郊外の、この森は、イギリス人がこよなく愛している伝説的英雄ロビン・フッドで知られた森だ。その森の入口にあるチューダー様式の、御伽噺《おとぎばなし》に出てくるような瀟洒《しょうしゃ》なホテルで、黒木はさわやかな朝を迎えた。ロビン・フッドの森へ、とうとう世界最強の男がやって来たのだ。

イギリスには何度も来ている黒木であったが、ノッティンガムを訪ねたのは今回が初めてである。

ロビン・フッドはイギリスの人々にとって、自由の民《たみ》としての象徴であり理想像であった。

『チャタレイ夫人の恋人』で知られるD・H・ロレンスも、ノッティンガムの生まれである。

黒木はベッドから出ると、窓のカーテンを引いた。

朝日を浴びた森の緑が、彼の目の前にひろがった。霧はなく、空は青く晴れわたり、真冬だというのに森の緑は生き生きとしていた。

ところどころに冬枯れの樹木もあったが、それは紅葉した葉を散らすこともなく濃い緑の中であざやかな朱《しゅ》を放っていた。さまざまな色の小鳥が、枝から枝へと飛び交い、大勢の輩下《はいか》を従えたロビン・フッドが、いまにも森の中から姿を見せそうな雰囲気があった。

気温が高いのか、湿った地面が、湯気を立ちのぼらせている。

黒木の部屋は、三階建てのこのホテルの二階にあった。外から眺めれば、ホテルというよりは、洒落《しゃれ》たちょっと大きめの民家に見える。

黒木は、窓をあけてみた。

土の匂いと、シャーウッドの森の匂いが、混ざり合って部屋の中に流れ込んできた。春のような、暖かさだ。

黒木は、新鮮な空気を肺いっぱいに吸い込みながら、森のそこらあたりに不審な人の影がないかどうか、さり気なく観察した。

彼は昨夜、ノッティンガムのいろいろな店を十二、三店訪《たず》ね、複数のロシア人が頻繁《ひんぱん》に出入りしている家や店がないかと、尋《たず》ね歩いていた。

むろん、わざとである。スペッナッツの耳に入ることを、計算してのことであった。

したがって、訪ねた店の主人には、自分の名前も、ノッティンガムに到着してすぐに予約したホテルの名前も、教えてあった。情報が入ったら連絡してもらうためと、自分の名前と宿泊先が、スペツナッツに伝わることを期待したのである。

彼は熱いシャワーを浴びたあと部屋を出て、一階の食堂へ降りて行った。真冬のイギリスは観光客が少ないのか、どの部屋も静まりかえっていた。その静けさが、シャーウッドの森を背にしたこのホテルに似合っている。

一階へ降りる階段は、くの字型になっていて、グリーンの絨毯《じゅうたん》が敷かれていた。

階段を降りたところが、こぢんまりとしたロビーになっていて、それを斜めに横切ったところが食堂の入口であった。

黒木がガランとした食堂に入って行くと、フロントにいた中年の婦人が、ウエイトレスに変身していて、「おはようございます、ミスター黒木」とにこやかに黒木を迎えた。

黒木はバルコニーに近い席にすわり、コーヒーとトーストとベーコンエッグを頼んだ。

朝日は、大きなガラス戸を透《とお》して、食堂の半分あたりにまで射《さ》し込んでいた。

朝食の客は、黒木ひとりであった。ウエイトレスが、黒木の名前を覚えているところをみると、宿泊客は、やはり黒木だけのようだ。

ホテルは、静寂の底に沈んでいた。

彼は、この平和な静けさが、どこの国にとっても永遠のものであってほしい、と願った。

伊達首相の死を思うと、胸が痛んだ。他国の権力によって、日本の首相が暗殺されたことが、黒木は我慢ならなかった。

なぜ人間は、他国に干渉し侵略するのか。どうして自分の国の平和と繁栄に没頭しないのか。どうして超大国の主義思想が、弱小国へ押しつけられるのか。

これは新しい事件が起きるたびに、黒木が直面する問題であった。

先ほどのウエイトレスが、メモ紙を手にして、黒木の傍へやって来た。

彼女は、そのメモを見ながら、ソフトな口調で言った。

「ミスター黒木、たったいまあなたへの伝言が、外から入りました。シャーウッドの森の奥深くに猟師用の大きな小屋があって、最近その小屋が誰かに買い取られたとのことで、その小屋にミスター黒木の探し求めている人たちが住んでいるのではないか、という伝言でした」

「どうもありがとう。で、誰からの伝言でしたか」

「それが、話し終えて、すぐ電話を切ってしまわれたものですから」

「男性？」

「はい、そうです」

「あなたは、その猟師用の小屋が森のどのあたりにあるか、知っていますか」

「森は深いですから、私はあまり入ったことがないんです。支配人に訊《き》いて参りますから、しばらくお待ちになってください」

ウエイトレスは愛想よく言うと、そそくさと食堂を出て行った。

黒木は、電話を掛けてきたのは、スペッツナッツだろうと思った。とすれば、それは真正面から黒木に挑戦することを意味している。

黒木は、こうなるであろうことを、予測していた。ソビエトの秘密機関にとって、いまや黒豹は宿敵である。同盟国であるアメリカの秘密機関にとってさえ、黒豹はけっして同胞ではあり得ない。黒豹が咆哮するかしないかは、相手が不条理であるかないか、にかかっているのだ。そこに、この男の恐ろしさがあった。

ウエイトレスが、戻って来た。

彼女は伝言を走り書きしてあったメモの裏側に、簡単な地図を書いていた。

「支配人も、森の中のことはあまり詳しくないようです。猟師用の小屋については、一、二度話を聞いたことがあるくらいで、この程度の地図しか書けないとおっしゃっていました」

「どうも、お手数をかけました」

「いま、朝食をお持ちしますから」

ウエイトレスは、申し訳なさそうに、黒木にメモを手渡すと、調理場の方へ姿を消した。

地図は、このホテルの位置と、森のひろがりの範囲と、その中に×印が一つ書き加えられているだけの、簡単なものであった。×印が猟師用の小屋、というわけである。森の中に、何本の道がどの方角に向かって走っているのかは、書かれていなかった。

だが黒木は、インドネシアやベトナムのジャングルで戦った経験の持ち主であり、並み外れて鋭い方向感覚を有している。ホテルの位置と×印の位置がわかれば、それだけで充分であった。

彼が、メモを細かく破って、灰皿に捨てたところへ、ウエイトレスが朝食を運んで来た。

彼女は、灰皿に捨てられたメモに気づいて「お役に立ちませんでしたか」と、遠慮がちに訊ねた。

「いや、たいへん助かりました。もう覚えましたから、捨てただけです」

彼女はニッコリとして、コーヒーとトーストとベーコンエッグをテーブルの上に置き、食堂から出て行った。

黒木は、熱いコーヒーをすすりながら、バルコニーの向こうにひろがる森に鋭い目を向けた。どこから狙撃されるかわからないだけに、油断できない。

彼の目の前に、オーリャの顔が浮かんで消えた。

3

朝食を済ませた黒木は、ホテルを出て、森に沿って続いている道を歩いた。道の両側のところどころに、門を固く閉ざした邸宅が見られた。それらはいずれもチューダー様式の建物で、ロンドン界隈《かいわい》の大富豪の別邸と思われた。よほど手入れがよいからなのか、真冬であるにもかかわらず、広大な庭内の樹木も芝生も、青々としていた。使用人らしい老人が、白馬を散歩させている光景も見られた。

ホテルから二百メートルほど離れたところまで来た黒木は、森の中へ続いている小道を発見した。

彼は、森に踏み込んだ。無数の木洩《こも》れ日《び》が、枯れ葉をあたためため、そこらあたり一面に湯気が立ちのぼっていた。散り積もった枯れ葉は湿ってはいたが、彼の足元は固くしっかりとしていた。

冬には冬眠するはずのリスが、春のような暖かさで浮かれて出て来たのか、黒木の足元や頭上の梢を走り回った。樹木は鬱蒼《うっそう》として、いまにも百余名の部下と共に、ロビン・フッドが姿を現わしそうな雰囲気であった。

黒木は、森の奥深くを目指して歩いた。湿った枯れ葉は、彼の足音を消すのに役立った。62式機銃はホテルの部屋に置いてきたから身につけている武器は、十五連発のベレッタ・ダブルアクションM92Fだけである。予備の弾丸は、弾倉三本で四十五発。

森の中は、小鳥の楽園であった。いろいろな小鳥が美しい声で鳴いている。重なり合う枝の向こうにひろがる青空は、さながら秋であった。引き込まれそうな青さだ。

ロビン・フッドが活躍したこの森で、スペツナッツと対峙《たいじ》しようとは、さすがの黒木も想像したこともなかった。彼は、イギリス国民が、伝説の英雄として親しんできたロビン・フッドの森を、できれば血で汚したくなかった。だが、いまイギリスにいるスペツナッツは、日本からやって来たスペツナッツと合流した組織であるはずだ。ここで彼らに大打撃を与えておかないと、再び彼らが日本へ引き返し、新たな活動を展開する可能性がある。

猟師小屋に、何名のスペツナッツがいるかは、わからない。

黒木は、凄絶な戦闘になることを予感しながら、とくに急ぐ様子も見せず、森の朝を楽しむようにして歩いた。

進むにつれ、樹木は太く高くなっていった。樹齢百年、二百年という巨木が林立している。それでも木洩れ日は、しっかりと彼の足元を照らして、深い森のわりには、暗く陰気な感じはなかった。

一時間ほど進んだころ、どこからともなく、煙の臭《にお》いが漂ってきた。木を燃やしている臭いだ。枯れ葉から立ちのぼる湯気は、左から右へと流れている。つまり木を燃やす臭いは、左の方角から漂ってきているということであった。しかし森の小道は、まっすぐに向かっている。

黒木は、ちょっと考え込んでから、小道にさからわずに歩いた。

二十分ほど行くと、道は左右に分かれていた。

黒木は、木陰に隠れるようにしながら、左の道に沿ってゆっくりと進んだ。目が凄まじい光を放ち始めている。

烈々たる闘魂が五体に漲《みなぎ》り、一撃で瓦三十枚を粉砕する拳《こぶし》がミシリと鳴った。敵が、すぐ間近に迫っているのだ。彼の嗅覚《きゅうかく》は、すでに恐るべき殺気を捕捉していたのである。

脇腹の銃創がズキンと痛んだ。

黒木は、木を燃やす臭いは、自分を誘い込むために、わざと流されたものではないかと思った。

彼は、小道を蛇行する状態を、ときおり確認しつつ、原生林の中を慎重に進んだ。巨木は密生していたが、雑木や雑草が比較的すくないため、小道からすこし離れていても、道を見失う心配はなかった。

それだけ見通しが利《き》くということであり、敵の目に留まる危険はある。

小道は、蛇行しつつも、ゆるやかに左へカーブしていた。

煙の臭いは、風向きの関係で、すでに消えていた。

三十分ほども進んだころ、前方がすこし明るくなって、何かがチラリと動いたように見えた。

彼は巨木の陰に腰を下ろし、様子をうかがった。

また何かが動いた。百メートルほど先である。

黒木は、上着の左の内ポケットから、長さ二十センチほどの金属棒三本と直径二ミリほどの特殊ゴムの紐《ひも》、それに幾つかの部品を取り出した。

彼は馴《な》れた手つきで、金属棒と部品とを組み立て、特殊ゴムの紐をセットした。

出来上がったのは、小型のクロスボーである。

彼はさらに右の内ポケットから万年筆型の望遠鏡を取り出して、クロスボーに装着した。

この小型クロスボーは、防衛庁の技術陣によって開発されたもので、組立て後の重量はわずかに一五〇グラムという軽さであった。しかし威力には絶大なものがある。

黒木は、クロスボーに長さ十五センチほどの、スチール製のダーツを装填した。

特殊ゴムを動力として弾《はじ》き飛ばされるこのダーツは、およそ百五十メートルを飛び、致死可能距離はその半分の七十五メートルであった。三十メートルの距離から発射した場合は、人体を貫通し、ダーツの尾部に付いている翼によって、貫通孔周辺の組織は切断される。怖いのは、この翼によって、太い動静脈が切断されることだ。

黒木は、姿勢を低くした状態で、なおも三、四十メートル進んだ。

いた！

木陰に、全自動ライフルを手にした男が、息を潜《ひそ》めるようにして、隠れていた。

黒木は、鋭い目であたりを見まわした。

右手の方角五、六十メートルのところにも、別の男がサブマシンガンを手にして、潜んでいた。小道を両方からはさんで、見張っているかたちだ。

黒木は、いま自分が歩いて来た方角を注視した。敵は米軍のグリンベレー以上に恐ろしいスペッツナッツである。常に四方から襲われる可能性があることを、頭に叩き込んでおく必要があった。

いまのところ、背後に異状はなさそうであった。

黒木はクロスボーを構えて、まず小道の向こう側に潜んでいる、右手の方角の男を狙った。

望遠鏡《スコープ》が捉えた男の顔は、典型的なロシア人の顔であった。見事な金髪が、木洩れ日を浴びて、輝いている。迂闊《うかつ》にも、自分の頭上で、一条の木洩れ日が降り注いでいることに、気づいていないらしい。

黒木はクロスボーの引き金を絞った。

シャアッと低い音がして、ダーツが初速（秒速）二四〇メートルのスピードで敵に襲いかかった。初速二四〇メートルといえば、ピストル用の・25ACP弾か・45ACP弾に匹敵《ひってき》するスピードである。

ダーツが、敵の首を貫通し、金髪の男が声も立てずに、木の陰に沈んだ。

黒木は、二本目のダーツを装塡し、最初に発見した敵に照準を合わせた。

レンズの中で、不敵な顔つきをした男の顔が、拡大した。何人もの人間を平気で殺してきた者に見られる、特有の顔つきをしている。女や子供でも情け《なさ》無用で殺しそうな人相だ。

黒木の人差し指が、クロスボーの引き金を引いた。

再びシャアッという風のような音がして、敵の眉間《みけん》にダーツが命中した。

頭蓋骨があるため、貫通はしなかったが、ダーツはほぼ根本まで食い込んでいた。

敵が大きく口をあけて白目を剝《む》き、ライフルを構えたまま木にもたれるようにして、首を折った。

黒木は数十メートルを一気に走り抜けると、地面に片膝をついて、神経を研《と》ぎ澄ました。

彼の目が、左から右へ、そして下から上へと動いた。

八、九十メートル前方の、高木の枝に、黒い固まりがこびりついていた。

黒木は三発目のダーツをクロスボーに装塡し、望遠鏡を覗き込んだ。
黒い固まりと見えたのは、人間であった。太い枝に腹這いになって、サブマシンガンを構えている。その木の枝は、ちょうど小道の真上あたりに、張り出していた。

腹這いになった敵は、顔を向こう側へ向けていた。黒木の位置から見えるのは、相手の右脇腹と右脚だけである。

この距離から右脇腹を狙い撃った場合は、致命傷とはなっても即死には至らないため、叫び声を上げられる恐れがあった。

黒木は、猟師小屋が見つかるまでは、敵に気づかれたくなかった。すくなくとも二十人はいると思われるスペツナッツを全滅させるには、できるだけ静かに大勢を倒しておくに限る。白兵戦《はくへい》は、そのあとだ。

彼は、十数メートル進んだあと、望遠鏡を覗き込んで、ピイッと口笛を鳴らした。

木の枝の男が、顔を振り向かせた。この男もきつい顔をしている。黒木は、ダーツを発射した。

敵は飛来するダーツに気づいたらしく、ハッとしたような表情を見せたが、そのときにはすでに、ダーツは男の首の付け根を貫通していた。

呻き声ひとつ上げず、男が落下する。

ドスンという音が、意外に大きくあたりに響きわたった。

黒木は、全方位に注意を払った。いまの音が、敵の耳に入っていないという保証はない。

三分……五分……と時間は過ぎたが、べつに変わったことは起きなかった。

彼は、小道と平行《へいこう》に、さらに数十メートルを走って、片膝ついた。

木立ちの向こう二百メートルほどのところに屋根が見えた。猟師小屋かどうかを判断するには、もうすこし近づく必要があった。

だが黒木の嗅覚《きゅうかく》は、大勢の人の気配を前方に感じていた。

黒木は前進をやめ、屋根を見失わないようにしながら、右へ迂回《うかい》する行動を採《と》った。クロスボーの矢は、あと二本残っている。

百メートルほど、右へ位置をずらせると、頑丈《がんじょう》そうな丸太小屋がはっきりと確認できた。小屋というよりは、家といったほうがいいほど立派な建物であった。かなり古いが、どっしりとしていて、少々の地震や台風ではビクともしないように見える。二階建てで、幾つかある窓はすべて菱型《ひしがた》で白く縁《ふち》取りされていた。屋根は赤い。

壁面は、丸太をそのまま積み重ねたようになっている。

黒木は、四発めのダーツを装塡して、菱型の窓を一つ一つスコープで見ていった。

二階の一番左端の窓に照準を合わせたとき、レンズの中に六十前後の男が現われた。

黒木の表情が、激しく動いた。それはまったく予期せぬ人物であった。

レンズが捉えた人物は、ロンドン暗黒街の帝王、ハイム・ダンカンであった。ロンドン郊外の大邸宅にいるものとばかり思っていた人物が、このような場所にいたのだ。彼は手に双眼鏡を持ち、厳しい表情で後ろにいる誰かに話しかけていたが、やがて双眼鏡を覗き込んだ。

黒木は、木の陰に体を隠した。

スペッナッツの秘密本部であるべきところに、ハイム・ダンカンがいるということは、彼が二重スパイであることを決定的に証明するものであった。

三、四分たって、黒木がそっと木陰から顔を出してみると、ハイム・ダンカンの姿は、窓から消えていた。

黒木は、改めてスパイの非情さというものを、嚙みしめた。実の娘であるエミリイ（頼子）と二人の孫が犠牲になったにもかかわらず、ハイム・ダンカンの顔には、微塵《みじん》の悲しみもなかった。

黒木の位置から見える丸太小屋は、どうやら裏側のようであった。

彼は、地面を這うようにして、ジリジリと小屋に近づいて行った。

近づくにしたがって、小屋が遠目に見えるよりも、はるかに大きく頑丈に出来ていることがわかった。

と、小屋の向こう側、つまり玄関と思われる方で、自動車のエンジンの音がした。

黒木は、小屋の向こう側が見える位置へ、素早く移動した。

一台のロールスロイスが、小屋の玄関に横付けにされていて、乗用車一台がやっと通れそうな未舗装の道が、黒木が来た方角とは反対の方へ続いていた。

玄関からまず二人の男が出て来た。ひとりはハイム・ダンカンで、もう一人は五十前後の男であった。その二人の周りを、サブマシンガンを手にした四人の男が取り囲むようにして警護していた。

ハイム・ダンカンは、五十前後の男と、むっつりとした顔つきで握手を交《か》わすと、ロールスロイスに乗り込んだ。見た感じは、五十前後の男よりもハイム・ダンカンのほうが、威圧的な態度であった。

五十前後の男は、茶色い髪をし、がっしりとした体格の大男で、やはりロシア人特有の風貌をしていた。おそらく彼が、在英スペッツナッツの指揮官なのだろう。

その指揮官を、ハイム・ダンカンが牛耳《ぎゅうじ》っているような印象さえあった。

しかしそのようなことは、黒木にとっては、もうどうでもいいことであった。

心配されるのは、スペッツナッツ最強と言われている〝サーベル・タイガー〟の動きである。いまのところ、この人物は、黒木の面前に姿を現わしていないかに思える。日本にいたスペッツナッツが、イギリスへ移動している以上〝サーベル・タイガー〟も当然、イギリスに来ているはずだ。

ひょっとして、すでにシャーウッドの森のどこかで、キバを研《と》いでいるのではないか？

ロールスロイスが、ゆるやかに丸太小屋を離れて走り出した。

五十前後の男が、部下をともなって、小屋の中へ姿を消した。

黒木は、クロスボーに装塡したダーツをとりはずして足元に置き、上着を脱いだ。

いよいよ近接格闘を挑むつもりだ。

彼は、木陰から出ると、小屋の玄関に向かって走った。

小屋の反対側から、ロシア語が聞こえてきた。小屋の中にいる誰かが、外にいる者に向かって話しかけているようであった。

黒木は、玄関脇に体を張りつけて、そっと顔を出してみた。

玄関を入ったところはロビーになっていて、ソファーが幾つか置いてあった。二階に通じる階段が、右手にある。

黒木は足音を忍ばせて玄関を入り、息を殺した。そしてズボンの後ろポケットに手を入れて、子羊の薄皮でつくられた黒い手袋を取り出し、両手に嵌《は》めた。手袋の指の部分は、第一関節あたりでカットされていて、指が出るようになっている。手の甲《こう》の部分には、小さな穴が規則正しくあけられていた。この小穴は、皮の伸縮を助けていて、手指を楽に屈《くっ》伸《しん》できた。

黒木は、玄関を入ったところで立ち止まり、誰もいない三十平方メートルほどのロビーを見まわした。

ロビーといっても、床は板張りで、奥に暖炉があるだけの質素なものであった。窓は玄関側に二つあるが、裏側に面してはいない。天井からは小さな電灯が一つ下がっているだけである。

ロビーを中心にして左と右に廊下が走っており、廊下の両側にはそれぞれ部屋が二つずつあった。したがって廊下には外から光が射し込まないため暗かった。廊下の天井に照明はない。

黒木が二階に通じる階段に足をかけたとき、階段の上に突然、男が一人姿を見せた。

「奴だッ」

男がロシア語で叫びざま、肩から下げていたサブマシンガンを構えた。

黒木の右手が、目にも留まらぬ動きを見せて、ベレッタを引き抜く。

ドンドンッとドラムを殴りつけるような圧倒的な銃声がし、敵が頭から階段をころげ落ちた。それでも本能的に引き金を引くことを忘れない。

バババババッとサブマシンガンが唸《うな》り、被弾したロビーの窓ガラスがけたたましい音を発して飛び散った。

黒木は、二階に駆け上がった。

部屋から飛び出した二人の男が、ババババッとサブマシンガンを乱射した。

倒れるように床に伏せた黒木が、ベレッタのトリガーを引く。

一秒間に五発という、恐るべきスピードで九ミリ弾が撃ち出された。

ドンドンドンドンドンッという、猛烈な銃声が、丸太小屋を震わせる。

ベレッタの銃口から、閃光がほとばしり、重低音衝撃波に連打された黒木の肩の筋肉が、膨《ふく》れ上がった。

二人の敵が、爆風を浴びたように、後ろに吹き飛び、鮮血を撒《ま》き散らした。

黒木は、廊下をころがった。ころがりながら、ドアを閉じたままの部屋に、激しく九ミリ弾を撃ち込む。

わあッという悲鳴が部屋の中で起こって、ドアの向こうからも反撃してきた。

ベレッタの弾倉が、たちまち空《から》になった。

黒木は横たわったまま予備の弾倉をグリップに叩き込んだ。予備の弾倉はあと二本（三十発）しかない。

彼が立ち上がろうとしたとき、一番奥の部屋から三人が飛び出した。

サブマシンガンが怒り狂い、ベレッタがドンドンドンッと撃ち返す。

三人の敵が、サブマシンガンをほうり投げて倒れるのと、敵弾で側頭部をこすられた黒木が、もんどり打って倒れるのとが、同時であった。

黒木の意識が、かすれ、視界がぼやけた。

それを待ち構えていたように、背後の部屋から大男が一人飛び出した。

仰向《あおむ》けに倒れたまま、黒木が右腕を伸ばして、引き金を絞る。

ベレッタが一発吼《ほ》えて、正確に心臓を撃ち抜かれた敵が朽《く》ち木が倒れるように横転した。

黒木は頭を振って立ち上がると、廊下を走りながら、ドアに向かってベレッタを撃ち込んだ。

ドアの向こうから、絶望的な悲鳴が、次々に起こる。

糸のような血が、黒木の側頭部から伝い落ちた。

小屋の裏手で「奴だッ、奴は小屋の中だ」とロシア語で叫ぶ声がした。

枯れ葉を踏み鳴らす、大勢の足音がしだいに近づいて来る。

黒木は、もう一度頭を振って、階段を駆け降り、小屋の外へ出た。

彼は、大胆にも、小屋の裏手に回った。

敵の走って来るのが真っ正面の木立ちの間に見えた。その数十五……いや二十はいると思われた。

敵が黒木に気づき、いっせいに撃ち出した。距離はおよそ四、五十メートル。

黒木の足元の土が撥《は》ね、被弾した小屋の壁がカンカンと鳴る。

黒木は、敵を誘い込むようにして左手の森の中に駆け込んだ。

敵が黒木を追った。

黒木が森の中を、素晴らしい速さで走る。

だが、それを追うスペツナッツも、さすがであった。黒木に距離を開かせない。追跡しながら、全自動ライフルが火を噴き、サブマシンガンがババババッと唸る。追跡隊形は扇形であった。

全力疾走する黒木の周りで、被弾した巨木が鳴り、着弾で枯れ葉が舞い上がる。

不意に黒木が振り向いて片膝ついた。

ベレッタが轟然たる銃声を発し、機関部が恐ろしい速さで往復した。右斜め上方に弾け飛ぶ薬莢が、木洩れ日を浴びてキラキラと光る。

遊底が、ガチンと鳴って、引いた状態で停止したとき、五人の敵がスローモーション映画を見るように、ゆっくりと沈んだ。

よく訓練された敵が、サッと木陰に隠れた。

身をひるがえして、黒木が走る。空《から》の弾倉を捨て、新しい弾倉をグリップに装塡した彼は、直線疾走から、左前方への斜め疾走に移った。

追跡する扇形隊形の左翼が、黒木に急接近した。

凄まじい弾幕が、黒木に襲いかかる。

黒木が地上に伏せ、右腕を伸ばしたまま体を回転させつつ、トリガーを絞った。

撃つ、黒木が信じられないような速さで撃つ。三転、四転、五転と回転して体の位置を変えながら、彼の手元でベレッタが激しく反撃した。ドンドンドンドンドンッと連続する重低音。跳ね上がる銃口。

左翼の敵四人が、殴りつけられたように倒れる。

恐るべし、黒豹！

「殺せッ、絶対に逃がすな」

甲高《かんだか》い声で叫んだ指揮官らしき男を、ベレッタの銃口が捉えた。

黒木が引き金を引き、敵が両手を空に上げてのけ反る。

残った敵は、九名か十名。

わずかな時間の間に、半分を倒されて、スペツナッツの間に、氷のような恐怖がひろがった。

ＫＧＢやＣＩＡの間にひろがっていた黒豹伝説を、彼らスペツナッツはようやく事実として知ったのである。それは彼らが想像していたよりも、はるかに凄まじいものであった。

彼らは、木陰に身を潜めながら、そこかしこに倒れている仲間を見て、息を呑まざるを得なかった。ベレッタの九ミリ弾は、いずれも眉間や首、心臓を撃ち抜いていたからだ。

しかも黒豹の射撃は、定点にとどまらない。移動しつつの猛烈な連続撃ちである。

「なんて奴だ」

スペツナッツのひとりが、青ざめて唇を震わせた。

彼らは戦慄《せんりつ》した。かつてこれほどの敵を相手にしたことはなかった。スペツナッツと闘いただけで、たいていの敵は竦《すく》み上がったというのに、黒豹に対してはそれがまったく通用していない。それどころか、彼らは身も凍るような恐怖感を、逆に味わっていた。

銃声のやんだ森に、息の詰まりそうな緊張感が、ジワリとひろがっていく。

どこへ潜《もぐ》ったのか、黒豹の姿は、視界から消えていた。

「いったん、後退だ」

次席指揮官の叫ぶ声が、ワーンと森にこだました。

彼らは、全自動ライフルやサブマシンガンを腰溜《だ》めにし、二、三十メートルをあとずさるようにして後退した。誰の額にも、冷や汗が噴き出している。

「よし、走れッ」

次席指揮官の号令で、彼らが踵《きびす》を返して走り出した次の瞬間、十メートルと離れていない前方に、スウッと黒木が姿を現わした。

スペツナッツが一瞬、茫然《ぼうぜん》となって棒立ちになったあと、われを取り戻して引き金にかけた指に力を加えた。

そのとたん、右手首をしっかりと左手で支えた黒木の手元で、ドンドンドンドンドンドンッと大型自動拳銃が、怒りを爆発させた。

ベレッタの銃口が、左から右へと旋回し、さらに右から左へと動く。

銃口が、赤い銃火を放ちながら、猛烈な速さで上下にぶれた。

速い！

グリップを握りしめる、黒木の右手の甲《こう》で、血管が膨れ上がり、連射の強烈な反動で、彼の肩胛骨《けんこうこつ》が軋《きし》んだ。

薬莢が、ビンビン跳ね上がり、あッという間にスペツナッツの全員が九ミリ弾を食らう。

銃を身構えた彼らのほとんどは、カッと目を見開いて棒立ちのままであった。

ひと呼吸置いて、彼らの胸や額から、バッと鮮血が噴出した。

思い出したように、二人……三人……と倒れていく。

ベレッタが、黒木の人差し指を軸にくるりと一回転したあと、空《から》になった弾倉をグリップから吐き出した。

黒木は、九発の弾丸が残っている弾倉を、ベレッタに装塡した。

指揮官らしき男を倒したあと、彼が姿を隠したのは、その時点で九発残っていた弾倉を、最後に一本残った十五発入りの新しい弾倉と取り替えるためであった。機関部には撃発準備の一弾がすでに入っていたため、彼は合わせて十六発を、敵に撃ち込んだ計算になる。

これに要した時間は、おそらく三秒とはかかっていなかったであろう。銃口を左から右へと旋回させた、黒木の高速射撃は、まさにサブマシンガンに匹敵《ひってき》するものであった。

黒木は、あることを確認するため、森の中に倒れている敵の顔を、一人一人見ていった。

いったい彼は、何を確認しようとしているのか？

全員を見終わった彼の口から「いないな」という呟《つぶや》きが洩《も》れた。それはたとえようもなく、暗い呟きであった。

彼は、丸太小屋へ戻った。

一階の部屋を見て回ったが、誰もいなかった。

黒木は二階に上がると十室ある部屋を、奥から順に見ていった。

黒木がドアごしに乱射した九ミリ弾は、いずれも相手を絶命させるか、虫の息にさせていた。

九室を見て回った彼は、煙草をくわえ、ダンヒルで火を点けた。

まだ生きている、という実感があったが、虚《むな》しかった。

人間はどうしてこうも争いを繰り返さなければならないのか、と考えると、彼の気は重かった。スペツナッツの隊員も、元は銃さえ撃てない善人だったかもしれない。たとえ思想の違いはあったとしても、戦争のない平和な地球の建設は、不可能ではない、と黒木は思っている。人類には、それを成し遂《と》げられるだけの叡知《えいち》があると信じているのだ。

見てまわった九室のうち五室に、合わせて九名がいたが、ベレッタの九ミリ弾で七名が絶命し、二人が虫の息であった。

虫の息の二人は、死の恐怖を顔に浮かべ、黒木を見ると涙を流した。

そこにあるのは、スペツナッツの精鋭ではなく、ごく普通の男の姿であった。

黒木は、〝黒豹〟と恐れられている自分も、致命的一弾を浴びたなら、同じように死への恐怖で涙を流すだろう、と思った。

九名の中に、彼が確認しようとする者は、いなかった。

黒木は煙草が短くなると、床に捨てて靴の先で丹念に踏み潰した。

十室めのドアを、そっとあけてみると、そこはオフィスのようになった、やや広めの部屋であった。正面の窓の右手に、中型の無線通信装置があった。事務用の机が向かい合って四つあり、机の上には電話が二台載っている。

この部屋の死体は三体で、一体は窓の下に仰向けに倒れ、あとの二体は机の下に俯《うつぶ》せになっていた。

窓の下に倒れている男は、この小屋の玄関前でハイム・ダンカンと握手を交わした五十前後の人物であった。三人とも胸部に弾丸を浴びていた。

黒木は、俯せになっている一体を、靴の先で仰向けにすると「おッ」と小さな声を出した。表情が予期せぬ驚きを見せている。

彼は、もう一体を仰向けにして、低く呻《うめ》いた。俯せになっていた二体のうち一体は女で、沙霧に瓜《うり》二つであった。もう一体は黒木にそっくりである。

銀座で宝石店を、麴町《こうじまち》で都市銀行を襲った、あの贋《にせ》の沙霧と、東欧連邦諸国公舎でイワン・ロマーノヴィチ・コーネフ博士らを殺害した贋の黒木が、こともあろうに、このような場所にいたのである。しかも贋の沙霧からは、甘いオーデコロンの香りが漂っていた。五条家の殺人現場に漂っていた匂いと、まったく同じものだ。

「どういうことなんだ」

さすがの黒木も、愕然《がくぜん》とせざるを得なかった。彼は、東欧連邦諸国公舎で、世界的ロケット工学者イワン・ロマーノヴィチ・コーネフ博士、レニングラード放送東京支局次長ニコライ・マレンコフ、そして警視庁SP河井良一の三名を殺害したのは、イギリス情報部員であろうと思っていた。

その犯人がスペッツナッツの在英秘密本部にいたということは、世界的ロケット工学者も、レニングラード放送東京支局次長も、自分の国から派遣された暗殺者によって消されたということになる。

「こいつはたいへんなどんでん返しだ」

黒木は、舌を打ち鳴らして部屋を出た。

彼が死体の一つ一つを見て確認したかったのは、贋の沙霧と黒木のことではない。結局いなかったのだ。

黒木は、虫の息の二人がいた部屋へ入って行った。相手が英語を解すれば、贋の沙霧と黒木がここにいる理由《わけ》を訊ねてみるつもりであった。

だが虫の息だった二人は、ひとすじの涙を流してすでに息絶えていた。

黒木はもう一度、無線通信装置のある部屋に戻って、血の海の中に横たわっている贋の沙霧の顔を、注意深く観察した。

よく見ると耳の後ろから顎にかけて、かすかに手術の跡が残っていた。おそらく顔の輪郭を変える手術を受けたに違いない。目も鼻も口許もじつにうまく整形手術されていたが、黒木にはひと目で本物の沙霧との違いがわかった。

決定的な違いは、香り高い高貴な美しさが、贋の沙霧にはないことであった。

黒木は、このようなことをしてまで、他国の主権を犯そうとする超大国や先進国の姿勢に、怒りよりも嫌悪を覚えた。なぜ彼らは、他国に、それほど干渉したがるのか。

黒木は、もっとも理想的な国家の形態は永世中立国スイスのような『他国を侵略せず、他国の侵略を許さず』という形態の国であると思っている。

伊達首相なきあと、黒木は、強力な指導力を持つ倉脇が、首相の座に就くであろうと確信していた。

首相になった倉脇が、いずれ三つのことを進めるだろうと、黒木は予想している。一つは米軍基地の速《すみ》やかなる段階的撤廃と日米安全保障条約の縮小、二つめは永久憲章を盛り込んだ永世中立宣言の採択、そして徴兵制度に結びつかない自主的な祖国防衛義務憲章の制定である。

日本国憲法第九条は、戦争放棄と戦力の否定をうたっている。しかし倉脇は日頃から、第九条は祖国の正当防衛権を根本から否定するものではない、と解釈しているようであった。戦争とは、悪意を持って侵略しようとする側に対して与えられるべき言葉であって、受身で正当防衛権を行使する側にとっての言葉ではない、という考え方と思われる。

だが堂々めぐりになるであろう解釈論争そのものには、たいして意味はない。日本国憲法が第九条でどう言おうが、祖国の領土が、伝統が、文化が、武力によって侵略・破壊され、女子供や老人の生命が危機にさらされたなら、結局、男は立ち上がらざるを得ないだろう。叩きつけるような激しい調子で『戦争放棄、自衛隊解体、非武装中立』の記事を書き続ける大新聞の記者であっても、自《みずか》らの生命が、妻子の生命が、同胞の生命が外国の武力によって危機にさらされたなら、正当防衛のために立ち上がらざるを得ないということになる。残念だが、そうなると論争などしている暇はないに違いない。たとえ永世中立宣言を採択したところで、永久的平和が保障されるものでもない。

黒木は、銃撃戦のあとの、不快感を噛みしめるようにして、暗い表情で丸太小屋を出た。闘うことの虚しさを、誰よりもよく知っている彼であった。

第十一章　さらば慕情よ

1

黒木の運転するアストン・マーチン・ラゴンダが、ロンドン郊外のハンプトン・コートに着いたのは、午後二時ごろであった。ここは国鉄ロンドン・ウォータールー駅から三十分で来ることのできる、小さな美しい町である。常緑樹の森や林、ゆるやかに流れるテームズ川、なだらかに連なる丘、そのどれもが庭園のように見えた。

この町には、チューダー様式の家々が目立った。がっしりと組み合わさった木の柱、白壁と色とりどりのとんがり屋根に暖炉の煙突。

それらが童話に出て来るような町並みをつくっている。

十六世紀の大英帝国の息吹《いぶき》が、そこかしこに残っている町なのだ。

黒木は、ハンプトン・コート・パレス（宮殿）に近い、かわいいホテルにチェックインすると、ホテルの駐車場に車を預けて宮殿のまわりを歩いてみた。

ホルスターに収められたベレッタには、九発の弾丸しか残っていなかったが、夢のような宮殿を眺める彼の表情に、不安の影はなかった。

ハンプトン・コート・パレスは、〝英国のベルサイユ宮殿〟とも呼ばれている、イギリス・ルネサンス様式の華麗なる館《やかた》である。一五一四年、チューダー王朝の絶対君主制下で、王の側近であったウォルゼイ枢機卿《すうききよう》が建てた館だ。この館をすっかり気に入った、ときの国王ヘンリー八世は、枢機卿から強引に館を譲り受け、以来二百年にわたって王家の宮殿として利用された。

黒木は、王妃を六人も取り替えては捨てた、ヘンリー八世については、かなり詳しい知識を持っていた。外見は〝英国のベルサイユ宮殿〟とも言われている豪壮絢爛《ごうそうけんらん》たる館ではあったが、王に捨てられて処刑されたアン・ブーリン王妃をはじめ、ジェーン・シーモア、キャサリン・ハワードなど、幾人もの女性の悲劇と愛憎のドラマが、その裏に隠されている。彼女たちの亡霊は、いまも宮殿内に、夜な夜な現われるという。これは単なる噂ではなく、事実だと言われている。

黒木は、宮殿の周りを、ゆっくりと見て回りながら、身辺を鋭く観察していた。だがいまのところ、尾行されたり監視されている様子はなかった。

ハイム・ダンカンの大邸宅は、この町はずれにあり、黒木は町に入る途中で、車の中から、大きな門構えを持ち、高い塀に囲まれた彼の屋敷を目撃していた。塀の高さは、二メートルはありそうに思えた。

黒木は宮殿の周りを見て回ったあと、ホテルの部屋に戻った。

部屋は、このホテルで一番ひろい部屋で、窓の彼方に宮殿を眺めることができた。

ハイム・ダンカンの邸宅は、その宮殿の、ずっと向こうに位置している。

黒木は、ハイム・ダンカンの屋敷に、沙霧が監禁されていると、確信していた。彼らが奪い取ったロケットの設計図とGRUの組織図は、すでにイギリス政府首脳の手に渡っているかもしれない。そうなると、いかに黒木でも、奪い返すことは困難であった。

しかし彼は、ハイム・ダンカンが二重スパイである以上、設計図も組織図もイギリス政府首脳の手には渡っていないだろう、と思っていた。

いまはそれを祈るしかない。

黒木は、冷蔵庫から缶ビールを取り出し、宮殿を眺めながら、ひと息に飲み干した。

「待っていろよ沙霧、すぐに助け出してやる」

黒木は呟いて、手の中で缶を握り潰《つぶ》した。パリパリというアルミの潰れる音が、天井の高い部屋に響いた。

寝室とリビングルームとバスルームから成っているこの部屋は、ホテルで一番ひろいとは言っても、こぢんまりとしていた。リビングルームには、ソファーが二つと小さなセンターテーブルがあるだけで、寝室もダブルベッドが一つしか入っていなかった。これでもスイートルームであり、こぢんまりとしたその造りが、この町の雰囲気に合っていた。何もかもが華麗でありながら、派手ではなかった。

童話の国、夢の国という感じが、町にもホテルの中にも充《み》ち溢《あふ》れている。

黒木は、潰れた缶をソファーの脇にある屑入れに捨てると、センターテーブルの上に載っている朝刊を、立ったまま見た。

朝刊の第一面には、ロンドンでの爆発事件が、大見出しで載っていた。

死者八名、重軽傷者二十名という数字が、爆発の大きさを物語っていた。黒木が助かったのは、ラッキーとしか言いようがない。

黒木は、無差別テロとか無差別殺人というのを、絶対に許さぬ男であった。罪なき者を殺す行為に対しては、いかなる理由も正当化されない。

自分を狙《ねら》った爆弾のために、大勢のロンドン市民が犠牲となり、黒木の胸は痛んだ。どうしようもない痛みであった。

シャーウッドの森の、スペツナッツは潰滅《かいめつ》させたが、何カ月も経《た》たないうちに新しい組織が出来るであろうことは、目に見えていた。

それにしても、スペツナッツ最強のサーベル・タイガーは、どこに身を潜《ひそ》め、いつ黒木の前に出現するのであろうか。

黒木は、腕時計に視線を走らせて、ちょっと考え込んだあと、電話台の前に立って受話器を取り上げた。まだダイヤル式の、古い黒電話である。

彼は番号を一つだけ回したが、思い直したように受話器を置いた。

日本大使館に電話を入れ、浜元大使にKケースとSケースを持ってくるよう依頼するのを、断念したのである。

外国の日本大使館の大使執務室には、大使しか触れることのできない大型金庫が必ずあった。KケースとSケースはその中に入っている。Kは黒木の、Sは沙霧のイニシアルであった。Sケースはベージュ色で比較的小型であり、Kケースは大型で、両方ともアタッシェケースである。

Sケースの中には、十二連発の自動拳銃S&W・M669ステンレス・ピストル一丁とショルダー・ホルスター、それに予備の弾倉十本（実弾百二十発）が入っていた。

Kケースの中に入っているのは、ベレッタ・ダブルアクションM92F一丁と予備の弾倉十本（実弾百五十発）、及び分解された62式機銃一丁と百発の給弾ベルト三本である。

大使は、このケースに手を触れることはできるが、中に何が入っているかは知らない。本国政府の指示で預かっているだけであって、ケースをあけることができるのは、沙霧と黒木だけであった。

黒木は、ホルスターからベレッタを引き抜いて、残弾九発の弾倉を確認したあと、スライドを往復させて最初の一発を機関部に送り込んだ。

「行くか……」

彼は、ベレッタをホルスターにしまい、62式機銃一丁と百発の給弾ベルト三本の入った銃ケースを手にしてスイートルームを出た。助け出した沙霧に、Sケースを手渡してやりたいところであったが、ここまで来たらあまり時間を無駄に過ごすわけにはいかなかった。それに浜元大使が、ロンドンを出て無事にハンプトン・コートに着けるとは限らない。イギリス情報部が、浜元大使の動きに目を光らせていることは、疑う余地がない。

黒木は、アストン・マーチン・ラゴンダで、ハイム・ダンカンの屋敷に向かった。屋敷内に沙霧を監禁し、そのうえロケットの設計図とGRUの組織図があるとすれば、警戒は厳重をきわめていることだろう。

その真っ只中《まただなか》へ、世界最強の男は、たったひとりで乗り込もうとしているのであった。彼の胸中には、むごたらしく殺されていった罪なき人々の無念の想いがあるに違いない。その怨念を背負って、黒豹はいま最後の激戦に立ち向かおうとしていた。手にする武器は、残弾九発のベレッタと62式機銃だけである。機銃の弾丸三百発は、余裕があるように見えて、じつは意外に早く撃ち尽くしてしまう。人間対人間の銃撃戦以外に、敵設備の破壊に撃ちまくるためだ。

黒木を待ち構える何十丁ものサブマシンガンやライフルは、数千発、いやそれ以上の弾幕を張る余裕を有していることだろう。

黒木は、自分の死ということを、忘れたことはなかった。事件が起きるたびに、自分の死を予感し続けてきた。死を恐ろしいとは思わなかったが、しかし戦いによる死を賛美するつもりは毛頭なかった。常に全力で敵と対峙《たいじ》しながらも、彼は生き延びる策を本能的に考えてきた。

生き延びたことによって彼は〝世界最強〟のレッテルを手に入れたのである。

アストン・マーチン・ラゴンダは、ハンプトン・コートの町を出ると、豊かな自然の中の道をほんの五分ほど走って停まった。

すこし先に、高い塀に囲まれたハイム・ダンカンの大邸宅があった。それはことさらハンプトン・コート・パレスを模倣《もほう》して造られたような、建物であった。敷地はゆうに一万坪はあると思われる。ロンドン郊外をすっぽりと塀で囲んでしまったような感じさえ与える、大邸宅であった。日本で言われる〝お屋敷〟などとは比較にならないスケールだ。倉脇早善の邸宅も、並みの者を仰天《ぎょうてん》させるスケールだが、ハイム・ダンカンの屋敷は、それをはるかに凌《しの》いだ。

塀の外側は、よく手入れされた常緑樹の林になっていた。いや、林というよりは樹木の帯というべきだろうか。それが塀の周りを覆っていた。

もっとも、樹木によじ登って、屋敷に侵入されるのを防ぐため塀と樹木の帯との間には、幅三、四メートルの遊歩道が設けられている。

樹木の帯の厚さは、十メートルから二十メートルほどであったから、やはり林と呼ぶには厚さが不足する。帯という表現でいいだろう。

樹木の帯の外側は、のどかな田園地帯になっていて、かなり離れた場所に牧場があった。この田園も牧場も、ハイム・ダンカンのものだ。つまり彼は、ロンドン郊外のこのハンプトン・コートに、気の遠くなるような広大な土地を所有しているのであった。

彼は、乗っ取った銀行や幾つも所有している企業へは、滅多に顔を出さず、宮殿のような館の中から、指令を流しているのであった。

黒木は、樹木の帯の中へ車を乗り入れると、62式機銃の入った銃ケースを手にして運転席から降りた。

春を思わせるような暖気が、彼の頬を撫《な》でた。

彼がいまいる位置は、屋敷のちょうど裏手に当たる、もっとも帯に厚みのある場所であった。

彼は銃ケースのバンドを解き、チリチリと音をさせて、ファスナーを引いた。

一分間に五五〇発の連射能力を有する機銃と、すでに機関部に装塡《そうてん》された百発の給弾ベルト、それに予備の給弾ベルト二本が出てきた。

黒木は、予備の弾倉を肩から下げて、ズシリと重い62式機銃を手にした。

機銃の重量は一〇・七キログラム、使用する弾丸は7・62㎜×51弾である。

彼は樹木の帯の中を、塀に向かって歩いた。

このとき、塀の向こうでキーンと金属的な音が四、五秒響きわたったあと、爆音が轟《とどろ》いた。ヘリのエンジン音だ。

黒木は、巨木の陰に体を隠して、枝々の重なりの向こうに見える、高い塀の上を仰《あお》いだ。

何分か経って、エンジンの音がいちだんと大きくなったかと思うと、塀の上にフワリと白いヘリが浮かび上がった。ウエストランドWG13リンクスだ。全長一五・一六メートル、最大速度三三三キロメートル、十四人乗りである。機体側面には、国籍マークは描かれていたが、所属を示すものや、機体番号は書かれていなかった。

黒木は、濃霧のロンドンで自分に銃撃を加えてきたのは、あのヘリだろうと思った。

ヘリは、黒木の頭上で左へゆるやかに旋回すると、スピードを上げて飛び去った。

黒木は、枝をしっかりと張り出している巨木を塀の近くで見つけると、身軽に登った。

彼はがっしりと太い枝の上を、先端に向かって用心深く進んだ。

これ以上進むと枝が折れるというあたりで体の動きを止めた黒木は、巧《たく》みに体のバランスを保ちながら枝を上下に揺さぶった。

枝のうねりが、しだいに大きくなっていく。

それにしても、驚くべき黒木の平衡《へいこう》感覚であった。上下に激しくしなる枝の上で、しっかりと二本足で立っている。

枝がミリッといやな音を発した瞬間、彼は下から上に向かって跳ね上がった枝を強く蹴って宙に飛んでいた。

苦もなく塀を越えた彼の体は、強靭《きょうじん》な二本の脚をバネとして、音もなく庭内へ着地した。

彼の指が、カチッと小さな音をさせて、62式機銃の安全装置を解除した。いよいよ最後の激戦の幕が切って落とされたのである。

黒木が着地したところは、常緑樹と花壇と人工池からなる庭園になっていた。冬だというのに、花壇には朱色の花が咲き乱れ、人工池には水鳥が泳いでいた。池の向こう側には、長さ五十メートルで八コースの本格的プールがあった。

黒木は常緑樹の陰で、しばらく庭内の様子を見た。

宮殿ふうの邸宅は、敷地のほぼ中央あたりにあり、そこは丘のようにすこし小高くなっていた。

黒木の位置から建物までたどり着くには、かなりの危険があった。プールまでは身を隠す樹木や子供の背丈ほどもある花壇が随所にあったが、プールから建物までの間は、綺麗に刈り込まれた緑の芝生がひろがっているだけであった。建物の窓からもし集中射撃を浴びたら、ひとたまりもない。

だが、正面玄関に回り込むのは、もっと危険であった。

彼は樹木と花壇の陰を伝い歩いて、プール脇のシャワールームまでたどり着いた。

問題は、これから先をどう行くかだ。

黒木は腕時計を見た。時計の針は午後四時を過ぎようとしていた。

彼は眩《まぶ》しそうに、冬の空を仰いだ。空は、まだ青々として明るかった。

しかし日が暮れるまで、それほど時間は要さない。

「待つか」

黒木はポツリと呟《つぶや》くと、薄暗いシャワールームへ入って行った。

オフシーズンのシャワールームには、プラスチック製の白いガーデンチェアやテーブルがしまい込まれていた。ロッキングチェアーもある。

彼は、ロッキングチェアーに腰を下ろすと、62式機銃の銃口をシャワールームの外に向けて、大胆にも煙草をくわえた。そしてライターで火を点《つ》ける。

紫煙が、シャワールームの外へ流れ出したが、それはたちまちそよ風に吹き流されて、空気に溶け込んだ。

黒木は、目を閉じた。血まみれで殺されていた幼い五条理恵子や英行の顔が、脳裏《のうり》に浮かんで消えた。いまの黒木にとって、誰が誰を、なんの理由で殺害したかは、もうどうでもいいことであった。彼が断じて許せないのは、スペツナッツにしろイギリス情報部にしろ、罪なき者に手をかけたということである。事件に無関係な犠牲者は、銀座の宝石店でも、麴町の銀行でも、ロンドンでも多数でた。宇宙ロケットの設計図にどれほどの価値があろうと、それが人間の生命より尊いことはないはずである。

問答無用で敵を叩く、それがいまの黒木の気持ちであった。

短くなった煙草の灰が、コンクリートの床の上に落ちて散った。

黒木は、ロッキングチェアーの脚で、短くなった煙草をこすり潰《つぶ》した。

三十分……一時間……と時が過ぎていき、春のような青空がしだいに暗さを深めていった。冬の夕暮れは、訪れると早い。

黒木は、ロッキングチェアーから立ち上がると、大邸宅を見た。

どの窓にも明かりが点いていた。人の動きも見えたが、銃を手にしているかどうかまでは、確認できなかった。

幸いなことに、うっすらと霧が出始め、庭内にある水銀灯がそこかしこでパッパッと点灯を始めた。プールの周りにも水銀灯はあったが、オフシーズンのためか点灯しない。

黒木は、さらに一時間が過ぎてから、シャワールームを出て建物に向かった。慌《あわ》てず、ゆっくりとした足取りであった。夕闇はすっかり濃くなって、彼の体を呑み込んでいた。

彼は、建物の左端にある非常出入口のような、鉄の扉に体を張りつけた。

ペンシルライトで、鍵穴を照らしてみると、やはりあまり使用されていない出入口らしく鍵穴はかなり錆《さび》ついていた。

黒木は、自分の任務となる闘いが、今回で永遠に終了することを願った。紛争や謀略のない本当の平和が地球に訪れてほしいと思う。

米ソがINF（中距離核戦力）全廃に合意・調印し、一見平和ムードが世界にひろがっているかに見える。しかしその直後に、ソビエトは地下核実験を三度も実施し、アメリカはバイナリー兵器（二種混合型の神経ガス使用化学兵器）の製造を十八年ぶりに再開した。

地上発射のINF基地は、核攻撃の直接目標となるため、その存在価値はすでにあってなきに等しいと言われてきた。つまり米ソは、あってなきに等しい無用の長物を処分することで合意したに過ぎない。しかもその処分量は、全核兵器からみれば、ごく僅《わず》かな量でしかない。

米ソが、地上発射核兵器の開発から手を引く代わり、海中発射核兵器の開発に全力を傾注することは、目に見えている。

世界じゅうの海を、米ソの目に見えない核兵器がウヨウヨ泳ぎ回る日は、そう遠くないかもしれない。加えて恐ろしいのは、核管理能力のない第三世界が、核兵器を手にした場合である。

黒木は、ズボンのポケットから、開錠七つ道具の入った革ケースを取り出し、先端がY型になった長さ六、七センチのスチール製の細い棒を、鍵穴に差し込んで左右に数回ひねった。

ロックのはずれる小さな音がして、鉄の扉がコトッとかすかに動いた。

彼は右手の人差し指を、機銃の引き金にかけ、左手で静かにノブを回した。

扉がギギギと軋《きし》みながら開いた。

体が入るだけの間隔をあけて、彼はスルリと体を滑《すべ》り込ませた。

そこはせまい廊下の行き詰まったところで、真っ暗であった。

鳳凰《ほうおう》のように羽をひろげたこの館は、中央に正面玄関があり、玄関を入ると円形の大ホールがあった。このホールは四階建てのこの建物の三階まで吹き抜けになっており、高い天井からは巨大なシャンデリアが下がっていた。

黒木は、闇の中に立って、ホールの方を見た。廊下はホールに近づくにしたがって明るくなっている。

夕食の用意でも始まったのか、どこからともなく食器の触れ合う音が聞こえてきた。肉でも焼いているらしく、こうばしい香りも漂ってきた。

だが黒木は、館が要塞《ようさい》のようになっているのを、鋭く嗅《か》ぎ取っていた。息を殺して銃を身構えている気配が、はっきりと伝わってくる。

黒木の足が、ホールに向かって、ジリッと動いた。

どこから撃ってくるかわからないというのに大胆だ。ホールまでの廊下の左右には、人の気配のない部屋が五つずつ並んでいた。

彼は壁に体を張りつけるようにして、ホールに近づいて行った。屋敷内に監視用のテレビカメラが備え付けられている可能性があるため、彼は廊下の天井に注意を払った。

廊下がホールに届いたところの左側に、螺旋《らせん》状の階段があり、それはホールを三階から見下ろす円形の回廊に続いていた。

その回廊にいた。サブマシンガンを手にした男が六名。

彼らは、回廊の手摺《てすり》の陰に体を沈め、重厚に造られた手摺の骨組の間から、銃口を覗《のぞ》かせていた。

銃口はすべて、正面玄関に向けられている。

黒木は、元の暗い位置に戻ると、廊下の両側に五つずつ並ぶ部屋のドアを、念のためあけていった。

どの部屋もガランとした空室《あき》で、調度品も何も入っていなかった。

おそらく予備の部屋なのだろう。宮殿を真似《まね》てあまりにも大きな館を造ってしまったために、有効に使用されていないのだ。

七つめの部屋をあけたとき、黒木の表情が止まった。

そこには部屋はなく、地下に向かって暗い階段が続いていた。

黒木は、ドアを閉めて内側からロックすると、上着の内ポケットからペンシルライトを取り出して点灯し、照明のスイッチを探した。

スイッチは、すぐに見つかった。

照明を点けた彼は、くの字型に地下室へ続いている階段を降りた。

階段を降りきったところにグリーンの鉄の大扉があった。

彼は開錠七つ道具の入った革ケースから、先端がF型になっているスチール製の棒を取り出し、鍵穴に差し込んでみたが、あかなかった。

そこでY型の棒を差し込んでいる鉄の大扉を音をさせぬよう、カチンと音が鳴った。

黒木は引き戸になっている鉄の大扉を音をさせぬよう、ゆっくりと引いた。いた！　沙霧がいた。探し求めていた彼女が、目隠しをされ耳を栓《せん》で塞《ふさ》がれたうえ、口にテープを貼られて、冷たいコンクリートの上に、向こう向きにころがされていた。右足首には鎖を嵌《は》められ、二メートルほどある鎖の先端は直径三十センチほどの鉄球につながっていた。両手には手錠がかけられている。

黒木は、すぐに室内に入らなかった。廊下や階段の照明の暗さにくらべ、地下室の照明が不自然なほど明るかったからだ。

彼はまず天井の四角《よすみ》にテレビカメラがないのを確認し、それから地下室の入口の壁や天井を注意深く眺めた。

見たところ、どこにも異状はなさそうであった。それでも黒木は沙霧に声もかけず、室内にも踏み込まなかった。

黒木は煙草に火を点けると、地下室の入口に紫煙を吹きかけた。

すると紫煙に非常警報用の三本のレーザー光線が当たって、虹のように七色に光った。

地下室の照明が不自然に明るいのは、レーザー光線を目立たぬようにするためだったのだ。

黒木は、糸のように細いレーザー光線に紫煙を吹きつけつつ、光線の下を用心深く潜って室内に入った。

ようやく人の気配を感じたのか、沙霧が体を反転させた。

黒木は、沙霧の耳を塞いでいる栓を取り除き、口に貼られた粘着テープを慎重に剝《は》がした。

「豹？」

「そうだ。よく耐えてくれたな、沙霧」

「やはり来てくださったのですね。きっと助かると信じていました」

黒木が、目隠しを取り、手錠をはずしてやると、沙霧は黒木にしがみついて体を震わせた。黒木と共に、幾多の死線をくぐり抜けてきたとはいえ、遠い異国の地下室に監禁されて、やはり怖かったのだろう。

「もう大丈夫だ。すこし痩《や》せたようだね」

黒木は、沙霧の背中を優しく撫でてやった。

「拉致《らち》されて以来、食事を与えられなかったものですから」

そう言う沙霧の、声は半ば泣いていた。

黒木は、彼女の怯《おび》えが鎮《しず》まるまで、しがみつく彼女の肩や背中を、ゆるやかにさすり続けた。

そうしながら彼は、今日までのことを、沙霧に打ち明けた。

黒木の話を聞きながら、沙霧はすこしずつ気持ちを落ち着かせていった。

「歩けそうか？」

「すこしふらつきますけれど、大丈夫です」

「この部屋の出口に、三本のレーザー光線が走っている。出るときに気をつけたまえ」

「はい」

「屋敷の裏手の林に、私の車が停めてある。君はそれでロンドンへ行き、ひとまず日本大使館へ身を寄せているんだ。私はこの館を叩いてから、君の後を追うから」

「私も一緒に闘います」

「いまの体力では無理だ。私の言うとおりにしろ。それよりも、この屋敷のことで、わかっていることがあれば話してくれないか」

「この屋敷へ連れ込まれたとき、三階の南の端にある広い部屋へ、まず連れて行かれました。そこはハイム・ダンカンの居室でおよそ百平方メートルほどあり、入口を入ってすぐ右手に大金庫が備え付けてありました」

「その中にロケットの設計図とGRUの組織図が入っているのだな」

「入っています。私の目の前で彼らはニヤニヤしながら、勝ち誇ったように、それを大金庫にしまっていましたから。ただ……」

「ただ？……」

「ハイム・ダンカンとイギリス情報部との間には、深刻な軋轢《あつれき》があるようです。私を拉致したのは、ハイム・ダンカンの組織とイギリス情報部との混成チームでしたが、この館へ着くまでの車中でも、館に着いてからも、両者の間で激しい口論がありました」

「口論の内容を、君は聞いたのか」

「聞きました。私をいずれ抹殺《まっさつ》するつもりだったのか、私の前でも平気で口論していました。内容は、ロケットの設計図の保管のことなんです」

「というと？……」

「大金庫に入れた設計図と組織図を、イギリス情報部で見張るか、ハイム・ダンカンの組織の者で見張るか、という問題です。結局、ハイム・ダンカンが押し切られ、大金庫のある部屋にはサブマシンガンや自動拳銃を手にした八名のイギリス情報部員が詰めています」

「設計図と組織図を、この館から運び出すつもりはないのかな」

「二重スパイ組織が、イギリス情報部や政府の中枢《ちゅうすう》部門にまでひろがっているらしく、この館から運び出すのはかえって危険だということのようです」

「しかし私は、ハイム・ダンカンこそ、この国の二重スパイ組織の頂点に君臨する男だと思っている」

「だから、かえってハイム・ダンカンの身近に置いておくほうが、安全なのかもしれません」

「なるほど、そういう見方は確かにできる」

沙霧は自分から黒木の体から離れ、二、三度足踏みをして見せた。

「どうだ、この屋敷の塀を越えられそうか？　塀の高さは二メートルほどあるが」

「なんとかなると思います」

「じゃあ、行くか」

黒木は二本目の煙草に火を点けると、レーザー光線に紫煙を吹きつけ、先に地下室から出た。

彼は、階段の上に機銃の銃口を向けながら、光線と光線の間をくぐり抜けようとする沙霧に、手を差し出した。

黒木の手を握った沙霧の右脚が、過労のためだろうグラリと揺れ、ほんの僅か光線に触れた。

そのとたん、けたたましい警報ベルが、屋敷内に鳴り響いた。

「ごめんなさい」

「気にするな。この階段を上がって出た左手奥に、非常用の出口がある。君はそこから外へ出て、塀に向かって走れ」

「わかりました」

黒木は、沙霧の手を取って、階段を駆け上がった。

沙霧が、階段を上がりきったところで、片膝をついた。やはり疲労が濃いのだ。

黒木は、ドアをあけて、廊下に出ると「向こうだ」と、非常出口の方を指さした。

このときにはもう、螺旋階段から、小型サブマシンガンを手にした二人の男が、駆け降りて、銃口を黒木に向けようとしていた。

62式機銃が、ガンガンガンガンと火を噴き、物凄《ものすご》い反動で黒木の上体がぶるった。

百発リンクが、蛇のようにくねりながら機関部に吸い込まれ、二人の敵が叩きつけられるように、床に沈む。

黒木が倒れた敵に向かって走る。武器を奪って沙霧に与えるつもりだ。

そうはさせじと三階の手摺の向こうで、ババババーンと敵のサブマシンガンが唸った。

黒木が螺旋階段の下にダイビングし、回廊の下から62式機銃を奪った。

耳をつんざく銃声と硝煙が大ホールに満ち、機銃弾が敵の足元をぶち抜いた。

ウオオッと叫んで、敵が二人、三人と大ホールに落下する。

黒木が、敵の腰のホルスターから、十三連発の中型自動拳銃FNブローニングM140DAを抜き取り、非常扉をあけようとしていた沙霧に向かって投げた。弾丸はベレッタと同じだ。

沙霧がそれを両手でキャッチしたとき、大ホールのずっと向こう、黒木の背後二、三十メートルのあたりの部屋から、白人が一人飛び出した。

黒木が振り向くのと、敵が拳銃を撃つのとが、同時であった。

機銃をほうり投げるようにして、黒木が声もなくのけ反《ぞ》る。

片膝ついた沙霧が、右手首を左手でしっかり握りしめ、ブローニングの引き金を絞った。

ドンドンドンッと続けざまに九ミリ弾特有の雷鳴が轟き、黒木を狙い撃った白人が、もんどり打って横転した。

黒木が腹筋を使って跳ね起き、傍に落ちていた機銃を拾い上げる。

沙霧が、黒木に駆け寄ろうとすると、黒木が「行けッ」と怒鳴った。

頷《うなず》いて沙霧は、非常口から外に出た。

黒木は、螺旋階段を駆け上がった。右肩から鮮血が噴き出している。

かなり深い部位の、貫通銃創であった。

回廊に、血まみれの敵が、手摺にもたれるようにして、息絶えていた。

2

黒木は、回廊の窓から、夕闇の中を駆け抜けていく沙霧を確認すると、やや表情をゆるめた。

沙霧は、つんのめるように、一、二度よろめいたが、力強く走っていた。

黒木の厳しい訓練に耐えてきたことが、疲労しきった彼女を救っているに違いない。

正面玄関の大扉が押し開かれ、館の周辺を警戒していたと思われる七、八人が、なだれを打って飛び込んで来た。

敵が先に撃ち、被弾した手摺が、木屑を弾《はじ》き飛ばす。

62式機銃が、ガンガンガンと反撃した。

猛烈な衝撃波が黒木の上半身を激震させ、髪は逆立ち、歯はぶつかり合って、傷ついた右肩から鮮血がほとばしった。

機銃弾が、四、五人の敵を一気に薙《な》ぎ倒し、残った三、四人が回廊を支えている大理石で出来た太い円柱の陰に逃げ込んだ。

黒木は、阿修羅《あしゅら》の形相《ぎょうそう》で、三本の円柱に機銃弾を撃ち込んだ。

大理石の円柱が、火花を散らして、抉《えぐ》られていく。

「野郎ッ」

敵の一人が、恐怖のあまりか、円柱からダイビングするようにして大ホールにころがり出た。

サブマシンガンが、ババババーンと火を噴き、薬莢《やっきょう》が金貨のように光りながら宙に舞う。

一弾が黒木の左上腕部を貫通し、激痛のあまり彼が重い機銃を足下に落として、倒れた。

「やったぞ！」

敵が叫んだとき、黒木の右手は恐るべき速さで、ベレッタを引き抜いていた。

ドンドンドンドンッとベレッタが吼《ほ》え、勝利を叫んだ敵の頭が破裂した。

血しぶきが花火のように四方に散る。

素早くベレッタをホルスターにしまった黒木は、顔をしかめながら機銃を鷲掴《わしづか》みにして立ち上がった。

敵が円柱の陰から、撃つ、撃つ、撃つ。

手摺が吹き飛び、回廊の床にバシバシッと穴があいた。

黒木は、姿勢を低くしながら回廊を走り、大シャンデリアを吊《つ》るしている四本の鎖を狙い撃った。

鎖がピンピンと鳴って切れ、直径三メートルはあろうかと思われるシャンデリアが落下した。

大音響と共に、無数のデコレーション・ランプが破裂し、白煙があたりに立ちのぼった。

黒木は回廊を反対側へ回り込み、円柱の真上に立った。

だいたいの見当をつけて、床に銃口を押しつけ、引き金を引く。

機関部が力強く往復し、銃口が床を殴りつけて、機銃弾が真下にいた二人の敵に襲いかかった。

十数発を頭の上から打ち込まれ、敵がボロキレのようになってドサリと倒れた。

残った敵が、廊下の奥を目差して逃げた。

機銃が一発を撃って、沈黙した。弾切れだ。

背中を撃ち抜かれた敵が、バンザイをしながら、廊下の入口で倒れた。

異様な静けさがやってきた。

大シャンデリアを破壊されたため、大ホールは壁のところどころに付いている小さな電球の明かりだけとなった。

回廊は、ほとんど闇に近い。

黒木は、二本目の給弾ベルトを、62式機銃に装填すると、敵が倒れている方へ回廊をまわった。

彼は、ハイム・ダンカンの居室がある方へ油断なく銃口を向けながら、床に落ちている小型サブマシンガンを拾い上げた。

「ありがたい」

彼は呟いた。敵の小型サブマシンガンは、三十四連発のフル・オートマチック・ピストル『スターリング・パラピストルMK7A4』であった。使用する弾丸は、ベレッタと同じ9㎜×19弾である。

彼は、MK7A4の弾倉を抜き取り、九ミリ弾を取り出してベレッタの弾倉に補充した。

それでもなお、MK7A4の弾倉に十発が残ったので、彼はそれを上着のポケットにしまった。

静寂は、依然として館を支配していた。長い時間が経ったように思われるが、実際は非常警報ベルが鳴ってから、まだ五、六分しか経っていない。

まさに電撃的な銃撃戦であった。

黒木は、姿勢を低くして、南の端にある部屋に向かった。

肉の焼ける匂いが、しだいに強くなっていく。

どうやらこの館の食堂は、三階のどこかにあるようだ。

ハイム・ダンカンの居室は、南の端と沙霧は言っていたから、回廊からゆうに四、五十メートルはある。そこへたどり着くまでの廊下の両側には、五つずつ部屋が並んでいるから、気を抜けなかった。いつどの部屋から、敵が飛び出すかわからない。

廊下の中ほどまで来て、彼の足が止まった。

肉を焼く匂いは、目の前にあるドアの向こうから漂ってきた。先ほど食器の触れ合うような音がしていたのに、いまは人の気配が感じられない。

ドアを細目にあけてみると、細長いテーブルの上にぜいたくな料理が並んでいるだけで、やはり人の姿はなかった。正面に、一階の調理場から料理を運び上げる、専用の小型エレベーターがあった。エレベーターの中には、事務机くらいの大きさのテーブルがあって、その上に何枚かのステーキ皿が載ったままになっていた。

黒木は、ドアを閉めて、さらに奥へ進んだ。

ハイム・ダンカンの居室の前まで来た彼は、ドアの向こうに大勢の人の気配を捉《とら》えた。銃を構え、息を殺して待ち構えている気配だ。

彼は、隣室のドアを静かにあけてみた。

その部屋には、壁に沿ってびっしりと通信機器やコンパクトタイプの対空レーダー設備が並んでいた。だが人の姿はなかった。

対空レーダー設備の脇には、隣りのハイム・ダンカンの部屋に通じるドアがあった。

黒木はドアの前に仁王《におう》立《だ》ちになると、62式機銃の引き金を引いた。

ガンガンガンッと天地を震わせるような銃声と閃光《せんこう》が生じ、銃身が右から左へ、左から右へと動く。

木製のドアを貫通した機銃弾が、雨あられのごとくハイム・ダンカンの部屋に襲いかかった。

黒木は、敵に反撃の隙《すき》を与えぬため、激しく撃った。猛烈に撃った。大きな木製のドアが、いまにも支柱から外れて吹き飛びそうに跳ね、木屑が四散する。

横に飛んで体の位置を変えた黒木は、壁に沿って並ぶ設備に銃口を向けた。

背中を反らせ、歯を食いしばって黒木が撃つ。

殴りつけるような衝撃が、彼の強靭な肉体を揺さぶった。

通信機が、レーダースクリーンが、けたたましい音を発して粉微塵《こなみじん》となっていく。

弾が切れ、機関部が停止した。

穴だらけになったドアの向こうから、思い出したように敵が撃ってきた。

だが射角が大きくずれているため、敵弾はいたずらに、コンクリート壁を傷つけるだけであった。

黒木は、三本目の給弾ベルトを機銃に装塡しようとしながら、部屋の外に出た。

大ホールの方から走って来た二人の白人が、サブマシンガンを腰撓《だ》めにしてバババババーンと乱射した。

一発が黒木の左大腿部《だいたいぶ》を、二発が機銃の機関部に命中した。

機銃を放り投げ、朽《く》ち木のごとく黒木が倒れた。
○・三五秒で引き抜かれたベレッタがドンドンッと撃ち返す。
眉間《みけん》を撃ち抜かれた敵が、ハンマーで殴られたように、ぶッ倒れた。

黒木の大腿部から、激しく出血した。

黒木がベレッタをホルスターにしまい、機銃を摑んで立ち上がる。

ギラついた双眸《そうぼう》と、真一文字《まいちもんじ》に結んだ唇に、男の闘魂が漲《みなぎ》っていた。おのれを捨て、命を捨てた男の闘魂であった。日本人の男の闘魂であった。

傷ついて血まみれとなった両肩の筋肉が、最後の激戦に備えて膨《ふく》れ上がる。

彼は、ハイム・ダンカンの部屋のドアに向かって、62式機銃の引き金を引いた。

だが作動しない。

敵弾が機関部に命中したため、機関部が故障したのだ。

「くそッ」

黒木が機銃を足元に置き、頭から両開きのドアにぶつかった。

ドアが裂《さ》けるように開き、黒木の体が室内にころがり込んだ。

絨毯《じゅうたん》の上を、窓際に向かって横転を続けながら、黒木の右腕が神業のような動きを見せた。

〇・三五秒、いやそれ以上のスピードで引き抜かれたベレッタが、回転する黒木の手元でドンドンドンドンッと、壮絶なる高速射撃を見せた。

テーブルの陰で、ロッカーの陰で、大金庫の陰で、ワッと叫んで敵がのけ反る。

窓際に激突した彼の肉体が、その反動を利用するようにして立ち上がるや、床を蹴った。

一瞬の動きだ。

肩から大腿部から、鮮血を撒《ま》き散らしながら、会議用テーブルを飛び越えた彼の体が、床に叩きつけられる。

二メートルと離れていない至近距離に、二人の白人がいた。

降って湧いたような黒豹の出現に、二人の白人の目が、恐怖で引き攣《つ》った。

ベレッタが容赦なく唸り、二人の額から上を、九ミリ弾が撃ち砕いた。

書棚の陰にいた敵三人が、十二、三メートルの距離から、スターリング・パラピストルMK7A4を撃ってきた。

黒木が、会議テーブルの脚を摑んでひねりざま、またしても床の上をころがる。物凄いパワーだ。

盾《たて》となった会議テーブルを貫通した、敵の九ミリ弾が、黒木の後方にある等身大の花瓶や裸婦像を、粉々に破壊した。

黒木が、会議テーブルの陰から飛び出して、床の上をころがりながら敵に迫る。

敵が慌てた。

ベレッタがドンドンドンッと三度火を噴き、ガチンと音がしてスライドが後退した状態のまま停止した。

書棚の陰にいた敵が、折り重なるようにして倒れ、耳の痛くなるような静寂が戻った。

黒木が、上着のポケットから予備の弾丸十発を取り出し、ベレッタの弾倉に装塡した。

彼は用心深く、立ち上がって、部屋を見まわした。

合わせて、十三名の敵が、そこかしこに倒れていた。蜂の巣のようになっている死体は、62式機銃の弾丸をもろに浴びたためだ。

黒木は、死体の顔を一体ずつ見ていったが、ハイム・ダンカンはいなかった。

いち早く逃走したか、あるいは、館から飛び発《た》ったウエストランドWG13リンクス・ヘリコプターに乗っていたかだ。

黒木は、あのヘリを撃墜しなかったことを、後悔した。

だが食堂には、豪華な夕食の用意がされている。ということは、ハイム・ダンカンが、この館にまだいる可能性が残されているわけだ。

だとすれば、まだ気を抜くことはできない。

黒木は、大金庫の前に腰を下ろし、ズボンの後ろポケットから、小さな聴診器のようなものを取り出した。

彼は二つのイヤホーンを両耳に差し込み、磁石《じしゃく》になっている吸音装置を大金庫のダイヤルの右側にセットした。

部屋の入口の方へ、油断なく目を向けながら、黒木はゆっくりとダイヤルを回した。

3

大金庫の中には、やはりロケットの設計図とGRUの組織図が入っていた。黒木はそれを、金庫の中にあったアタッシェケースに入れて、部屋を出ると、床に落ちていた62式機銃を拾い上げた。いくら故障しているとはいえ、日本製のこの機銃を捨てていくわけにはいかない。

彼は、廊下に倒れている敵のスターリング・パラピストルから九ミリ弾を抜き取って上着のポケットにしまい、螺旋階段を下りた。

黒木は、正面玄関から外に出ると、すっかり暗くなった庭内を見まわした。すこし前まで、薄く漂っていた霧はいつの間にか消え、夜空には皓々《こうこう》たる満月があった。ダイヤモンドを鏤《ちりば》めたように、無数の星がチカチカと瞬《また》いている。

庭内にある幾つかの水銀灯は、銃撃戦が始まったためか、すべて消されていた。青白い月光が、地上をわずかに青く染めている。

屋根付きのガレージが、庭の左手の彼方《かなた》にあり、ロールスロイスやベンツ、ジャガーなどの高級車がズラリと並んでいた。一番右側の駐車スペースが一台分あいている。

そこにどのような種類の高級車が入っていたかは、いまとなっては知る術《すべ》もないが、黒木は、その車を使ってハイム・ダンカンは屋敷の外へ出たに相違ない、と思った。

ガレージの前からは、幅広くつくられた庭内道路が、正面玄関前にゆるくカーブして続いていた。その道路は、さらにゆるくカーブして館の前を離れ、正面へと延びている。

黒木は、庭内に人影がないのを確かめてから、月の光を浴びて庭内道路を、ガレージの方へ歩いて行った。

黒豹の厳しい表情は、まだ戦いを終えていなかった。肩と大腿部から流れ出す血がいたいたしい。

さすがの彼も、傷ついた脚をすこし引きずっていた。

彼は、ロールスロイスの傍で立ち止まると、開錠七つ道具を使って苦もなくドアをあけ、運転席に腰を下ろした。

スタータ―キイはなかったが、これも開錠七つ道具の一つで、難《なん》なくエンジンをかけた。

黒木は、ヘッドライトを点灯せずに、正門に向かってロールスロイスを走らせた。ゴールドメタリックのボディが、月光を浴びて鈍く輝いた。

ハイム・ダンカンは、この車を乗り回して、黒い権力を行使してきたのだろう。

逃走には、防弾ガラスを窓に嵌《は》め込んだ、頑丈なリムジンを使ったのかもしれない。

高さ二メートル以上もある鉄格子のような正門は、閉じられていたが、ロールスロイスはスピードを上げて、突っ込んだ。

ガーンと大きな音がして、門がコンクリート製の支柱からはずれて吹き飛ばされた。ロールスロイスのバンパーがひん曲がり、ヘッドライトが潰れる。

林の中を横切って、道路に出ようとしたロールスロイスの前方を、横から飛び出した黒い巨大なものが塞《ふさ》いだ。大型のリムジンだ。

黒木はブレーキを踏み、敵がリムジンの窓からサブマシンガンを撃った。

黒木が、シートに伏せてドアをあけ、敵弾がフロントガラスを撃ち砕いた。ダイヤモンドのような粒となったガラスが、黒木に降りかかる。

敵弾を浴びるロールスロイスのドアやボディが、爆竹《ばくちく》のようにけたたましく鳴った。

黒木が、運転席を蹴って、豹のごとく月下をジャンプした。

敵弾が黒木を追う。

巨木の陰にころがった黒木が、敵の銃火二つを狙ってベレッタの引き金を絞った。ドンドンドンドンッと大太鼓《だいこ》を乱打するような、凄まじい銃声。

ベレッタの衝撃波が、彼の手首から傷ついた肩へと伝わる。

敵が低く呻《うめ》いて沈み、二つの銃火が消えた。

黒木が疾風のように走り、リムジンの後部シートに、二発を撃ち込んだ。非情に徹している。

血しぶきが車内に散り、大柄な紳士が弾けるようにドアにぶつかった。

ハイム・ダンカンだ。

このとき、背後でザザアッと雑草が騒ぐような音がした。

黒木が、ハッとして振り向いたとき、木から木へ一つの影が動いてダンダンダンダンッと銃声が鳴った。甲高い銃声だ。

黒木は「やられた……」と思った。銃火が一直線に自分の心臓を狙い撃ったのが、本能的にわかった。

だが彼は、激痛を意識する直前に、反射的にベレッタを撃っていた。

影が黒木の反撃をかわすように、体をひねって、またダンダンダンッと撃った。今度も黒木は、正確に心臓を狙い撃ちされたのをさとった。

痛みを感じている暇もなく、ベレッタがドンドンッと撃ち返す。影が夜空に向かって両手を上げ、月を仰ぎ見ながらゆっくりと崩れた。

黒木は、おのれの体を見た。胸は撃ち抜かれていなかった。

敵弾ははずれたのか？

黒木は、青白い月の光を浴びて倒れている敵に近づいた。

敵は黒ずくめで、左胸に小さな黄金のサーベル・タイガーのマークがあった。

とうとうサーベル・タイガーが姿を見せたのだ。彼は顔を黒い大きなマスクで覆い、黒のベレー帽をかぶっていた。

苦し気ではあったが、まだ息をしている。

ベレッタの弾丸は、相手の腹を撃ち抜いていた。傷口は大きく、死は時間の問題と思われた。

黒木は相手の傍にしゃがみ、黒いベレー帽を取った。

月の光の下に、艶《つや》やかな金髪《ブロンド》が現われた。さらに黒いマスクを取り除いた黒木が、悲し気に顔を歪《ゆが》めた。

彼が見たのは、美しすぎるオーリャの顔であった。

黒木は、何も言わずにオーリャの上体を、厚い胸の中に抱きしめた。オーリャの手が、黒木の頬に触れた。うれしそうであった。

黒木の苦痛の表情は、このことをすでに予測していた者の表情であった。そして、じっと黒木を見つめるオーリャの目も、また同じであった。自分の素姓が、黒木に見破られていたことを、彼女もまた気づいていたということだ。

「あなたに撃たれて……ロシアの大地に戻れることが……うれしい」

苦しい息の下で言う、オーリャの顔の上に、黒木の涙がポトリと落ちた。いかなる巨悪をも恐れぬ黒木が、泣いていた。

彼は、オーリャが京都で何者かに撃たれたというあたりから、サーベル・タイガーとオーリャを結びつけていた。彼女の右腕と左大腿部を軽く傷つけたのは、自分がオーリャに与えた小型拳銃ではないかと睨《にら》んだのだ。

五条家の虐殺は、サーベル・タイガー、つまり彼女の仕業《しわざ》に違いないとも思っていた。そのときから黒木は、サーベル・タイガーが、たとえ彼女であっても、倒す決意を固めていた。

敵との銃撃戦の際、オーリャが黒木に拳銃を投げ渡した臨機応変さ、そしてロンドン市内で、走るタクシーから狙撃されたときに見せたオーリャの本能的とも思える素早い反撃姿勢、この二つも、黒木がオーリャとサーベル・タイガーを結びつける根拠となっていた。

「豹……泣かないで……あなたは私を……撃つことを躊躇《ちゅうちょ》しま……したね。なぜ？」

「君を可愛いと思っていたからだ」

「本当だ。私は、このような任務に就いていた君を恨む」

「あなたを……何度も殺そう……としました。でも……できなかった。あなたを愛した……から」

オーリャは、目にいっぱい涙を浮かべると、胸のファスナーを開き、内ポケットから一通の白い封書を取り出そうとしたが、力つきてコトリと首を折った。

体重が黒木の両手にかかり、黒木の涙がポタポタと彼女の顔の上に落ちた。

スペツナッツ最強と言われたサーベル・タイガーは、いまその意外な素顔を黒木に見せ、そして息絶えたのである。

あまりにも、あっけないオーリャの最期であった。無情なほど、あっけなさ過ぎた。

「オーリャ、生まれ変わったら二度と、このような仕事には就くなよ」

黒木は、軽く唇を触れ合わせると、そっと彼女を芝生の上に横たえた。

彼は、オーリャの頭の傍に落ちている拳銃を拾い上げた。それはソビエト軍で使用されている八連発の中型自動拳銃マカロフ・ピストルPMであった。

黒木は弾倉を抜き取って「なんてことだ……」と呻《うめ》いた。装塡されている弾丸は、すべて空包《くうほう》であった。

オーリャは、黒木が自分を撃つことを躊躇することを見抜き、自分の拳銃には空包を詰めていたのであった。

彼女の予感は当たった。サーベル・タイガーの出現を予感していながらも黒木は、彼女よりわずかに遅れて反撃していた。木陰から黒い影が現われた瞬間、黒木はそれがオーリャでありサーベル・タイガーであると見抜いていた。だがどうしても彼女より先には、撃てなかった。

「ありがとう、オーリャ」

黒木は、彼女の金髪《ブロンド》に優しく手を触れたあと、立ち上がって、白い封筒の口をあけた。中には二枚の便箋《びんせん》が入っていて、彼女の筆跡で英語でこう書かれていた。

『誰よりも愛するあなたへ。あなたは私がサーベル・タイガーであることを、すでに見抜いていましたね。日本にいたスペッナッツは、私の指揮下にありました。そして日本で起こった一連の殺人事件は、すべて私が直接手を下したか、私の指示によってスペッナッツがやったものです。五条家は二重スパイと判明したので処分しました。ハイム・ダンカンも処分しようとしましたが、彼はあなたのオフィスからロケットの設計図とGRUの組織図を奪ったあと、いち早く私から逃《のが》れて本国へ逃げ帰りました。彼も部下を使って私を消そうと躍起《やっき》となっていました。レニングラード放送東京支局長及び東京支局次長、それにロケット工学者のイワン・ロマーノヴィチ・コーネフ博士の三人は、ソビエトの最高機密を手土産《みやげ》にしてアメリカへ亡命する計画を立てていましたので、処分しました。銀座の宝石店の経営者と麴町《こうじまち》の銀行の支店長は、GRUの有能なエージェントでしたが、最近きわめて非協力的なため脅しをかけました。私は初め、あなたを軽く見ていました。そのうち、あなたがどれほど恐ろしい人物であり、同時にどれほど素晴らしいひとであるかわかってきました。私はどうしてもロケットの設計図を取り戻さねばならなかったのです。設計図の管理責任者はGRUの少佐であった私の兄でした。設計図を盗まれたあと兄は、銃殺刑に処されました。兄の名誉のために、私は設計図を取り戻すことを、国家と自分に誓ったのです。愛する豹、どうかこのような私を軽蔑しないでください。そしてソビエト国民を、どうか嫌わないでください。この手紙は、あなたに撃たれるであろう日に書きました。さようなら、愛する私の豹……あなたのオーリャより』

黒木は読み終わって封筒と便箋を細かく破り捨てた。

小さくなった紙片が、風に乗って雪のように林の中を流されていく。

黒木はロールスロイスに戻ると、助手席に置いてあったアタッシェケースをあけ、ロケットの設計図とGRUの組織図を取り出した。

彼は、ふたたびオーリャの傍へ行き、彼女の豊かな乳房の上に、設計図と組織図を置いた。まだ体温の残っている彼女の両手で、設計図と組織図を抱くようにさせながら、黒木は男の涙を流した。

林の中を吹き抜ける夜風が、オーリャの金髪《ブロンド》をサラサラと乱す。

「オーリャ。レニングラードで会おう。そのうち必ず訪ねることを君に約束する。それからもう一つ、私はソビエト国民をけっして嫌ったりはしない」

黒木は、大きな手でオーリャの頬を撫でると、立ち上がって彼女に背を向けた。傷ついた脚をすこし引きずるようにして、黒木がゆっくりと遠ざかる。

そのがっしりとした後ろ姿に、悲しみと虚しさが漂っていた。

月光が、彼の背中に降りかかった。

涙を見せるな、黒豹。

明日のお前には、再び地獄が待ち構えている。

火を噴くのはベレッタか、それとも唸《うな》る鉄拳か。

（本作品はフィクションであり、実在の個人・団体などとは一切関係がありません）

この作品は1988年1月祥伝社より刊行されました。

徳間文庫をお楽しみいただけましたでしょうか。どうぞご意見・ご感想をお寄せ下さい。
宛先は、〒105－8055　東京都港区芝大門2－2－1　㈱徳間書店「文庫読者係」です。

徳間文庫

黒《くろ》豹《ひょう》キルガン

特命武装検事・黒木豹介

2006年9月15日 初刷

著者 門《かど》田《た》泰《やす》明《あき》

発行者 松《まつ》下《した》武《たけ》義《よし》

発行所 東京都港区芝大門二—二—一〒105—8055
株式会社 徳間書店
電話 編集部〇三(五四〇三)四三五〇
販売部〇三(五四〇三)四三二四
振替 〇〇一四〇—〇—四四三九二

印刷 株式会社廣済堂

製本 株式会社宮本製本所

〈編集担当 吉川和利〉

ISBN4-19-892480-5 (乱丁、落丁本はお取りかえいたします)